1781

LOTTA LUNDBERG

ZUR STUNDE NULL

Roman

Aus dem Schwedischen von Nina Hoyer

Hoffmann und Campe

Die Originalausgabe erschien 2014 unter dem Titel *Timme noll*
im Verlag Natur & Kultur, Stockholm.

Der Verlag dankt dem Kulturrådet/Swedish Arts Council
für die Förderung der Übersetzung.

Das Zitat auf Seite 273 stammt aus: Sven Delblanc, *Samuels Töchter*,
deutsch von Hans-Joachim Maass, Klett-Cotta 1982.

1. Auflage 2015

www.hoca.de
Satz: Fotosatz Amann, Memmingen
Gesetzt aus der Bembo
Druck und Bindung: GGP Media GmbH, Pößneck
ISBN 978-3-455-40521-7

HOFFMANN
UND CAMPE

Ein Unternehmen der
GANSKE VERLAGSGRUPPE

Cordelia Edvardson gewidmet

I

BERLIN 1945

»Wie spät ist es?«

Ihre Stimme klang aufgewühlt, heiser und wach.

Er brummte. Versuchte vergebens, sie wieder in den Schlaf zurückzuziehen, aber sie schob seinen Arm weg: »Wie spät ist es?«

Ich weiß es nicht, hätte seine ehrliche Antwort gelautet, schlaf jetzt. Aber er wusste, dass sie sich damit nicht zufriedengeben würde, ihre Stimme klang viel zu wach, kraftlos, aber wach, sie hätte sicher das Licht angemacht, hätten sie eine Lampe gehabt. Doch das Zimmer lag weiterhin im Dunkeln. Sie hatte sich aufgesetzt. Ein schwacher Kohle- und Brandgeruch hing über dem Bett. Wenn er nicht antwortete, würde sie nie wieder einschlafen.

»In Melbourne ist es acht, in New York sechs und in Stockholm mitten in der Nacht.«

An ihrem Ausatmen hörte er, dass sie genau das hatte hören wollen. Er sog die stickige Luft ein. Und fuhr fort.

»In Melbourne haben sie gerade gefrühstückt. Phil steht mit der Schultasche im Flur. Rakel holt seine Butterbrote aus der Küche, jetzt beugt sie sich über ihn, fragt, ob er sein Mathebuch eingesteckt hat, er nickt, und sie zerzaust ihm die Haare, für einen Abschiedskuss ist er schon zu alt.«

Noch immer saß sie kerzengerade im Bett, angespannt. Im Mondschein zeichnete sich ihr Profil ab, die grauen Haare fielen ihr zu einem

Zopf geflochten über den Rücken, er wollte ihn berühren, sie an sich ziehen, aber er wusste, wenn er sie jetzt anfasste, würde sie ihn nur anfauchen und sich noch mehr verkrampfen.

»Und in New York setzen sie sich gerade ins Taxi, sie wollen zur Metropolitan, Lea hat, dem Abend zu Ehren, das Armband und die Ohrringe angelegt, es regnet leicht, sie strahlt.«

Noch immer keine Reaktion.

»Und in Stockholm, nun, da schläft man.«

Es war ihr Rendezvous. Seit mehreren Monaten trafen sie sich so. Mitten in der Nacht, während auf der Straße die Schüsse verhallten, die Brände gelöscht wurden und die Schreie verstummten.

Jetzt war es vorbei. Man nannte es Stunde null. Berlin war zur Ader gelassen worden, so wie er sich früher Karthago oder eher Babylon vorgestellt hatte. Alles war dem Erdboden gleichgemacht worden. Hungernde Flüchtlingshorden zogen durch die Stadt. Sie durften nicht bleiben, liefen wie hirtenlose Schafe immer weiter durch die unbeseitigten Trümmer. Er begriff nicht, wie sie sich überhaupt orientieren konnten. Es gab keine Straßen mehr, nichts, das ein Viertel vom anderen unterschied. Nur Ruinen. Eine hungrige, frierende, stumpfe Hölle.

Und über allem wehte die weiße Fahne.

»Ach so, in Stockholm schläft man.« Sie ließ sich wieder zurücksinken und starrte an die Decke.

»Ja! Und das tun wir jetzt auch«, sagte er und legte vorsichtig seine Hand auf ihre. Sie ließ sie liegen.

Er wartete ab. Lauschte ihren Atemzügen. Spürte ihre spitzen Knöchel in seiner Handfläche.

Er sagte nicht, wie es wirklich war. Dass er nicht wusste, wo Lea, Rakel und David waren. Ob man aus Pirna, Ravensbrück oder Polen überhaupt zurückkehren konnte.

»Schlaf jetzt, Flora«, sagte er.

»Ich heiße nicht Flora«, flüsterte sie, »mein Name ist Sarah.«

»Schlaf jetzt.«

»Gute Nacht, Arthur.«

Ich heiße nicht Arthur, dachte er. Mein Name ist Israel. Und in Stockholm schläft man.

Hedwig zog das Papier aus der Schreibmaschine und stand auf, verharrte einen Augenblick mit dem Text in der Hand, als wüsste sie nicht, was sie damit anfangen sollte. Ein leises Unbehagen beschlich sie, schnell legte sie den Bogen beiseite. Vielleicht hätte sie etwas anderes schreiben sollen? Es gab so viel zu schreiben. Nicht zuletzt Briefe. Aber das war nun das Ergebnis. Für heute.

Jetzt musste sie Wasser holen gehen; neben dem Vorhang, der ihren Bereich vom Rest der Wohnung abteilte, standen der Kohlen- und der Spüleimer, aber auch der saubere Wassereimer. Sie musste putzen. Den Dreck wegscheuern, der über die Schwelle quoll, überall Putzstücke, herunterfallender Staub, erkaltete Asche, Ruß und Scherben. Sie warf sich die Strickjacke über und durchquerte rasch die kleine Kammer, in der Frau Müller lag. Ihr Blick war flehentlich. Hedwig nickte. Selbstverständlich würde sie auch Frau Müllers Eimer füllen.

Frau Müller röchelte. Hatte blutunterlaufene Augen. Hustete rasselnd.

»Noch immer nichts gehört?«

Hedwig schüttelte den Kopf.

»Ich bin gleich wieder da«, sagte sie und eilte ins Treppenhaus, spürte ihren Blick in ihrem Rücken. Ihre Augen.

Die Treppe war von Schutt übersät, es gab keine Brüstung mehr, sie musste vorsichtig gehen, um nicht auszugleiten. Auf jeden Schritt achtgeben. Eine Ratte huschte vor ihr die Stufen hinab, furchtlos und verfilzt, hinter einer Tür hörte sie ein Grammophon – Offenbachs *Cancan*. Trotz allem, das Treppenhaus stand noch – sie lebte nicht in einem Bunker, musste nicht durch knöcheltiefes, stinkendes Wasser waten, sie schlief in keinem Luftschutzbett, sie musste noch nicht einmal ihr Bett teilen. Sie war allein.

Im zweiten Geschoss angekommen, öffnete sich ihr die Welt, die ganze Wand war weggesprengt worden, und da unten lag die Stadt, verkohlt, zermartert, entstellt – der unbarmherzige Sonnenschein tauchte alles in grelles Licht: Schutthaufen, Autowracks, Splitter, ausgebrannte, gestaltlose Ruinen. Ihre Straße war nahezu menschenleer; nichts als nackte Stille und ein hungriges, ausgemergeltes Kellerkind, das Kippen aus dem Rinnstein auflas. Hedwig eilte an ihm vorbei. Das Kellermädchen – mit grau schimmerndem Gesicht, krummen Beinen und viel zu großen Schuhen – ging sie nichts an, zumindest nicht jetzt. Sie musste Wasser holen, und sie würde den Brief schreiben, ja, das würde sie, auch wenn sie keine Ahnung hatte, wie er über diesen grimmigen Schuttplatz sein Ziel erreichen sollte, sie würde es tun! Und niemand würde sie dazu bewegen, auch nur einen Gedanken daran zu verschwenden, ob das schamlos sei.

Wie seltsam still es doch war … Nur das Klappern ihrer Absätze war zu hören. Selbst die Seitenstraßen waren wie leer gefegt. Wenn sie es überhaupt noch verdienten, Seitenstraßen genannt zu werden. Nichts verdiente mehr einen Namen. Das war der Zustand. Alles lag in Trümmern und war nur noch ein Haufen Geröll.

Selbst die weißen Fahnen, die man zum Zeichen der Kapitulation gehisst hatte, waren keine richtigen Fahnen, sondern Bettlaken, Tischtücher, Hemden und eine lange Unterhose. Alles, was weiß und sauber war, hing über Balkonen und aus leeren Fensterhöhlen. Der Friede war eine Gnade. Das war er doch?

Die Soldaten, die gesungen, gebrüllt und geschändet hatten, waren verstummt. Aber Hedwig kannte nicht nur die Gerüchte, sie wusste, was passierte. Sie atmete dieselbe Luft wie alle anderen, auch wenn sie keine von ihnen war, nie gewesen war, nie sein würde, trotzdem war sie eine von ihnen. Auch sie gehörte jetzt den Besatzern, alles gehörte den Besatzern, selbst die Frauen. Sie sah sie überall; müde, apathische Lumpenpuppen, in allen Kellerlöchern Freiwild, ganz Berlin ein Gratisbordell. Alles war eine Gnade, gewiss war es so.

Sie musste nicht mehr sterben. Musste nicht mehr über die Toten stolpern. Jetzt kam sie an großen Schildern vorbei, die darauf aufmerksam machten, dass hier Leichenräumungen stattgefunden hatten. *Warnung. Infiziertes Gebiet.* Nun, die Pferde waren aufgegessen, die Selbstmörder begraben oder zumindest verschwunden. Es war Frieden. Chaos, Mehlsuppe mit Zwieback, aber Frieden. Frau Müllers Lungenentzündung, ihr vorwurfsvoller Blick war eine Realität, die heile Schreibmaschine in Hedwigs Winkel der Welt eine andere.

Es gab keine Abkürzungen mehr. Nur kleine, ausgetretene Pfade durch Geröll und Trümmer, Schutt und Grauen. Sie war achtsam, versuchte, den Löchern in der Straße auszuweichen, den Pfützen aus stinkender Brühe, aus Löschwasser, Urin und Abwasser.

Als sie sich der Pumpe des Roten Kreuzes näherte, sah sie mehr und mehr Menschen. Einige lasen die Zeitung, die an einer stehengebliebenen Wand angeschlagen war. Und tatsächlich, ein paar Häuser standen noch. Unversehrte, leicht rußige, steil aufragende Häuserrücken, wie Fixsterne an einem havarierten Himmel. Wenn man so denken wollte. Hedwig sah das anders – der Himmel war nicht heruntergestürzt. Dennoch konnte sie es sich nicht verkneifen, dem, was verschont geblieben war, lange Blicke zuzuwerfen. Dem, was sich nicht dem Erdboden hatte gleichmachen lassen.

Die Leute lasen alles. Jetzt wurden nicht mehr Goebbels' Parolen an die Anschlagbretter genagelt, sondern Meldungen und

Gesuche aus der ganzen Welt, Wichtiges und Nichtiges, zu verkaufen, gesucht, Nachrichten auf Französisch und Englisch, Zettel und Fotografien, die lose da hingen und von der hungrigen Menge verschlungen wurden; so hungrig waren die Menschen, sie lechzten nach Informationen und Berichten, was auch immer es war, sie lasen alles. Die untertänigen Duckmäuser lernten schnell, saugten alles in sich auf und mischten es mit Lügen. Hedwig fand, dass sie die Neuigkeiten in sich hineinfraßen. Schämte sich aber sogleich für ihren Gedanken. Sie konnte durchaus verstehen, weshalb. Natürlich gab es eine Erklärung dafür, sie ahnte, wonach sie sich sehnten: Versöhnung, Buße und Erlösung.

Wonach sonst? Was sonst um Himmels willen konnte einen weitertragen?

Lautlos stellte sie sich neben die anderen und ließ ihren Blick über das Anschlagbrett schweifen. Schnell, beinahe rastlos suchte sie nach einem Lebenszeichen, einer Mitteilung – dem Namen. Doch als sie nichts fand, nahm sie mit einem eigentümlichen Gefühl die Eimer in die Hand und ging weiter. Was wäre eine beruhigende Mitteilung gewesen? Wie hätte *der Name* auf einem Zettel ausgesehen – angenagelt – im Wind flatternd?

Es brachte nichts, die Kübel gierig bis zum Rand zu füllen. Das Wasser schwappte sowieso über, wenn sie auf dem Rückweg durch die Ruinen balancierte. Auf einmal hörte sie Vogelgezwitscher, konnte aber keine Vögel sehen. Amseln sangen nicht von Panzern. Wo waren sie also zu Hause, die Singvögel? Wo fanden sie die Nahrung, die ihnen die Kraft gab, immer noch zu singen? Alles Lebendige war niedergemetzelt und verbrannt, nicht ein Baum, nicht ein Strauch stand mehr, obwohl hier früher doch sicher Magnolien und Flieder geblüht hatten. Jetzt war die Zeit dafür, die Zeit, in der die Linden hätten tropfen sollen.

Sie begegnete einer Frau mit bleichem Gesicht und einem

schmutzigen Bündel auf dem Arm, ein hohläugiges Kind starrte teilnahmslos aus den Lumpen hervor.

Die Frau bettelte. Hedwig hatte nichts zu geben. Sie versuchte ein Lächeln, doch ihr Blick blieb an den Augen des Kindes hängen – diesen Augen. Und Hedwig beschleunigte ihre Schritte, so gut es eben ging.

Sie würde ihren Brief schreiben. Gleich, wenn sie wieder zurück wäre. Als Allererstes. Ja, das würde sie!

Sie manövrierte sich durch eine Landschaft aus Ziegelsteinen, rostigen Tragbalken und zerfetzten Häusergiebeln, in der trostlos aufgereiht Frauen in den Trümmern standen und Eimer aus den Ruinen hinauf- und wieder herunterbeförderten. Eimer um Eimer, von Hand zu Hand. Von Blutergüssen übersäte, verfrorene, trockene Hände. Mit Rissen, Wunden, Rheumatismus. Sollte sie nicht auch da stehen, sie, Hedwig Lohmann, statt sich nach ihrer verbotenen Schreibmaschine zu sehnen? Man hatte ihnen befohlen, jegliche technische Ausrüstung abzugeben. Ein Radio, ein Telefon oder eine Schreibmaschine zu besitzen war lebensgefährlich. Aber diese Gefahr war genauso relativ wie alles andere. Alles war gefährlich. Eine Schreibmaschine konnte gegen alles Mögliche getauscht werden, denn alles war austauschbar, alles war vergänglich. Alles.

In einem Treppenhaus sah sie aus dem Augenwinkel einen Soldaten mit heruntergezogener Hose, zwischen seinen Beinen ein Frauenrock. Sie standen. Die Frau mit dem Rücken an einer feuchten Wand. Hedwig konnte nicht anders, sie musste sich seinen Atem, seine Zähne, seine Küsse vorstellen. Ekel überfiel sie.

»Lieber einen Russen auf dem Bauch als eine Kugel im Kopf«, hatte Frau Winkler gesagt. »Es reicht ihnen nicht, den Krieg mit ihren Bomben gewonnen zu haben. Um uns richtig zu besiegen, müssen sie unsere Wohnstuben erstürmen und uns alle nacheinander nehmen.«

Hedwig sah zu Boden und ging weiter.

Wenn das hier endlich vorbei ist, wird niemand mehr darüber sprechen wollen, dachte sie. Das, was ich jetzt erlebe, wird mir ein neues Gesicht, eine Art Überlegenheit verleihen. Kein anderer wird es sehen können, und ich werde mich noch lange Zeit wundern, wenn ich mich im Spiegel betrachte, bis ich mich eines Tages daran gewöhnt habe, nie mehr die zu sein, die ich einmal war.

Als sie endlich wieder bei ihrem Haus ankam, war fast die Hälfte des Wassers ausgeschwappt. Sie sah sich nach dem Kellermädchen um. Die von der englischen Krankheit krummen Beine, der Blick, der am Rinnstein klebte auf der Suche nach einer Kippe, einem Streichholz, nach noch einem Tag … Aber das Mädchen war nicht mehr zu sehen.

Hedwig schob die Tür auf und trat ihre Reise an, die düstere, schuttübersäte Treppe hinauf. Die Ratte ließ sich nicht mehr blicken. Das Wasser schwappte. Mehr davon durfte sie jetzt nicht verlieren.

Wenn sie trotzdem noch lebt, dachte Hedwig, wenn sie trotz allem, vielleicht, überlebt hat – dann wird sie mir alles über die Welt beibringen.

UPPSALA 1983

Wenn ich verschwände und so lange fort wäre, dass sie sich Sorgen machen und die Polizei rufen würden, wüsste so gut wie niemand, wo man nach mir suchen sollte.

Das stelle ich mir am liebsten vor – dass ich verschwinde, die Polizei im Björkbacksvägen parkt, durch das Loch in der Hecke schlüpft, am Briefkasten vorbei den Weg zur Tür hochgeht und klingelt. Und niemand etwas weiß.

Aus irgendeinem Grund gefällt mir diese Vorstellung, wie sie da im Flur stehen und niemand etwas weiß. Vielleicht wüssten sie noch, was ich anhatte, als sie mich zuletzt gesehen haben, und was ich an jenem Abend machen wollte, vielleicht auch, wie groß ich bin und welche Haarfarbe ich habe, aber niemand wüsste, wer ich bin, wonach ich mich sehne oder was in mir vorgeht. Niemand wüsste, wie viel ich wiege. Das hat noch nie jemand gewusst. Aber ich war immer zu schwer, um auf den Schoß genommen zu werden.

Ja, sie würden dastehen, zwischen ihren Totempfählen und Rezeptblöcken, und niemand würde der Polizei auch nur einen wertvollen Hinweis geben können.

Ja, genau, nicht mal, wenn die Polizei ihnen ein Messer an die Kehle halten würde, ließe sich ihnen auch nur ein Detail entlocken, das die Ermittlungen weiterbrächte. Es ist eine schreckliche Vorstellung, dass sie so gar nichts wissen. Trotzdem male ich mir das immer wieder aus, denn in eben dem Moment – wenn es im Haus von Polizisten nur so wimmelt – würde ihnen klarwerden, was ich immer schon gewusst habe – dass sie keinen Gedanken an mich verschwenden. Die Polizei würde ihnen das Eingeständnis abringen, dass ich in ihren Köpfen einfach nicht existiere. Vielleicht würden sie anfangen zu weinen, dabei machen sie sich keine Sorgen um mich, sondern darüber, dass bei anderen der Eindruck entstehen könnte, dass ich ihnen egal bin.

Meine Geschichte handelt davon, dass ich niemanden kenne, der sich danach sehnt, zu sagen, was mich ausmacht – außer eben der Polizei in meiner Phantasie. Ich weiß nicht, ob man sich nach etwas sehnen kann, das man nie kennengelernt hat. Manchmal stelle ich mir die Liebe wie einen Elektroschock vor, einen durch den Kopf jagenden Stromstoß, der jede Ordnung wie ein Erdbeben in ihren Grundfesten erschüttert. Aber meistens denke ich, dass die Liebe nichts ist, das von außen kommt, sondern eher wie Forscherdrang ist – wie eine leise Neugierde, der man einfach nachgibt.

Bis ich das ganz sicher weiß, male ich mir aus, dass niemand der Polizei sagen kann, wer ich war, was passiert ist – was gerade passiert. Und was zu spät ist.

Wenn man keine Menschen kennt, die der Polizei etwas über einen sagen können, ist man allein. Und wahrscheinlich nicht ganz richtig im Kopf. Deshalb ist es auch so wichtig, jemanden zu finden, der versteht. Bevor es zu spät ist. Ein Mensch, sorgfältig ausgesucht, reicht schon. Und ich glaube, ich habe diesen Menschen gefunden. Sie war mir näher, als ich gedacht hätte.

Ich habe sie schon im Radio gehört, als ich noch ziemlich klein war.

Die Stimme im Radio fürchtet sich nicht vor Polizisten und Gewehren. Wo sie lebt, wird ständig geschossen. Und bombardiert. Dort haben die Männer Löckchen. Die älteren Frauen schreien in die Fernsehkameras. Und die jungen Frauen leisten Wehrdienst. Zwei Jahre lang. Wenn sie nicht desertieren – oder verschwinden.

Die Stimme im Radio ist heiser. Sie spricht einen Dialekt, den es nicht gibt. In der Schule lernt man keine Dialekte. Man lernt die Namen der Landschaftsblumen und alle Seen Finnlands. Aber keine Dialekte. Und obwohl die finnische Sprache sehr konsonantenreich ist, habe ich die Seen im Handumdrehen auswendig gelernt. Ich habe den Verdacht, dass das Teil meiner *Diagnose* ist. Es ist besser, wenn man nicht alles im Handumdrehen lernt. Man soll lieber langsam lernen. Und am liebsten das meiste von dem Gelernten wieder vergessen, sodass sie es einem immer wieder einbläuen können. Es sei nicht *altersadäquat*, zu viel auf einmal erfassen zu können, sagen sie. Dann wird man seltsam.

Dialekte kann man nach der Schule lernen. Zum Beispiel, indem man Radio hört. Das ist eines meiner ersten Forschungsprojekte gewesen. Da war ich etwa zehn Jahre alt und habe morgens damit angefangen. Den Seewetterbericht konnte man sich sparen, da redete immer derselbe. Die Hörspiele genauso, nach fünf Minuten wusste ich schon, welche Sprecher noch kommen würden. Aber in *Wünsch dir was*, da kamen Dialekte. Unzählige. Während meiner Grundlagenforschung habe ich es kaum gewagt, zur Toilette zu gehen. Ich habe das Radio so laut gedreht, dass es dröhnte. Mein Vater ist beinahe wahnsinnig geworden. Ich habe unendlich viele Sprechweisen gehört, aber ihren Dialekt nie. Ich brauchte mehrere Wochen, bis mir klarwurde, dass die Chance, ihre Stimme zu hören, statistisch gesehen in den Nachrichten am größten war. Und da kommt sie manchmal, aber nicht so oft, wie ich es gebraucht hätte.

Mir blieb also nichts anderes übrig, als mich von meiner ersten Quelle zu verabschieden und in der Stadt weiterzuforschen.

In der von Kraemers allé gibt es nämlich ein Dialektarchiv. Vielleicht finde ich ihre Stimme ja auf Band, dachte ich und fuhr hin. Aber sie haben mich nicht reingelassen. Nur eine Stimme hat sich an der Tür über die Gegensprechanlage gemeldet, die gesagt hat, sie würden hier nur Akten wälzen. Also bin ich wieder nach Hause gefahren.

Eines Tages stand ein Artikel von ihr in der Zeitung. Da habe ich ihr Bild gesehen. Eigentlich sah sie aus wie jede andere stinknormale, nicht mehr ganz junge Frau. Aber sie war nicht stinknormal, das wusste ich. Man hört es den Menschen nämlich sofort an, ob sie Kampfgeist haben. Ich bat Papa, mir Bescheid zu sagen, wenn das Land, in dem sie lebt, wieder im Fernsehen kam.

Als er zum ersten Mal rief, dass jetzt Israel im Fernsehen sei, hatte ich Herzklopfen. Sie habe ich natürlich nicht gesehen, auch wenn ich gehofft hatte, dass sie auf dem Bildschirm erscheinen und sich bewegen würde. Aber ich sah nur einen Haufen anderer Leute. Sie verbeugten sich und machten Schaukelbewegungen. Ja, sie schaukelten schier endlos vor sich hin und legten Steinchen aufeinander. Andere hoben die Hände und sahen aus, als wollten sie um die Mittsommerstange hüpfen, aber das tun sie in Israel natürlich nicht. Sie waren barfuß und machten stattdessen den Holzhacker. Bewegten sich auf und ab. So wie wir im Gymnastikunterricht.

Macht hundert »Holzhacker«, sagt unsere Sportlehrerin manchmal, und dann tun wir das – wippen auf und ab, auf und ab. Aber wir dürfen dabei nicht barfuß sein. Denn davon kriegt man Fußwarzen.

Als ich gesehen hatte, wo sie lebte, war ich sprachlos. Ein paar Jahre lang konnte ich keine Nachforschungen mehr über sie anstellen.

Jetzt habe ich wieder damit angefangen. Aber nicht mehr mit derselben *Intensität.* Ich bin jetzt älter. Man kann es noch nicht mal mehr »Forschung« nennen. Ich denke an sie. Frage mich, was sie macht. Wie zufällig taucht sie plötzlich irgendwo auf. Nicht nur in den Nachrichten. Ganz plötzlich kommt ihre Stimme im Radio. Dann höre ich genau hin. Manchmal berichtet sie vom Lucia-Umzug oder von Hitler. Aber meistens von denen, die hin und her schaukeln.

Neulich hat sie gesagt: Der Gegensatz zwischen Himmel und Hölle ist zu groß, deshalb brauchen wir das Fegefeuer, um uns einzugewöhnen.

Und plötzlich wusste ich es.

Wenn ich ihre Stimme im Radio höre, weiß ich, dass sie auch in der Unterwelt gewesen ist. Sie hat das Feuer auch gesehen. Ganz aus der Nähe.

BLIDHOLMEN 2004

Hannas Haus lag am Ende des Weges, hinter dem Holzhof. Es war von den Nachbarn nicht einsehbar. Am nächsten wohnte Axt-Lasse, und er konnte Hannas Veranda noch nicht einmal im Winter sehen, weil ihm mehrere hundert Meter Nadelwald die Sicht versperrten. Woher man also wusste, wer dort ein und aus ging, war ein Rätsel. Trotzdem wusste man es. Es gab Gerüchte. Das Haus hatte mehrere Namen. »Intellektuellenbordell« war einer von ihnen.

So nannten es böse Zungen. Die schlimmsten Lästermäuler waren jedoch nicht die Sommergäste, die Frauen, deren Ehemänner man von Hannas Veranda über den Rasen hatte torkeln sehen – nein, es waren die Einheimischen selbst. Die in der kalten Jahreszeit blieben, wenn nach dem Krebsfest die letzten Lampions erloschen und das Schiff alle Feriengäste wieder zurück in die Stadt gebracht hatte.

Ingrid hatte den Namen zum ersten Mal von Sture gehört. Er gehörte zur obersten Schicht in der Inselhierarchie, zu den Menschen, die schon seit Generationen auf Blidholmen wohnten, Nachkommen und Urenkel von Fischern und Bauern waren. Einheimische, die erlebt hatten, wie sich der Russe im Wald verschanzt hatte und die Esten während des Krieges in Abborrvass ertrunken waren, die Schmuggler, Stürme und U-Boote gesehen hatten. Sie besaßen hier eine Deutungshoheit, nahmen sich das Recht heraus zu sagen, was immer sie wollten. Sture war ein typischer Vertreter dieser Gruppe. Selbstironie hatte er auch – wussten doch alle, dass er selbst gerne mal einen Schlenker an Hannas Haus vorbei machte, wenn er Zeit hatte, um ein Weilchen unter den Kiefern zu sitzen und einen »sehr begabten Cognac« zu trinken, wie er sagte. Denn Sture war belesen. Gott sei Dank, was sonst sollte man im Winter im Schärengarten tun?

Auch Ingrid wohnte das ganze Jahr über auf der Insel, aber da sie eine Zugezogene war, würde sie nie an die Spitze der Inselhierarchie vorrücken, sie musste sich mit einer Stufe darunter abfinden. Sie lebte im Pfarrhof. In der Schicht unter ihr wiederum sonnten sich alle Hausbesitzer mit komfortablen Stadtwohnungen in Stockholm, jene, die den ganzen Winter damit zubrachten, ihre luxuriösen Einbauküchen noch weiter aufzurüsten, um sich dann, wenn der Sommer kam, in einer mückenumschwirrten Fliederlaube über eine primitive Spülschüssel zu beugen. In der untersten Schicht fanden sich schließlich diejenigen wieder, die nur zur Miete wohnten. Die nicht selten nur ein Nutzungsrecht für Haus und Grund besaßen, ohne Grunddienstbarkeit und eigenen Bootssteg. Dazu gehörte Hanna. Und natürlich die Tagestouristen – Deutsche oder Schweden, Norweger, ja, sogar ein paar Japaner hatten sich auf die Insel verirrt. Aber sie hatten keine Rechte. Nur Geld.

Ingrid war noch nie an Hannas Haus vorbeigekommen. Es lag nicht auf ihrem Weg und war ziemlich abgeschieden. Anfangs hatte sie es sich wie ein Knusperhäuschen vorgestellt, ein Haus, an dem sich der Efeu wie Zuckerguss über die Regenrinne ergoss. Hatte nougatfarbene Fensterläden mit geschnitzten Herzen, verwitterte Fensterhaken, einen Erdkeller, knarrende Treppenstufen und einen großen schwarzen Kachelofen vor sich gesehen. In letzter Zeit jedoch – wie sie zugeben musste – hatte sie sich das Haus vielmehr mit geschmacklosen Kunstgegenständen, Samtgardinen mit Fransen und einer roten Laterne unter dem Dachfirst ausgemalt.

Als sie jetzt davorstand, war sie enttäuscht. Hier waren weder ein Boudoir noch weiße Kieselsteine zu sehen, es war ein ganz normales Sommerhaus aus den sechziger Jahren. Ohne einen leuchtenden Fliegenpilz im Moos oder rotes Licht über dem Eingang. Dafür mit einem sorgfältig gemähten Rasen. Einem Fahrradständer. Einer strahlend neuen Mülltonne. Noch nicht einmal der Briefkasten hing schief. Er wirkte einbruchsicher, die Haustür sah dagegen aus, als könne man sie ohne weiteres eintreten. Leere Weinflaschen im Verandafenster dienten als Kerzenleuchter. Auf dem Sofa ein verschlissenes Schaffell und überquellende Aschenbecher.

Ingrid war allein im Wald. Bald begann der Advent, aber der nasskalte Herbst wollte einfach nicht dem Winter weichen. Sie hatte diesen Weg wie zufällig eingeschlagen und eigentlich überhaupt keine Zeit, hier herumzustehen und zu glotzen, gleich würde sie wieder nach Hause gehen. Aber einen Augenblick blieb sie doch stehen.

Hier also wohnte Hanna.

Anfangs hatte Ingrid sie nur unten am Landungssteg gesehen oder wenn sie auf ihrem Militärfahrrad vorbeigefahren war. Aber sie hatten kaum mehr als hallo gesagt oder sich zugenickt. Hanna war keine Kirchgängerin. Sie hatte ihre eigenen Götter und sah ganz und gar nicht wie eine Schriftstellerin aus. Glich vielmehr den hiesigen Frauen in ihrem Alter. Frauen, die in Motorboote hinein- und heraussprangen, die sich nicht zu schade dafür waren, Elche zu erlegen oder Plumpsklos zu leeren. Wettergegerbt und sommersprossig. Ja, kerngesund sahen sie aus, in ihren kurzen Röcken, Schwimmwesten und Regenjacken, die bis zu den Stiefeln hinabreichten. Kleidsam war das nicht, aber frisch wirkte es. Sie schienen sich nicht zu schminken. Waren stets sonnengebräunt, hatten weiße Zähne und Apfelbäckchen. Doch Hanna war keine von ihnen, sie war weder eine richtige Einheimische noch ein Sommergast. Sie kam und ging ohne Vorwarnung. Blieb ein paar Wochen oder auch nur einen Tag. Und seit einiger Zeit kam sie zu Karl Erik. Um mit ihm zu sprechen. Er war davon genauso überrascht gewesen wie Ingrid.

Eventuell konnte sie sich Hanna noch bei einem Psychotherapeuten vorstellen, der womöglich ihre psychischen Probleme, aber bloß nicht ihre künstlerische Überspanntheit heilen durfte. Aber Seelsorge? Doch nicht Hanna! Sie ging ihre eigenen Wege.

Immer wieder tauchte sie wie aus heiterem Himmel auf, sprang plötzlich aus einem Boot oder lungerte an der Gartenpforte zum Pfarrhof herum. Wenn sie nicht ebenso urplötzlich beim Kaufmann erschien und auf ihre Flaschen wartete.

Auf der Theke des Kaufmannsladens lag ein Ordner, in den ganz Blidholmen seine Alkoholbestellungen schrieb, die der Händler an den Systembolaget weiterleitete. Wenn man keine Flaschen aus der Stadt heranschleppen wollte, bestellte man so. Ohne Diskretion. Und wenn man sowieso seine eigene Bestellung eintrug, was hinderte einen daran, vorsichtig zurückzublättern und nachzuschauen, wer welche Lieferungen erwartete? Ingrid würde es natürlich nie in den Sinn kommen, die Bestellungen durchzusehen. Aber sie wusste, dass man sich anhand der Namen ein Bild davon machen konnte, wer hier so kam und ging, wer ein Fest plante oder nur für den Hausgebrauch einkaufte. Bestimmt konnte man daraus auch schließen, wer Alkoholprobleme hatte. Aber wie gesagt, da steckte Ingrid ihre Nase nicht hinein. Ingrid hatte ihre Familie, noch immer eine Handvoll Patienten und Freunde. Andere Leute interessierten sie mit den Jahren immer weniger.

Deshalb wunderte es sie, dass sie überhaupt hier stehen geblieben war. Ein grauer Nachmittag, der wenige Schnee, der gefallen war, war schon wieder geschmolzen. Die Sonne erhob sich nur mit Mühe und Not über die Kiefern, der Elektrozaun hing schlaff herunter – zu dieser Jahreszeit standen die Kühe im Stall. Sie war allein auf der Lichtung. Und blickte über ihre Schulter. Rasch. Und nicht nur einmal.

Sie fing hinter dem Haus an. Wenn sie die Ohren spitzte, konnte sie hören, falls jemand den Weg heraufkäme. Hinter dem ersten Fenster lag, wie sie vermutet hatte, die Küche. Sie war geräumig, blaue Schränke, der große Tisch hatte Patina. Eigentlich war er schön, aber Ingrid erkannte braune Ringe, die Kochtöpfe hinterlassen hatten. Kein dreckiges Geschirr im Spülbecken. Tatsächlich wunderte sie sich darüber, wie ordentlich es hier war.

Hinter dem nächsten Fenster erspähte sie verschwommen durch ein Mückennetz ein viel zu breites Bett, das das Zimmer klein wirken ließ; die Schranktür stand halb offen, im Dunkeln erahnte sie ein paar Kleiderbügel. Und die Tapete zierten Blumen, die keine botanische Bezeichnung hatten, sondern die es nur auf Tapeten gab.

Sie ging um das Haus herum und betrat die Veranda. Sie knarrte. Auf dem Weg war niemand zu sehen. Ingrid legte die Stirn an die Fensterscheibe. Die Fensterrahmen könnten einen neuen Anstrich vertragen. Das Zimmer war groß. Bestimmt arbeitete sie hier. Ingrid schnappte nach Luft. Hannas Schreibtisch war so ausladend wie der eines Architekten. Und noch dazu rot! Ingrid hatte in ihrem ganzen Leben noch keinen roten Schreibtisch gesehen. Bücherregale zogen sich über zwei Wände. Sie konnte erkennen, was Hanna las. Gerne hätte sie die Buchrücken noch länger studiert. Doch plötzlich kam sie sich vor wie ein Dieb, wie einer ihrer schamlosen Patienten. Sie spürte, wie ihr das Blut ins Gesicht stieg. Was sollte sie sagen, falls jemand den Weg entlangkommen und die Pfarrersfrau dabei ertappen würde, wie sie in fremde Fenster starrte?

Ingrid könnte natürlich behaupten, Hanna einen Besuch abstatten zu wollen, weil sie sich Sorgen um sie mache. Es gehörte zu den Aufgaben der Gemeinde, sich um ihre Schäfchen zu kümmern, könnte sie sagen, aber das wäre eine glatte Lüge. Hanna war nicht verschwunden, es gab keinen Anlass zur Sorge. Ingrid wusste genau, wo Hanna sich befand – Hanna war bei Karl Erik. Es war also nicht zu rechtfertigen. Man stand nicht auf Zehenspitzen am Fenster und spionierte andere aus.

So einfach war das. Egal, ob jemand daheim war oder nicht.

Ruckartig drehte sie sich um und eilte hinaus auf den Weg, ging schnell auf Axt-Lasses Hof zu und merkte, dass ihre Wangen immer noch brannten.

Er stand grinsend am Holzhof. Axt-Lasse war auch kein Kirchgänger. Karl Erik hatte versucht, einen Hausbesuch bei ihm zu machen, doch Axt-Lasse hatte ihm die Tür vor der Nase zugeknallt. Auch über ihn waren eine Menge wilder Gerüchte im Umlauf, aber Ingrid hielt nichts von Gerüchten. Sie bemühte sich sogar, sie zu ersticken. Trotzdem fragte sie sich, wie es für Hanna sein mochte, in so unmittelbarer Nähe eines Mannes zu wohnen, der nicht ganz gescheit war. Ob er sie in Ruhe ließ? Sofern Hanna überhaupt in Ruhe gelassen werden wollte?

Sie hob die Hand zum Gruß, beschleunigte ihre Schritte, aber er erwiderte ihr Winken nicht. Sah ihr nur hinterher. Als wüsste er genau Bescheid.

BERLIN 1945

Hedwig stellte den Eimer an Frau Müllers Bett. Daneben saß Frau Winkler und häkelte. Es war erstaunlich, was nach den monatelangen Luftangriffen alles unversehrt geblieben war, was nach nächtelangen Bombeneinschlägen noch heil auf dem Fußboden gelegen hatte; ein Kartenspiel, zwei Suppenschüsseln aus Porzellan, eine Kuckucksuhr. Ein Stuhl hier, ein Kinderwagen da, Häkelnadeln. Ein Garnknäuel. Kleine Wunder. Hedwigs Schreibmaschine.

»Noch immer keine Nachricht?«

Frau Winkler und Frau Müller tauschten einen vielsagenden Blick, und Hedwig spürte wieder einen Anflug von Unbehagen. Diese Blicke – als wäre sie ihnen eine Antwort schuldig, als wäre es ihre Schuld, dass sie nichts wusste.

»Nein«, antwortete sie kurz und ohne zu zögern, vielleicht sogar ein wenig zu prompt. »Die Hoffnung stirbt zuletzt«, fügte sie hinzu und bereute es schon im selben Moment.

Frau Winkler sah Frau Müller wissend an. Frau Müller begann zu husten. Hedwig wandte sich ab. Frau Winkler legte ihre Handarbeit beiseite und tupfte der kranken Frau den Mund ab; das Taschentuch färbte sich rot, während durch das Fenster immer noch Offenbach hereinströmte. Schwungvolle Musik zu hören war auch eine Art von Widerstand.

»Ich setze Kaffee auf«, sagte Hedwig und ging in die Küche.

Dieses Gebräu Kaffee zu nennen war genauso eine Lüge wie alles andere, dachte sie. Und vielleicht war die Hoffnung der größte Betrüger.

Dennoch verspürte sie ein leichtes Kribbeln im Bauch, nachdem sie die Tassen mit Muckefuck in die kleine Kammer gestellt und ihre Schreibmaschine hervorgeholt hatte – unsere Träume halten uns trotz allem über Wasser?

Das Mädchen war durch einen Goldregen gezeugt worden. Wie bei Danaës Begegnung mit Zeus, dachte Hedwig. Davon hatte sie schon häufig erzählt, auch dem Neugeborenen, während es seinen tiefgründigen braunen Blick auf ihren Mund gerichtet hatte. Manchmal reichte es schon, dass Hedwig sich die Lippen leckte, um diesen Blick woanders hinzulenken, aber ebenso häufig auch nicht. Dann musste Hedwig das Mädchen ein klein wenig schütteln. Ganz leicht nur, wie um es zu wecken. Diese Augen, die immerzu auf ihr Gesicht geheftet waren, kitzelnd, kribbelnd und kratzend, wie Spinnenbeine.

Sie wollte, dass das Mädchen ihr in die Augen sah – nicht auf ihren Mund oder die Zähne, oder wohin auch immer der Blick des Mädchens schweifte. Nur dann konnte sie weitererzählen: von dem unterirdischen, bronzenen Gemach, dem Verlies; dorthin war er gekommen und hatte sich auf alles gelegt – der verbotene, glitzernde Goldregen, der wieder davongezogen war. Konnte davon erzählen, wie die in eine Arche Gesperrten auf dem Meer umhergetrieben waren, bis er zurückkam und sich ihrer wieder und wieder erbarmt hatte. Sie wollte es dem Mädchen einprägen, wollte ihm einprägen, dass seine Zeugung gut, dass sie schön gewesen war. Wollte ihm sagen: Dein Vater war ein Gott. Du bist auserwählt.

»Herr, ich bin nicht würdig«, hatte Hedwig damals gebetet, als sie bemerkt hatte, dass sie ein Kind erwartete, »aber sprich nur ein Wort, so wird meine Seele gesund.«

Doch sie war würdig gewesen.

Sie hatte ihren Goldregen empfangen, war nicht nur mit einem Kind, sondern auch mit der Gewissheit schwanger gewesen, dass er wiederkommen würde. Sie wusste es einfach. Er war ein Gott mit Macht und Verstand. War ein mutiger Mann. Er würde sie erwählen, sie, die schrieb, die etwas im Kopf hatte, sie, die jung, stark und entschlossen war.

Die Wochen vergingen. Der Mantel spannte über dem Bauch, und das Geheimnis fing an, sich zu regen.

Sie wusste, wie das Urteil lauten würde, die Schwangerschaft bedeutete ihre sofortige Entlassung. Niemand würde seine Kinder von einer Lehrerin unterrichten lassen, die in anderen Umständen war, umso weniger, wenn sie die Mutter eines Balgs war.

Er war wiedergekommen. Mehrmals hatte er vor ihr gestanden und gesagt, nicht im Goldregen bleiben zu können. Er sei zu alt dafür, er sei nicht gut für sie. Er wolle aufrichtig sein. Er habe eine Frau, die ihn brauche. Habe Kinder, an die er denken müsse. Und vor allem habe er eines – sein mosaisches Erbe. Er müsse fortgehen. Und sie müsse das Kind so schnell wie möglich abtreiben lassen und sich in Sicherheit bringen.

Hedwig hatte nicht auf ihn gehört.

Sie hatte doch selbst ein mosaisches Erbe. Na und? Nichts musste ihre Sicht trüben. Aus dem einfachen Grund, dass sie, Hedwig, *getauft* war, sie war in die Ewigkeit getaucht worden und hatte einen Namen. Sie weigerte sich, sich unter das Messer zu legen; ihr war egal, welche Verbindungen er hatte. Sie würde ihm nicht entgegenkommen, sollte er sie doch starrköpfig oder hochmütig nennen! Hedwig war sich sicher, dass man nicht tiefer fallen konnte als bis zu dem Punkt, an dem man aufgefangen wurde. Nein, es war nicht die fixe Idee eines jungen Mädchens oder gar verwegen, das Kind auszutragen. Es gab einen stärkeren Willen als seinen. Sie würde ihr Kind zur Welt bringen und ihre Bücher schreiben!

Ein freundlicher Arzt mit zierlichen Händen und einer seltsamen, aber keineswegs ungewöhnlichen Menschenliebe hatte sie wegen einer Gallenblasenentzündung krankgeschrieben, und das Mädchen war geboren worden, ohne dass Hedwig sich mit der schamvollen Miene ihres Arbeitgebers auseinandersetzen musste. Die Geburt trug sich zweihundert Kilometer von daheim zu und schonte somit nicht nur ihre Kollegen und den Schulrektor – sondern das ganze Dorf.

Schon am Tag nach der Geburt wurde das Mädchen getauft. Hedwig wollte ihr Kleines behüten. Nicht nur vor Schwerenötern, Lügenbolzen und Stammtischgerede. Sondern vor dem Bösen. Dem Fall. Den Sünden.

Das Mädchen war makellos, hatte einen wohlgeformten Kopf, braune Haare und ein Stupsnäschen in seinem kleinen runzligen Gesicht. Und es hatte die Finger einer Prinzessin, die kleinen rosa Nägel sahen aus, als wären sie neun Monate lang manikürt worden. Das Weihwasser schimmerte auf ihrer Stirn. Der Pfarrer war milde, das Mädchen gerettet und Hedwig überzeugt, dass das Schlimmste vorbei sei. Auch das Stillen bereitete ihr keine Probleme. Das Mädchen fand sofort ihre Brust, und Hedwig durchzuckten kleine Stöße von fast sündiger Befriedigung. Sie würde es meistern, und es würde sie nicht wundern, wenn er eines Tages reuevoll vor ihrer Tür stehen würde. Sie hatten so viel mehr als nur Umarmungen geteilt, sie hatten ihre Gedanken geteilt. Solche Gespräche konnte er mit niemand sonst führen. Das war undenkbar. Schließlich hatten sie ein gemeinsames Universum, eine eigene Sprache erschaffen. Wenn er zu ihr zurückkam, würde sie ihn nicht hinauswerfen, sondern ihm die Tür und sich selbst weit öffnen. Und sie würden sich eine gemeinsame Zukunft aufbauen. Zu dritt. Aber nicht hier, zwischen Färsen und Mistforken, ganz sicher nicht. Nein, sie gehörte in die Stadt! Sie würde ihre liebsten Besitztümer nehmen, ihr Mädchen im Kinderwagen und ihre Schreibmaschine im Koffer, und in die Hauptstadt ziehen.

Sind diese unzähligen Möglichkeiten, die uns gegeben sind, nicht doch ein Beweis dafür, dass Gott seine Hand über uns hält?, dachte sie. Nein, sie dachte es nicht nur – sie sprach es laut aus, als sie sich im Spiegel sah. Die hohe Stirn. Den klaren Blick. Ihr Körper nahm allmählich wieder normale Proportionen an. Ihre Schritte waren leicht, das Kind getauft, und selbstverständlich würde er wiederkommen. Früher oder später würde er vor ihr stehen.

Ihre Mutter war sich dessen nicht so sicher gewesen, aber sie hatte Hedwig nicht verstoßen. Hatte nur den Kopf geschüttelt und ihr Geld gegeben, genug, um die erste Zeit zu überstehen. Außerdem hatte sie ihr eingeschärft, dass sie sich Frau Hedwig Lohmann nennen müsse, und auf jeden Brief müsse sie Frau, nicht Fräulein schreiben.

Die Wohnung in der Solmsstraße war klein und feucht gewesen. Eine Notwohnung. Tausende Familien drängten sich auf kleinster Fläche, aber da hatte man zumindest andere Sorgen, als sich zu fragen, wer die Väter all dieser Kinder waren.

Sie teilte sich das Zimmer mit einer überspannten, schwermütigen Berlinerin, die noch nicht einmal zur Kinderfrau taugte. Wenn sie nicht rauchte, dem Streit der Nachbarn und dem Geschrei von Hedwigs Mädchen lauschte, lag sie lang ausgestreckt auf dem Bett und starrte den immer größer werdenden Berg schmutzigen Geschirrs an oder Hedwig, die wie ein Tier im Käfig in der dunklen Kammer auf und ab ging. So fühlte sich Hedwig zumindest. Als eine Gefangene, nicht nur der Umstände, sondern auch ihrer eigenen Gedanken. Plötzlich wollten sie sich nicht mehr regen. Wollte sie jemals wieder einen klaren Gedanken fassen, dann musste sie aus diesem Rattenloch raus. Und mit einem Kind auf dem Arm brauchte sie einen Mann an ihrer Seite. Er musste wiederkommen. Er – oder ein anderer.

Schon nach einer Woche hatte sie beschlossen, die Stadt zu hassen. Dieses Oberflächliche, Hektische und Unreflektierte. Warum wollten die Menschen nicht wissen, wer sie war? Warum taten sie es immer allen anderen gleich, wenn doch in jedem etwas Verborgenes, eine Berufung, eine Gabe schlummerte? Die Menschen hier hatten nie gewagt, ihr Innerstes, ihr geheimstes Wesen, ja, ihre Tiefen zu ergründen. Sie erinnerten Hedwig an Menschen im Viktorianischen England, die bestimmte Stoffe nicht einmal angefasst hatten, weil sie das für sündhaft und verboten hielten. Wie konnte man allen Ernstes glauben, die Welt zu verstehen, wenn man niemals auf seine eigene wahrhaftigste Stimme gestoßen war? Wie sollte man da nicht niederträchtig werden? Lieblos und gemein.

Das war den Mächten gegenüber rücksichtslos. Gott zuliebe musste sie das Schreiben ernst nehmen, und das konnte sie nicht, wenn neben ihr das Mädchen schrie. Denn es schrie. Und schrie. Ihre Augen kitzelten und kratzten, ihr Blick rief, und ihr Mund entzog Hedwig alle Kraft. Sie konnte nachts nicht schlafen, sah tagsüber doppelt. Es gab wohl auf der ganzen Welt keine einzige Schriftstellerin, die mit einem Nebelhorn neben ihrem Schreibtisch schreiben konnte.

Manche Frauen tunkten Zuckerwürfel in Schnaps, um die Säuglinge zum Stillschweigen zu bringen, manche fesselten ihre Kinder ans Gitterbett, wenn sie arbeiten gingen, ließen sie schreien, bis sie verstummten und sich im Dunkeln hin- und herwiegten. Manche ließen ihre Kinder einfach verschwinden. So eine war Hedwig nicht. Sie bat noch nicht einmal ihre an die

Decke starrende Mitbewohnerin, das Mädchen länger als einen flüchtigen Moment zu hüten, wenn sie unbedingt ein paar Besorgungen erledigen musste. Hedwig traute dieser Frau nicht über den Weg, sie war sonderbar, ja, geradezu verantwortungslos. Hedwig jedoch lief hin und her, sang dem Mädchen Lieder vor, lullte es in den Schlaf, umarmte es, wiegte es, schmuste mit ihm, las ihm vor. Abendgebet, Morgengebet, Tischgebet. Doch nichts half. Es war umsonst. Es war sinnlos. Sie wurde nicht erhört.

Eine andere Unterkunft zu finden war ausgeschlossen. In der Zeitung las sie, dass in Berlin fast eine Million Menschen auf eine Wohnung warteten. Hier hatte sie immerhin ein Dach über dem Kopf. Und schreien würde das Mädchen auch anderswo.

Unter welchem Stern wir auch leben oder in welcher Atmosphäre wir uns bewegen, dachte Hedwig, die äußeren Lebensumstände müssen sich fügen, denn ein wahrer Künstler hat seine Aufgabe zu erfüllen und folgt seiner Berufung. Ein wahrer Künstler ist nicht austauschbar, sondern unterwirft sich vorbehaltlos seiner Bestimmung. Alle Schriftsteller opfern einen Teil ihrer Normalität.

Ja, sie musste das Mädchen in die Obhut von jemandem geben, dem sie trauen konnte. Der einzige Weg aus diesem Rattenloch führte über diese prosaische Hintertür – das Mädchen vorübergehend fortzugeben, um das Praktische zu regeln. Sie musste wieder unterrichten, damit Essen auf dem Tisch stand. Um abends in Ruhe schreiben zu können, brauchte sie Stille. Als sie diesen Entschluss erst einmal gefasst hatte, verspürte sie einen tiefen, beinahe feierlichen Frieden.

Es war ein kalter, sonniger Tag im Februar; die Steinkohlewolken, die sonst im Winter den Berliner Himmel verhängten, schwebten hoch über den Dächern, und auf der spiegelglatten Straße schmolz das Eis in den Pfützen. Selbst das Mädchen war sanft, es schlief brav in seinem Kinderwagen. Hedwig hatte sich einen neuen Hut gekauft und trug ihren Kopf hoch erhoben, auf dem ganzen Weg durch Kreuzberg bis zum Säuglingsheim. Abgestillt hatte sie mühelos, es hatte nur wenige Tage gedauert.

Der Abschied selbst war schmerzlos. Das Mädchen begriff ja sowieso noch nichts. Es gurgelte auf dem Arm der Kinderkrankenschwester zufrieden vor sich hin, als Hedwig sich verabschiedete. Bevor Kinder gehen lernten, kannten sie schließlich noch kein entwickeltes körperliches Schmerzempfinden. Und der psychische Schmerz entwickelte sich erst viel später, das hatte in jedem Buch zu dem Thema gestanden, das Hedwig hatte finden können.

Sie hatte die Erlaubnis erhalten, das Mädchen jeden Sonntag zu besuchen. Das war der Höhepunkt der Woche, Hedwig freute sich schon Tage im Voraus darauf. Es kam ihr beinahe so vor, als würde die Kleine ihr eine Audienz geben. Die Kinderschwester, die sie hinter der Glasscheibe hochhielt, brachte sie zum Lachen, und sie wuchs; mit jeder Woche, die verging, sah Hedwig ein dralleres Kind auf dem Arm der Schwester. Wenn Hedwig ihre Hand an die Scheibe hielt, konnte sie den kleinen Kopf beinahe berühren – nur ein hauchdünner Abstand lag zwischen ihnen. Auf dem Rückweg vom Säuglingsheim waren ihre Schritte immer leichter, das, was ihr häufig so mühselig und ungerecht erschien, fühlte sich plötzlich belebend an, ihre Zweifel waren wie verschwunden. Es war so viel besser für das Mädchen, dort zu sein, wo sie nun war, in reinen, sicheren Händen, wo der Fußboden gebohnert war; ohne Zigarrenqualm und Gezänk im Treppenhaus, ohne Hedwig, die ungeduldig zwischen der Uhr und der Schreibmaschine hin- und hersah. Ich liebe sie, dachte Hedwig. Ich liebe sie so sehr, dass es mir das Herz bricht.

»Vielleicht wäre ich nicht so furchtbar vernarrt in mein Kind, wenn ich es immerzu bei mir hätte«, sagte sie zu Katarina. »Ich tue es auch für sie.«

Jeden Sonntag traf sie ihre Freundin aus Kindertagen in der Konditorei am Mehringdamm, und heute erzählte Hedwig ihr, dass die breite Nase das Mädchen wie eine Bauersfrau aussehen ließ. Hedwig lachte auf.

»Sie ist …«, sie suchte nach Worten, »… hinreißend, ich meine … das Mädchen ist vielleicht nicht das süßeste von der Welt, aber sie ist ganz und gar … *hinreißend*.«

Katarinas Hände umschlossen die warme Tasse. Sie saß immer so still da, und schon damals trug sie ihre Haare kurz, aber nicht in einem modernen, sondern einem zielstrebigen Kurzhaarschnitt. Wenn sie Schleier und Ordensgewand anlegen würde, brauchte sie keine Locken. Katarina hörte ihr aufmerksam zu, rührte in der heißen Schokolade, und für einen Moment hatte Hedwig den Eindruck, dass Katarinas Blick ihr auswich, dass sie fast streng schaute, bevor sie die Tasse anhob – und lächelte. Obwohl sie so ernst war, lachte Katarina viel. Manche Menschen waren so. Strahlten und wussten immer einen Rat. Vielleicht hatte es etwas damit zu tun, dass auch Katarina sich berufen fühlte, sie folgte ihrem eigenen Weg. Das hatten sie gemeinsam.

Schon vor langer Zeit hatten sie darüber gesprochen – dass es um die Fragen ging, nicht um die Antworten. Das wussten sie schon, als sie als junge Mädchen nachmittags die Dorfschule verlassen und Hand in Hand den Umweg über die Felder genommen hatten. Die existenziellsten Fragen zu stellen hieß, zum Kern des eigenen Wesens zu gelangen und dadurch das Leben zu verändern.

Katarina hatte an ein Kloster außerhalb von Berlin geschrieben, und die Äbtissin hatte nach vielem Wenn und Aber endlich ihrer Bitte zugestimmt, als Postulantin am Klosterleben teilnehmen zu dürfen, und Hedwig schrieb. Zwei Wege, die zum selben Ziel führten. Falls es wirklich Krieg geben würde, wären sie gewappnet.

»Sie wird braune Augen haben«, fuhr Hedwig fort. »Es ist nicht leicht, das durch die Glasscheibe zu erkennen, aber sie werden wohl braun werden. Und ich kann sie zu mir holen, sobald alles wieder seinen geregelten Gang geht, sobald ich mit meinem Roman vorangekommen bin. Der Anfang ist immer am schwierigsten; wenn man schreibt, dann ist man nicht ganz man selbst, man braucht so viel Ruhe und Bestätigung. Es ist eine schwierige Zeit, ich bin fast wie im Fieber, aber bald habe ich Ton und Richtung des Romans herausgearbeitet, dann wird es leichter. Ich muss dieses Buch schreiben, Katarina. Es brennt in mir, es ist wie eine Lust …«

Sie spürte, wie ihre Wangen heiß wurden. Hedwig errötete normalerweise nicht, trotzdem schlug sie für einen Moment die Augen nieder, bevor sie weitersprach: »Ich schreibe über eine Kindheit. Meine oder vielleicht die von allen. Ich weiß, dass daraus etwas werden kann, dass …« Sie zügelte sich, und Katarina legte eine Hand auf ihre. Sie fühlte sich trocken an. Ihre Lippen waren rot und feucht. Sie hatte etwas sagen wollen. Sprach es aber nicht aus. Und Hedwig dachte noch, warum habe ich das Gefühl, als wollte sie nicht wissen, was ich wirklich will, worüber ich nachdenke? Sie trank einen Schluck Kaffee und fuhr beherrscht fort:

»Genug davon, der Winter ist lang und kalt, und solange die Fensterscheiben morgens noch von innen mit Eisblumen überzogen sind, wenn ich aufwache, ist sie besser dort aufgehoben, wo sie jetzt ist. Meinst du nicht, Katarina? Kinder brauchen doch eine Mutter, die fröhlich ist und Kraft hat, mit ihnen zu spielen? Statt einer Mutter, die nur Sorgen kennt und sich fragt, wie sie Essen auf den Tisch bringen und gleichzeitig mit ihren Pfunden wuchern soll?«

Als es Sommer wurde, hatte sie das Mädchen, das inzwischen rund wie ein Ferkel war, tatsächlich wieder zu sich geholt. Und Katarina war ins Kloster gegangen. Das war nun vierzehn Jahre her, einen Weltkrieg hatten sie seitdem erlebt. Aber Freundinnen wie sie ließen einander nicht so schnell los. Natürlich war Katarina in ihrem Kloster geblieben. Sie war beständig. Sie würde ihrer besten Freundin oder ihrer Berufung nie untreu werden. Beide, sie und Katarina, dienten einer höheren Wahrheit. Sie nahmen keine Rücksicht auf die widerwärtige Maschinerie, die die Welt in Atem hielt. Hedwig kannte niemanden mit solch einer Selbstachtung wie Katarina. Keiner der Intellektuellen, denen sie während ihrer kurzen Zeit auf dem Parnass begegnet war, hatte Katarinas Integrität besessen. Hedwig selbst hatte man das Schreiben verboten, bereits ein Jahr nach der Machtergreifung war ihr mitgeteilt worden, dass kein Text aus ihrer Feder mehr veröffentlicht werden würde. Einerseits war sie stolz darauf, als sie erkannte, dass das, was sie schrieb, von Bedeutung war, ja, sogar als umstürzlerisch angesehen wurde, andererseits war sie enttäuscht, verzweifelt.

Sie hatte nur ihr Debüt veröffentlichen können. Nun war elf Jahre lang nichts von ihr publiziert worden, keine einzige Zeile. Aber geschrieben hatte sie. Obwohl es Landesverrat war – ja, sogar gerade deshalb –, hatte sie insgeheim Seiten vollgeschrieben, neue hinzugefügt und sie hinter dem Küchenschrank versteckt. Sie hatte Angst gehabt, hatte nicht schlafen können, war wütend und frustriert gewesen. Aber sie hatte nie gefürchtet, dass ihre Schaffenskraft versiegen könnte.

Als die Gestapo zum ersten Mal zu ihr kam, hatte sie gedacht, dass sie es auf ihre verbotenen Gedanken und ihr Manuskript abgesehen hatten. Davon war sie überzeugt gewesen.

Aber nicht ihr Manuskript hatten sie gewollt, als sie gegen die Tür gehämmert hatten. Sie waren hinter etwas anderem her – sie hatten das Mädchen gewollt. Doch Hedwig war es gelungen, sie mit Gottes Hilfe, erniedrigender Rhetorik und dem Taufschein davon zu überzeugen, dass hier keine Landesverräter wohnten.

Das Mädchen wurde natürlich wach, beruhigte sich nach einer halben Schlaftablette jedoch wieder. Nachdem Hedwig also die Tür hinter ihnen geschlossen hatte, schlief es brav in seinem Bett, und Hedwigs Manuskript lag immer noch unangetastet hinter dem Küchenschrank. Es war der Anfang eines großen Romans. Und er würde gedruckt werden, das wusste sie. Sobald in diese Hölle da draußen wieder etwas Ordnung gekommen war, würde sie ihn an einen Verlag schicken. Wenn der Krieg endlich vorbei war, würde sie wieder schreiben und auch von dem erzählen, was den Herren da draußen nicht gefiel. Sie würde gelesen werden!

Jetzt, da die Unterhosen der Kapitulation aus allen Fensterspalten und Löchern hingen, konnte diesen Plan nichts mehr vereiteln. Eine große Gnade, »Das unauslöschliche Siegel«, hatte sie gerettet: Ihr Manuskript war nicht in Flammen aufgegangen. Es musste doch möglich sein, die Mühlen der Bürokratie zu überlisten, die langsamer mahlten als der Tod.

Frau Müller hustete. Die Sonne brannte auf die Schutthaufen und die zerkrümelten Ziegel auf der Straße nieder, aber der Husten verstummte nicht, es war ein rasselnder, kalter Husten. Ein pfeifender, keuchender.

Hedwig konnte nicht in Berlin bleiben. Alles, was in Flammen aufgegangen war, existierte nicht mehr. Übrig geblieben waren nur die peinlichen Gerüche, die schmutzige Wäsche, die Apathie und das geschmacklose Feilschen. Sie musste hier weg. Und sie wusste, wohin. Es gab einen Ort, an dem sie in Ruhe und Frieden ihr Buch beenden könnte.

Sie würde Katarina schreiben.

Es gab gute Gründe, weshalb ihre Verbindung abgerissen war. Nicht nur den Krieg. In den ersten sieben Jahren als Novizin, bevor sie das Gelübde ablegte, war eine Ordensschwester mit ihrer Korrespondenz sehr zurückhaltend, schrieb nur die allernötigsten Briefe. Eine lange Vorbereitungszeit auf das, was sie als Schwester erwarten würde – Abgeschiedenheit, Keuschheit und Beständigkeit. Ihr Abschied damals war liebevoll gewesen, aber ohne Versprechungen. »Wir bleiben im Gebet verbunden«, hatte Katarina gesagt, und Hedwig hatte den Kopf an ihre Brust gelegt. Ihrem Herzschlag gelauscht. Mit ihren Fingern gespielt. Einen kurzen Moment hatten sie so auf dem Sofa gesessen, mit rosigen Wangen, heißen Atemzügen, pochenden Herzen – und plötzlich kühle Wangenküsse getauscht.

Falls Katarina noch lebte, würde sie Hedwig aufnehmen. Im Kloster würde sie Frieden finden. Ihr Buch fertig schreiben können. Dort würden sie kein Husten und keine geflüsterten Andeutungen stören. Hedwig beugte sich über die Schreibmaschine, versuchte die Stimmen von nebenan in ihren Gedanken zu ertränken und spannte den Bogen in die Walze.

Sarah und Israel Joshower lagen im Bett und sahen den Mond wandern.

»Schlaf jetzt«, sagte Israel. Er begann zu verstehen, dass die Kinder womöglich nicht zurückkehren würden, aber wie sollte er ihr das sagen? Was würde mit ihm geschehen, wenn er ebenfalls aufgab? Wenn Sarah, die neben ihm unter der rauen Decke lag, vollends den Verstand verlöre?

Er musste lügen. Er musste sich etwas zusammenreimen, sich etwas ausdenken, und ihr dabei helfen zu hoffen, bis sie wieder bei Kräften war; nur mit Hilfe einer Lüge würde sie irgendwann die Wahrheit verkraften können.

So geht Israel damit um, dachte Hedwig. Warum kann er es sehen, aber Sarah nicht? Welche Eigenschaften haben Menschen, die den Dingen auf den Grund gehen wollen, und woran mangelt es denen, die lieber im Ungewissen schweben? Ist das eine kognitive Fähigkeit, oder hat es etwas mit blinder Liebe zu tun? Liebt Sarah mehr? Lieben Mütter mehr? Ist Liebe ein Leiden begabter Menschen? Oder ein Schutzschild?

Hedwig starrte auf ihren Text. Fühlte sich von den Stimmen hinter dem Vorhang gestört, hielt sich die Ohren zu.

Eine glaubwürdige Heldin hat immer eine Schattenseite, dachte sie. Schwierigkeiten machen den Menschen nicht edler, Schwierigkeiten besudeln seine Seele und schwächen seine Tatkraft. Da ist etwas, das Sarah sich nicht verzeihen kann, deshalb lässt sie sich von Lügen einlullen. So muss es sein. So würde sie Sarah entwickeln. Denn im tiefsten Inneren weiß man, was geschehen ist.

Sie konnte diese Stimmen einfach nicht ausblenden! Es war, als würde ihr das Gerede hinter Frau Müllers Vorhang eine andere Geschichte einflüstern.

»Als hätte sie nichts Wichtigeres zu tun.«

»Es wird nicht mehr lange dauern, dass sie der Wahrheit ins Auge sehen muss, und dann wird es vorbei sein mit der Schreibmaschine.«

»Es gibt keine Wahrheit mehr.«

»Oh doch.«

»Hat sie denn noch immer nichts gehört?«

»Irgendwann kommt immer Nachricht.«

»Von dort kehrt niemand mehr lebend zurück.«

»Den einen oder anderen hat man doch schon am Bahnhof gesehen. Es ist entsetzlich.«

»Aber wo sollen sie bloß alle hin?«

»Ja, das ist die Frage, wo sollen sie hin? Hier ist ja noch nicht einmal Platz für uns.«

Hedwig trank einen Schluck von dem bitteren Ersatzkaffee, hämmerte noch härter auf die Tastatur ein, vertraute auf den Satz, auf das, was mächtiger als sie war.

Ich werde in Gleichnissen erzählen, dachte sie. Ich werde das hinausschreien, was im Verborgenen geschlummert hat. Lazarus wurde von den Toten auferweckt. Sarah soll sich allmählich den Evangelien annähern. Vielleicht müssen wir uns alle selbst in der Unterwelt begegnen. Dann können wir wiederauferstehen.

Sie hörte auf zu schreiben, starrte auf die Schreibmaschine hinab.

»Ich habe sie geliebt«, flüsterte sie. »Ich habe entschieden, sie auszutragen, trotz allem habe ich mich dazu entschlossen, sie zur Welt zu bringen, sie zu bilden, zu rüsten.

Was ich geben konnte, habe ich gegeben.«

UPPSALA 1983

Den Termin bei meinem ersten Arzt hatte ich nach dem Puppenmord. Damals dachte ich jedenfalls, dass es der erste war. Da wusste ich noch nicht, dass sie mich schon vor langer Zeit in ihren Fängen gehabt hatten – grüne Figuren mit Masken vor dem Mund und eiskalten Händen, die mich prüfend ansahen. Aber das war, als ich noch ganz klein war und noch nicht die Uhr lesen konnte.

Jetzt bin ich bei einem neuen Arzt. Keinem Orthopäden oder einem Arzt vom Jugendamt, sondern bei einer Psychologin. Und ich kann die Uhr. Und es ist tatsächlich anders als damals. Sie trägt keine grüne Maske oder bittet mich, auf Dreiecke und Rechtecke zu zeigen, sondern interessiert sich für meine Puppen. Ja, obwohl sie eigentlich wissen sollte, dass ich längst nicht mehr mit Puppen spiele, möchte sie über sie reden. Ich sage ihr, dass ich nicht mehr mit Puppen spiele, dass ich lieber Forschungen betreibe. Von meinen Forschungsprojekten möchte sie auch gerne hören, aber zuerst von der Puppe – der Puppe, die vor langer Zeit gestorben ist.

Ja, ich hatte einmal eine Puppe. Einen Puppenjungen.

Ich habe ihn mit einem Granatapfel gefüttert. Ihm den Mund vollgestopft.

Die kleinen glatten Kerne haben in seinem Mundwinkel geglitzert. Manche wollte er nicht hinunterschlucken, weshalb ich nachgeholfen habe. Dann habe ich nach der Schere gegriffen – vorsichtig, ganz vorsichtig, sodass sich nichts bewegte – und habe angefangen zu schneiden; eigentlich hatte ich der Puppe nur die Kleider abschneiden wollen.

Ich habe um die Achselhöhlen herumgeschnippelt – dort saß das winzige Kleidungsstück ganz eng, dann quer über den Bauch. Die Schere hat sich durch das Gewebe auf und ab bewegt, während die großen Puppenaugen mich angestarrt haben. Ohne zu blinzeln.

Wenn man ganz still liegt, muss man nicht blinzeln. Das weiß ich. Er hat still gelegen. Anschließend habe ich ihn auf den Bauch gedreht und alle Knöpfe aufgemacht; er hat jetzt mit dem Gesicht nach unten gelegen. Ich habe nur mit einer Hand geschnitten, die andere habe ich unter seinen Kopf geschoben. Die ganze Welt kann in einer Handfläche ruhen. Wenn man es aus seiner Perspektive sieht – seine Welt lag in meiner Hand. Manche sagen: Jeder Mensch ist eine Welt für sich, oder, wer einen Menschen rettet, rettet die ganze Welt. Ich wollte seine Welt nicht retten.

Als ich seine Hose aufschnitt, kam es darauf an, nicht danebenzuschneiden – und mir das Lachen zu verkneifen, denn wie er so dalag, war er plötzlich kaum mehr als eine Vogelscheuche; alles an ihm hing ja lose, seine Kleidung hing in Fetzen, in vielen Fetzen, und ihn daraus zu befreien dauerte eine Weile. Aber er rührte sich nicht. Und es war mucksmäuschenstill.

Es muss mucksmäuschenstill sein, wenn man an den Wehrlosen übt. Wenn einen jemand hört, ist man nicht allein. Man kann die Schere auch in die Nasenlöcher stecken, dafür muss man die Puppe wieder auf den Rücken drehen. Die Schere ist gerade klein genug, um in die Nasenlöcher zu passen; zuerst das eine, schnipp-schnapp, dann das andere, schnipp-schnapp, danach hängt auch die Nase lose. In vier Streifen. In mehr braucht man sie nicht zu zerschneiden. Und er liegt die ganze Zeit still. Bis ihm Blut über die Lippen läuft und von seinem Kinn tropft. Die kleinen Ohren abzukriegen ist schon schwerer, sie sitzen fest. Die Schere ist stumpf, die Puppe muss liegen und sitzen, auf der Vorder- und der Rückseite und auf der Seite liegen. Ja, die Ohren abzuschneiden dauert, das letzte Stück muss man abreißen.

Während ich an der Puppe herumschnippelte, sagte ich kein Wort, es gab nicht viel zu sagen, er sah mich auch nicht mehr an. Er hatte auch Augenlider, kleine, harte Lider, die er schließen konnte, aber die Schere war für sie zu groß, deshalb nahm ich dafür Daumen und Zeigefinger zu Hilfe.

Dann habe ich die Puppe weggeworfen, nicht aus dem Fenster, ich habe sie auch nicht im Klo heruntergespült, wie ich es zuerst geplant hatte, sondern hab sie unters Bett geschmissen.

Danach bin ich aus dem Zimmer gegangen. Und habe die Tür geschlossen.

BLIDHOLMEN 2004

Als Ingrid von ihrem Spaziergang zurückkam, war Hanna immer noch da. Die grüne Wachsjacke am Garderobenständer war nicht zu übersehen.

Ingrid zog ihren Mantel aus und hängte ihn daneben. Unterdrückte den Impuls, an Hannas Jacke zu schnuppern, ging in die Küche und stellte das Radio an.

So hatten sie das Problem gelöst – dass sie das Radio anmachte, wenn Karl Erik Besucher hatte.

»Hier fehlt ein ordentliches Gesprächszimmer«, hatte Karl Erik gebrummt, als sie eingezogen waren. »Ich brauche einen Raum, aus dem nichts herausdringt. Ist es nicht seltsam, dass im ganzen Erdgeschoss kein Zimmer zu finden ist, in dem die Wände keine Ohren haben?«

Wie seine Vorgänger das zuwege gebracht hatten, war ihm ein Rätsel.

»Vielleicht haben sie ihre Gespräche ja nicht im Pfarrhof geführt?«, unternahm Ingrid einen Versuch. »Sondern in der Sakristei?«

Karl Erik wollte das Gesicht verziehen, doch es blieb maskenhaft starr, und sie schluckte hinunter, was sie noch hatte sagen wollen.

Sie sah, wohin es führte. Aber das wollte sie nicht.

Ich muss mich entscheiden, wofür es sich zu kämpfen lohnt, dachte sie. Wir haben nicht viel zu verlieren. Aber mit der Zeit, die uns noch bleibt, müssen wir sorgsam umgehen.

»Such dir ein Zimmer aus«, sagte sie, während ihr Blick liebevoll über den Ofenkranz, den frisch geölten Holzfußboden und die Sprossenfenster glitt, hinter denen die Veranda lag. Doch als Karl Erik die Hand auf das Treppengeländer legte, fügte sie vorsichtig hinzu: »Aber an der Treppe verläuft für mich die Grenze. Ich will nicht, dass die Leute plötzlich in meinem Schlafzimmer stehen.« Karl Erik entschied sich für das Verandazimmer. Irgendwie musste es ja schalldicht zu isolieren sein.

Doch es war schier unmöglich, für dieses Vorhaben Handwerker zu finden – da hörte es auf. Die ortsansässigen weigerten sich. Viel zu schwierig. Das Licht gehe verloren. Das sei nahezu ein Übergriff. Man rühre einfach keine historischen Sprossenfenster an, sagten sie. Spiegeltüren könne man nun mal nicht isolieren. Ein so schönes Jugendstilhaus müsse bleiben, wie es war. Sie müssten sich etwas anderes überlegen.

Flüchtig erwogen Ingrid und Karl Erik, einen Handwerker aus der Stadt kommen zu lassen, erkannten aber, dass das der reinste Selbstmord wäre.

»Dann haben wir auf der Insel ausgespielt«, gluckste Karl Erik und gelobte feierlich, dass der alte Pfarrhof so bleiben sollte, wie er war. Und das wiederholte er seither wie ein Mantra. So weit draußen in den Schären suchte ein Haus wie ihres schließlich seinesgleichen. Und der Sturm der Entrüstung flaute ab.

Die Türen waren hundert Jahre alt. Überall fanden sich Verzierungen aus Holz. Die Sonne spielte in den Gardinen. Das Verandazimmer war der hellste Raum. Der schönste. Er sollte ihm gegönnt sein. Und Ingrid versprach Karl Erik, das Radio anzustellen, sobald Besucher kamen. Darauf vertraute er. Denn es interessierte sie nicht, worüber sie sprachen.

»So jemand bin ich nicht, das weißt du ja«, sagte sie.

Das wusste er.

Aber er wusste nicht, dass sie in letzter Zeit *so jemand* geworden war.

Gegen ihren Willen.

Was wollte Hanna bloß mit einem Pfarrer? Intellektuelle verschwendeten doch wohl heutzutage keinen Gedanken an Jesus oder an die Kirche. Sie verstand nicht, worüber sie sprachen. Nur ein leises Murmeln war durch die Tür zu hören, Hannas, und dann ein Lachen, seins. Ingrid sah zur Uhr.

Birgitta hatte es als Erste geahnt. Vielleicht hatte Ingrid schon auf unbestimmte Weise gewusst, dass nicht alles so war, wie es sein sollte. Aber Birgitta hatte es zuerst zur Sprache gebracht. Sie war fünf Jahre älter als die Jungs und nahm kein Blatt vor den Mund – in der Familie war sie schon immer diejenige gewesen, die auf einem Schemel gestanden und Befehle gebrüllt hatte. In Ingrids Ohren war das schon lange keine Musik mehr. Ingrid wusste, dass sie Birgitta damit unrecht tat, aber was man über seine Kinder dachte, ließ sich nicht steuern.

»Birgitta ist so, wie du warst, als wir uns kennengelernt haben«, sagte Karl Erik, »wenn du mich nicht getroffen hättest, wärst du vermutlich immer noch so.«

Das zu hören war nicht gerade amüsant. Aber vielleicht hatte er recht. Ingrid wusste, dass sie sich verändert hatte. Mit einem Pfarrer verheiratet zu sein ging an niemandem spurlos vorüber.

Birgitta hingegen schien weder etwas von der Ehe noch vom Gottesdienst zu halten. Sie war zwar konfirmiert, aber nur so mit Ach und Krach. Normalerweise machten Jungen Probleme, aber in Karl Eriks Familie waren die Jungs vergleichsweise harmlos. Birgitta brauchte wirklich jemanden, der sie auf den Teppich zurückholte. Trotzdem wünschte Ingrid ihr, wenn sie ehrlich war, keinen Pfarrer an der Seite. Lieber einen Arzt. Einen Psychiater, dachte Ingrid hämisch, wenn sie so richtig wütend auf sie war. Oder zumindest einen Allgemeinmediziner von etwas Format. Jedenfalls war es ein gewöhnlicher Nachmittag in Uppsala gewesen. Ingrid erinnerte sich nicht mehr, wo die Jungs gewesen waren, aber Birgitta war zu Besuch gewesen, hatte in der Küche gestanden und eine Zigarette geraucht. Da Karl Erik Pfeife rauchte, konnte Ingrid kaum etwas dagegen einwenden, aber sie konnte Birgitta vielsagende Blicke zuwerfen, und das tat sie auch. Darin war sie Weltmeister, genau wie im Fallenlassen von spitzen kleinen Bemerkungen.

Karl Erik hatte im Wohnzimmer gesessen – war es vielleicht ein Sonntag gewesen? Das Essen war fertig gewesen, und sie hatten sich gerade zu Tisch setzen wollen. Ingrids Praxis platzte aus allen Nähten, und noch dazu machte sie eine Weiterbildung in London und war an diesem Tag wohl besonders zerstreut. Sie freute sich auf alles, was vor ihr lag.

»Komm, Mama, sieh ihn dir an«, hatte Birgitta gesagt und Ingrid am Rock gezupft, wie sie es als kleines Kind getan hatte.

Dann hatten sie in der Tür gestanden. Ingrid erinnerte sich noch genau, wie Birgittas Parfüm gerochen hatte, sie waren sich inzwischen selten so nahe, dass Ingrid den Geruch ihrer erwachsenen Tochter wahrnahm.

Karl Erik hatte im Halbschlaf über ein Buch gebeugt unter der Leselampe gesessen und Daumen und Zeigefinger aneinandergerieben. Dann war da noch das seltsame Zittern seiner rechten Hand gewesen, das erst vor kurzem dazugekommen war. Das Zittern seines Kopfes. Ein Speichelfaden hatte an seinem Kinn gehangen.

Normalerweise hätte Ingrid weggesehen und wäre weitergeeilt, aber jetzt hatte sie sich nicht von der Stelle gerührt, und ihr war aufgefallen, was ihre Tochter schon lange bemerkt zu haben schien.

»Siehst du denn nicht, Mama«, hatte sie geflüstert, »siehst du denn nicht, dass Papa zu einem Arzt muss? Er sieht aus wie ein Penner.«

Und Ingrid hatte gesehen.

Ihr war kalt ums Herz geworden.

Aber es war nicht so ein Gefühl, als hätte jemand aus heiterem Himmel ein Rollo hochgezogen. Es war wie im Herbst, wenn man sich die Strümpfe anzieht, wie der erste Anflug von Kälte, den der Augustwind mit sich bringt; man glaubt, es sei eine einmalige Erscheinung, weil man sich einbildet, dass noch viele sonnige Tage auf einen warten. Und doch weiß man tief im Inneren, dass man von nun an nicht mehr barfuß gehen kann.

Ingrid hatte es gewusst. Ohne es zu wissen, wusste sie es – etwas war anders, als es sein sollte.

Zuerst hatte sie gedacht, dass sie es war, die Hilfe brauchte. Sie war in letzter Zeit so schnell gereizt. Ärgerte sich über Kleinigkeiten. Wie eben gerade über seine Krümelbewegung mit den Fingern. Diese ewige monotone Geste, mit der der Daumen über die Spitze des Zeigefingers fuhr. Das regte sie auf.

Aber noch mehr reizte sie, dass er ihr nicht richtig zuzuhören schien. Nun gut, er hatte schon immer in anderen Gefilden geschwebt (und das in jeder Hinsicht). Doch es war *ihm* immer wichtig gewesen, dass sie seinen Worten lauschte, dass sie seine Gedanken teilte und wusste, worüber er nachdachte.

Seit einer Weile jedoch schien das für ihn an Bedeutung verloren zu haben. Er unternahm nur noch halbherzig Anstalten, ihr zuzuhören, und schaltete dann ab, als lohnte es sich nicht mehr, als bremste ihn etwas, über das er keine Kontrolle hatte.

Dann schien sein Gesicht zu einer Maske zu erstarren.

Ingrid lag nachts wach und grübelte darüber nach, ihre Gedanken drehten sich im Kreis. Sie versuchte, nicht giftig zu reagieren, konnte sich manchmal allerdings nicht beherrschen und gab eine bissige Bemerkung von sich, aber Karl Erik machte sich noch nicht einmal mehr die Mühe, sich zu verteidigen. Er verzog nur das Gesicht zu einer undurchsichtigen Grimasse, die sie nicht deuten konnte – war es eine traurige oder einfach nur eine hässliche?

Nachdem sie sich monatelang in einem Zustand der Verwirrung befunden hatte, hatte sie ihre Schwester angerufen, sich erst mit Nebensächlichkeiten aufgehalten, bis sie schließlich mit der Sprache herausgerückt war.

Sie hatte gehört, wie Gunilla Luft holte, bevor sie vorsichtig gefragt hatte, ob er vielleicht eine andere kennengelernt haben könnte.

Ingrid erinnerte sich noch, dass sie laut aufgelacht hatte.

»Gott behüte!«, hatte sie gesagt, »um untreu zu werden, muss man sich doch wohl zumindest noch einen Rest Neugier bewahrt haben.«

»Du bist ihn leid.«

Ja. Ingrid war ihn leid.

»Du kannst also ausschließen, dass es da jemand anderes gibt?«

»Ja.«

»Vielleicht ist er depressiv, Ingrid.«

Aber warum sollte er depressiv sein?, fragte Ingrid sich. Er hatte doch noch nie dazu geneigt. Er war manchmal bekümmert und streitsüchtig, war von sich und seiner Arbeit eingenommen, unausgeglichen und selbstherrlich, aber er war doch noch nie einfach so verstummt. Es ging ihnen doch gut. Die Kinder waren erwachsen, er war geschickt darin, seine Arbeit zu delegieren, und tat es auch. Sie hatten angefangen, gemeinsam zu verreisen. Er schlief. Aß. Las. Arbeitete.

»Ich finde, dass wir …« – Ingrid suchte nach Worten – »die Früchte unseres Lebens ernten, wie es so schön heißt.«

»Rede mit ihm«, sagte Gunilla.

»Ich habe schon mit ihm geredet, selbstverständlich habe ich das, Hunderte Male schon.«

»Und was sagt er?«

»Dass alles seine Zeit hat.«

»Ach, Ingrid.«

»Ich weiß.«

Als sie aufgelegt hatte, hing die Frage noch im Raum. Wäre das möglich? Wäre es möglich, dass er eine andere kennengelernt hatte? Sie konnte es nicht glauben. Nicht, weil sie es nicht glauben wollte, sondern weil der Gedanke ganz einfach lächerlich war.

Sicherlich, es hatte in seinen Gemeinden immer Frauen gegeben, die eine Schwäche für ihn gehegt hatten. Selbst in den letzten Jahren, wo man doch hätte annehmen können, dass sich seine Anziehungskraft allmählich abschwächen sollte, meinte Ingrid gesehen zu haben, dass sogar junge Frauen von ihm umarmt werden wollten – und das konnte sie durchaus verstehen, wohnte doch ein großer Trost in seiner Umarmung –, aber sie hatte sich *niemals* ernsthaft von einer anderen Frau bedroht gefühlt.

Manchmal führte er sich natürlich kokett auf, so wie man es tat, wenn man neue Bekanntschaften beeindrucken wollte. Das kannte sie von ihm (und von sich selbst). Dann war seinen Schritten die Bewunderung anzumerken, sie sah, wie sein Gang federte, als wäre Karl Erik noch jung und voller Leichtigkeit.

Aber so war es dieses Mal nicht, selbst sein Gang war schleppend geworden.

Sie hatte versucht, es gelassen zu nehmen. Sich zusammenzureißen und so zu denken wie er: Alles hat seine Zeit.

Eines Tages jedoch, an einem kalten Maitag, hatte er sie plötzlich zum Mittagessen ausführen wollen. Ingrid hatte sich über diesen spontanen Einfall geärgert, sie hatte schließlich ihre Patienten, einige schwere Fälle, und mehrere neue Supervisionsgruppen. Richtig amüsante Aufgaben also.

»Nimm dir Dienstag frei«, sagte er, »dann fahren wir nach Stockholm und nehmen einen Dampfer in den Schärengarten, ich lade dich ein.«

Das war fast rührend. *Ich lade dich ein.* Als zögerte sie wegen des Geldes.

Er hatte den Ausflug bis in alle Einzelheiten geplant. Hatte einen Tisch reserviert und alles vorbereitet. Es war unter der Woche, und auf dem Schiff war kaum eine Menschenseele. Vier junge Frauen in blauen Röcken und weißen Schürzen bedienten sie. Er bestellte eine Vorspeise und dazu einen Schnaps, Bier, ein Hauptgericht und eine Flasche Wein.

Er hat also eine Überraschung in petto, dachte Ingrid und bereitete sich darauf vor, überrascht zu wirken. Doch als er ihnen Bier eingeschenkt und etwas im Hering herumgepult hatte und plötzlich das Besteck beiseitelegte und erzählte, war sie nicht nur überrascht, sondern geschockt.

Was er sagte, war so makaber, dass sie am liebsten vom Tisch aufgestanden und gegangen wäre. Sie kämpfte mit den Tränen, brachte stattdessen aber nur einen giftigen Kommentar zustande: »Aber wo bleibt denn da der Champagner, Karl Erik? Dass du im Sterben liegst, müssen wir doch wohl mit einem Tropfen Schaumwein hinunterspülen!«

Er legte seine Hand auf ihre und bat sie, sich zusammenzunehmen.

Und Ingrid schämte sich. Schlug die Hand vor den Mund und spürte, wie sie bis zu den Haarwurzeln errötete. Was hatte sie da gesagt? Was hatte er gesagt? Wann hatte er sich entschieden … Weshalb hatte er ihr nichts davon gesagt?

Stress, hatte der Arzt gesagt, Stress sei der größte Feind dieser Krankheit. Reduziert man den Stress, lebt man länger.

»Und deshalb …«, setzte Karl Erik an – er war noch längst nicht fertig mit seinen Neuigkeiten, und Ingrid griff nach dem Schnaps, dem Weinglas, dem Bierglas, nach allen Gläsern, und hörte zu, wie er ruhig und beherrscht Fakten auf den Tisch legte, die ihr eigenes Leben grundlegend verändern würden, und das in einem Tonfall, als sei sie die Kranke – »… und deshalb müssen wir uns ein Haus auf Blidholmen ansehen.«

»Ein Haus? Aber Liebling, wir fühlen uns doch wohl in Uppsala. Du bist krank, und da fängst du von einem Haus in den Schären an?«

»Mir ist dort eine Pfarrei angeboten geworden …«, er redete ohne Punkt und Komma und gab ihr keine Gelegenheit, etwas einzuwerfen, »ein weniger umfangreiches Aufgabengebiet als jetzt. Die Insel hat zweihundert Einwohner, die Gemeinde ist eigentlich zu klein, aber als Gegenmaßnahme …« – und dann erzählte er ihr von allen möglichen Beschlüssen der Kirchenleitung, über Regulierungsmaßnahmen für dünn besiedelte Gebiete, wie konnte ihn Ingrid dazu bringen, all das zu überspringen? – »als eine Gegenmaßnahme, um einer Entvölkerung der Inseln vorzubeugen, braucht man dort draußen einen Pfarrer, dieser Ansicht ist auch das Bistum, und deshalb habe ich mich um die Stelle beworben.«

Ingrid nahm zwei große Schlucke.

»Ein Pfarrhof gehört auch dazu.« Plötzlich fischte Karl Erik eine Mappe hervor und breitete Fotografien auf dem Tisch aus. »Ist das nicht schön?« Sie hörte, dass er das ehrlich meinte. Er hatte schon immer eine Schwäche für die Schären gehabt. Und sicher, der Pfarrhof mit seiner Fliederlaube, den Apfelbäumen und Stachelbeersträuchern, weißen Veranden und einem Glockenturm, schräg gegenüber davon die Kirche, mit knirschenden Kieswegen, Meerblick und …

»Und wo ist der Rollstuhl?« Sie biss sich auf die Lippe.

Er sagte kein Wort. Sammelte die Aufnahmen wieder ein, ohne sie eines Blickes zu würdigen. Das Hauptgericht wurde gebracht. Sie schwiegen, und Ingrid betrachtete das Meer und die Inseln. Rote Häuser mit weißen Verzierungen, stattliche eierschalenfarbene Fabrikantenvillen, Badefelsen und Bootsstege, Badehütten und Fahnenstangen, Wasser und Möwen.

Ingrid schluckte hart und setzte an, dann brach es aus ihr heraus: »Wir haben uns doch geschworen, immer alle Entscheidungen gemeinsam zu treffen. Das geht so nicht. Du stellst mich vor vollendete Tatsachen. Warum hast du nicht schon früher etwas gesagt? Wie lange verschweigst du mir das schon? Seit wann weißt du es? Wer weiß sonst noch davon? Zweihundert Leute! Können die denn keinen Grünschnabel auftreiben, der dort predigen kann? Warum wir? Und die Kinder? Sie kommen uns schon jetzt so selten besuchen, wie soll das dann erst werden? Und im Winter? Gibt es da draußen überhaupt einen Laden, oder muss man zum Einkaufen auf Skiern übers Eis? Und wenn sich deine Krankheit verschlimmert, wer soll dann … Sag mal, wie weit ist es eigentlich bis zu diesem Blidholmen?« Sie spürte ihre Wut anschwellen.

Und fuhr fort: »Was soll aus meiner Praxis werden? Wie soll ich das meinen Patienten erklären, hm? Ich kann sie doch nicht einfach damit überrumpeln, dass sie sich von ihrer Therapeutin trennen müssen, sie sind labil, Karl Erik, krank …«

Sie beherrschte sich.

Seine Miene war wie versteinert. Seine Augen schimmerten feucht, sie sahen traurig aus, und dann zeigte er wieder diesen erstarrten Gesichtsausdruck. Diesen ach so hässlichen Gesichtsausdruck. *Auch er war krank.*

»Karl Erik …«, sie zögerte einen Moment, es lag ihr auf der Zunge, ihm zu sagen, was für ein elender Mistkerl er war, was für ein schäbiger Egoist, was für ein …

Sie setzte an.

»Das ist …«

Los, Ingrid, sag es!

»Das ist …«

Sag schon, was du sagen wolltest!

Sie riss sich zusammen, griff nach dem Schnaps, eine Möwe saß auf der Reling vor dem Bordrestaurant.

»Ich habe nichts mehr zu sagen.« Sie sah auf ihren Teller hinunter.

»Du kannst mir ruhig ehrlich deine Meinung sagen.«

»Sag du es. Du hast dir ja sowieso schon alles ohne mich zurechtgelegt, ohne mich zu fragen, ohne …«

»In guten …«, begann Karl Erik.

»Ja?«

»In guten wie in schlechten Tagen«, sagte er und seine Mundwinkel verzogen sich, als wollte er lächeln, aber sie sah, wie leer sein Blick war. Sie legte eine Hand auf seine. Er zog sie nicht zurück.

Verzeih mir, wollte sie sagen.

Aber sie kam nicht mehr dazu, bevor er seine Hand wegnahm und auf ihre legte.

»Du hast vermutlich nur einen kleinen Schock. Das geht vorbei.«

UPPSALA 1983

Ich habe eine Puppenstube. Ich bin zu groß für Puppenstuben. Aber meine alte habe ich behalten. Ich spiele nicht damit. Liege nur auf dem Bett und starre hinein. In den Zimmern ist es dunkel. Aber ich muss auch nichts sehen, ich weiß sowieso, wie es darin aussieht. Mama und Papa sitzen in der Küche. Sie glauben, ich würde schlafen. Sie diskutieren miteinander, nicht hitzig und erbittert, sondern leise und verbissen. Es ist fast wie ein Streit. Aber in dieser Puppenstubenfamilie streitet man nicht, man führt nur sogenannte *Grundsatzdebatten.*

In allen Grundsatzdebatten geht es um Entscheidungen – dass man verschiedene Entscheidungen trifft. Bis auf die total überflüssigen, endlosen Streitereien, in denen es im Grunde darum geht, keine Entscheidung treffen zu müssen. Das klingt dann so:

»Du hast gesagt, dass …«

»Das habe ich überhaupt nicht gesagt.«

»Doch, das hast du.«

»Nein.«

»Doch.«

»Nein.«

»Ich habe das gesagt, weil du gesagt hast …«

»Wann denn?«

»Letzte Woche.«

»Hab ich nie behauptet.«
»Doch.«
»Nein.«
»Doch.«

Diese Streitereien sind so überflüssig, weil keiner von beiden sagt, was er will. Weil sie sich nicht entscheiden können. Sie wollen sich gegenseitig die Schuld in die Schuhe schieben und nicht sagen, was das soll. Alles andere ist dummes Zeug.

Diesmal wissen Mama und Papa aber, was sie wollen. Wissen es beide. Ganz entschieden. Während ich im Nachthemd im Flur stehe und lausche. Ich bin Isa. Ich habe mir oft vorgestellt, ich wäre ein prächtiges Buffet oder ein Weihnachtsbaum. Aber nicht heute. Heute bin ich noch nicht einmal eine Schlange. Nein, ich bin Isa. Und ich friere.

Von meinem Beobachtungsposten aus sehe ich, wie sie die Köpfe zusammenstecken, Weingläser, Teetassen und *poststrukturalistische Dekonstruktionen* sind über das Wachstischtuch verstreut. Und es liegt auf der Hand, was sie wollen und dass sie Verschiedenes wollen und dass keiner von beiden daran denkt, nachzugeben. Das Problem in der Puppenstube ist also, dass sie einen *Kompromiss* finden müssen. Wie auch immer sie sich entscheiden, müssen sie eine Lösung für das *Praktische* finden. Das Praktische bin ich. Mama muss zurück nach Afrika.

Jetzt ist sie an der Reihe. »Und dafür ist es nun wirklich an der Zeit«, sagt sie. Papa erwidert, dass er nichts anderes gesagt habe. Dass es ja schließlich Telefone und Briefträger und Schulferien und Konferenzen gebe. Selbstverständlich sei sie nun an der Reihe. Da wäre aber nun mal dieses Praktische. Wohin damit?

»Sie soll selbst entscheiden«, sagt Mama. »Ob sie mitwill oder hierbleibt. Ich kann mich um sie kümmern, mit einem Kind ist es einfacher als mit zweien. Und es gibt dort Personal.«

»Jetzt hör aber auf«, sagt Papa.

»Womit denn?«

»Ich bin kein Kind mehr.«

»Hab ich auch nicht gesagt.«

»Doch, genau das hast du angedeutet.«

»Nein.«

»Doch.«

Und an dieser Stelle könnte man die gesammelte Familie aus dem Fenster schmeißen, weil ein Endlosstreit heraufzieht. Solche Nie-wirklich-sagen-was-man-will-Streitigkeiten sind schrecklich öde. Und völlig sinnlos. Trotzdem bleibe ich auf dem Bett liegen und starre diese lächerlichen Puppen in der Küche an.

Ich sehe, dass ich ein Nachthemd trage, das mir bis über die Knie reicht und das einen großen Kakaofleck am Ellenbogen hat, und dass ich friere. Ich bin barfuß und sehe jeweils einen Fuß links und rechts der Ritze auf dem Parkett mit Fischgrätenmuster stehen. Ich wage nicht, mich zu rühren. Denn hier geht es um wichtige Dinge. Es geht um das *Praktische.*

»Sie ist alt genug, um die Entscheidung selbst zu treffen, vorausgesetzt, du willst sie haben?«

»Sei nicht albern. Warum sollte ich sie nicht haben wollen?«

»Sag das nicht so.«

»Wie?«

»*Haben.* Als wäre mein Kind etwas, das ich haben oder nicht haben will.«

»Aber wir *haben* sie doch.«

»Ich bleibe hier, und wenn sie bei mir leben will, dann kriegen wir das schon hin.«

»Und wenn sie mitkommen möchte, kriegen wir das auch hin.«

Das Fischgrätenmuster knarrt. Wenn man auf die Ritze tritt, kommt die Schlange. Ich stehe still. Die Schlange kommt trotzdem.

»Sie ist noch zu klein, um so eine Entscheidung allein zu treffen. Es ist besser, wenn wir das für sie tun.«

»Und wofür entscheidest du dich?« Papa steht auf, holt sich ein Bier aus dem Kühlschrank, lehnt sich mit dem Rücken gegen die Spüle und trinkt das Bier direkt aus der Flasche. Ein Rülpser ist zu hören. Mama schaut verärgert, streckt aber trotzdem die Hand aus. Er reicht ihr die Flasche. Sie trinkt einen Schluck und rülpst ebenfalls. Der Rülpser ist gespielt, das ist offensichtlich, denn er ist lauter als seiner. Das, was gespielt ist, ist *demonstrativ* und *kindisch*, findet Papa. Was er auch sagt: »Sei nicht albern.« Mama wischt sich demonstrativ den Mund ab und entgegnet kindisch: »Inwiefern?«

Er zuckt die Schultern. »Meinetwegen kann sie bleiben.«

»Meinetwegen kann sie auch mitkommen.«

»Du willst doch forschen. Bist mal hier, mal dort. Triffst Interviewpartner. Hat sie nicht schon lange genug in diversen Bibliotheken unter dem Tisch gehockt? Mit den Schweinen vor den Hütten gespielt?« Mama sieht auf den Tisch hinab. Ihr Gesichtsausdruck ist schwer zu erkennen, in der Puppenstube ist es schummerig. »Das wird schwer«, sagt sie. Und mit einem Mal klingt ihre Stimme fast so dünn wie meine.

»Also soll sie hierbleiben.«

»Nein!«

»Also muss sie eine Entscheidung treffen.«

»Aber so geht das doch nicht, Henrik.«

»Nein, Tränen waren noch nie eine Lösung.«

»Ich weine nicht.«

»Nein, aber es fehlt nicht mehr viel.« Papa kennt nichts Schlimmeres als Tränen. Ich gebe ihm recht. Tränen sind widerlich. Vor allem die von Mama. »Aber wir können sie doch nicht selbst entscheiden lassen.«

»Sie ist alt genug.«

Hering, Fleischbällchen, Hering, Fleischbällchen, Rote-Beete-Salat, Hering … Rippchen. Schaschlik … Rippchen!

»Hast du gehört?«

»Ist sie wach?«

»Soll ich nachschauen gehen?« Mama steht auf, während Papa noch einen Schluck Bier trinkt.

Und ich laufe. Laufe immer im Kreis herum – drehe meine Runden in der Manege. In der Puppenstube gibt es keine Toilette. Warum hat man in Puppenstuben keine Toiletten? Wer hat sich bloß Puppenstuben ohne Toiletten ausgedacht?

Unter dem Nachthemd pocht es. Im Brustkorb sitzt eine Schlange und zischt. Das Gesicht zuckt eigenartig. Im Wohnzimmer steht kein Weihnachtsbaum. Das Gesicht zuckt von selbst. Ich vergrabe den Kopf unter dem Kissen. Da kann das Gesicht sich nicht so lächerlich aufführen.

Ich liege im Bett. Ich bin eine Schlange. Mama steht in der Tür.

»Schläfst du, Isa?«

Und ich weiß, dass sie hofft, dass ich *nicht* antworten werde.

Unter der Decke bin ich eine Schlange. Nur eine stumme Schlange. Antworte nicht. Schreie nicht. Sage nichts. Werde nie mehr etwas sagen. Zu niemandem. Mama geht in die Küche zurück.

Musste sich nicht auf die Bettkante setzen.

Ein paar Tage später gibt es einen *Kompromiss in der Grundsatzdebatte* – ich treffe die Entscheidung.

BERLIN 1945

Meine allerliebste Katarina,

ich weiß nicht, wie dich mein Brief aus diesem Babylon, das ich auf der Straße sehe, erreichen soll. Aber ich hoffe, dass es durch diese Geisterstadt noch immer einen kleinen Weg zu dir gibt, ich versuche heraufzubeschwören, wie du mit deinem Schleier in einem Garten stehst, in dem immer noch Blumen blühen.

Wie sehr ich dich vermisst habe. Und an dich gedacht habe. Wie geht es dir?

Ich bin wohlauf. Ich wurde zwar ausgebombt, habe aber Unterschlupf in einem verhältnismäßig anständigen Haus gefunden, fürchte jedoch, dass dieser sogenannte Ausnahmezustand nicht nur vorübergehend ist. In den Zeitungen liest man, dass in den letzten drei Wochen über zweitausend Menschen an Typhus erkrankt sind. Fünfzigtausend Tonnen Bomben wurden über Berlin abgeworfen. In Zukunft wird man sich fragen, wie wir das ausgehalten haben, wie wir so standhaft immer weitermachen konnten. Aber dann wird niemand mehr die Kraft aufbringen, sich daran zu erinnern, weshalb man niemals Antworten darauf finden wird. Wenn das hier vorbei ist, Katarina, wird niemand mehr darüber sprechen wollen. Ein Zusammenbruch ist etwas so Fatales!

Sollte sie das Mädchen erwähnen? Jetzt schon? Oder bis zum Ende des Briefes warten? Oder vielleicht lieber gar nichts sagen?

Katarina würde sich natürlich wundern … aber wie die Schrift sagt: Alles hat seine Zeit.

Ich bin nicht gänzlich mutlos, muss mich aber, wie alle anderen in diesen Zeiten, pragmatisch verhalten, und wenn ich mein neues Buch fertig schreiben will – ja, ich schreibe, aber das hast du wohl auch nie bezweifelt –, muss ich einen Ort auf der Welt finden, an dem ich wieder arbeiten kann. Als wir uns zuletzt gesehen haben, war mein Debüt noch nicht erschienen. Aber meine Kindheitsschilderung, an der ich damals gearbeitet habe, ist inzwischen herausgekommen. Proserpina *heißt das Buch. Den Mythos kennst du doch bestimmt?*

Hedwig hielt inne, natürlich kannte Katarina sich mit Mythen aus. Katarina hatte sich dafür entschieden, ins Kloster zu gehen, und zwar nicht wegen einer unerwiderten Liebe oder unnatürlicher Neigungen. Katarina hatte die Schrift studieren wollen, sich darin vertiefen, sich bilden wollen – so wie sie, Hedwig. Also musste sie nicht so weit ausholen und erzählen, was auf der Hand lag. Katarina würde verstehen. Und Hedwig den Erfolg gönnen.

Das Buch wurde großartig aufgenommen, viele haben es besprochen, und ich bin geradezu vorwärtsgesegelt. Natürlich haben nicht alle nur positiv darüber geschrieben. Manche waren verwirrt. Warum ich von einem Kind erzähle, das von seinen Geistern heimgesucht werde? Einem Kind, das Opfer verlange, das sich hingebe und mit den Verborgenen spreche? Aber ich wusste natürlich, was ich damit wollte. Diese arroganten Kritiker sind mir gleichgültig! Ich bin jetzt Schriftstellerin. Etwas Bedeutenderes habe ich nie erlebt.

Liebste Katarina, wie sehr ich wünschte, dass du Proserpina *selbst lesen könntest. Ich sehe vor mir, wie wir wieder zusammensitzen und genau wie früher Gespräche führen. Gespräche, in denen du mir alles anvertraust, was nur du verstehst. Du wirst sehen, dass mein Buch von etwas handelt, das nie geschehen ist, uns jedoch überall begegnet. Ich halte keine moralischen Vorstellungen oder überhaupt allgemeingültige Ideale fest, sondern ich will die Urgeschichte des Menschen an sich erzählen. Von den grundlegendsten Erfahrungen, die wir alle machen.*

Es gibt nichts Deutscheres als Proserpina, *Katarina. Die verbotene Frucht zu kosten, ihr destruktives Potenzial zu entdecken und dann bis in die Hölle für alle Folgen einzustehen. Das will kein Volk erleben. Dennoch haben wir es erlebt. Wenn nicht zuvor, dann jetzt, noch nie so klar wie jetzt. Gott steh uns bei!* Proserpina *ist buchstäblich im letzten Moment veröffentlicht worden, unmittelbar vor der Machtergreifung. Mir schwindelt, wenn ich daran denke: In den letzten Tagen der Weimarer Republik erschien mein erster Roman. Nun, im Nachhinein, kann ich vor Gottes Finger erzittern – wie ich sein Werkzeug war, um von dem, was kommen würde, zu berichten. Von Hades' Lockruf, der Reise in die Unterwelt, in der die Lust schal wird und Destruktivität herrscht. Und alle Flora verwelkt. Wenn man den Granatapfel gekostet hat – in meiner Geschichte die verbotene Frucht –, muss man nicht in der Unterwelt bleiben, es bricht immer wieder ein neuer Tag an, aber man muss bis in alle Ewigkeit dorthin zurückkehren. Hinabsteigen. Sich erinnern. Brennen.*

Du siehst bestimmt die Parallelen.

Ein paar Jahre später erhielt ich Publikationsverbot. Das ist eine lange Geschichte. Aber ich habe weitergeschrieben. Während des ganzen Krieges habe ich es versucht, selbst wenn …

Den letzten Satz strich sie. Sie durfte nicht abschweifen. Schließlich wusste sie nichts von den Entbehrungen, die Katarina ertragen musste, ging aber davon aus, dass man das Kloster verschont hatte. Was, wenn Katarina nicht … Sie griff nach der Tasse. Der Zichorienkaffee war kalt und bitter. Sie schluckte ihn trotzdem hinunter, musste auf die Toilette, schrieb jedoch weiter.

Mir ist eine neue Idee gekommen. Es ist eine schwierige Geschichte. Ich möchte von Menschen schreiben, die vor den Ruinen ihres Lebens stehen. An sieben Personen habe ich gedacht. Genau wie ich sollen sie konvertierte Juden sein. Auserwählte – getaufte Katholiken. Genau wie ich sind sie unschuldig und haben zugleich schwere Schuld auf sich geladen. Die Geschichte soll von all denen handeln, die ihre Hände in Unschuld waschen wollen, aber begreifen müssen, dass die Vergangenheit immer unserer Barmherzigkeit ausgeliefert sein wird.

Jetzt wäre es völlig legitim, das Mädchen zu erwähnen, das wäre das Natürlichste von der Welt. Aber Hedwig zögerte – wozu? Es würde Katarina nur traurig stimmen, und das wollte sie auf keinen Fall. Besser, sie wartete damit, bis sie Nachricht bekommen hatte.

Und dann muss ich den Mut haben, mich mit all dem zu identifizieren, sie zu sein; sie zu schmecken, zu hassen. Alles in die Luft werfen und schauen, auf welchen Boden es fällt. In mich selbst gehen. Üben, der Andere zu sein.

Klang sie hochtrabend? Anmaßend? Nein. So hatten sie immer miteinander gesprochen. Katarina würde verstehen.

Sie musste sich beeilen. Sie musste sich jetzt dringend erleichtern. Nur noch ein paar Zeilen.

Dann könnte ich im Schoß der Natur sein, Katarina, in dieser magisch-verführerischen Macht. Das ist meine Beschwörung des Todes. Ich will uns befreien. Und ich glaube, das wäre möglich, wenn ich zu euch kommen und bei euch wohnen dürfte. Auf dem Land, in der Natur. Jenseits von Verfall und Ruinen. Meinst du, das ließe sich machen? Ich würde mich selbstverständlich nützlich machen wollen. Es fällt mir nur gelegentlich schwer, das Gleichgewicht zu bewahren, aber ich nehme an, das liegt an meiner Erschöpfung. Manchmal sehe ich doppelt, vermutlich weil ich zu lange in schlechtem Licht gesessen habe. Ich könnte putzen und Essen zubereiten oder was auch immer erforderlich ist und bin mehr als willens, euch eine Hilfe zu sein.

Um mich für ein paar Stunden am Tag in meinen neuen Roman vertiefen zu können. Wieder will ich es wagen, auf meinen inneren Bildern dahinzugleiten. Schreiben ist für mich so etwas wie Archäologie.

Es ist nicht seltsamer und zugleich genauso seltsam, wie die Scherbe eines griechischen Krugs zu finden. Diese nackte, staubige, schmutzige Scherbe ist das Einzige, was etwas über uns erzählt – uns etwas erzählt – von dem, an das wir uns nicht mehr erinnern. Jenseits des Wortes natürlich.

Ich bin bewusst, wie hochtrabend meine Gedanken klingen müssen. Aber ich bin vollkommen klar im Kopf.

Und muss wirklich gleich in den Hof hinunter. Aber das schrieb sie nicht.

Allerliebste Katarina, was nehme ich mir heraus? Ich kenne noch nicht einmal deinen neuen Namen. Ich weiß noch nicht einmal, ob ihr den Krieg überlebt habt. Ob euch die Russen verschont haben. Ob das Kloster belagert wird. Welche Entbehrungen du ausstehen musst. Schreib mir, Katarina. Wie sehr ich an dich gedacht habe. Dich vermisst habe. Deinen Herzschlag gehört habe. Schreib!

Hedwig stand auf, fasste sich ins Kreuz, versuchte ihren Harndrang zu bezwingen. Es gelang ihr. Sie sah auf die Straße hinaus – eine Kraterlandschaft ohne Orientierungspunkte. Diese Weltmetropole, sie war nur noch ein Trümmerhaufen. All die Träume, die erloschen waren. Lügen. Erinnerungen. Es war eine gepeinigte, eine eingesperrte Stadt, die versuchte, zu verarbeiten, zu verdrängen und sich in etwas Erträgliches zu verwandeln.

Sie verabschiedete sich von ihrem Vorhaben, bis hinunter zum Plumpsklo zu gehen. Sie musste es machen wie nachts, musste den Nachttopf benutzen. Aber zuerst würde sie den Brief beenden. Sie musste Katarina die Wahrheit sagen.

Es gibt etwas, das du wissen musst. Das Mädchen lebt nicht mehr bei mir. Es ist eine entsetzliche Geschichte. Ich bringe nicht die Kraft auf, daran zu denken. Ich trage ein Nessushemd, das sich unter die Haut frisst, bis auf die Rückenwirbel, und mich auffrisst, wie ein Feuer, das nicht um seinen Inhalt weiß. Aber mit Gottes Hilfe. Und deiner. Oh, Katarina, jeder Text braucht seinen eigenen Paukenschlag. Er muss etwas bedeuten! Sag, dass ich willkommen bin! Sag, dass du lebst und gesund bist.

In Liebe, im Gebet mit dir – stets vereint,
deine Hedwig

Sie richtete sich auf, ihre Wangen brannten, als hätte sie den Brief einem großen Auditorium vorgelesen, der ganzen Welt, als wäre er ein Teil ihres schriftstellerischen Werks. War es falsch, so zu denken? War sie hochmütig? Selbstgerecht? Dummdreist? Sie wusste es nicht.

Plötzlich spürte sie, wie etwas ihre Beine hinunterrann. Wie ihre langen Strümpfe bis zu den Schuhen feucht wurden. Warm und still war es. Eine kleine Pfütze bildete sich auf dem Boden. Sie hatte zu lange gewartet. Jetzt musste sie ihr letztes Wasser dafür verwenden, den Fußboden aufzuwischen und ihre Unterhose zu waschen. Bevor es jemand merkte.

Und dann mit dem Eimer noch einmal den weiten Weg zum Brunnen gehen.

UPPSALA 1983

Tatsächlich gibt es in meinem Kopf viel interessantere Gedanken als die über Mama und Papa, aber Psychodoc scheint zu wollen, dass ich über sie spreche. Also tue ich das.

Wenn ich einmal erwachsen und weltberühmt bin und Journalisten mich fragen, wer mein Vater war, kann ich genau auf den Punkt bringen, was ihn ausmacht, es in aller Kürze sagen.

Stellen Sie sich ein Haus mit Garten vor, im Universitätsghetto von Uppsala, werde ich sagen. Und einen großen Mann, der Stühle umkippt. Sehen Sie es vor sich? Es ist Herbst und kalt – eigentlich ist es zu kalt, um ohne Jacke draußen zu sein –, aber er läuft trotzdem nur in einem Nylonhemd herum, und die gelben Flecken unter seinen Achseln, die in der Wäsche nicht mehr rausgehen, werden immer größer, als er die Stühle umkippt, einen nach dem anderen, bis alle Stuhlbeine in die Luft ragen. Bald schon ist die ganze Veranda voller umgeworfener Gartenmöbel. Und so etwas wie Jacken und anderer Quatsch sind ihm völlig egal.

Denn heute ist der große Tag der Wissenschaft. Der größte, an dem – vielleicht, eventuell, wenn man Glück hat – die *Bekanntgabe* erfolgt.

Das Telefon hat die ganze Zeit geklingelt, ja, Papa und der Telefonhörer glühen beinahe. Und dieses besondere Fieber hat auch mich erfasst, denn ich laufe hin und her und helfe ihm, hole weitere Stühle aus der Küche und gehe für ihn ans Telefon.

»Hier spricht Isa, ja, er ist auf der Veranda; ja, danke, gut, jetzt kommt er.«

Dann stürmt er mit großen Schritten herbei, und seine Haare hängen herunter und fliegen ihm ums Gesicht, als er das Telefonkabel so bearbeitet, dass es anschließend wie diese gedrehten Nudeln aussieht.

»Vielleicht ist das ein spätes Zeichen von Respekt«, sagt er, als er aufgelegt hat, »und man ist endlich zu der verdammten Einsicht gelangt, die so lange auf sich hat warten lassen, *dass Moden nie Wissen ersetzen können, dass die Wissenschaft selbst in einer Demokratie allein auf das Wissen setzen und frei und unabhängig sein sollte.*«

Obwohl er sich über diese Dinge schon zig Mal aufgeregt hat, freut er sich trotzdem. Das zu verstehen ist nicht leicht. Aber das ist mein Vater – in aller Kürze. Und die Stühle sind *Pädagogik*.

»Das ist ein Protein«, erklärt er, als er wieder auf die Veranda kommt, und zeigt auf zwei Küchenstühle, »und das hier, Isa, das ist ein Prion.« Dann nimmt er meinen Schreibtischstuhl, dreht ihn um und stellt ihn neben einen Verandastuhl

Ich nicke. Ich höre zu. Und kapiere gar nichts, nur, dass der eine Stuhlhaufen vier und der andere acht Beine hat. Und genau das ist des Pudels Kern – für so eine Entdeckung wird einem der Nobelpreis verliehen. Dann baut er noch mehr Prionen und noch ein bemitleidenswertes Protein. Wenn Prionen mitmischen, hat das Protein offensichtlich nichts mehr zu melden.

Ich stehe so da, blicke auf den Stuhlberg und habe ein bisschen Mitleid mit dem Protein, bis das Telefon schon wieder klingelt.

»Es ist verrückt, Isa«, sagt Papa, als er von einem seiner zahlreichen Telefongespräche zurückkommt, »wenn man einen Nobelpreisträger kennt, will plötzlich jeder dein Freund sein.«

Ich nicke und verstehe plötzlich, weshalb er weiterhin Stühle umkippt, es ist schließlich nicht besonders seltsam, dass man hin und her hopst und ganz rot im Gesicht wird und Stühle umwirft, wenn jeder dein Freund sein will.

Über das alles denke ich am nächsten Tag in der Schule nach. Und darüber, dass niemand weiß, wie es in einem Gehirn aussieht oder in meinem Vater. Aber wenn einem einfallen sollte, seinen Freund aufzuessen, wird das sofort bestraft, man fängt an, am ganzen Leib zu zittern, bis man zusammenbricht und stirbt – und eben das ist das Verdienst der Prionen. Sie lehren uns, dass wir unsere Artgenossen nicht essen dürfen. Das wird bestraft. Man soll seine Freunde nicht essen.

Ich behalte das alles für mich, als ich meinen Blick durch das Klassenzimmer schweifen lasse, weil ich weiß, dass die meisten nicht die Spur davon verstehen, weshalb Kannibalen mutieren – oder davon, dass einem der Nobelpreis verliehen wird, wenn man den Unterschied zwischen ein paar Stuhlbeinen erkennt.

Ich muss gar nichts sagen. Kann mich trotzdem darüber freuen. Und dieser unsichtbare Freudentaumel ist noch Tage nach der Nachricht, dass einem Kollegen von Papa der Nobelpreis verliehen wurde, im ganzen Haus zu spüren, wo alles nach gelbem Nylonhemd riecht.

»Der Preis wird nicht nur wegen bedeutender Errungenschaften auf dem Gebiet der Hirnforschung verliehen«, sagt Papa, bevor er den Zug nach Stockholm nimmt. »Sondern vor allem deshalb, weil ein Mensch an etwas geglaubt hat, weil er eine Entscheidung getroffen hat, von der ihn niemand abbringen konnte.

Wenn man gewinnen will, darf man nie aufgeben, Isa. Nie lockerlassen. Nie seine Überzeugung verraten. Nur so gelingt es. Verstehst du das, Isa?«

»Ja«, flüstere ich. »Man muss an etwas glauben und daran festhalten, sonst bekommt man keine Preise.«

Genau das würde ich den Journalisten sagen, wenn ich einmal weltberühmt bin.

Aber den Rest würde ich wohl für mich behalten.

Zum Beispiel, wie ich am zehnten Dezember vor dem Fernseher sitze und sehe, wie sich der König vor dem Kollegen meines Vaters verbeugt, der genau wie Papa keine Frau dabeihat. Vielleicht ist sie ja auch in Afrika? Stattdessen begleitet ihn ein ganzer Hofstaat junger schwarzhaariger Männer in den blauen Saal. Er hat sie aus der Südsee adoptiert.

Ich darf an dem Abend so viel Popcorn essen, wie ich will. Und ich frage mich, wie der Nobelpreisträger das wohl am Flughafen gemacht hat, als er – mit einem Koffer voller Glasbehälter, in denen die Gehirne von Kannibalen lagen, die sich in der Südsee zu Tode gezittert haben – durch die Sicherheitskontrolle musste. Gehirne, in denen man, wenn man weiß, wonach man sucht – *induktiv* –, eine ganze Veranda voller auf den Kopf gestellter Gartenmöbel sehen kann. Und den Nobelpreis bekommt.

Plötzlich zoomt die Kamera einen Teil der Tanzfläche näher heran. Unter den schweren Kronleuchtern hüpft etwas wie irre auf und ab. Das ist Papa mit jemandem in einem smaragdgrünen, rückenfreien Kleid; sie hat hochgesteckte Haare mit einem Perlendiadem darauf, und ich sehe, wie Papas Hand den Nacken der Frau streichelt und spielerisch an einer Haarsträhne zupft, die sich gelöst hat. Ich sehe, dass sie den Kopf an seine Schulter lehnt und die Augen schließt.

Und ich hoffe, dass es zum Dinner haariges Kannibalenfleisch gegeben hat!

Was meine Mutter ausmacht, kann man Journalisten nicht in aller Kürze sagen, wenn man einmal weltberühmt wird. Meine Mutter ist vor allem ein Gesicht. In Afrika war das zumindest so. Als ich geboren wurde – und bevor sie herausfanden, dass mit mir etwas nicht stimmt –, muss sie ein Gesicht gewesen sein. Weil ich überlebt habe. Kinder, die ohne Gesicht aufwachsen, sterben. Oder werden wie die Affen in diesem einen Experiment, in dem man ihnen ihre Mütter weggenommen hat – die Affen haben sich nur noch vor und zurück gewiegt und sich ans Käfiggitter geklammert.

Manchmal liege ich auf meiner Bettdecke und stelle mir vor, Mama würde nur eine Armlänge entfernt über mir schweben. Stelle mir vor, sie wäre ein Gesicht, das ich öffnen und schließen, an- und ausknipsen kann. Und dass es nach Regenzeit, Mückenspray und Betelnuss riecht.

Es ist ein *faszinierender* Gedanke, dass alle Menschen, die überlebt haben, so ein Gesicht vor sich sehen, wenn sie nur fest genug die Augen schließen. Sozusagen wie eine *Reminiszenz* an die Zeit, als sie noch nicht die Uhr lesen konnten. Es ist unfassbar, dass kein Mensch – von Anfang an – die Uhr lesen konnte. Dass es einmal eine Zeit gegeben hat, in der man keine Vorstellung von der Zeit gehabt hat. Und dass man, wenn man warten musste – was man immer tun muss –, den Unterschied zwischen gleich, bald, nächste Woche oder alle Ewigkeit nicht gekannt hat.

Wenn es geboren wird, weiß kein Kind, wie lange das Gesicht bleibt. Man kann ihm noch nicht einmal versprechen, dass man bleiben wird. Denn urplötzlich kann das Leben zuschlagen, und das Gesicht ist nicht mehr da. Wenn man darüber nachdenkt, tut es immer noch weh, aber man fühlt sich nicht mehr so allein.

Die *Ironie* an der ganzen Sache ist, dass Mama Gesichter liebt. Sie hat sich sozusagen im ganzen Haus verewigt. Ganze dreihundertvierzehn kann man bei uns finden – Totempfähle, Männer aus Holz und Masken. Falls man meine Mutter also vermissen sollte, hat man die freie Auswahl. Sie sind überall, stehen auf den

Bücherregalen, auf der Fensterbank, in eigenen Reihen in speziellen Schränken.

Manche der Männer aus Holz haben einen Schwanz, der genauso lang ist wie ihre Beine. Das fällt einem als Erstes auf, selbst wenn man nicht besonders darauf *fixiert* ist, wirklich, er ist genauso lang wie ihre Beine. Manche von ihnen haben Haare, die nach Marienkäferpipi riechen, andere Männer sind glatzköpfig, viele tragen einen Speer oder einen Knochen in der Nase, so gut wie alle sind so gut wie nackt. Und manche haben mehrere Köpfe, geschwollene Bäuche und ausgestochene Augen. Wenn man alle Lampen im Haus ausmacht und Kerzen anzündet, sieht es aus, als würden sie sich bewegen. Das hab ich nur ein Mal gemacht. Ich darf *unter keinen, aber auch gar keinen Umständen* mit Streichhölzern spielen! Die Masken hängen überall. An Nägeln in der Küche und im Flur und im Wohnzimmer. Auch in meinem Zimmer hängen ein paar an der Wand. Aber ich achte immer darauf, ihnen im Schlaf den Rücken zuzudrehen. Mama kann über jedes Gesicht im Haus Vorträge halten, vielleicht sogar über jedes einzelne Gesicht auf der ganzen Welt. Davon handelt ihre Dissertation. Wir haben ein ganzes Bücherregal voll davon. Ich habe sie heruntergeholt und miteinander verglichen. Mich gefragt, was sie, von ihrem hässlichen Einband abgesehen, von richtigen Büchern unterscheidet.

Die Antwort lautet: Sie haben einen *Appendix*, und den haben richtige Bücher nicht. Mama hat keinen Blinddarm mehr, den hat man ihr rausoperiert. Sie hat zwei Narben auf dem Bauch. Aus einer bin ich gekommen.

Warum fragt mich niemand, wofür ich zu sterben bereit wäre?

BLIDHOLMEN 2004

Warum ging sie dort vor der Zimmertür auf und ab? Ingrid hatte doch noch jede Menge zu tun. Die Kinder kamen heute zum Abendessen, und sie hatte die Kleiderschränke und die Kisten aus der Praxis aufräumen wollen. Darin lagen Patientenakten und Papiere, die schon längt hätten zerschreddert werden müssen. Eigentlich hätte sie alles verbrennen können, ohne es vorher zu sortieren, aber sie wollte gerne wissen, was sie da wegwarf. Was sie hinter sich ließ. Doch stattdessen stand sie da, wie gelähmt angesichts der Tatsache, dass dieses Gespräch partout nicht enden wollte.

Sie ging in die Küche und stellte das Radio leiser, das war das Zeichen. Falls er die Uhr nicht im Blick hatte, würde ihm auffallen, dass es draußen still wurde und es Zeit war, das Gespräch zu beenden. Aber nichts deutete darauf hin.

Klare Strukturen, dachte sie, und einer der alten Streitpunkte zwischen Karl Erik und ihr kam ihr wieder in den Sinn. Bestimmt brauchte auch eine Schriftstellerin klare Strukturen. Sie wusste das ja, wusste, dass Karl Erik und seine Kollegen keine Ahnung von diesem grundlegendsten therapeutischen Werkzeug hatten. Pfarrer redeten endlos drauflos, bis ihr Gegenüber jeder Energie beraubt war. Und das war dem Beichtenden gegenüber auf die Dauer höchst ungerecht. Sie sah zur Uhr. Heute würde sie es nicht mehr schaffen, die Kisten zu sichten, bald musste sie mit den Vorbereitungen für das Abendessen beginnen. Schließlich würden die Kinder kommen. Alle drei. Im schlimmsten Fall mussten sie Hanna hinauswerfen. Sie hatten sowieso ihre eigene Auffassung von der ausufernden Gastfreundschaft ihres Vaters.

»Wir waren nie unter uns«, hatte Birgitta einmal gesagt. »Hätten wir doch nur ein einziges Weihnachtsfest in Ruhe feiern und wie alle anderen auch Donald Duck gucken können, ohne dass irgendwelche verzweifelten Witwen auf dem Sofa sitzen und jammern: ›Aber ich kann doch nicht, aber ich darf doch nicht – eure Eisschokolade aufessen.‹«

Trotzdem hatten sie genau das getan. *Meine Eisschokolade aufgegessen.* Mit Ihrer Zustimmung, Herr Pfarrer.

»Oder die Penner vom Marktplatz«, hatte Tomas ergänzt.

»Das hat er nur ein Mal gemacht«, hatte Ingrid ihren Mann in Schutz genommen. Auch wenn sie sich genau erinnerte, dass das Sofa noch Monate später nach Urin gestunken hatte.

Alkoholiker und Witwen seien ja noch nicht mal so schlimm, hatten die Jungs und Birgitta weiter gestichelt.

»Aber es ist nicht gerade lustig, vor einem krebskranken Publikum um den Weihnachtsbaum zu tanzen. Man benimmt sich irgendwie so steif und höflich, wenn man ständig nett zu denen sein muss, die es schwer haben.«

»Christ zu sein bedeutet, Nächstenliebe zu üben und denen zu geben, die nichts haben«, hatte Karl Erik beharrt.

»Und es kann auch nicht schaden, ab und an seine eigenen Interessen zurückzustellen«, hatte Ingrid gemurmelt.

»Ja. Aber Christ zu sein heißt doch auch, die Pharisäer aus dem Tempel zu werfen«, hatte Birgitta eingewandt.

Karl Eriks Miene verfinsterte sich. Die Jungs waren verstummt, aber Birgitta gab nicht klein bei, also war sie stur geblieben.

»Jesus war bestimmt auch manchmal wütend«, hatte sie gesagt, ihre Jacke genommen und die Haustür hinter sich zugeknallt. Man wusste nie, wo sie sich herumtrieb. Sie zog durch die Stadt, rauchte heimlich irgendwo Zigaretten, bis sie fast erfror und schließlich nach Hause kam, wo sie sich wütend und hungrig auf ihr Zimmer schlich.

»Mama konnte sich immer schon gut anpassen«, hatte Birgitta gesagt, als sie erfuhr, dass ihre Eltern nach Blidholmen ziehen würden.

»Mama macht es nichts aus, sich auf den Stuhl beim Gynäkologen zu setzen, und hält es für selbstverständlich, dass der Mann zwischen ihren Beinen mehr über ihre Weiblichkeit weiß als sie selbst.«

Ingrid fand diesen Vergleich doof, ja, geradezu peinlich. Was sollte sie denn sonst tun?

»Nimm einen Spiegel in die Hand«, sagte Birgitta. »Wie du es auch tun würdest, wenn du Halsschmerzen hast: Nimm einen Spiegel und sieh selbst nach. Überlass nicht ständig Freud oder Papa oder irgendeinem anderen Kerl die Kontrolle.«

Ingrid hatte darauf nichts erwidert. Was Birgitta da sagte, tat weh, vermutlich, weil es stimmte. Trotzdem war es lächerlich! Sie geriet immer noch in Rage, wenn sie nur daran dachte. (Dass sie ausgerechnet über Untersuchungsstühle streiten mussten! Als gäbe es nichts Wichtigeres.) Mittlerweile hatte sie ein dickeres Fell, und wenn Birgitta sie provozieren wollte, ließ Ingrid es nicht an sich heran. Sie empfand nichts. Doch, ihr war kalt. Erschreckend kalt. Birgitta hatte recht gehabt – sie hatte sich angepasst. Und irgendwann, bald, musste sie endlich einmal ein Machtwort sprechen.

(Was taten sie da drinnen nur?)

Ingrid spielte an dem Lautstärkeregler herum, drehte ihn rauf und runter, doch nichts tat sich. Das Murmeln im Zimmer hörte nicht auf. Da, Karl Erik lachte. Sie heiterte ihn auf, das war offenkundig. Es ging ihm gut.

Sie hatten beschlossen, aus seiner Krankheit kein Geheimnis zu machen. Karl Erik posaunte es nicht von der Kanzel hinunter, aber wer fragte, bekam eine Antwort. Natürlich durfte man sich informieren. Trotzdem hätte Ingrid beinahe der Schlag getroffen, als sie Hanna vor dem Kiosk in einer Frauenzeitschrift hatte lesen sehen, die sie nicht einfach nur zugeschlagen, sondern *versteckt* hatte, als Ingrid sie gegrüßt hatte.

Und Ingrid hatte es nicht seinlassen können, sie hatte sich im Laden dieselbe Zeitschrift gekauft, sich ein Stück entfernt auf den Anleger gesetzt und sie gelesen.

Paranoid war sie nicht gewesen, sie hatte aus reiner Intuition gehandelt. In dem Heft hatte ein langer Artikel über die Krankheit gestanden, an der Karl Erik litt, und diesen Artikel hatte Hanna an einem der heißesten Tage des Jahres gelesen und dabei ein Eis geschleckt. Er gab über alles Auskunft, was Ingrid bereits wusste, hatte Karl Eriks Arzt sie beide doch ruhig und sachlich darüber aufgeklärt. Über die Begleitsymptome, eines schlimmer als das andere: Inkontinenz und Zittern, Bewegungsstarre, Verstopfung, Depressionen und Schlafstörungen. Und wie hatte er noch, ach so aufmunternd, hinzugefügt: *Die Krankheit müsse nicht notwendigerweise mit Demenz einhergehen.*

Das Schlimmste war jedoch nicht der Artikel über die Symptome – das mochte ja noch angehen, dass die Leute sich ein wenig informierten, dachte Ingrid. Nein, das Schlimmste, weshalb sie beinahe zurück zu Hanna gegangen wäre und ihr die Zeitschrift aus der Hand gerissen hätte, war die Spalte daneben mit der Schlagzeile: ›Warum will er immer, wenn er nicht kann?‹

In dieser Rubrik bat eine Frau um Rat bei folgenden sexuellen Problemen: vollkommen unberechenbaren Potenzausbrüchen, schmerzhaften Erektionen, begleitet von einer gesteigerten, fast maßlosen Lust.

Ingrid atmete inzwischen schwer ein und aus, sie schäumte vor Wut.

Und der Arzt antwortete, wie es Ärzte in solchen verfluchten Zeitschriften taten: Wie wichtig es sei, miteinander zu reden, dass es erlaubt sei, sich zu verweigern, dass man nicht andauernd bereit sein müsse und, und, und … Ingrid wurde beinahe schwarz vor Augen, als sie hochfuhr. Plötzlich schämte sie sich so, dass sie größte Lust hätte, zu Hanna zu stürmen und ihr eine herunterzuhauen. Was bildete sie sich ein?

Sie brachte es nicht über sich, in Hannas Richtung zu sehen, als sie zu ihrem Fahrrad ging, schaffte es nicht, ihr zum Abschied zuzunicken. Sie trat wie eine Irre in die Pedale. Fuhr durch die Inselidylle, die ihr mit einem Mal Tränen in die Augen trieb. Zu Hause ging sie geradewegs ins Schlafzimmer und zog die Gardinen vor. Sperrte den Anblick der Wiese hinter der Kirche aus, auf der die Färsen mit leerem Blick wiederkäuten. Als sie sich aufs Bett legte, hatte sie das Gefühl, die ganze Gemeinde sei mit dabei.

Hanna ist nicht das Problem, dachte sie, als sie nun in der Küche stand und bestimmt zum hundertsten Mal auf die Uhr sah. Was wollte Hanna Lund mit einem alten, tatterigen Pfarrer? Ich bin nicht auf eine labile Kulturtante eifersüchtig, deren Haus als »Intellektuellenbordell« bezeichnet wird. Ich mache mir Sorgen, dass er plötzlich anderen Mädchen Avancen machen könnte. Konfirmandinnen. Dass einer dieser Teenager mit ihren tief ausgeschnittenen Hemdchen ihn dazu verleiten könnte, Grenzen zu überschreiten, war viel schlimmer als Hanna Lunds Heilsbestreben. Was, wenn er sein Urteilsvermögen verlieren würde, was leicht missverstanden werden konnte? Er schloss schließlich ständig Menschen in seine Arme. En gros und en détail teilte er Trost und Umarmungen aus. Was konnte nicht alles geschehen, wenn er seinen Welpenblick aufsetzte? Mädchen in dem Alter … sie hatte so viele junge Patientinnen, die missbraucht worden waren, die nicht wussten, was sie mit ihren nackten Unterarmen und Push-up-BHs heraufbeschworen.

Wenn er während seiner väterlich-priesterlichen Umarmung einen *unberechenbaren Potenzausbruch* bekäme … das konnte alles zunichtemachen.

Ingrid drehte das Radio fast so laut, wie es überhaupt ging, und fing an, mit den Töpfen zu klappern. Sie war nicht eifersüchtig, sie musste sich zusammenreißen. Hanna war wirklich nicht das Problem, Hanna war womöglich sogar ausgezeichnetes Gedächtnistraining für ihn. Und plötzlich kam ihr der Gedanke, dass sie vielleicht sogar Grund hätte, ein klein wenig dankbar zu sein – vielleicht war Hanna ja gut für ihn? Hatte der Arzt nicht genau das gesagt? Neben der Krankengymnastik hatte er ihm geraten, seinen Kopf anzustrengen, zu rechnen, zu lesen, Sudoku und Kreuzworträtsel zu lösen und … am besten – zu schreiben.

Es sei wissenschaftlich erwiesen, dass gerade das Schreiben eine gewisse verzögernde Wirkung haben könne. »Damit ist natürlich nicht gemeint, das Telefonbuch abzuschreiben«, hatte der Arzt gesagt und die Dreistigkeit gehabt, zu lachen, »sondern Kreatives Schreiben. Sich Dinge auszudenken, die Phantasie anzuregen. Beide Gehirnhälften gleichzeitig zu gebrauchen, Gedichte zu schreiben, kleine nette Geschichten, je länger die Texte, umso besser.«

Ingrid musste zugeben, dass sie in dem Moment schon an Hanna gedacht hatte. Was wäre, wenn Hanna … aber diesen Gedanken hatte sie damals nicht weiterverfolgt.

Doch jetzt machte sie sich so ihre Gedanken. Lachte er deshalb so häufig hinter der Tür? Schrieben sie gemeinsam? War sie ungerecht, dass sie ihm das nicht gönnte? Wäre ein bisschen Entlastung nicht auch ganz schön? Jemand anderes, der ihn anspornte …

Sie schämte sich, als sie darüber nachdachte, wie alles zwischen ihnen gekommen war. Sie hatte die Orientierung verloren. Tat nicht mehr das, was sie sonst tat, nahm nicht mehr selbst das Ruder in die Hand und verfolgte eigene Vorhaben. Stattdessen spionierte sie andere aus. Passte sich an. Versuchte zu verstehen. Versuchte, sie vor der vermeintlichen Katastrophe zu bewahren. (Wann hatte er zuletzt mit *ihr* zusammen gelacht?)

Die Abende waren immer am schwersten.

Früher hatte er sein eigenes Leben gelebt. Sich mit allem Möglichen beschäftigt. Gelesen oder sich die Nägel geschnitten, telefoniert und Fernsehen geguckt, seine Arbeit vorbereitet, Briefe geschrieben. Jetzt ging er immer gleich ins Bett. Lag dort und wartete auf sie.

Während Ingrid den Moment endlos hinauszögerte.

»Sollen wir nicht einen Spaziergang machen?«, fragte er regelmäßig, wenn sie fertig gegessen hatten.

»Tu du das, ich bin gerade erst draußen gewesen.«

Sie bemerkte, wie er den Kopf hob und hinausschaute, sah, dass die Bucht bleigrau war und sich die Birken im Wind bogen.

»Ich glaube, ich gehe doch lieber ins Bett«, sagte er dann und stand auf.

»Mach das, ich kümmere mich um den Rest.«

»Kommst du auch bald?«

Sie versuchte zu lächeln. »Ich muss noch ein paar Kisten sortieren und telefonieren. Leg du dich ruhig schon hin.« (Weshalb hatte sie Uppsala nur so leichtfertig den Rücken gekehrt?)

»Komm nicht so spät«, sagte er und erklomm langsam die Treppe.

Ihr Blick folgte ihm, bevor sie die Spülmaschine einräumte. Sie wusste, dass ihm bewusst war, dass sie ihm hinterhersah. (War ich wirklich bereit dazu, hatte ich die Therapien wirklich so satt, wie ich dachte?)

»Warte nicht auf mich. Ich setze mich noch einen Moment an den Computer. Schlaf du nur.« Sie hatte tausend Entschuldigungen, und ihre Stimme klang beinahe flehend.

Aber er war immer noch wach, wenn sie sich schließlich aufraffte, ins Bett zu gehen, und sah ihr beim Ausziehen zu. Mit demselben Blick wie damals, als sie noch blutjung gewesen waren.

Sie wandte sich ab. Drehte ihm den Rücken zu, trödelte im Badezimmer, knipste das Licht aus. Konnte ihm nicht in die Augen schauen.

Die Bilderflut des Alltags, die vor ihrem inneren Auge vorbeizog, reichte ihr: sein erstarrendes Gesicht, seine Hand, das Weinglas, das überschwappte, die bebende Kaffeetasse, die Torte auf dem Schoß, Frikassee, das ihm übers Kinn lief. Seine neue Hand – ständig kleckernd, alles verschüttend – sie sah sich wischen, immer nur hinterherwischen, wie bei einem Kind.

Wenn sie schließlich doch ins Bett kroch, hörte sie seinen Körper unter der Bettdecke klagen, beinahe so, als würde er aufschluchzen, und eine Welle von Schuldgefühlen überkam sie.

(Mit seiner Schuld ging man zum Pfarrer in die Kirche, war es nicht so? Und mit seiner Scham zum Therapeuten.)

»Was ist los?«, fragte er.

»Nichts.«

»Aber irgendwas ist doch.«

Sie drehte sich in der Dunkelheit zu ihm um, zwang sich, ihn anzusehen, ihn für einen Augenblick anzusehen, um dann die Augen zu schließen und es ihn versuchen zu lassen, es ihn zumindest versuchen zu lassen.

Wie ein Teenager, gierig und linkisch … und dann ging es sowieso nicht.

Ingrid hielt die ganze Zeit über die Augen geschlossen, damit er ihren Widerwillen nicht sah. Nein, nicht ihren Widerwillen – ihren Kummer.

BERLIN 1945

Ein Sommerabend, Hedwig konnte nicht einschlafen. Die Luft stand still, gesättigt von schweren Gerüchen; gekochter Kohl, feuchtes Brennholz. Urin. Unter ihrem Fenster wurden immer noch Trümmer von Berlins Straßen gekehrt. Wasser mussten sie nach wie vor von der Pumpe des Roten Kreuzes holen, aber es gab wieder Strom und Gas, zumindest ab und zu.

Frau Müller röchelte in ihrer Kammer, im Zimmer daneben spielten die Männer Karten. Leute kamen und gingen, egal zu welcher Tages- und Nachtzeit. Die Tür schlug auf und zu. Neue Gerüche – amerikanische Zigaretten, Brandgeruch, Bier. Laute Geräusche von der Straße. Kokettes Lachen.

Kein Friede. Frieden. Trotzdem hing ihr eine Wolke über der Stirn, fast greifbar wie ein Schleier. Kopfschmerzen waren es nicht, auch keine Angst. Nur der Hauch eines nicht lesbaren Textes. Eines Morsealphabets aus winzigen kriechenden Punkten und Strichen. Augen, die kitzelten, kribbelten und kratzten.

Sicherheitshalber setzte sie sich noch einmal auf den Nachttopf, beeilte sich, ohne sich beeilen zu können. Jederzeit konnte jemand den Vorhang aufziehen und mit seiner Alkoholfahne ihren Winkel der Welt verpesten. Aber sie wagte es nicht, sich noch einmal in der Dunkelheit die schuttübersäte Treppe ohne Geländer zum Plumpsklo hinunterzutasten, das Risiko war ihr einfach zu groß.

Sie schwankte, als sie die Hose herunterzog, den Tisch umklammerte, tief einatmete und sich hinunterließ. Als würde es etwas nützen, schloss sie die Augen. Falls jemand käme, wer auch immer es war, würde nicht sie, sondern der andere sie vorwurfsvoll oder entlarvend ansehen. Das war eine Art Schutz. Nicht wissen zu müssen, wer es wusste. Scham wurde erst dann geweckt, wenn man sah, dass jemand gesehen hatte. Langsam erhob sie sich wieder und öffnete die Augen; niemand da, sie war ungestört geblieben.

Bei den Nachbarn eine Treppe tiefer war der Iwan eingezogen. Eine Frau, die mit einem Russen von höherem Rang liiert war, stand unter seinem Schutz; dann war sie sein Eigentum, und die anderen Männer ließen sie in Ruhe. Das war eine Möglichkeit zu vermeiden, dass einem die Zähne ausgeschlagen wurden. Hedwig wurde es allein bei dem Gedanken daran schlecht, aber lieber ein und derselbe mit leidlichen Gewohnheiten als fünf auf einmal, die jederzeit überraschend in die Wohnung eindringen konnten.

Unter der Schreibmaschine lagen ihre neuen Figuren, diverse beschriebene Papierbogen. Mit Israel und Sarah kam sie im Augenblick nicht weiter, stattdessen hatte sie sich eine dritte Protagonistin, eine junge Frau namens *Lotte*, ausgedacht, auch sie sollte Hedwig aus den Ruinen führen. *Lotte* mit ihren erotischen Eskapaden, die nichts weiter als unschuldige Lust und Zerstreuung waren, sollte wie die anderen Figuren einer Prüfung unterworfen werden.

Das war Hedwigs Vorstellung – dass all ihre Protagonisten, welche die unsichtbare Grenze zwischen Zufall und Absicht überschritten hatten, zweifeln sollten. Und deshalb, geleitet von der Kompassnadel ihres Herzens – und Hedwigs Stift –, eine Reise zu sich selbst antraten. Zur Wahrheit.

Lotte hatte rote Haare und Feuer im Blut. Sie stand auf dem Balkon am Lietzensee und sah in den Himmel. Es war Ende Februar und kalt, sie konnte ihre Atemwölkchen in der Nachtluft sehen. Alle anderen waren in den Luftschutzkeller gegangen, aber Lotte war geblieben und sammelte Scherben aus ihren Blumentöpfen.

Über den Himmel huschten die Scheinwerfer, in der Ferne war ein dumpfes Grollen zu hören, es war beinahe schön; sie musste an Christbäume denken, ein Leuchtkörper war rot, der andere grün, an Bilder von Picasso, an das mathematisch Exakte daran, leuchtende Dreiecke und Rechtecke, Muster am Himmel, wo Bomben fielen.

Aber lieber explodieren Eisen und Stahl über mir, lieber Bomben als Menschen, dachte sie. Deshalb hatte sie auch entschieden, hier oben zu wachen, statt hinunterzugehen und im Dunkeln auszuharren, hatte entschieden, nicht wie eine Ratte dazuhocken, während einer nach dem anderen neben ihr seiner Furcht freien Lauf ließ. Der Angstgeruch eines Menschen, die Stimme eines Verletzten, Wasser, das auf dem Boden anstieg, Husten, der Amok lief inmitten der zusammengekauerten, jammernden, übelriechenden Leiber … Nein, nie wieder wollte sie hinab in den Keller! Letzte Woche hatten sich kilometerlange Rauchsäulen in den Himmel erhoben. Von Unter den Linden im Norden bis zur Gneisenaustraße im Süden, zwischen Tiergarten und Prinzenstraße hatte die Stadt in Flammen gestanden. Die Wohnung war übersät von Scherben, Scherben im Salz, im Pfefferkrug, im Bett, in den Schuhen, in den Blumentöpfen – endlos schleppte sie Scherbeneimer das Treppenhaus hoch und hinunter. Und schürte ihren Hass.

Im Herzen wohnt keine Kausalität, dachte Hedwig. Lotte kann nicht mehr als ein Hassobjekt in ihrer Brust tragen. Das Herz kennt vor allem das Unmittelbare, demnach kann man die Verbrechen vergessen und unter den Folgen der Verbrechen begraben. Solange der Blumentopf nicht zerspringt, wächst der Krokus. So dachte, so war Lotte.

Sie ist meine Scarlett O'Hara, ging es Hedwig durch den Kopf, nicht nur weil man sie zur Kollaboration gezwungen hatte, sondern weil ihre Seele allmählich abgestumpft ist. Nach sieben Kriegsjahren ist sie müde, erschöpft und berechnend, ja, egoistisch geworden. Lotte weint nicht mehr bei einem Konzert von Brahms oder wenn sie ein Gedicht von Rilke hört. Lotte fühlt nur noch Abscheu, Lotte verweigert sich. Lotte geht nicht in den Luftschutzkeller.

Hedwig las noch einmal, was sie geschrieben hatte. Sie hielt Lotte für verlockend und plausibel. Meine wichtigste Aufgabe ist es, zu verstehen, dachte sie. Zu verstehen heißt nicht, zu entschuldigen. Es gab wohl keinen ernstzunehmenden Schriftsteller, der sich nicht selbst die Motive abgerungen hatte, die seine Protagonisten bewegten.

Lotte beherrschte nur ein Gedanke: *Wenn es nur bald vorbei wäre, lass es bald vorbei sein, lieber Gott, bereite dieser Ungewissheit jetzt ein Ende!*

Vorsichtig legte Hedwig das Blatt zu den anderen. Sie war zufrieden. Der Tag verging langsam. Zu dieser Zeit war das Gefühl der Einsamkeit größer als beim Zubettgehen. Bis zum späten Nachmittag fehlte ihr immer jemand, dem sie vorlesen konnte. Jemand, der sah und zuhörte, jemand, der die Wechselfälle der Geschichte verfolgte und sie mit ihr gemeinsam nachvollzog. Ja, ihr fehlte ein Goldregen mit mutigen Standpunkten oder eine stille Freundin mit wichtigen Fragen oder auch nur ein kleines glotzäugiges Mädchen, in dessen Gesicht man die eigene Melodie widerhallen sah, während seine Augen zu ihrem, Hedwigs, Mund wanderten.

Man spricht nicht mit Kindern über das Böse der Welt. Man erspart ihnen die Wahrheit, gegen die sie sowieso nichts ausrichten können. Aber man kann ihnen nicht früh genug eine Sprache geben. Ganz gleich, ob sie noch keine Zähne zum Beißen haben oder schon mit Messer und Gabel essen – man kann ihnen immer Worte einimpfen. Als Hedwig also schließlich eine neue Unterkunft gefunden und das Mädchen wieder aus dem Säuglingsheim geholt hatte, las sie ihm vor.

Mit dem Mädchen im Arm saß sie im Eichkatznest – ihrer Wohnung – neben der Lampe und las ihm vor.

Stundenlang las sie. Märchen von Andersen und den Brüdern Grimm, aber auch griechische und römische Sagen. Und sie las aus der Bibel vor. Während der Blick des Mädchens an ihren Lippen hing. Wie durch ein Wunder schrie sie nicht mehr, sondern saß lieb und proper neben Hedwig und lauschte.

Immer häufiger holte Hedwig ihre eigenen Aufzeichnungen oder ihr Buch heraus. Las dem Mädchen von *Proserpina* vor, die in einem magischen Land aufwächst. Von Proserpina, die fiebrig stöhnend in einem riesigen Bett liegt, wo sie vom Flüstern der Gesichtslosen heimgesucht wird. Wo Atemzüge von Fremden die Bettpfosten umschwirren, das Haar des Kindes berühren, und sein Aufkeuchen den erstickten Schreien im Schein des Kerzenlichts eigene Gesichter verleiht. Davon, wie sich das Kind schließlich aus den Erscheinungen erhebt und dem Silberdrachen in die Unterwelt folgt. Unter die Wurzeln des Baumes kriecht. Und Opfer darbringt.

Das meiste davon verstand das Mädchen natürlich noch nicht, aber irgendwo – dachte Hedwig –, irgendwo säe ich ein Samenkorn, und so wird sie eines Tages etwas über ihre Mutter und sich selbst wissen. Das, was ich ihr jetzt beibringe, wird sie speichern, und wenn die Zeit reif dafür ist, kann sie den Schleier der Erinnerung lüften und wird wissen, wer sie ist und was wir gemein haben. Eines Tages wird man ernten können, was uns heute unbegreiflich ist. Nun kommt es darauf an, aufzuholen, was wir, das

Mädchen und ich, versäumt haben. Dass wir wieder zusammen sind. Sie zog das Mädchen enger an sich. Sie saßen so dicht beisammen, als wären sie ein Körper, während die braunen Augen über Hedwigs Gesicht wanderten.

Es war viel zu früh, einem Kind, das sowieso noch nichts begriff, etwas über den europäischen Zeitgeist zu erzählen. Warum ein kleines Menschlein erschüttern, das noch nicht einmal selbst lesen konnte? Das Mädchen würde noch früh genug aus dem geschützten, engen Raum, den sie teilten, gerissen werden. Doch bis dahin würde Hedwig alles daransetzen, dass sie verstand, dass sie geliebt wurde, auserwählt und getauft war. Dass Gottes Reich auch ihr Reich war, dass über allem sein Atemzug lag. Mit wild pochendem Herzen streichelte Hedwig das Mädchen heftig und erzählte ihm von den verschiedenen Welten. Und das Mädchen schleckte die Worte wie ein Katzenjunges auf.

Wenn sie in die Schule kommt, wird sie das gebildetste Kind der ganzen Klasse sein, dachte Hedwig.

Sie war sich bewusst, welche Schwierigkeiten hochbegabte Mädchen erwarteten. Verzweifelt, dass sie nichts mehr veröffentlichen durfte, dass die Reichsschrifttumskammer sie, ohne mit der Wimper zu zucken, ausgeschlossen hatte und dass viele ihrer Kollegen sich entschlossen hatten, das Land zu verlassen, um ebendiesem Schicksal zu entgehen, bereute sie manchmal, ihre Tochter mit so vielen Sagen und Symbolen vertraut gemacht zu haben. Nachts konnte Hedwig nicht schlafen, grübelte darüber nach, ob Frauen nicht doch besser am Herd bleiben und das Heim warm halten sollten. Wenn sie selbst beispielsweise Schneiderin oder Gärtnerin geworden wäre, wäre sie zumindest zu etwas nütze gewesen. Sollten nicht alle Frauen heiraten? Schließlich war es doch die Ehe, in der man sein Gleichgewicht fand. In der aus zwei eins wurde. In der alle sich gleich verhielten. In der die Rollen nicht in Frage gestellt wurden. Sie fühlte sich untauglich und war manchmal außer sich vor Angst, weil sie so starrsinnig daran festgehalten hatte, Deutschland nicht wie so viele andere Intellektuelle zu verlassen – weil sie entschieden hatte, zu bleiben und den Kampf aufzunehmen. Was bildete sie sich eigentlich ein? Sie versuchte, sich Mut zuzusprechen. Sie war die Frau, die sich weigerte, allen Gesetzen blind zu gehorchen, die besagten, wer auf welchen Parkbänken sitzen durfte, wer heiraten und ein Transistorradio besitzen durfte und wer frei war, seiner inneren Stimme zu folgen. Niemand anderes sollte darüber entscheiden dürfen, wer den Zug zu dem Ziel, für das man bestimmt war, besteigen durfte!

»Es ist schwer zu sagen, was für ein kleines Mädchen wie sie das Beste ist«, hatte Hedwig zu dem Oberlehrer gesagt, als das Kind eingeschult worden war. »Natürlich ist sie ein wenig linkisch und ungeschickt, womöglich wäre es am besten für sie, wenn eine ganz gewöhnliche Bauersfrau aus ihr würde. Aber ich fürchte, dass sie zu gescheit dafür ist, dass ihre Sichtweise der Welt bereits geformt ist.«

Der Oberlehrer hatte freundlich gelächelt und ausgesehen, als wolle er der jungen Schriftstellerin aufmunternd die Schulter tätscheln, hatte sich aber im letzten Moment beherrscht. Er sei sich der Gegebenheiten bewusst, sagte er. Bislang jedoch müsse er keine Stellung dazu beziehen, weder zu diesem noch zu jenem.

»Lassen Sie uns erst einmal abwarten, Frau Lohmann.« Da fühlte sich Hedwig überhaupt nicht mehr überheblich, nein, sie fühlte sich wie eine Löwin, eine Mutterfigur aus einem Roman, bereit, ihr Junges zu verteidigen.

Das Mädchen würde wie alle anderen Kinder die Schule besuchen! Hedwig würde sich erst dann damit auseinandersetzen, worüber er im Bilde oder nicht im Bilde war, wenn es unvermeidbar würde.

Und unverrückbar hielt sie auch an ihrem Entschluss fest, dem

Mädchen nicht zu erzählen, wie es sich tatsächlich verhielt. Ihre Tochter war getauft und zur Kommunion gegangen. Die Rassengesetze waren unerfreulich, aber das Mädchen war mit einer katholischen Mutter, Großmutter, Urgroßmutter gesegnet. Sie waren richtige Deutsche, sie hatten Hitler gewählt, sie gingen in die Kirche. Jeden Sonntag feierten sie das Abendmahl, das Mädchen ging an Ostern zur Beichte und sang im Kirchenchor. Es kam jedes Schulhalbjahr mit guten – wenngleich nicht sehr guten – Noten nach Hause, es hatte Zweien. Und Hedwig war stolz. Wenn auch besorgt.

Wegen dem, was kommen musste und schließlich kam. Der Tag, an dem Hedwig zum Oberlehrer gerufen wurde. Mit schweißnasser Stirn stand er vor ihr, wich ihrem Blick aus und ließ mitteilen, dass er dem Mädchen in diesem Jahr bedauerlicherweise kein Zeugnis ausstellen könne. Es sei ihm nicht möglich, es sei ihm verboten. Er könne dem Mädchen nicht länger helfen, ohne den guten Ruf der Schule und die Zukunft der restlichen Schüler aufs Spiel zu setzen, es sei Verrat, sie die Schule beenden zu lassen. »Bald sollten wir eine andere Möglichkeit für sie auftun, nicht wahr, Frau Lohmann?«

Es gebe schließlich noch andere Schulen im Umkreis. Schulen, die Kinder aufnähmen, die genau wie das Mädchen vorbelastet seien. Dort würde sie auch wohnen können, falls es zu beschwerlich werden sollte, sie daheim zu behalten. »Ich möchte mit Ihnen über die ganze Sache sprechen, solange noch Zeit ist, sie darauf vorzubereiten«, bemerkte er. »Wollen Sie oder soll ich ihr die Tatsachen unterbreiten?«

»Oh nein, sie soll es nicht erfahren müssen!« Hedwig machte eine hilflose Geste. »Es ist grausam, junge Menschen zu früh mit dem Bösen der Welt zu konfrontieren. Bis auf weiteres soll sie geschont werden. Es muss einen anderen Ausweg geben …«, sagte Hedwig flehend. »Das Mädchen soll nicht erfahren müssen … Vielleicht können wir ihre Bestürzung ja irgendwie abmildern, wenn wir ihr etwas anderes erzählen. Wir sollten ihr keine Angst einjagen, sie hat doch eine so lebhafte Phantasie, Sie müssen mir helfen, eine andere Lösung zu finden, oh, bitte, lieber, guter Mann …«

Der Oberlehrer runzelte die Stirn, er schien nicht ganz ihrer Meinung zu sein. Hedwig biss sich auf die Lippe, kam sich mit einem Mal klein und lächerlich vor. Was tat sie da? Sie erniedrigte sich doch wohl nicht!? Das musste ein Ende haben! Sie hob das Kinn und sah ihn durchdringend an. Wusste nicht, woher sie die Kraft nahm. Doch sie sah keinen Grund dafür, einen Kratzfuß vor ihm zu machen. Warum auch? Sie wollte ihr Kind schließlich nur vor dem Bösen bewahren, das auf leisen Sohlen immer engere Kreise um die Häuser zog. Warum es dem Mädchen sagen? Warum es damit besudeln?

»Das liegt nicht in meiner Verantwortung«, sagte sie schließlich ruhig. »Ich lege sie in Ihre und Gottes Hände, Herr Oberlehrer.« Dann reichte sie ihm die Hand und verließ das Schulgebäude.

Eine Woche später hatte er seine Verantwortung wahrgenommen. Plötzlich stand das Mädchen mit geballten Fäusten in Tränen aufgelöst auf der Treppe, und die Wut, die Enttäuschung brach aus ihr hervor. Sie hatte doch nur die Luft aus ein paar Fahrradschläuchen gelassen!

»Da waren ein paar Jungs, ein paar verdammte, doofe Jungs.« Sie fluchte, trat sich im Flur die Schuhe von den Füßen, stand in der Küche und schrie, als hätte sie keinen Fetzen Scham im Leib. Es seien diese beiden Jungs gewesen, die immer nur Scherereien machten und alle piesackten. Sie habe einfach genug davon gehabt, es war genug gewesen. Und so sei sie in der Pause zu den Fahrradständern gegangen und habe die Ventile an den Rädern abgeschraubt, an denen der Jungs.

»Ich habe die Reifen nicht mit einer Stopfnadel zerstochen, habe kein Messer genommen, ich habe nur die Luft aus den Reifen gelassen. Das machen wir immer«, schluchzte sie, »das kommt andauernd vor, so rächt man sich.«

Hedwig ermahnte sie, sich zu beruhigen, und stellte ihr ein Glas Milch hin.

»Ist ja schon gut.« Sie sagte es nicht verärgert, sie sagte nur, was man so sagte, wenn man das Gefühl hatte, dass das erst der Anfang einer Geschichte war, einer Geschichte, deren Fortsetzung man womöglich schon erahnen konnte.

»Ist ja schon gut.« Das Mädchen war nicht nur verzweifelt, weil es zurechtgewiesen worden war. Hedwig wusste, was geschehen war – der Oberlehrer hatte sie beim Wort genommen. Hedwig war gewappnet, ihre Stimme klang fest, doch sie merkte, dass sie dem Blick des Mädchens auswich.

»Das wird schon wieder«, sagte sie, ohne das Ende der Geschichte gehört zu haben.

»Ich hab's zugegeben, ich habe es zugegeben.« Das Mädchen schluchzte haltlos. »Ich habe angeboten, die Reifen wieder aufzupumpen. Ich habe angeboten, in der Aula alle um Verzeihung zu bitten, vor der ganzen Schule. Aber das durfte ich nicht, das darf ich nicht, das wollen sie nicht. Sie haben mich von der Schule geworfen. Ich darf nie wieder dorthin zurück. Verzeih mir, Mama, verzeih mir!«

Dann brach sie über dem Tisch zusammen. Hedwig stellte sich neben sie, streichelte ihr die Haare und sagte leise: »Das wird schon wieder in Ordnung kommen und sich fügen, dahinter steht ein größerer Plan, der allem zugrunde liegt. Ein mächtigerer Wille als unserer wird alles richten. Wenn du älter bist, wirst du das verstehen, mein Püppchen, mein Herz. Ist ja schon gut, ist ja schon gut.«

Als sie nun so im Bett lag, ihr das Nachthemd am Rücken klebte und sie merkte, dass sie schon wieder musste, dachte Hedwig: Das Einzige, was ich jemals wollte, war doch nur, dass das Mädchen wie alle anderen Kinder aufwachsen sollte.

War es nicht die wichtigste Aufgabe einer Mutter, dafür zu sorgen?

UPPSALA 1983

Eigentlich ist es ungerecht, dass ich zu einer Psychologin gehen muss, wenn nicht ich verrückt bin, sondern die Welt.

»Nicht ich bin verrückt«, sage ich zu Psychodoc.

Das soll ich ihr näher erklären.

Und ich höre, wie im Zimmer ein langgezogener Seufzer widerhallt.

Mein Seufzer. Aber heute soll sie nicht sagen müssen, dass sie mich nur verstehen kann, wenn ich ihr erzähle, was ich denke, weshalb ich den Seufzer hinunterschlucke und von selbst sage:

»Das haben meine Forschungen ergeben.«

Sie schweigt.

»Ich höre anderen zu«, erkläre ich, »ich höre Radio und was die Menschen sagen. Wenn man genau hinhört, merkt man, dass sie schlimmer als Kleinkinder sind, dass die Erwachsenen obskure Superhelden haben, die sie sich gegenseitig aufdrängen. Und das macht mich rasend, weil ich weiß, dass es da niemanden gibt. Wenn man wirklich jemanden braucht, ist da keiner, nicht ein einziger Superheld, das haben alle meine Forschungen ergeben.« Psychodoc möchte wissen, was ich mit Helden meine.

Und ich erzähle ihr von den drei Superhelden, über die alle reden, aber ich weigere mich, an sie zu glauben, denn dann wär ich ja genauso bescheuert wie alle anderen. »Nehmen wir zum Beispiel den Uhrmacher«, sage ich.

»Der Uhrmacher ist der Erbauer der Welt. Er weiß, wenn ein Teilchen im Uhrwerk nicht rundläuft. Und wenn er sich nicht beeilt, dieses kleine Teil wieder zu reparieren, wird alles in unzählige Einzelteile zersprengt, und die Meere und Berge und die Fische und die Vögel haben keinen Ort mehr, wo sie landen können. Sie schießen wie Feuerwerkskörper hoch in die Luft. Auch die Menschen. Arme und Beine, Augen und Ohren schwirren einfach in der Ewigkeit umher, weil sie auf nichts mehr hinunterfallen können. Die Welt ist zersprungen. Viele Menschen glauben an den Uhrmacher und seine Wahrheit und legen ihr Schicksal in seine Hände. Und dann gibt es die, die an den Oberkellner glauben.

Der Oberkellner braucht unendlich viel Lob und Aufmerksamkeit. Er bedient die Völker. Bringt Essen und Weihnachtsgeschenke, Lohn und Sommerferien. Wenn man sanft wie ein Lamm ist und weiß, wie man nach ihm schnipst, kommt er angelaufen und bedient einen gut. Stellt man sich blöd an wie ein Schaf, kommt er nicht mehr. Dann hat man ihn verärgert, und dann bekommt man Krebs oder wird arbeitslos. Der Kellner trägt eine schwarze Fliege und eine alberne Schürze. Gibt man ihm kein Trinkgeld, kriegt man vielleicht keinen guten Platz. Man muss aufpassen, bei ihm nicht in Ungnade zu fallen. Muss die Hände falten, mit den Augen rollen und Geld für arme Kinder spenden. Nur dann hat man sich einen Platz in der Ewigkeit verdient.

Der Regisseur ist ein genauso suspekter Superheld, den man mögen *muss*. Er hat uns unsichtbare Schnüre an Arme und Beine gebunden, ja, sogar an unsere Zunge. Eigentlich ist es also egal, was man sich einfallen lässt, denn zieht er an einer Schnur, geschieht das, was er will. Allmächtig entscheidet er darüber, welche Autos zusammenstoßen und wer im Zweiten Weltkrieg in die Gaskammer kommt. Wenn er Lust dazu hat, zieht er einfach an einer Schnur und sorgt dafür, dass sich schwups! ein Arm hebt und jemand erschossen wird, oder aber er lässt einem das Herz weich werden, sodass man Küsschen an alle verteilt. Es ist wichtig, eine bedeutende Rolle in seinem Stück zu bekommen, wenn man weiterhin auf der Bühne stehen möchte. Aber nicht alle Schauspieler haben Talent. Und es ist Schwerstarbeit, den Regisseur zufriedenzustellen. Denn niemand weiß, wie er aussieht oder wo er sich aufhält, wenn man ihn treffen will. Man darf ihn nicht abbilden oder auch nur versuchen, ihn anzurufen, um die Angelegenheit zu erörtern.

Mit ein bisschen Phantasie kann einem also leicht bange werden«, sage ich, und Psychodoc nickt.

Wir schweigen eine Weile.

»Woran glaubst du denn, Isa?«, fragt Psychodoc schließlich.

Zuerst zögere ich, doch dann beschließe ich, ihr von der Welt der Verrückten zu erzählen – nicht weil ich daran glaube, sondern weil sie wirklich ist. Ich weiß es, denn ich bin dort gewesen. In der Welt der Verrückten gibt es weder Uhrmacher noch Kellner, keinen einzigen Zauberer, in ihr ist alles schwarz. Meine Welt der Verrückten ist wie ein großer Krater, und auf einem kleinen, schmalen Kraterrand lebt ein einsamer Mensch.

Psychodoc will wissen, ob dieser Mensch ein Mädchen oder ein Junge ist. Ich sage ihr, dass ich das nicht weiß. Da sieht sie mich an, als wollte ich sie anschwindeln. Aber ich mache ihr nichts vor, ich weiß es nicht, weil man in der Welt der Verrückten nichts sehen kann, dort herrscht, wie gesagt, tiefste Finsternis.

So dunkel wie unter einem Heftpflaster ist es da, ungefähr.

Und es stinkt bestialisch nach Käsefüßen, sodass man *würgen* muss.

Dieser Mensch auf dem Kraterrand kennt keine Wörter, nur Körpersprache. Aber weil der Kratervorsprung so schmal ist, darf er sich nicht rühren, um nicht von ihm herunterzupurzeln.

»Aber dann kann dieser Mensch ja gar nichts sagen«, sagt Psychodoc.

»Genau«, bekräftige ich.

»Dann muss er schrecklich einsam sein.«

»Ja«, sage ich, und da spüre ich ein komisches Gefühl im Bauch und weiß nicht, wo ich hinsehen soll. Ich schaue auf den Teppich. »Aber das ist er nicht immer«, sage ich, nachdem ein bisschen Zeit vergangen ist, »denn manchmal kommt das Auge – ein großes Auge, das sich über den Krater senkt. Dieses Auge sieht alles. Vor ihm gibt es keine Geheimnisse, alles liegt offen vor ihm da. Alle können einen prüfend *anschauen*. Wenn man dann nicht still liegt, ist man geliefert. Also liegt man still, obwohl man am liebsten kämpfen und morden und alle anspucken will. Aber das geht ja nicht, man kann ja niemanden sehen. Denn in der Welt der Verrückten ist es schließlich stockfinster.«

»Kämpfen?«, fragt Psychodoc.

»Mhm, denn in dem Moment wird einem klar, dass man am besten einen schweren Kerzenständer hätte, der wie ein Revolver am Gürtel hängt. Ja, es wäre geradezu *essenziell*, in jener Welt wenigstens einen solchen Ständer zu haben. Mit dem man schießen kann – peng, peng.

Nach dem Auge kommen der Geruch und das Raunen. Der Schrei bleibt einem im Hals stecken, und der Atem kann nur noch leise durch die Nase entweichen. So als hätte man eine Sauerstoffmaske auf«, erkläre ich. »Am Ende schläft man ein oder geht an die Decke, hängt unter der Lampe und wird einer von denen, die prüfend schauen. Man kann einfach kein Held sein, wenn man festgebunden ist und die Sauerstoffmaske nach Käsefüßen stinkt. Da hat es keinen Zweck, nach irgendeinem Superhelden zu rufen. Sie wird es jedenfalls nicht hören, sie ist auf einem anderen Kontinent, sie weiß ja noch nicht einmal, dass man ganz nackt ist und sich nicht rühren kann.

Deshalb habe ich auch eine eigene kleine Welt in meinem Herzen versteckt. Von ihr führt keine Schnur in den Himmel. Noch nicht einmal das Röntgenauge kann dort hineinsehen. Das Herz schlägt und schlägt – so heftig, dass beinahe eine kleine Faust aus ihm herausspitzt und den anderen Superhelden Kinnhaken verpasst, bis ihnen die Zähne aus dem Mund fliegen.

Man wird nicht immer zu dem, der man sein möchte. Oder zu dem, für den die anderen einen halten. Man wird zum Beispiel nicht zwangsläufig ein Auto, nur weil man in einer Garage wohnt«, sage ich zu Psychodoc.

Und da sind wir uns völlig einig. Dann ist die Stunde um.

Auf dem Nachhauseweg denke ich, wenn ich es eines Tages wage, Kontakt zu der Stimme im Radio aufzunehmen, werde ich sie fragen, an wen man in dieser Welt seine Hoffnungen hängen soll. An wen glaubt sie? Das wird meine erste Frage sein. Denn sie scheint auch zu wissen, dass wir, die eine Welt im Herzen haben und nicht an Superhelden glauben können, es nicht so leicht haben.

BLIDHOLMEN 2004

In der Küche lief das Radio.

Ingrid sah zur Uhr. Die Kinder waren unterwegs, alle drei. Birgitta war es tatsächlich gelungen, Karl Erik davon abzuhalten, nicht die ganze Insel zum Abendessen einzuladen. »Ausnahmsweise einmal nur wir, Papa.«

»Aber selbstverständlich«, hatte er erwidert, »natürlich werden wir unter uns sein, sind wir das nicht immer?«

Dass Tomas ebenfalls kommen würde, war eine schöne Überraschung. Sonst war er immer auf dem Sprung irgendwohin. Ingrid hatte aufgehört, Buch darüber zu führen, wohin er als Nächstes musste, das änderte sich sowieso ständig. Allerdings glaubte sie manchmal, ein Muster ausmachen zu können. Tomas war ein Jäger. Entweder jagte er Schnee oder der perfekten Welle hinterher. Oder den Frauen. Aber er hatte ihnen noch keine vorgestellt.

»Alles hat seine Zeit«, hatte Karl Erik gesagt. »Solange er für seinen Unterhalt sorgen kann und nicht mit einem Ring in der Nase nach Hause kommt, sollten wir dankbar sein. Aus ihm wird bestimmt auch noch etwas.« Ingrid war nicht nur dankbar – wenn sie sah, wie es vielen anderen Familien ging, war sie richtiggehend stolz darauf, wenn sie daran dachte, dass sie jetzt alle drei auf dem Schiff saßen, ihre Goldkinder, und dass sie gesund zu sein schienen. Und sich vertrugen! Vielleicht war tatsächlich das die größte Herausforderung für Eltern – ihre Liebe so gerecht zu verteilen, dass die Kinder zusammenhielten.

Drinnen murmelten sie immer noch vor sich hin. Jetzt reichte es aber wirklich! Sie würde an die Tür klopfen und ihn daran erinnern, dass die Kinder gleich kamen.

Sie trocknete sich die Hände am Handtuch ab, stellte den Ofen an, und da hörte sie sie wieder im Radio – die Nahost-Korrespondentin. (Wie viele Stunden hatte sie ihr nicht gewidmet?) Ingrid spitzte die Ohren, hielt einen Augenblick inne, ihr war fast ein wenig feierlich zumute. Und sie merkte, dass die Erinnerung an die Frau sie froh machte.

Aber jetzt war es wirklich Zeit!

Sie ging zu seiner Tür, blieb stehen und sah aus dem Flurfenster. Vor dem ersten Schnee mussten sie noch einmal mit dem Rechen über den Rasen gehen, sonst vermoderte er.

Auf der Gartenpforte saß eine Möwe und stocherte mit dem Schnabel in ihrem Gefieder. Im letzten Jahr hatten sie in ihrem Literaturkreis einen Roman gelesen, eine grauenvolle Geschichte über Engel. Der Protagonist war überzeugt davon gewesen, dass die alttestamentarischen Engel im Laufe der Zeit die Gestalt von Möwen angenommen hatten.

Er hatte gemeint, dass man erkennen könne, dass Möwen auf dem Bauch kleine Reste von Armen besäßen, wenn man genau hinsehe. Das war eine widerliche Vorstellung, überhaupt war das ein schrecklicher Roman gewesen, gut geschrieben zwar, aber manche Seiten hatte sie nur überfliegen können. Die Hauptfigur hatte gesoffen und sich furchtbar gebärdet, sich mit einem zerbrochenen Spiegel im Gesicht Schnittwunden zugefügt. Das war nicht nur widerwärtig, es war bedrückend. Bedrückend, dass es so viele labile Menschen gab, denen niemand half, die stattdessen aber von den Rezensenten über den grünen Klee gelobt wurden, als seien sie dressierte Zirkusaffen. Das war traurig. Aber die Vorstellung von der Möwe hatte sich ihr eingebrannt. Seit sie dieses Buch gelesen hatte, hatte sie der Gedanke an die verkümmerten Arme nicht mehr losgelassen. Im Roman wurden sie Contergan-stummel genannt, ein Überbleibsel aus der Zeit, in der die Engel nicht gut, sondern böse und dem Wahnsinn verfallen waren, als jeder zweite von ihnen bildschön und irre war. Eine Zeit, in der Gottes Helfer nichts Gutes wollten. In der die Botschaft eines Engels Unglück und Katastrophen mit sich brachte. Der Autor des Buches war ganz offensichtlich seelisch vollkommen am Ende. Sie hatte ihn einmal im Fernsehen gesehen. Hatte gehört, wie er immerzu den Faden verloren hatte. Wie hätte er erst schreiben können, wenn er Hilfe erhalten hätte?

Von Hanna hatte Ingrid noch nichts gelesen. Zwar hatte sie hier und da in einer Buchhandlung mal ein bisschen in einem Buch von ihr geblättert, es eigentlich lesen wollen, es dann aber doch wieder zurückgestellt. Sie hatte sowieso schon genug von Hanna. (Und jetzt war es wahrlich genug!)

Sie wollte gerade an die Tür klopfen, zögerte plötzlich und legte stattdessen ein Ohr dagegen, hielt den Atem an. Sie kam sich dumm vor. Aber sie musste es tun. Und obwohl es so schnell ging, schoss ihr noch ein Gedanke durch den Kopf: Ich bin bereit. Selbst das zu hören, was ich nicht hören will.

Aber sie hörte nichts. Kein Wort. Im Zimmer war es mucksmäuschenstill. Was taten sie? Was konnte man so geräuschlos tun? Ingrid hörte nur ihren eigenen Herzschlag. Nachdenken, natürlich. Aber so lange? Hanna betete nicht, so viel wusste Ingrid schon. Sie meditierte auch nicht. Schrieben sie? Sie würden doch wohl nicht …

Da scharrte plötzlich ein Stuhlbein über den Boden – und der Fußboden knarrte.

Ingrid zuckte zusammen und hechtete zurück in die Küche.

Drehte das Radio laut. Ihr Gesicht brannte. Jetzt konnten sie aber wirklich aufhören. Jeden Augenblick würde das Schiff da sein. Sie drehte das Radio noch lauter. War es denn wirklich nötig, die Grenzen so auszudehnen? Er wusste doch, dass die Kinder gleich hier sein würden!

Was machte er nur? Was machte *sie*?

(Warum holte sie die Kinder eigentlich nicht selbst ab? Es war doch nichts dabei. Sodass sie ihre Unterredung in aller Ruhe beenden konnten?)

Dann hörte sie, wie die Tür aufging, und fuhr sich übers Haar. Drehte das Radio leiser. Ging in den Flur.

»Hallo, Hanna«, sagte sie und nickte Karl Erik auffordernd zu. Was so viel heißen sollte wie: Das wurde aber auch Zeit!

Hanna zog ihre Jacke an. Ihre Wangen waren gerötet. Trotzdem wich sie Ingrids Blick nicht aus. Ihre Augen glänzten, aber nicht vor Tränen. Unverfrorenes Ding, dachte Ingrid.

»Du willst also nicht zum Abendessen bleiben?«, fragte Karl Erik, und Ingrid glaubte, nicht recht gehört zu haben. Sie wollte gerade die Hand ausstrecken, um ihn zu kneifen – fest zu kneifen –, als Hanna ihr zu Hilfe kam.

»Das ist schrecklich nett, aber ich habe noch zu tun«, erwiderte sie mit einem beinahe triumphierenden Lächeln, als sie die Tür öffnete.

»Beinahe hättest du deine Tochter vergrault«, sagte Ingrid zu ihm, als Hanna endlich den Kiesweg hinunterging. *Willst du nicht zum Abendessen bleiben.* »Das wäre etwas geworden! Wir haben doch ausgemacht, heute Abend unter uns zu bleiben.« Sie sah demonstrativ auf die Uhr und reichte ihm die Steppjacke.

»In fünf Minuten kommt das Schiff.«

Er winkte. Sie machte eine abwehrende Geste, als er ihr einen Abschiedskuss geben wollte.

»Nur noch vier Minuten«, rief sie ihm hinterher, als er zum Wagen ging. Sein linkes Bein war bedenklich unsicher, er bewegte sich, als hätte er das Gleichgewicht verloren. Sie sah Hanna auf ihrem Fahrrad um die Ecke biegen, ihre wallende Mähne hinter der Fliederlaube. Ohne Mütze.

Nur noch drei Minuten. Ingrid schloss die Haustür und sank auf einen Küchenstuhl. Im selben Moment flog die Möwe von der Gartenpforte auf, stieg in den Himmel und segelte hinaus auf die Bucht. Arme hatte sie nicht.

Markus war viel zu dünn und unrasiert, aber in Ingrids Armen fühlte er sich weich an wie ein Teddybär. Seine Augen schimmerten leicht, hoffentlich brütete er nichts aus. Seine Sonnenbräune hatte einen grauen Schimmer, ansonsten schien ihn die Indienreise nicht verändert zu haben.

Birgitta sah wirklich gut aus. Sie und Ingrid tauschten Wangenküsschen aus, leichte, unpersönliche. Ingrid wollte noch einen Moment länger ihre Nähe spüren, aber Birgitta entzog sich ihr, und Ingrid bemerkte, dass Birgittas Kostümjacke und ihre Haare nach Zigarettenqualm rochen. Warum war es so zwischen ihnen? Was lehnte sie ab?

Tomas machte wie üblich so viel Lärm wie eine ganze Schulklasse und trug immer noch kein Nasenpiercing. Seine Taschen, diverse Kopfhörer und Geräte häuften sich im Flur, als hätte er vor, eine ganze Woche lang zu bleiben. Eines seiner Telefone klingelte, und er ging sofort vor die Tür.

Zuerst nahmen sie einen Drink im Esszimmer. Als Tomas wieder hereinkam, setzten sie sich an den Tisch. Karl Erik sprach das Gebet, und Ingrid sah aus dem Augenwinkel zu Birgitta hinüber. Sie stimmte murmelnd mit ein. Na also. Lieber Gott, mach, dass allen an einem harmonischen Abend gelegen ist!, dachte sie im Stillen. Und jetzt essen wir.

Dann ging es los. Die Schüsseln wurden herumgereicht, und sie unterhielten sich unbeschwert. Sorgfältig vermieden Ingrid und Karl Erik, die Kinder auf ihr Liebesleben anzusprechen.

Stattdessen drehte sich das Gespräch um die Schneehöhe am Åreskutan und wie katastrophal die Pilzsaison in diesem Jahr auf der Insel gewesen sei; danach sprachen sie über Geistliche, die sich von der Kirche abwandten, um auf eigene Faust für viel Geld seelsorgerische Riten zu verkaufen, und dieses Thema wiederum brachte sie auf Familienklatsch. Ingrid versuchte nie, den Assoziationsfluss in ihrer Familie nachzuvollziehen. Hütete sich davor, ihn zu analysieren. Nur wenn das Gespräch völlig aus dem Ruder zu laufen drohte, verfolgte sie ihn zurück und versuchte zu verstehen. Sonst würde sie wahnsinnig werden – oder besser gesagt, sonst würden die anderen wahnsinnig werden. Sie wollten keine Psychotherapeutin am Tisch sitzen haben, ein Pfarrer reichte völlig. Ingrids sah Markus an. Früher oder später würde er bestimmt noch von Indien erzählen. Der Junge ließ sich immer Zeit.

Sie merkte, dass sie sich allmählich entspannte, mehr Wein als sonst trank, und ertappte sich sogar bei dem Gedanken, dass die Sache mit Hanna wohl doch nur ein Hirngespinst von ihr war. Ihr Leben war jetzt hier. Ein gutes Leben. Gleich morgen würde sie die Kisten durchsehen. Die Möwe auf der Gartenpforte, die Korrespondentin im Radio, welch seltsame Zufälle das waren … Wie hatte sie überhaupt an ihrer Entscheidung, hier auf Blidholmen zu leben, zweifeln können? Sie musste vor nichts Angst haben. Diese vertraute, doch ach so trügerische Überzeugung flößte ihr der Wein ein.

Doch dann – aus heiterem Himmel – fing Karl Eriks Gabel an zu zittern. Sofort legte er das Besteck auf den Tisch.

Die Kinder schienen keine Notiz davon genommen zu haben. Markus erzählte von Indien, und Ingrid warf Karl Erik immer wieder aufmunternde Blicke zu. Er unternahm einen weiteren Versuch.

Ihm gelang es gerade noch, die Gabel zum Kinn zu führen, dann ging nichts mehr, und die Soße rann über seinen Schlips. Er lachte und wischte ihn mit der Serviette ab. Dann probierte er es noch einmal, gab aber schon auf, als die Gabel gerade erst wenige Zentimeter über dem Tisch schwebte. Er legte die Hände in den Schoß und sah auf seinen Teller hinunter, musterte die Pfifferlingssoße und das Hirschsteak, die Hasselback-Kartoffeln und die Prinzessbohnen.

Er verzog keine Miene. Man konnte nicht darauf schließen, was er dachte. Aber man konnte nachempfinden, wie er sich fühlte. Ingrid versuchte seinen Blick aufzufangen. Er sah sie nicht an.

»Willst du denn nichts essen, Papa?« Tomas stieß seinen Vater in die Seite.

Birgitta verstummte. Ingrid wollte gerade ablenken, das Gesprächsthema wechseln, wollte all die Dinge tun, die ihre Mutter immer getan hatte, sobald am Tisch Unstimmigkeiten aufzogen, biss sich aber auf die Lippe. Ich bin nicht wie meine Mutter, dachte sie. Sie ruhe in Frieden, aber ich bin nicht wie sie, ich kann mehr aushalten, viel mehr. Sie griff nach dem Weinglas.

Da sah sie, wie Markus ebenfalls das Besteck beiseitelegte.

Ja, fast demonstrativ legte er es auf den Tisch und ließ seine Hand über dem Teller schweben, dann zerdrückte er sachte die Kartoffel mit dem Daumen, *mit dem Daumen*, und zermatschte sie mit den Fingern zu Brei. Als er die Finger zum Mund führte, rann ihm Pfifferlingssoße über das Handgelenk den Arm hinunter. Ingrid wollte ihn gerade bitten, mit der Sauerei aufzuhören, als er sagte:

»So isst man in Indien.«

Tomas und Birgitta sahen ihn an. War es mit Abscheu? Oder nur mit Erstaunen? Ingrid traute ihren Augen nicht. Nein, voller Bewunderung!

Dann fischte Markus mit der Hand ein paar Bohnen vom Teller und stopfte sie sich in den Mund. Zog das Fleischstück durch die Soße, bevor er es hochhob und mit den Backenzähnen daran zerrte. Soße tropfte auf das Tischtuch. Hochkonzentriert, unberührt von der Reaktion seiner Geschwister, kleckerte er weiter. Dann sagte er:

»Ich muss euch etwas sagen.«

Keiner aß mehr, alle umklammerten ihre Weingläser.

Er machte eine Kunstpause und sah einen nach dem anderen an, bis sein Blick an Karl Erik hängenblieb.

»Ich habe einen Entschluss gefasst, in Indien habe ich eine Entscheidung getroffen, ich weiß jetzt, was ich mit meinem Leben anfangen will.«

Sorgfältig leckte er sich die Finger ab, einen nach dem anderen, und hob sein Weinglas.

»Ich werde mich im Herbst für Theologie einschreiben, ich möchte Pfarrer werden.«

An einem ganz normalen Abend, damals, als alles wirklich noch normal war, Ingrid noch ihre Praxis in Uppsala hatte, sich nach dem Essen einem Haufen Papiere widmen musste, Karl Erik gestresst und wütend war, das Telefon ständig klingelte und Birgitta aufmüpfig war und drinnen rauchte, damals, als Tomas schon aus der Tür war, bevor er das Essen hinuntergeschluckt hatte, da hätte diese Mitteilung sie berührt, sogar erschüttert. Ja, Ingrid wäre bestürzt gewesen, weil sie wusste, welche Entbehrungen es mit sich brachte, berufen zu sein. Aber an diesem Abend fühlte sie nichts. Denn Karl Erik übernahm gewissermaßen das Ruder. Er freute sich, freute sich so sehr, dass es ihm nichts ausmachte, dass

Ingrid vorsichtig seinen Teller zu sich heranzog und sein Fleisch und die Kartoffeln in Stücke schnitt.

Plötzlich hatte er seine Motorik ausreichend unter Kontrolle, um eine Flasche Sekt aus dem Kühlschrank zu holen, ihrer aller Gläser zu füllen und den Blick über seine Familie schweifen zu lassen, wobei er aussah, als würde er jeden Moment in Tränen ausbrechen.

»Markus«, sagte er und räusperte sich, »das ist ein großer Augenblick!«

Ingrid versuchte noch nicht einmal, sich einen Reim darauf zu machen, welche Blicke Birgitta und Tomas tauschten, sie wollte sie nur unterbinden. Wenn sie meinten, sich jetzt kindisch aufführen zu müssen, würde ihr nichts anderes übrigbleiben. Sie sah zwischen ihrem Ältesten und Karl Erik hin und her. Mein unrasierter, sensibler Sohn, der auf Zehenspitzen ging, als er klein war, sodass wir uns einbildeten, er hätte zu kurze Achillessehnen, und der Arzt dachte, er würde gemobbt. Dieser Bücherwurm und Indienfahrer war nicht gemobbt worden. Er war nur anders gewesen, jemand, der geglaubt hatte, man könne Schmetterlinge mit Nistkästen fangen und Frauen könnten nicht auf dem Bauch liegen, weil ihre Brüste sonst zerdrückt werden würden. Ihr Sohn, der eine so zarte Tenorstimme hatte und die Welt immer noch mit einem unschuldigen Blick betrachtete – nun würde er unserem Herrn dienen, und seine Ideale würden sich allmählich in Luft auflösen, wenn ihm graue Haare wachsen würden wegen der finanziellen Einschnitte und der forschen Freizeitpolitiker, die sich in seine Personalangelegenheiten einmischten. Ingrids kleiner Cherub, der sein Besteck zur Seite legte und mit den Fingern aß, weil sein Vater die Gabel nicht mehr halten konnte.

Sie blinzelte ein paarmal. Niemand sagte etwas, als sie aufstand und in die Küche ging, um durchzuatmen. Auf dem Rückweg ins Esszimmer nahm sie das Lätzchen und den großen Esslöffel mit, den Karl Erik benutzte, wenn sie alleine waren, den Löffel, den er vor den Kindern nicht hatte benutzen wollen.

Dann aß er, mit dem Löffel in der rechten Hand und dem Lätzchen über dem Schlipsknoten, er redete und kleckerte, und Ingrid spürte, wie ihr der Kopf summte und ihre Wangen heiß wurden. Sie hatte einen Schwips, und das war herrlich!

Nach dem Abendessen ging Karl Erik ins Bett. Er lehnte es ab, sich von ihr helfen zu lassen, obwohl ihm besonders die Feinmotorik Schwierigkeiten bereitete. Bevor er die Treppe hinaufging, gestattete er ihr zumindest, die Knöpfe seines Hosenschlitzes zu öffnen. Er beharrte darauf, mit den Hemdknöpfen selbst zurechtzukommen, und Ingrid tat, als bemerke sie seinen Stolz nicht. Sie warf einen Blick auf die Schnürsenkel. Er schüttelte den Kopf. Verzog den Mund. Als wollte er einen so schönen Abend nicht dadurch zunichtemachen, der Realität ins Auge zu sehen, nämlich, dass er weder seine Knöpfe aufbekam noch seine Schuhe selbst binden *konnte*.

Ingrid machte sich auf den Weg in die Küche. Dann war er eben bockig. Wenn er meinte, dass es das wert sei. Als er die Treppe hochstieg, klammerte er sich an das Geländer. Geriet kurz aus dem Gleichgewicht und blieb stehen. Seine kurzen Schritte reichten gerade bis zur nächsten Stufe. Das Treppensteigen ging immer langsamer.

Ingrid hatte vorgeschlagen, das Schlafzimmer nach unten zu verlegen. Doch auf dem Ohr war er taub.

Man könne auch einen Treppenlift einbauen, hatte sie gesagt. Das alles stand in der Broschüre von der Klinik, die immer noch unangetastet auf seinem Schreibtisch lag.

Tomas kam aus dem Badezimmer.

»Hast du etwa zu viel Schampus getrunken, Papa«, rief er Karl Erik hinterher, selbst merklich beschwipst.

»Das ist ein großer Tag«, wiederholte Karl Erik, und Ingrid hörte ihn den Zapfenstreich blasen, als er im Bad verschwand.

Manchmal war Abwasch wie Meditation. Ingrid hatte nie meditiert, aber es musste mit dem Gefühl vergleichbar sein, Spülmittel vom Geschirr abzuspülen, es langsam in ganz heißem Wasser abzuspülen. Man stand einfach da, und alles verschwand wirbelnd im Abfluss. Und was auf dem Teller gelegen hatte, spielte keine Rolle mehr.

Birgitta und die Jungs saßen noch im Esszimmer, als Ingrid die Küche aufräumte. Alle drei hatten angeboten, ihr zu helfen, aber sie hatte abgewehrt. Es gefiel ihr, sie alle nebenan zu wissen, alle beieinander, erwachsen, fröhlich und in einvernehmlichem Miteinander.

Ich muss nicht alles hören, was sie sagen, dachte sie. Sie sind gerade ziemlich ausgelassen. Wir haben alle zu viel getrunken.

Vor dem Fenster erhoben sich die Wellen träge aus dem Meer. Bislang hatten sie noch keinen richtigen Winter, keine Stürme gehabt. Eines von Tomas' Telefonen klingelte im Flur, er hörte es nicht, und Ingrid sagte ihm auch nicht extra Bescheid.

Als sie in der Küche fertig war, sah sie nach Karl Erik.

Er hatte schon das Licht gelöscht. Ingrid hörte ihn mit der Läkerolschachtel rascheln, bevor sie sich auf die Bettkante setzte und plötzlich einen sorgenvollen Stich in der Brust verspürte – als ginge es um den Geschmack seiner Küsse. Er nahm ihre Hand in seine und sagte noch einmal, was für ein großer Tag heute gewesen sei. Ingrid streichelte seine Wange. Er wollte sie gerade näher an sich ziehen, als ihr auffiel, dass ein Knopf auf dem Boden lag … und da noch einer.

Sie schob ihn weg. Sie wollte nicht grob sein, aber es lagen überall Knöpfe! Sie griff nach seinem Hemd. Er hatte es sich heruntergerissen, hatte jeden einzelnen Knopf abgerissen.

»Verzeih mir, meine Geduld hat mich im Stich gelassen«, sagte er.

Ingrid wusste nicht, was sie sagen sollte, nickte nur stumm und legte das Hemd zusammen. Als sie die Schlafzimmertür schließen wollte, wartete sie noch einen Augenblick, als würde er sie bitten, die Tür leicht offen stehen und das Licht im Flur brennen zu lassen.

Er ist nicht mein Kind, dachte sie und ging die Treppe hinab. Sah im Flurspiegel, dass ihr Hals von hektischen Flecken übersät war. Warum hatte er sie nicht um Hilfe gebeten?

Die Stimmen der Kinder klangen gedämpft. Das bedeutete bei Kindern, egal welchen Alters, dass etwas im Gange war. Ingrid schlich die letzten Stufen herunter, stieg über die knarrenden Dielen, blieb vor der Esszimmertür stehen, atmete tief ein und belauschte zum zweiten Mal an diesem Tag ein Gespräch, das nicht für ihre Ohren bestimmt war. Beim letzten Mal hatte sie nichts verstehen können. Jetzt hörte sie jede Silbe.

Markus und Birgitta. Tomas schwieg. Vielleicht war er ja doch aus dem Zimmer gegangen, um zu telefonieren? Ihre Stimmen klangen gereizt.

»Das sagt er zumindest, und das müssen wir respektieren.«

»Ich weiß nicht. Je mehr diese verdammte Parkinson-Krankheit sein Gehirn auffrisst, umso unwürdiger wird sein Zustand. Papa sollte in der ersten Reihe stehen und anderen den Weg weisen, nicht im Rollstuhl sitzen und mit einer Gabel kleckern. Das ist wirklich würdelos.«

»Mit Messer und Gabel essen zu können bedeutet für dich also Würde?«

»Unter anderem, ja. Und dass einem nicht der Hintern abgewischt wird und dass …«

Ingrid lehnte sich gegen den Türpfosten, wollte hineingehen und die Unterhaltung beenden, das ging die Kinder nichts an, wirklich nicht, und sie merkte, dass sie wütend wurde, stand aber wie festgewachsen vor der geschlossenen Tür.

»Wie auch immer, das ist eine überflüssige Diskussion, denn es gibt keine Alternativen«, bemerkte Markus und klang, als wollte er das Gespräch beenden.

(Gott sei Dank!)

Aber Birgitta ließ nicht locker, ihre Stimme wurde lauter.

»Nein, Markus. Du bist den ganzen Herbst nicht zu Hause gewesen. Er ist viel kränker, als du denkst.«

»Ich finde, dass er vergnügt wirkt; er holt Schampus und schwingt Reden. Mama dagegen …«

»Was ist mit Mama?«

Ingrid wappnete sich, die Unterhaltung drohte zu entgleisen. Sie machte Anstalten hineinzugehen, aber ihre Knie fühlten sich weich an.

»Wir müssen ihr irgendwie helfen, sie kann doch nicht als seine Pflegerin enden.«

»Wenn du glaubst, dass du ihr helfen kannst – viel Glück! Mama braucht niemanden, hat nie jemanden gebraucht, hat schon vor langem aufgegeben, alles hat sie aufgegeben.« Verfluchte Gören, dachte Ingrid. Ich habe erwachsene Kinder, es sind meine Kinder, die da drinnen ihre Meinung äußern. Wenn sie nur ein bisschen öfter nach Hause kommen würden, wüssten sie, was los ist, wenn sie nur fragen würden, müssten sie keine Vermutungen über etwas anstellen, von dem sie keine Ahnung haben.

»Und was sagst du dazu, Tomas?«

Ingrid hörte, dass Birgitta lallte. Trotzdem schenkte einer von ihnen mehr Wein nach.

»Aber bestimmt nimmt sich Gott auch ihrer an«, fügte Birgitta hinzu.

»Daher weht also der Wind, Birgitta, sag es ruhig laut, wenn du meinen Lebensentwurf kritisieren willst.«

»Ich finde Mama toll.«

»Ach, dich gibt's auch noch?«

»Dass ein Gott im Himmel sitzt und Parkinson herabschickt, glaubt ja wohl keiner.«

»Oh, doch, Tomas, das glauben mehr, als du ahnst.«

»Haben sie mit einem vernünftigen Arzt gesprochen?«

»Das geht uns nichts an.«

(Danke, Markus, danke!)

»Wenn das hier eine Abstimmung wäre, würdest du also dafür und du dagegen stimmen?«

»Das hier ist keine blöde Abstimmung, Tomas.«

»Worüber streitet ihr dann?«

»Ob man das Recht hat, selbst darüber zu bestimmen, wie man seinen Lebensabend verbringen möchte.«

»Aber er lebt doch noch, zum Teufel, arbeitet und schreibt, er hatte doch nur einen kleinen Schub und ...«

»Du bist genau wie Mama, einen klitzekleinen Schub ... das geht vorbei, ein kleiner Rückfall nur. Ihr kapiert's immer noch nicht, es wird nicht mehr besser!«

»Es gibt gute Medikamente dagegen.«

»Sie verlangsamen den Verlauf der Krankheit nur.«

»Alles hat seine Zeit.«

»Da spricht der Pastor! Wofür brauchst du überhaupt noch ein Theologiestudium, dich können sie doch gleich morgen weihen.«

»Wo ist eigentlich Mama?«

Ingrid eilte in die Küche. Drehte den Wasserhahn auf, ließ das Wasser über die Bratpfanne laufen und öffnete das Fenster. Draußen war es schneidend kalt. Das Meer lag im Dunkeln, sie hörte es nicht. Hörte nur das Rauschen des Wassers und ihren pochenden Herzschlag. Die Fensterscheibe beschlug. Die warme Luft in der Küche traf auf die kalte Nachtluft. Sie spürte, wie ihr der

Schweiß ausbrach. Das Spülbecken füllte sich rasch, und als Tomas plötzlich in der Tür stand, lief das Wasser bereits über den Rand. Mit zwei Schritten war er bei ihr und drehte den Hahn zu.

»Alles in Ordnung, Mama?«

Ingrid nickte stumm. Tomas machte sich daran, eine neue Weinflasche zu öffnen.

»Muss das sein?«

»Komm, Mama, wir können auch morgen noch abwaschen.«

»Wir haben alle schon viel zu viel getrunken.«

»Das vertragen wir«, sagte er und zog mit einem eleganten ›Plopp‹ den Korken aus der Flasche. »Komm jetzt.«

»Gleich«, erwiderte sie und schloss das Fenster. »Ich will das nur noch eben aufwischen.«

»Wir warten auf dich«, sagte er und gab ihr einen Kuss auf die Stirn. »Sag mal, Mama …«

Ingrid schloss die Augen. Einen flüchtigen Moment stand sie neben ihrem Jüngsten, roch sein Haargel und seine Fahne. Er war rasiert, mehr als einen Kopf größer als sie. Sie wollte sich an ihn lehnen, sich einen kleinen Moment einfach nur anlehnen. Er ist ein Fremder, dachte sie.

»Du bist die Beste«, sagte er, ließ sie los und schlenderte hinaus zu den anderen.

Verflixte Kinder, dachte sie und griff nach der Scheuerwolle, wäre das letzte Schiff nicht schon weg, ich hätte euch allesamt rausgeschmissen!

UPPSALA 1983

Manchmal finde ich, dass Psychodoc auch mal etwas sagen könnte. Dann schweige ich. Anfangs war das ein Wettstreit zwischen uns, aber mittlerweile lässt sie mich immer gewinnen. Denn wenn ich schweige, sagt sie etwas. Und sie hat eine Menge Interessantes zu sagen.

Zum Beispiel gibt es anscheinend noch einen weiteren Superhelden – er heißt Freud. Und hat eine Schublade voller Besteck.

Wenn man weiß, was man in seiner eigenen Schublade hat, muss man weder die Schiffe hinter sich verbrennen noch die Brücken hinter sich abbrechen. So habe ich Psychodoc jedenfalls verstanden.

Das mit der Besteckschublade ist ein simples Prinzip, und wie alle einfachen Lösungen kommt es einem anfangs blöd vor – dass eine Gabel für »fröhlich«, ein Messer für »wütend« und ein Löffel für »traurig« steht. Aber ganz so simpel ist es dann doch nicht, dahinter steckt viel mehr.

»Das sind *Metaphern*«, sagt Psychodoc und fügt hinzu, dass sie glaubt, ich könne so etwas verstehen. Das könne nämlich nicht mehr jeder, was uns in dieser Welt große Probleme beschere – nämlich, dass sich noch nicht einmal mehr alle Erwachsenen auf Symbole verstünden. Ein Symbol deuten zu können, ohne es zu bezeichnen, ohne zu glauben, es sei real.

Eine Metapher zu deuten sei eine große Kunst. Die eigentliche Kunst. Sagt Psychodoc.

Ja, überhaupt eine Schublade voll Besteck zu besitzen sei *an sich* schon wertvoll, erfahre ich.

Und dann erzählt sie von der Gabel an sich. Und der Gabel für mich.

Also gehe ich nach Hause und kippe den Inhalt sämtlicher Küchenschubladen auf den Fußboden. Darin sind nicht nur Gabeln und Löffel und Messer, wie man hätte meinen können. Allein in unserer Küche gibt es beispielsweise mindestens vier Schubladen voll mit seltsamen Dingen – und da habe ich noch nicht einmal die aus der Anrichte mitgezählt, die nur zu Weihnachten und Ostern aufgezogen werden.

Ich finde Maiskolbenhalter, Krebsmesser, Grapefruitmesser, Suppenlöffel, Käsehobel, Eierlöffel, Teelöffel, Esslöffel, Dessertlöffel, Dosenöffner, Flaschenöffner, Korkenzieher, japanische Messer, Brotmesser, Obstmesser und, und, und … es wäre typisch für mich, sämtliche Dinge aufzuzählen und andere damit zu nerven. Aber diesmal wollte ich nicht *typisch* sein und zuerst die ganze Grundlagenforschung vortragen. Ich nenne nur *die obigen* als Beispiel – für das Gefühlsleben. Und wie es nach Psychodocs Ansicht im Gefühlsleben der Menschen aussehen kann.

Ein Gefühlsleben ist etwas *äußerst Komplexes.* Aber wenn es einem gelingt, zu erkennen, ob man in seinem tiefsten Innern ein Fischmesser oder einen Tortenheber hat, kann man es benennen und anschließend *adäquat* handeln. Also nicht einfach davonstürmen und etwas Schlimmes anstellen. Manchmal scheint Psychodoc sich deswegen Sorgen zu machen. Ich mach mir die nicht. Ich denke stattdessen darüber nach, ob ich aus dem Besteck nicht Kunst machen soll, sie aus Ton forme und in eine Schublade lege, die auf einer *Vernissage* gezeigt wird.

Aber dann reicht mir allein schon die Vorstellung, denn es

scheint unendlich viele Sorten Besteck zu geben. Ich muss noch einmal darüber nachdenken. Gleichzeitig weiß ich natürlich, dass man *initial* erst einmal alle neuen Projektideen leid ist – bis sie einen nicht mehr loslassen, und dann geht's ruck, zuck. (Aber einen Champagnerbesen aus Ton zu formen ist bestimmt höllisch schwer – selbst wenn man hochmotiviert ist.)

Was fühle ich eigentlich, frage ich mich, als ich so auf dem Küchenboden sitze und versuche, *mein Gefühlsleben zu sortieren*. Eine Mischung aus Freudeangsterschöpfungaufregung vielleicht. Freude, weil mir etwas eingefallen ist, Angst, weil ich fürchte, was Papa sagt, wenn er alles abwaschen muss, weil ich das Besteck auf den Fußboden gekippt habe, Erschöpfung, weil es anstrengend ist, in Metaphern zu denken, und Aufregung, weil mir vielleicht die Idee für ein neues Projekt eingefallen ist.

Doch dann kommt mir die *entscheidende Erkenntnis*!

Nicht zu wissen, was man fühlt, ist gar nicht so schlimm, viel schlimmer ist es, wenn andere das für einen übernehmen. Wenn sie sagen, »na, jetzt bist du aber bestimmt todmüde« (Soßenlöffel), oder wenn sie nicht wissen wollen, dass man enttäuscht ist (Kaffeemaß), oder wenn sie einem weismachen wollen, »na, war das nicht toll?!« (Dessertlöffel), obwohl es gähnend langweilig war (Buttermesser). Das ist genauso falsch und ungerecht, wie wenn sie sagen: »Jetzt solltest *du* dir aber eine Strickjacke anziehen« – obwohl *sie* diejenigen sind, die frieren!

Dass andere Menschen nicht die Wahrheit sagen oder nicht alles verstehen – das kann man ertragen. Aber wenn sie sagen, ich sei traurig, weil sie damit leichter umgehen können als mit meiner Wut, dann gerät im Kopf alles durcheinander, und das erträgt man nicht. Und diese Erkenntnis kommt einem wissenschaftlichen Durchbruch gleich!

Als ich Psychodoc das bei unserer nächsten Therapiestunde zu erklären versuche, versteht sie, was ich meine, und da freue ich mich so sehr, dass meine Freude fast schon wieder in Traurigkeit umschlägt.

»Aber das Gefühlsleben ist komplizierter als eine Besteckschublade. Wenn man nicht rechtzeitig schnallt, wessen klebrige blöde Gabel man da spült, und die Dinge einen einfach überrollen, dass man nicht mit ihnen Schritt halten kann, geht alles richtig in die Hosen«, sage ich.

»So schlimm muss es nicht kommen«, sagt Psychodoc. »Man kann das Schritthalten lernen. So wie man lernt, Fahrrad zu fahren oder auf die Toilette zu gehen.« Das mit der Toilette empfinde ich als eine etwas zu *intime Metapher*, aber sie scheint sich nicht darum zu scheren.

»Wenn man ganz klein ist, passiert es einfach«, sagt sie. »Zack!, und schon ist es einfach so in der Windel gelandet, ohne dass man begriffen hat, wieso. Dann lernt man, den Stuhldrang wahrzunehmen, trotzdem macht es vielleicht immer noch zack. Aber mit der Zeit weiß man das Gefühl einzuordnen und unternimmt etwas, bevor es zu spät ist. Man geht auf die Toilette, und zack! hat man es runtergespült.« Und eben das ist der Superheld in aller Kürze.

»Töpfchentraining«, sagt Psychodoc.

»Töpfchentraining«, sage ich, gehe nach Hause und sortiere die Besteckschublade.

Und mit einem Mal entdecke ich Dinge darin, die man sich nie hätte vorstellen können. Kartoffelgabeln, Nussknacker und eine Tortenspritze!

Ich frage Psychodoc, welches Gefühl sie in Bezug auf mich hat. Ich glaube nicht, dass ich ein Pinsel sein möchte, mit dem man Pilze putzt.

»Ich glaube fest an dich. Denn du bist die gesamte Besteckschublade«, sagt sie. »Wir schaffen das. Das ist mein Gefühl.« Sie glaubt fest an mich, denke ich bei mir und fühle mich wie eine Mischung aus Salatschleuder und Spargeltopf. Damit ich den Dreck loswerde, werde ich wieder und wieder herumgeschleudert, und danach muss ich während der ganzen Kochzeit aufrecht stehen.

Ich kann nicht sagen, ob mir das gefällt. Aber dieses »ich glaube fest an dich« – das gefällt mir.

BERLIN 1945

Frau Winkler zog den Korken aus der Cognacflasche und füllte die Gläser. Es waren Sektkelche mit grünem Fuß, Cognacschwenker hatten sie in der ganzen Wohnung nicht auftreiben können. Frau Müller saß aufrecht im Bett, mit einer zusammengerollten Kinderwagenmatratze im Rücken. Ihre Augen glänzten fiebrig oder vielleicht auch erwartungsfroh, Hedwig konnte es nicht genau sagen. Ihr Blick war auf Frau Winklers Hände gerichtet, die eine Tafel Schokolade öffneten und die braunen Stücke auf eine angestoßene Untertasse legten. Cognac, Schokolade, ein halbes Kilo Mehl, zwei Schachteln Zigaretten und eine dicke Wurst, die in Zeitungspapier mit kyrillischen Buchstaben eingeschlagen war.

Hedwig lehnte sich gegen den Türrahmen. Wusste einen Moment lang nicht, ob sie bleiben oder wieder hinter ihrem Vorhang verschwinden sollte.

»Aber so setzen Sie sich doch, Frau Lohmann, wir wollen doch wohl nicht so sein.«

Frau Winkler bedeutete Hedwig mit einer Geste, näher zu kommen, und klopfte auf den Stuhl neben sich. Hedwig fühlte sich schwach auf den Beinen, sie zu überreden war nicht schwer. Frau Winkler hatte von den Befreiern ein Essenspaket ergattert, und nun, da der Tisch gedeckt war und die Männer aus der Wohnung nicht da waren und sie schikanierten, hieß es nur, die Gabe dankend anzunehmen. Das Paket war nun mal da, und sie hatten die Wohnung für sich. Die rußgeschwärzten Gardinen wehten hin und her, der Hauch des ersten Friedenssommers versetzte sie in Bewegung. Ein Lächeln flog über Hedwigs Gesicht, und sie nahm einen großen Schluck von dem beißenden Getränk. Sie hatte nie viel getrunken, aber jetzt war man nicht immer die, die man einmal gewesen war. Sie schielte zu dem Paket Kaffee hinüber, sagte aber nichts. Wie freigiebig Frau Winkler mit ihren Schätzen war, würde sich noch zeigen. Auch Frau Müller trank gierig und schloss die Augen. Hedwig spürte beinahe am eigenen Leib, wie der Cognac kurzzeitig den bösen Husten linderte.

Es gab fünf verschiedene Lebensmittelkarten. Wer Schwerstarbeit verrichtete, bekam eine Arbeiterration; das war die höchste Lebensmittelration, die pro Woche ausgegeben wurde: 65 Gramm Fleisch, 60 Gramm Mehl, 15 Gramm Fett, 20 Gramm Tee und 60 Gramm Ersatzkaffee. Die Hungerkarten beziehungsweise Friedhofsrationen, wie sie auch genannt wurden, umfassten ein Fünftel dessen. Sie gingen an die Greise, die nur noch auf den Tod warteten, und an Menschen wie Hedwig, die stillsaßen und nicht auf den Straßen mithalfen.

Pakete wie das, das Frau Winkler sich jetzt unter den Nagel gerissen hatte, wurden an Frauen und Männer verteilt, die aktive Parteifunktionäre waren. An Männer und Frauen, die ein neues, kommunistisches Deutschland nach dem Vorbild Stalins errichteten. Ob Frau Winkler wirklich eine von ihnen war, wusste Hedwig nicht. Frau Winkler wohnte auf der anderen Straßenseite, und Hedwig hatte bemerkt, dass sie, wie so viele andere auch, sehr pragmatisch zu Werke ging. An der roten Farbe war ja schließlich nichts verkehrt. Das Hakenkreuz ließ sich doch im Handumdrehen aus dem Stoff herausschneiden – und so flatterte die kleine Bekenntnisfahne nun über der Feuerstelle in Frau

Winklers wandloser Sperlingslust. Der Cognac linderte nicht nur den Husten. Seidenweich legte er sich über Hedwigs Angst, und das seltsame Kribbeln, das sie in letzter Zeit in den Beinen verspürt hatte, krabbelte wie Ameisen über den Fußboden davon.

So satt, wie wir den Terror haben, so ausgehungert, wie wir sind, ist es nicht weiter verwunderlich, dass manche bereit sind, ihre Überzeugungen über Bord zu werfen, dachte Hedwig. Wenn die Soldaten ihr Versprechen halten und tatsächlich Frieden bewahren, würden wir bald alles für sie tun.

Der Gedanke, genauso pragmatisch mit ihren Überzeugungen zu verfahren wie Frau Winkler, war ihr durchaus in den Sinn gekommen – nicht Jesus Christus dem Marxismus zu opfern, natürlich, sie hatte schließlich nicht völlig den Verstand verloren, obwohl sie müde war und ständig Kopfschmerzen hatte – aber sie hatte sich vorgestellt, zu denen zu gehören, denen »Intelligenzpakete« zugeteilt wurden. Die bekamen Intellektuelle, die sich hinter den Aufbau des Sozialismus stellten. Damit kam man gut zurecht, ihre herausragenden Kollegen wurden gar mit Wein und Parfüm bestochen. Aber es blieb nur bei einer Überlegung, sie wusste, dass das ein alberner Traum war. Einer gläubigen Katholikin würde man diese Privilegien nie gewähren, da konnte ihre Literatur noch so brillant sein, denn die Pakete gab es nicht umsonst. Der sowjetischen Militäradministration zuzutragen, wie sehr und mit welchem Nachdruck die eigenen Nachbarn und Freunde an den Verbrechen beteiligt gewesen waren, war der Preis, den ihre Schriftstellerkollegen dafür zahlten. Kollegen, die keinen moralischen Kompass kannten, sondern sich zu den neuen falschen Propheten gesellten und sich an ihre eigene Feder verkauften. Und so ging der Krieg weiter – die Todesschüsse, Racheakte und Erschießungen.

Sie sah zu Frau Winkler, die sie drängte, noch mehr von der Schokolade zu nehmen, und Hedwig durchfuhr ein Stich, der

Verachtung gleichkam. Natürlich hatte Frau Winkler wie alle anderen beteuert, die Kommunisten gewählt und Juden auf dem Dachboden versteckt zu haben. Auf einmal hatten das alle. Doch was brachte es, sich zu erheben und auf andere zu zeigen, die vor den Verbrechen die Augen verschlossen hatten? Wozu sollte das gut sein? Wer den Krieg leid war, musste aufhören, Krieg zu führen. Einen Schleier darüber breiten. Vergessen und ein neues Deutschland aufbauen.

Hedwig nahm noch einen Schluck und behielt die goldene Flüssigkeit im Mund, bis sie brannte und sie sie prustend hinunterschlucken musste.

»So nehmen Sie doch, so nehmen Sie doch.« Frau Winkler hielt ihr den Teller mit der glänzenden Schokolade hin. Mit einem Mal überkam Hedwig hinter ihrer Verachtung ein schlechtes Gewissen. Hatte sie nicht selbst erst vor ein paar Tagen Post aus der Schweiz bekommen? Ein Paket von Herrn und Frau Fenz. Sie hatte es unter dem Bett versteckt, nicht schwesterlich geteilt, die anderen nicht eingeladen. Sie hatte es einfach versteckt und sich ihren Phantasien hingegeben.

Als sie angestanden hatte, um die Sendung abzuholen, war sie den Tränen nahe gewesen. Allein der Gedanke daran, dass Suzanne und Karl sie nicht vergessen hatten, dass sie davon ausgingen, dass sie noch am Leben war, und sich noch dazu die Mühe machten, ihr etwas zu schicken, ließ ihr das Herz in der Brust hüpfen. Bevor es sich zusammenkrampfte. Sie ausschloss.

Sie hatte das Paket kaum angerührt, sich nur ein Stück Schokolade abgebrochen und natürlich die neuen Strümpfe angezogen, das französische Etikett der Weinflasche bestaunt. Aber den Rest hatte sie versteckt, um ihn mit Katarina zu teilen. Falls sie … wenn … Gott nun … beabsichtigte, sie wieder zu vereinen. Hedwig hatte noch kein Wort vom Kloster gehört. Inzwischen waren Wochen vergangen, Wochen ohne Antwort.

Suzanne und Karl waren wahre Freunde, uralte Freunde. Als sie ins Exil gingen, hatten sie immer wieder angeboten, das Mädchen mit sich zu nehmen. In die Schweiz. Hedwig versuchte die Erinnerung zu verdrängen, brachte jetzt nicht die Kraft auf, daran zu denken, aber die Erinnerung ließ sich nicht abschütteln, wie sehr sie auch die Augen davor verschloss, trank und so schamlos war, sich ein drittes Mal nachschenken zu lassen – ja, bitte, einen winzigen Schluck nur noch, danke.

»Um Gottes willen, Hedwig!«, hörte sie mit einem Mal Suzannes Stimme, als würde sie neben ihr sitzen, hörte, wie die Stimme immer ärgerlicher wurde. »Siehst du denn nicht, was da vor sich geht?«

Und natürlich hatte sie überlegt, das Angebot anzunehmen. Aber schließlich trotzdem beschlossen, es auszuschlagen. Sie wolle nicht in den Plan Gottes eingreifen, sagte sie, das Mädchen solle bei ihr bleiben. Jetzt brannte Hedwig der Cognac im Magen und drohte wieder hochzukommen. Sie stellte das Glas ab. So durfte sie nicht weitermachen, weder so denken noch so trinken.

Suzanne war die Erste gewesen, die sie damals nach der Entbindung besucht hatte. Das Mädchen war erst ein paar Wochen alt gewesen, als Suzanne es auf den Arm genommen und mit ihm zum Fenster gegangen war. Hedwig hatte im Bett gesessen und gesehen, dass Suzanne dem Mädchen schon da und dort die Welt hatte zeigen wollen. Hatte gesehen, wie das Mädchen einen flüchtigen Moment hinausguckte, bevor es wie vor Wut die Augen zusammenkniff und sich das kleine Gesichtchen in Falten legte. Hatte das Kind sie schon damals gehasst – die Welt? *Hat sie mich gehasst?*

Hedwig blinzelte ein paarmal. Ihre Gedanken führten ein Eigenleben. Der Cognac linderte gar nichts, er riss sie entzwei, schlitzte sie auf, und eine brüchige Stimme quoll hervor, der sie früher nie hatte Gehör schenken wollen:

Du hast mich abgelehnt, als ich dich aus dem Säuglingsheim geholt habe, du warst gerade sechs Monate alt geworden, und ich hatte alles dafür getan, um dich wieder zu mir nehmen zu können, alles, um dich bei mir haben zu können, und du, du kleines Unheil, hast mich zurückgewiesen, dein Gesicht gerunzelt und die Nahrung, die ich dir gegeben habe, ausgespuckt, hast dich beinahe hochmütig von mir abgewendet, als würde ich, deine eigene Mutter, dir nichts bedeuten. Als hätte ich dich nie auf die Welt gebracht. Und wenn du mich nicht verleugnet hast, hast du mich angestarrt, mich angestarrt, als wäre ich eine Fremde.

»Wie bitte?« Frau Winkler lehnte sich vor. Hielt ihr die Untertasse unter die Nase und sah Hedwig auffordernd an.

»Nichts. Ich habe nichts gesagt.« Hedwig glättete ihren Rock, bemerkte, dass sie nuschelte. »Mir ist ein wenig flau, verzeihen Sie, falls ich laut gedacht haben sollte.«

Sie stand auf, und erneut überfiel sie dieses seltsame Taubheitsgefühl. Ihre Beine kribbelten so unangenehm. Sie hastete in ihre Kammer, zog die Schnürstiefel aus, legte sich aufs Bett und faltete die Hände.

Ich habe alles getan, was in meiner Macht stand. Ich habe sogar versucht, dich zu verheiraten, habe einen Mann aus unserer Gemeinde aufgetrieben, einen feschen, vermögenden, frommen Katholiken. Er hat verstanden. Und eingewilligt. Es war als Scheinehe gedacht, um dir neue Papiere, einen anderen Namen, eine Zukunft zu geben, aber wie sich herausstellen sollte, gab es ein Gesetz, das das Vorhaben unmöglich machte. Du warst noch zu jung.

Ich habe nach anderen Wegen gesucht. Habe doch gesehen, wie die Schlinge sich immer mehr zuzog! Ich werde nie vergessen, wie du auf dem Küchenbuffet gesessen und dir unbeholfen den Judenstern an die Jacke genäht hast. Winzige Schweißperlen glänzten an deinem Haaransatz. Ein erster Pickel auf der Nase. Ich sehe den Faden im Nadelöhr vor mir. Wenn du den Stern nicht getragen hättest, hätten wir ihn an unsere Haustür heften müssen. Du warst so mutig! Ich dachte, du hättest verstanden. So war es am besten für uns alle. Wir haben gemeinsam gebetet. Ich höre immer noch deine zarte Stimme, mit der du neben mir gesprochen hast: *Lieber Herrgott, hilf Mama …*

Und zuletzt wurden wir doch noch erhört. Ein spanisches Ehepaar aus der Botschaft bot an, dich zu adoptieren. Es waren gläubige Katholiken, gutherzige Menschen. Du bekamst einen neuen Nachnamen, schön spanisch klingend wie Rumba-Rasseln, und konntest deinen Judenstern wieder abtrennen. Ausländer, Spanierinnen wie du, fielen nicht unter die neuen Rassengesetze, und auf einmal war der Krieg wieder so weit weg. Du konntest zurück nach Hause ziehen. Du kannst dich doch bestimmt noch daran erinnern, wie sehr wir uns gefreut haben? Wie ich dich im Arm gehalten habe, dich geliebt habe, mein Püppchen, mein lebendiges Herz. Meine mutige Tochter.

Eines Tages im Juli traf trotzdem der Brief von der Gestapo ein. Das Mädchen müsse die doppelte Staatsbürgerschaft annehmen. Einmal Deutsche, immer Deutsche, seiner Herkunft könne man nicht entsagen. Die spanischen Gesetze seien eine Sache, aber hier lebten sie im Dritten Reich.

Hedwig hatte das Mädchen selbstverständlich zur Vorladung begleitet. Vielleicht hatte diese eigenartige Taubheit in den Beinen ja schon damals angefangen? Hedwig hatte lange Hosen, Reitstiefel und ein Polohemd angezogen. Das Mädchen ging neben ihr her. Unter ihrer Jacke zeichnete sich eine erste Andeutung von Brüsten ab. Es war ein schöner Tag, noch bevor die Bomben fielen. Als die Pferde noch lebten und ihre Hufe über die Straßen klapperten. Daran konnte sie sich noch deutlich erinnern, wie es nach Pferdeäpfeln gerochen hatte, als sie vor dem Haus in der Wilhelmstraße gestanden hatten.

»Falls er will, dass du ein Dokument unterschreibst, musst du es tun«, schärfte Hedwig ihr ein, bevor sie das Haus betraten. »Sonst wissen sie, dass ich eine Betrügerin bin, die nicht hinter dem steht, was als richtig angesehen wird. Verstehst du? Bitte, tu das mir zuliebe.«

Das Mädchen hatte genickt. Und als Mutter sah Hedwig keinen Grund, ihr noch viel mehr zu erklären. Sie würde sie beschützen. Jetzt nur nicht zu viele Worte verlieren, nicht zu viele Einzelheiten erzählen, die im Kopf des Mädchens ein Durcheinander anrichten konnten. Wenn sie nur gehorchte, würde alles gut werden. *Falls* das Schlimmste geschehen sollte, würden ihre spanischen Adoptiveltern sie abholen.

Sie mussten nicht lange warten, bis sie an der Reihe waren. Hedwig saß. Ihr Mädchen stand unerschütterlich, mit auf dem Rücken liegenden Händen, neben ihr. Nein, sie brauchten keine Angst zu haben.

Der kleine boshafte Laffe hinter dem Schreibtisch benahm sich genau so, wie Hedwig es vorhergesehen hatte, er erdreistete sich, nach weiteren Papieren zu fragen. Und teilte ihnen mit, dass das Mädchen ebenfalls schriftlich bestätigen müsse, die deutsche Staatsbürgerschaft zu besitzen. Der spanische Pass in allen Ehren, aber sie sei doch wohl trotzdem deutsch?

Hedwig Beine fühlten sich schwach an. Ihre Augen brannten wieder. Ob sie vielleicht eine Allergie hatte? Es musste der Stress sein. Oder der Staub hier drinnen. Denn eine Strafe konnte es doch wohl nicht sein? Sie hatte ihn zwar gewählt, nun, nicht diesen kleinen Mistkerl hinter dem Schreibtisch, sondern Hitler. Hatte gedacht, dass er die Welt zur Rechenschaft ziehen und ihnen ihr Selbstwertgefühl und ihren Stolz wiedergeben würde, für Gerechtigkeit und Ordnung sorgen würde. Aber die Konsequenzen, wie hätte man die Konsequenzen vorhersehen können? Sie waren doch Deutsche!

Während der Beamte immer noch seinen kleinen boshaften Mund zusammenkniff, versuchte Hedwig ihm zu erklären, dass das Mädchen als Katholikin geboren sei, dass es die heilige Kommunion empfangen habe und gefirmt sei und von Katholiken aus Madrid adoptiert worden sei, dass sie alles sei und alles habe, was verlangt wurde, um … Trotzdem wurde das Mädchen aufgefordert zu unterzeichnen, dass es freiwillig seine doppelte Staatsangehörigkeit akzeptierte. *Mein tapferer kleiner Engel.*

Der Blick des Mädchens ging zwischen Hedwig und dem Beamten hin und her, und ihre Lippen bebten womöglich eine Spur, als sie auf das Blatt hinuntersah, das vor ihr auf dem Tisch lag. *Was hätte ich tun können? Was hätte ich anderes sagen können? Gott im Himmel, warum hast du mich damals, dort, verlassen?*

Doch dann flammte plötzlich der Trotz des Mädchens auf, dieser freche, unvorhersehbare jugendliche Trotz, als sie plötzlich das Kinn vorschob und – in dem Moment hatten weder ihre Lippen gebebt, noch war ihr Blick unstet gewesen, nein, das Mädchen hatte stur, ohne seinem Blick auszuweichen, ihre tiefgründigen braunen Augen auf ihn geheftet und ihn gebeten – wie war sie nur darauf gekommen, von Hedwig hatte sie das doch wohl nicht? –, mit ihrem Konsulat telefonieren zu dürfen. Ja, mit fester Stimme hörte Hedwig ihre Tochter verlangen, mit dem spanischen Botschafter sprechen zu dürfen.

Für einen Augenblick war die Welt stehengeblieben. Hedwig wusste noch, dass ein Engel durch das Zimmer gegangen und die Macht, wenn auch nur für den Bruchteil einer Sekunde, ins Wanken geraten war. Stolz keimte in Hedwig auf. Sie richtete sich auf, dort, neben ihrer großen, schönen Tochter sitzend.

Und noch nicht einmal, als er zu speien und zu fauchen begann – hässlich und unkultiviert, ungehobelt war er gewesen –, ja, noch nicht einmal, als er wie ein mürrischer Knecht schnaubte und erklärte, dass … dass … Dass, falls sie nicht jetzt, hier, auf der Stelle unterschreiben würde, würde man, er, würden sie … Hedwig anklagen: wegen Landesverrat, Hochverrat, und was das hieße, wisse das Mädchen doch wohl? Doch noch nicht einmal da hatte sie gezittert. Sie war unbeugsam stehen geblieben. Noch einmal schweifte ihr Blick zu Hedwig, dann griff sie nach dem Stift und setzte ihren neuen spanischen Namen unter das Dokument.

Sie war *Proserpina* – die Auserwählte. Und Hedwig war ihrem Kind, ihrem eigenen Fleisch und Blut, nie näher gewesen als in diesem Augenblick – als das Mädchen Hedwigs Rettung unterschrieben hatte.

So dachte Hedwig, wollte, musste so denken – dass das Mädchen sie gerettet hatte. Es musste alles einen Sinn haben. Musste in den Sternen gestanden haben.

Meine geliebte Püppi … Wir waren alle so wehrlos, waren den Mächten ausgeliefert. Ich hatte keine andere Wahl.

Hätte ich »Nehmen Sie stattdessen mich« gesagt, hätten sie mich sofort abtransportiert. Durch deine Unterschrift hatten wir uns Zeit erkauft. Du wärst in der Stadt nicht allein zurechtgekommen.

Ich wusste nicht, wohin das führte. Ich hatte keine Ahnung. In solchen Momenten bleibt einem nur, zu vertrauen. Auf eine höhere Macht zu vertrauen. Darauf, dass jemand eingreifen würde, dass zu gegebener Zeit Rettung nahen würde. Ich wusste es nicht. Ich hatte keine Ahnung.

Hedwig starrte auf einen feuchten Fleck an der Decke. Nebenan prosteten sie sich immer noch mit Cognac zu. Unter dem Bett lag das Paket von den Fenzens. Ihr Unwohlsein nahm zu. Der feuchte Fleck begann sich zu drehen.

Wo ist sie jetzt? Woran denkt sie?

Sie konnte sich wohl kaum daran erinnern, wie sie sich beim Baden manchmal in einen kleinen Werwolf verwandelt hatte?

Ein heranwachsendes Mädchen ahnt doch bestimmt nicht, dass alle Mütter sich manchmal der Phantasie hingeben, was wäre, wenn sie ihr Kind im Waschzuber losließen, und manchmal vor ihrem inneren Auge sehen, wie die kleine Nase unter der Wasseroberfläche verschwindet? Dass man tatsächlich auf die Idee kommen kann, aus dem Zimmer zu gehen und es einfach geschehen zu lassen.

Dieses Gefühl kennen alle Mütter – dass sie es nicht mehr aushalten, dass sie die Göre auf dem Markt verkaufen könnten. Und dann gibt es wieder Momente, in denen man sich so nahe ist, dass es einem den Atem raubt. Um Gottes willen, ein alltägliches kleines Missgeschick konnte doch wohl nicht anderen Gefühlen, späteren Entscheidungen den Weg gebahnt haben? Das eine konnte doch unmöglich etwas mit dem anderen zu tun haben!

Ich habe es deinetwegen getan. So ist es, so ineinander verschlungen sind wir; so eng verwoben und zart ist eine Mutter-Tochter-Beziehung. Um Himmels willen, komm zurück! Ich kann doch nicht ohne dich leben.

UPPSALA 1983

Gegenüber von dem Stuhl, auf dem ich bei Psychodoc sitze, hängt ein Bild. Darauf ist ein Mädchen, das auf einer großen Wiese Blumen pflückt. In der linken Bildecke ist eine Tür, dahinter steht ein widerlich grinsender Mann. Er hält einen Apfel in der Hand. Hinter ihm führt eine Treppe geradewegs hinab in die Unterwelt, und dort schweben überall Engel umher. Sie haben keine Arme, nur nackte weiße Beine, kleine Füße und schlagen mit den Flügeln.

»Was soll das sein?«, frage ich Psychodoc.

Wie immer antwortet sie mit einer Gegenfrage. Was das betrifft, ist sie zugegebenermaßen ein klein wenig vorhersehbar, aber daran habe ich mich gewöhnt.

»Was siehst du denn darauf?«, fragt sie.

Ich sage ihr, was ich sehe. Und füge hinzu, dass es mich beunruhigt, das Bild anzugucken, denn obwohl ich weiß, was es darstellt, begreife ich nicht, weshalb man so etwas malt. Dann weigere ich mich ein paar Minuten lang, mehr dazu zu sagen.

Da überrascht sie mich und beginnt selbst von dem Bild zu erzählen. Sie sagt, dass das Mädchen darauf Persephone heiße und der Mann, der sie dazu verführen will, den Apfel zu essen, Hades – der Totengott – sei. Persephone geht mit ihm die Treppe hinunter und findet sich so in der Unterwelt wieder. Ich denke, dass sie genauso bekloppt wie Rotkäppchen sein muss, die den Wolf nicht erkannt hat.

»Ich würde niemals freiwillig in die Unterwelt hinabsteigen«, bemerke ich.

»Tja, aber sie war so sehr versucht«, wendet Psychodoc ein. »Er hatte etwas, dem sie nicht widerstehen konnte.«

»Und was ist dann da unten passiert?«, will ich wissen und finde, dass mit einem Mal so eine komische Stimmung im Raum liegt, als würden wir uns gemeinsam ein Pornoheft anschauen. »Warum ist sie nicht wieder nach Hause gegangen?«

Und tatsächlich bin ich da einer Sache auf die Spur gekommen, denn Psychodoc erwidert, dass das Mädchen dort unten neuen Gefühlen begegnet ist und diese so mächtig waren, dass sie die Unterwelt und Hades nicht mehr verlassen wollte. »Sie kann es nicht, so stark sind ihre Gefühle.«

»Aber hat sie denn keine Eltern?«, frage ich.

»Doch.« Psychodoc nickt.

»Suchen sie nach ihr?« Und plötzlich ist meine Stimme wieder ganz dünn.

»Oh ja, das tun sie. Alle Blumen auf der Wiese sind verwelkt, als sie verschwand. Sie sind furchtbar traurig.«

Da muss ich an *Allerliebste Schwester* denken. An Barbro und Ylva-li. Das ist das traurigste Märchen, das ich kenne, obwohl es für viel kleinere Kinder als mich geschrieben wurde und glücklich endet. Barbro bekam einen Hund, als Ylva-li starb, einen echten, keinen erstunkenen und erlogenen, der in so ’nem blöden Loch im Boden lebt. Aber das sage ich nicht, sonst wird’s zu kompliziert. Dass man lieber eine fiktive Freundin in der Unterwelt haben will, als in der Wirklichkeit zu leben, kapiere ich nicht.

»Ich verstehe nicht, warum sie sie nicht holen gehen«, sage ich stattdessen. In *Rotkäppchen* ist am Ende immerhin ein Jäger aufgetaucht, der den Wolf in den Brunnen geworfen hat.«

»Sie kommt am Ende wieder nach Hause«, sagt Psychodoc. »Ihr Vater verhandelt mit Hades, und sie darf wieder heim.«

»Aber bleibt sie dann auch dort?«, frage ich beunruhigt. »Kann sie dort bleiben, oder gibt es da noch einen Haken?«

»Das ist eine Sage, Isa«, erklärt mir Psychodoc. »Dem Mythos zufolge sind so die Jahreszeiten entstanden. Denn wenn Persephone zu Hades hinabstieg, wurde es Winter. Dann ging alles ein, und es wurde kalt. Und wenn sie zu ihrer Mutter heimkehrte, schien wieder die Sonne, und der Frühling kam.«

Ich weiß nicht, ob mir diese Sage gefällt. Kapiere nicht so ganz, was Hades ihr bieten konnte, auch wenn ich so eine dunkle Ahnung habe.

Später muss ich immer wieder daran denken – dass man sich nach der Gefahr sehnen kann. Nach dem Feuer, danach, Leuten einen Kinnhaken zu verpassen, Dinge zu zerschneiden, Ohren abzuschnippeln, zu kämpfen, bis Blut fließt. Das weiß ich schließlich. Aber das ist es nicht, was mir am meisten Sorgen macht. Nein, Persephones Mutter, Demeter, ist das Problem.

Irgendwas stimmt nicht mit ihr. Sie sorgt sich um ihre Tochter, aber irgendwie auch nicht. Sie sucht nach ihrem Kind, aber an den falschen Orten.

Ich würde mich nie opfern, nur damit die Menschen Jahreszeiten bekämen. Oder würde ich das? Kann sich ein Kind für seine Eltern opfern?

Ich sehe aus dem Fenster. Draußen ist Winter, alles ist verrottet; die Sonne ist kaum mehr als ein Streifen, und alle Bäume sind so tot wie der Hades. Ich bin schrecklich deprimiert und muss daran denken, dass in Afrika immer Sommer ist. Dass die Bäume dort nie ihre Blätter verlieren. Und dass Mama dort ist, um Totempfähle zu sammeln.

II

BERLIN 1945

Irgendwo in der Ferne läuteten Kirchenglocken. Hedwig hatte sich noch nicht überwinden können, sich auf den Weg zu machen. Trotz der Sommerwärme waren ihre Finger eiskalt. Der Hunger wühlte in ihrem Bauch. Hunger war etwas so Profanes, Sinnloses, Erschöpfendes, und zugleich etwas so Besitzergreifendes, dass er keinen Raum mehr für irgendetwas anderes ließ. Könnte man den Hunger der Menschheit nach Kartoffeln doch nur in ein Streben nach etwas Bedeutsamerem verwandeln, dann würde die Welt im Handumdrehen eine andere sein. Mittlerweile fühlte Hedwig sich so geschwächt, dass sie ihre letzten Kräfte besser nicht dafür aufwandte, quer durch die Stadt zu gehen, um Gottes Wort zu hören. Stattdessen versuchte sie sich einzureden, dass das Schreiben auch so etwas wie eine Beichte war. Vielleicht ging sie dadurch sogar mit sich ins Gericht. Hatte er, dieser zerbrechliche Theatermensch aus Norwegen, nicht genau das gesagt: »Schreiben heißt, über sich selbst zu Gericht zu sitzen«? So musste sie denken, weil sie einfach nicht die Treppen zur Straße hinunterkam. Auf der Straße ging es plötzlich wieder so hektisch zu, alle kreisten wie Schnecken in der Sonne um sich selbst, und die Gerüchte machten wie Lauffeuer die Runde.

»Hast du schon gehört, auf dem Ku'damm wird für Stalin ein Haus gebaut. Morgen wird Churchill in der Militärparade mitlaufen. Ab morgen gilt für Deutsche nach siebzehn Uhr Ausgangssperre. Morgen kommen die Amerikaner. Am Samstag kommen die Amerikaner. Bremen, Hamburg und Konstanz werden internationale Handelszonen, wie Shanghai. Göring ist geflohen. Vater Brunner hat sich in der Suarezstraße im Keller erhängt. Im Wedding ist das ganze Trinkwasser vergiftet. Vergangenen Dienstag ist der Iwan ins Dahlemer Klinikum eingedrungen, man hat alle Patienten aus den Betten geworfen und jede Krankenschwester vergewaltigt, nur eine konnte sich in der Leichenkammer verstecken, aber die Tür ist hinter ihr ins Schloss gefallen, als man sie fand, war ihre Nase ganz schwarz gefroren. Im Juli kommen die Amerikaner. Nächsten Dienstag kommen die Amerikaner. Frau Kaspar hat ihren drei Töchtern Zyankali gegeben und ist danach in die Wirtschaft gegangen. Hitler ist am Leben. Unter dem Bahnhof Zoo liegen mit Zeitzündern versehene Blindgänger – ganz Berlin wird in die Luft fliegen. In Polen haben sie eine halbe Million Juden umgebracht – *eine halbe Million*!«

Hedwig konnte es nicht mit anhören, wie sollte sie wissen, wer die Wahrheit sagte und wer nur dummes Zeug redete? *Hitler ist am Leben, die Amerikaner kommen, eine halbe Million Juden.* Närrisches Geschwätz. Der Trost der Verzweifelten. Beschwörungen.

Nachdenklich wippte sie mit dem Stift über dem leeren Blatt Papier. Versuchte das Böse, das einfach geschehen war, für das scheinbar niemand die Verantwortung trug, in Worte zu fassen. Welches Sammelsurium an Erfahrungen ließ die Menschen irgendwann ihr Herz verlieren?

Ihre neue Romanfigur war ein junger Mann. Er hieß Ewald und harrte auf einem Dachboden am Ludwigkirchplatz aus. Alle warteten. Niemand wagte zu formulieren, worauf. Es war doch Frieden. Eigentlich sollte es vorbei sein.

Während Ewald wartete, träumte er davon, Taxifahrer zu werden. Er würde den Wagen durch eine lebendige Stadt mit richtigen Straßen lenken, in denen die Geschäfte geöffnet waren und Leuchtreklamen blinkten, Straßen mit Menschenschlangen vor den Kinos und den Tanzlokalen. Ewald träumte, er säße hinter dem Steuer eines richtigen Autos und lauschte den Fahrgästen auf der Rückbank. Sie erzählten lustige Geschichten und lachten.

Die Betrunkenen sagten: Wenn die Amis ihre Bomben über den Soldaten an der Front abgeworfen hätten statt über der Bevölkerung von Dresden, wäre der Krieg viel früher vorbei gewesen. Aber sie wollten nicht, dass der Krieg schnell endet, sie wollten uns wie Fackeln brennen sehen, wollten sehen, dass wir zu Tode erstickt wurden.

Tagsüber träumte Ewald davon, in einer lebendigen Stadt Taxi zu fahren.

Nachts rief Ewald im Schlaf nach seinem kleinen Bruder.

Rudi war erst zwölf gewesen, als er zum Volkssturm einberufen worden war. Das war zwei Wochen vor der Kapitulation gewesen. »Wenn der Krieg vorbei ist, musst du deine Uniform verbrennen, versprich mir das«, hatte Ewald ihn beschworen. Rudi hatte es versprochen.

Als die Russen kamen, hatte Rudi seine Kleider im Hinterhof in die Abfalltonne geworfen.

»Ich komme, so schnell ich kann«, hatte Ewald gesagt, »verbrenn die Uniform, versteck dich und warte auf mich.«

Kurz darauf war Ewald befohlen worden, den Deserteur zu erschießen, der in der Pestalozzistraße in Unterhosen herumrannte.

Und nun hielt er sich auf einem Dachboden am Ludwigkirchplatz versteckt.

Und träumte davon, in einer lebendigen Stadt Taxifahrer zu sein. Mit Fahrgästen auf der Rückbank, die die Wahrheit sagten.

Zwischen dem, der Angst hat, und dem, der feige ist, besteht ein großer Unterschied, dachte Hedwig. Der Feige flieht vor der Wahrheit, der Ängstliche verschließt sich nicht vor ihr. Feigheit ist … sie suchte nach dem Wort … sogar die Definition kam ihr wie eine Ausflucht vor … Feigheit ist bequem. Ich will nicht von den Feigen sprechen, ich will von *Ewald* erzählen – der Angst hat.

Ewald war ihr vierter Protagonist. Sie schrieb jetzt mit der Hand. Wollte das Band der Schreibmaschine schonen, das allmählich ausleierte, die schwarze Farbe hinterließ immer schwächere Abdrücke auf dem Papier. Ihr widerstrebte der Gedanke, aber sie musste ihn zu Ende denken – eine schwere Schreibmaschine konnte man nicht mit sich herumschleppen. Wie sehr sie sie auch liebte, sie musste sich von ihr trennen. Musste sie gegen Zigaretten eintauschen, die ihr auf ihrer Wanderung als Währung dienen würden.

Eines Nachmittags hatte sie sich gezwungen, zum Schwarzmarkt am Reichstag zu gehen. Dort tauschten alle alles, obwohl das Verbrüderungsverbot galt und große Plakate damit drohten, Zuwiderhandlungen zu bestrafen. Der Tauschhandel fand völlig offen statt. Es wurde nicht gemauschelt und geflüstert, wie sie es sich ausgemalt hatte. Alle Nationalitäten waren hier vertreten. Wer sollte die Händler schon kontrollieren? Es gab keine Polizei. Die deutschen Polizisten hatten jegliches Vertrauen verspielt: Nach allem, was sie angerichtet hatten, was man sie zu tun gezwungen hatte, konnten sie keiner Ordnungsmacht mehr angehören. Nein, hier ging es völlig ungeniert zu. Überall waren Soldaten. Soldaten, die saßen, standen, schliefen oder sich unterhielten, pinkelten, lachten, Feuer machten und brüllten. Zwischen Panzern und Kanonen, Lastwagen und Pferdedroschken – überall wimmelte es von Soldaten, die rauchten, sangen und Gegenstände tauschten. Die Besatzungsmächte hatten anderes zu tun, als Zigarettendiebe zu jagen.

Sogar der Iwan ging umher, den Arm voller gestohlener Armbanduhren. Brachte einen mit einem gezielten Tritt gegen das Fahrrad zu Fall oder drückte einen gegen die Wand. Man konnte froh sein, wenn er einem nur die Uhr stahl, er riss sie einem vom Handgelenk, um sie mit in die Heimat zu nehmen, nach Minsk, Moskau und Leningrad, wo er sie gegen eine Kuh, ein Fahrrad oder sogar ein Pferd tauschen konnte. Esel.

Inzwischen waren auch die Amerikaner gelandet. Sie verteilten keine Pakete, aber 72 Pfennige die Stunde an alle, die Trümmer zu beseitigen halfen. Tonnenweise Lebensmittel wurden über den Atlantik verschifft, und das Geld gelangte wieder in dieselbe Tasche. Das war das Wesen der Investition. Die Amerikaner befanden sich ständig im Krieg. Im Stillen Ozean tobte immer noch der Wahnsinn. Aber rings um den niedergebrannten Berliner Reichstag tauschten die Besatzungsmächte ihre Zigaretten. Sie machten keinen Unterschied. Bisher war noch nicht entschieden worden, wie man die Kriegsverbrecher bestrafen würde. Aber es waren Gerüchte im Umlauf.

Churchill will uns erschießen. Stalin schlägt Gerichtsverfahren vor. Wir haben mit dem Krieg angefangen, wir haben den Krieg verloren. Alles ist unsere Schuld.

Ich kann es nicht mehr hören, mir reicht es. Man kann mir nicht die Schuld an allem geben, ich habe nur versucht, meine Kinder satt zu kriegen, ich habe nur Befehlen gehorcht.

Sechs Jahre Schnee und Morast, und nun das. Niemand erwartet mich, niemand weiß, wer noch am Leben oder gestorben ist, in mein Haus sind die Russen eingezogen, meiner Tochter wurden sämtliche Zähne ausgeschlagen, sie ist verstummt.

Ich bin fast wahnsinnig geworden, habe drei Wochen kein Auge zugetan, in einem Panzer kann man kaum sitzen.

Ich habe den Krieg nicht begonnen. Ich weiß nicht mehr, was geschehen ist. Ich kann mich um Himmels willen an gar nichts mehr erinnern.

Lasst uns neu anfangen. Lasst uns einen Schlussstrich unter die ganze Sache ziehen – und neu anfangen.

Hedwig hatte mehrere Stunden über ihrem Antwortbrief an die Spruchkammer gebrütet, sich völlig verausgabt dabei. Als sie die Vorladung aufgemacht hatte, war sie außer sich vor Wut gewesen. Zu den Gerichtsverfahren der Spruchkammern wurden diejenigen geladen, die die Besatzungsmächte für nicht sauber hielten. Verräter, Mitläufer, Feiglinge und Gesinnungslose.

Sie begriff es nicht. Hatte sie denn nicht elf Jahre Publikationsverbot gehabt, war sie nicht von Linken und Rechten bedroht worden? Sie hatte nichts veröffentlichen dürfen, hatte kaum ihren Lebensunterhalt bestreiten können, war ihrer Stimme und ihrer Würde, ihrer Identität beraubt worden, als sie während des Terrors nicht mehr am intellektuellen Leben teilhaben durfte. Noch dazu hatte sie ihr Kind verloren. Ihre katholisch getaufte Tochter – verschwunden. Verschleppt von den Nazis …

Hedwig war so entrüstet, dass die Buchstaben vor ihr auf dem Papier tanzten. Sie zerknüllte das Blatt und begann noch einmal von vorn. Ihre Hand bebte. Sie war während des ganzen Krieges schikaniert und bedroht worden. Und nun sollte sie sich vor Gericht für Sympathien verantworten, die sie nie gehegt hatte. Alle hatten sie Hitler gewählt. Und alle hatten doch wohl das Recht auf eine zweite Chance. Das Mädchen – das wollte sie betonen – war vermisst. »Es ist so, als verlöre man einen Teil seiner selbst«, schrieb sie. Und weinte. Weinte wütende, brennende Tränen.

»Ich bin Halbjüdin«, schrieb sie. »Haben die Juden denn nicht genug gelitten?« Schreiben, das konnte sie, aber sie weigerte sich, den Kopf hinzuhalten und sich bei irgendeinem absurden Gerichtsverfahren einzufinden. Nachdem sie sie mehrmals umformuliert hatte, schickte sie ihre Verteidigungsschrift endlich ab und trank die halbe Flasche des französischen Weins, die ihr das Ehepaar Fenz aus der Schweiz geschickt hatte.

Dann schlief sie ein, am helllichten Tag, schlief mehrere Stunden lang. In ihren Albträumen suchten Demeter und Hera sie heim, sie brachten ihr einen Soldatenhelm, der bis zum Rand mit Urin gefüllt war, gelber Pisse, die schimmerte wie Öl auf Wellen. Als Hedwig wieder aufwachte, war sie noch müder und hungriger als zuvor. Wer keine Vorladung zur Spruchkammer erhielt, musste selbst aktiv werden. Wie Kinder drückten sie die Schulbank, um sich den Unterschied zwischen gut und böse, richtig und falsch einbläuen zu lassen, vor allem jedoch, um einen neuen Stempel in ihre Ausweispapiere zu bekommen. Die Entnazifizierung glich einer großen Waschanstalt – Gehirnwäsche. Stahlbäder. Alles wurde weggeschrubbt, bis es wieder weiß und unschuldig strahlte. So gut es eben ging. Sogar die Straßen waren nach einigen Monaten Frieden wieder freigeräumt. Truman landete mit seinem Kriegsminister in Tempelhof, Molotow fuhr durch die Stadt, winkte und blickte durch seine dunkle Brille auf Berge von Schutt, Gasmasken, Eimer, zerfledderte Koffer, geschlachtete Kinderwagen, Schubkarren ohne Räder, Stahlhelme und Panzerreste. Was sah er, was sahen sie? Den Feind? Monster? Oder nur trostlose Horden menschlicher Überbleibsel, die unter den Trümmern nach Brennholz suchten. Kinder, die in einem abgestürzten Jagdflugzeug spielten. Menschenschlangen, Kriegsreste, Kommerz. Es wurde geraubt und geplündert. Eine widerwärtige Zeit. So ein Zusammenbruch ist unwürdig, dachte Hedwig, alles wird aufgeschlitzt, niemand hält mehr zusammen.

Von Katarina hatte sie immer noch nichts gehört. Aber in ihrem Hinterkopf nahm der Gedanke Gestalt an, sich trotzdem auf den Weg zu machen. Sie musste nur erst bei Kräften sein. Noch war sie das nicht. Sie fror immerzu. Hatte Hunger. Hatte niemanden zum Reden. Sich ins Café setzen, um sich mit denen, die sie hassten, zu verbrüdern, wollte sie nicht. Wollte nicht von einem brüllenden Ami oder einem schielenden Russen »beschützt« werden. Wollte wehrlos sein. Wollte wieder den Mond sehen, den Kuckuck hören. Wollte ihr Schicksal annehmen. Sie dachte: Das eigene Schicksal wirklich zu erkennen ist ein schmerzvoller und unendlich langsamer Prozess. Sie wollte ihn als heroisch betrachten. Es ging nicht um irgendeine läppische Unterschrift auf einem Blatt Papier. Das, was sie gerade miterlebte, war ein historisches Verbrechen, ein Einschnitt, nichts würde mehr so sein, wie es einmal war. Ein Charakter formt sich nur unter großen Mühen. Ja, durch dieses Stahlbad sollten ihre Romanfiguren gehen. Sie sollten zum Kloster Anastasiendorf wandern. Denn wo Tod war, wartete auch das ewige Leben. Daran glaubte sie. Wie sollte sie sonst überleben?

Vielleicht hätte sie sich doch zur Kirche schleppen sollen? Aber der Hunger verschlimmerte ihre Kopfschmerzen noch. Der Schmerz begleitete sie nun schon lange. Eigentlich sollte sie einen Arzt aufsuchen. Aber wer hatte in diesen Zeiten keine Schmerzen? Manchmal fühlte sie sich, als ob sie in Flammen stünde. Sie dachte in Schweißausbrüchen, obwohl sie fror. Kartoffeln, dachte sie, Kartoffeln, Kartoffeln und Schokolade. Ja, selbst Schokolade von den Russen … Doch obwohl sie vor brennenden Schmerzen wie umnebelt war, bahnten sich die Erinnerungen mühsam ihren Weg. Das zermürbte sie, und selbst wenn sie genügend Zigaretten gegen Nahrung eingetauscht hatte, die ihren Hunger für kurze Zeit stillte, verschwanden die Kopfschmerzen nicht, genauso wenig wie das Stechen in den Beinen und dieser ständige Harndrang.

Zwei Jahre war es jetzt her. Zwei Jahre ohne ein Wort.

Es war März gewesen. Das Eichkatznest hatte in leichtem Abenddunst gelegen. Damals hatten sich ihre Kopfschmerzen noch anders geäußert. Sie waren immer im Frühjahr gekommen, wenn sich das Licht durch die schmutzigen Fensterscheiben seinen

Weg gebahnt und Nachlässigkeiten und Geheimnisse offengelegt hatte. Die Erinnerung daran war leicht umwölkt wie das Abendlicht, sie förderte kein scharfes Bild zutage, sondern ein flüchtiges, das jederzeit durch ein anderes ersetzt werden konnte, so waren ihre Erinnerungen schon immer gewesen.

Es war ein Mittwoch kurz vor Ostern. Jemand klopfte mehrmals an die Haustür. Hedwig öffnete. Das junge Mädchen, das auf der Treppe stand, war den weiten Weg vom Sammelplatz hergeschickt worden. Sie knickste verschüchtert und rasselte herunter, dass es nun so weit sei, heute Abend dürfe das Mädchen fahren.

Ja, sie hatte »dürfen« gesagt. Hedwig war sich ganz sicher.

Und jetzt eilte es, aber Hedwig nahm sich dennoch Zeit, ihre Schmuckschatulle zu holen und den alten Anhänger mit dem Silberkreuz herauszunehmen. Es war ein hübsches Geschenk, das einzige, das ihr eingefallen war, ein Geschenk, das das Mädchen schützen und bewahren sollte. Hedwig saß einen Moment auf der Bettkante, hielt es in der Hand und flüsterte einen Segen. Ihre Kopfschmerzen saßen noch immer wie ein Specht hinter der Schläfe und hörten nicht auf zu klopfen. Sie packte einen kleinen Koffer. Was sie hineingelegt hatte, daran erinnerte sie sich nicht mehr; Strümpfe, eine Strickjacke, ein Wollkleid und einen Schal. Ein Paar Handschuhe. Oder? Vermutlich.

Das Mädchen war ebenso schnell wieder verschwunden, wie es gekommen war. Wohin es unterwegs war, welchen Auftrag es als Nächstes auszuführen hatte, hatte Hedwig nicht gefragt. Sie verspürte ein heftiges Unwohlsein, als sie kurz darauf das Eichkatznest hinter sich ließ und mit dem Koffer durch ein im Dunkeln liegendes Charlottenburg taumelte. Aus der S-Bahn, die langsam durch die erloschene Stadt fuhr, sah sie, dass es im Wedding an mehreren Stellen brannte. Der Specht klopfte immer lauter.

Hedwig versuchte die Augen zu schließen und sich zu verbieten, was sie schon dachte, dass es trotzdem ein Glück war, alleine unterwegs zu sein, denn wäre das Mädchen – mit seinem Judenstern – bei ihr gewesen, hätten sie den ganzen Weg zu Fuß gehen müssen. Es ist zu ihrem Besten, redete sie sich ein. Dass das Mädchen auf Reisen gehen sollte, war schließlich keine Katastrophe. Sie war immerhin schon vierzehn Jahre alt, und sie würde ja nicht nach Polen kommen, sondern nur in einen kleinen Ort nicht weit von Prag. Und sie hatte eine Aufgabe. Eine Arbeit. Es würde ihr dort besser ergehen, dort wäre sie viel sicherer als in den Straßen von Berlin, davon war Hedwig überzeugt.

Das Krankenhaus hinter der niedergebrannten Synagoge, in dem das Mädchen die letzten Monate verbracht hatte, war kein Ort für ein heranwachsendes Mädchen – es quoll über von hungrigen, schmutzigen, kleinen Leben. Es war geradezu entsetzlich! Endlose Reihen von Gitterbetten mit Kleinkindern, die nie gelernt hatten, den Kopf zu heben. Ältere Kinder in Laufställen auf dem kalten Zementboden. Und junge Mädchen mit knospenden Brüsten, die logen und stahlen, die sich um Haarnetze und Lippenstifte prügelten und die Pornoblätter der Männer in den Wäschekörben versteckten. Es war so etwas wie der Vorhof zur Hölle, die Welt schien dort ihren eigenen Gang zu gehen und ihre Bewohner den eigenen gottvergessenen Gesetzen zu folgen. Für Hedwig war es unüberschaubar. Betäubungsmittel wurden aus dem Medizinschrank gestohlen und auf der Schwarzen Börse verkauft. Im Krankenhaus gediehen ein liederlicher Lebenswandel und eine Geilheit, deren Zeuge keine Vierzehnjährige sein sollte. Hedwig war ein paarmal zu Besuch gewesen, es herrschte eine solche Unmoral, dass jeder mit jedem ins Bett zu gehen schien: Was ihre Tochter dort mit der Zeit lernen würde – von Weibsbildern mit Knutschflecken und roten Lippen –, war kein Leben für ein heranwachsendes katholisches Menschenkind.

Hedwig hatte einmal versucht, mit ihr darüber zu sprechen. Sie waren dem Wirrwarr im Krankenhaus entflohen und hatten auf dem Sammelplatz gesessen; Leute waren hin- und hergeeilt, lichtscheu und in unverständlichen Bewegungsmustern. Aber als Hedwig ihre Ermahnungen über die Lippen gekommen waren, hatte das Mädchen ihr einen Blick zugeworfen, als wollte es sagen: Das brauchst du weder zu wissen noch zu verstehen.

Und Hedwig dachte noch: Warum brauche ich das nicht zu verstehen … weil du weißt, dass du noch zu jung dafür bist? Oder weil du bereits mehr weißt als ich?

Also entschied sie sich dafür, das Thema zu wechseln. Und nun war es zu spät, in ein paar Stunden würde ihr tapferes, linkisches kleines Mädchen auf dem Weg hinaus in die weite Welt sein.

Hedwig umklammerte den Koffer. Ich darf ihr nicht zeigen, dass ich Angst habe, ich muss stark sein. *Sie muss schließlich nicht nach Polen.*

Als sie die Iranische Straße erreichte, war sie überrascht. Das Mädchen machte einen gefassten, fast fröhlichen Eindruck. Sie hatte eine hübsche Krankenschwesteruniform erhalten und erzählte begeistert, dass sie sich auf der Fahrt um die ganz kleinen Kinder kümmern würde. Mit der Haube auf dem Kopf sah sie richtiggehend stolz aus. Hedwig war beeindruckt von ihrem großen Mädchen, das mit tiefem Ernst sofort das Silberkreuz in das Futter seines blauen Mantels einnähte. Zumindest hatte sie mittlerweile flinke Finger.

Dann ging alles ganz schnell. Zwei junge Männer näherten sich – Hedwig hatte sie gewiss schon früher getroffen, erinnerte sich jedoch nicht mehr an ihre Namen; der Sammelplatz war kein Ort, um Höflichkeiten auszutauschen – und nahmen das Mädchen einfach mit. Hedwig konnte nur noch rasch einen Segen über der Stirn ihrer Tochter andeuten, bevor sie die Treppe hinunter verschwanden. Und das Mädchen winkte.

Im Zug auf dem Rückweg zum Eichkatznest legten sich Hedwigs Kopfschmerzen. Bevor sie sich trennten, hatte das Mädchen sie stürmisch umarmt und immer wieder gesagt, dass man ihr Pakete schicken dürfe. Vier Pfund pro Woche seien erlaubt.

Sie war bildschön gewesen, als sie mit den anderen Kindern und ein paar weiteren adretten Krankenschwestern auf die Lastwagen kletterte. In der Hand trug sie eine Reisetasche, die Hedwig noch nie gesehen hatte.

»Ich habe sie auf dem Dachboden gefunden«, flüsterte das Mädchen. Das waren ihre letzten Worte gewesen. Dann war sie fort. Zu Hause hatte Hedwig die Verdunkelungsgardinen vorgezogen und war aufs Sofa gesunken. Die Trennung war fürchterlich gewesen, aber angesichts der Umstände war es das Beste, was ihnen passieren konnte. Eine Ausbildung zur Kinderkrankenschwester war vielleicht nicht das, was sie ihrer begabten Tochter gewünscht hätte, aber jetzt war es nun mal so.

Sie ging ins Bett, die Kopfschmerzen waren verschwunden. Und seitdem hatte sie kein einziges Mal geweint. Wenn sie sentimental wurde oder verzweifelt, sagte sich Hedwig: Ich kann mich nicht beschweren, darf mich nicht beschweren, weil ich weiß, dass Gott seine Hand über sie hält.

Nur nachts, wenn der Schlaf ihren Kopf wie eine dicke Decke umhüllte, in Nächten ohne Bombenalarm, Geschrei und Brände auf den Straßen, wurde sie von schrecklichen Phantasien heimgesucht. In der Tiefe der Nacht wurde sie von Träumen gepeinigt, in denen sie angeklagt, gejagt wurde. Wenn sie dann endlich aufwachte, fühlte sie sich nie ausgeschlafen, war nur erleichtert, wach zu sein und die Hände falten zu können.

Mein geliebtes Püppchen.

Ich weiß noch, wie du mit einem SS-Offizier getanzt hast. Wir waren zu einer Hochzeit eingeladen. In eine Villa im Grunewald, ich war geschmeichelt, dort hingebeten worden zu sein.

Erinnerst du dich noch daran? Du kannst nicht älter als fünf oder sechs gewesen sein. Ich war so stolz auf dich in deinem weißen Kleid! Wollte dich nur beschützen, dachte vielleicht, die Höhle des Löwen müsse doch das beste Versteck sein. Mag sein, dass ich eine junge, kindische Mutter war, aber ich war so vernarrt in dich, wollte dir die Welt zeigen, dir die höhere Gesellschaft zeigen, dich alles aufsaugen lassen. Und ich genoss es, als sein Blick auf dich fiel und er gleichzeitig über mich, deine Mutter, hinwegsah.

Auf dem Weg dorthin hattest du über Bauchweh geklagt, aber das hattest du oft, das hieß nichts, es würde vorbeigehen, ganz sicher würde es das.

Dann standen wir dort unter den Kronleuchtern, in den Kandelabern brannten Kerzen, und die Kapelle begann zu spielen. Ich sah, wie er zu dir ging und dich hochhob, dich herumschwenkte, immer im Kreis herum, und wie du vor Entzücken gekreischt hast. Wie bei einer Hexenfahrt in der Walpurgisnacht hast du vor Aufregung gestrahlt. Uns allen schwindelte es, als er dich hoch in die Luft warf, dich immer und immer wieder im Kreis herumwirbelte. Eine seltsame Erinnerung, nicht wahr?

Sosehr wir der Gnade ausgeliefert sind, so widerstandslos ist unsere Unterwerfung. Ich wünsche dir, dass du die guten Erinnerungen dort, wo du jetzt bist, heraufbeschwören kannst. Dort, so weit entfernt von deiner armen, erschöpften und ängstlichen Mutter. Amen.

UPPSALA 1984

Ich gehe jetzt seit einem Jahr zu Psychodoc, weiß aber immer noch nicht, was meine Aufgabe im Leben ist. Ich rede und rede, sogar wenn ich nicht bei ihr bin, rede ich mit Psychodoc.

Papa sagt, ich sei eine kleine *Nihilistin*. Ein Nihilist ist jemand, der alles für sinnlos hält.

»In deinem Alter ist es ganz normal, dass man mit dem Problem der Sinnlosigkeit in Berührung kommt«, sagt er. »Es gibt Mittel dagegen. Wenn es nicht reicht, zu einem Psychologen zu gehen, kann man Tabletten nehmen.«

Ich mach mir gar nicht erst die Mühe, das zu kommentieren. Versuche alle Definitionen zu vermeiden. Denn aus Definitionen werden nur allzu leicht Diagnosen, und die sind wie der »schwarze Tod« – niemand überlebt sie.

Mir ist unbegreiflich, dass man morgens einfach das Radio anstellen und überzeugt davon sein kann, dass alles in bester Ordnung ist. Alle Kriege und Morde und Idioten – vor allem all jene Idioten, die einfach nur grinsen und mitlaufen – wie kann jemand glücklich sein, wenn sie neben einem stehen und einen anstarren?

Ich habe das starke Gefühl, auch wenn ich noch keine *stichhaltigen Beweise* dafür habe – denn es ist schwer, stichhaltige Beweise für Gefühle zu finden –, dass alle, die nicht wenigstens eine Spur *depressiv* sind, nicht ganz dicht sind. Ich vertrete die *These*, dass Glück – das Glück aus den Frauenzeitschriften und das aus der Bibel – davon abhängt, wie clever man ist. Wer nichts kapiert, ist glücklicher. Aber mir ist klar, dass man das nicht laut sagen darf. Sonst wäre man nicht nur ein Nihilist, sondern auch ein *Snob*, und ein Snob zu sein ist nicht nur eine Diagnose, das ist verboten. Ich denke jedenfalls nicht daran, irgendwelche Tabletten zu schlucken. Ich spucke alles aus, was andere sagen, bis sie stichhaltige Beweise dafür haben. Im Mund darf nichts landen, das faul schmeckt. Schwerer ist es, Dinge aus meinem Kopf zu verbannen. Es müsste doch irgendwie möglich sein, sich nicht von diesem ganzen Quatsch anstecken zu lassen, den man zu hören bekommt. Ja, man müsste ein Hörgerät haben, das man leise stellen könnte. Man müsste taub spielen können. Genau so, wie man auch den Weihnachtsbaum im Wald stehen lassen müsste. Bei den anderen. Bis er von selbst eingeht. Es müsste einem egal sein, was andere denken. Zwischen dem, wer man ist, und dem, wer man sein könnte, liegt eine tiefe Kluft. Wenn man diese Kluft nicht überwindet, bleibt alles sinnlos.

Als ich das Psychodoc erzähle, schweigt sie lange, dann sagt sie zögernd, als sei es Therapeuten verboten, Ratschläge zu geben: »Aber Isa, du forschst doch. Willst du denn nicht darüber forschen, was der Sinn des Lebens ist?«

»Das tue ich doch«, antworte ich und höre, dass das Weinerliche in meiner Stimme in Wut umschlägt.

»Natürlich«, erwidert Psychodoc und rudert zurück. »Das war dumm von mir.«

Als ich diesmal nach Hause gehe, bin ich nicht nur deprimiert – ich bin verzweifelt. Sie, die so viel versteht, hat das nicht verstanden. Sie hat die *Essenz* des Ganzen nicht verstanden. Ich weiß wirklich nicht, wo das enden soll. Und die Stimme im Radio hat schon monatelang nichts mehr gesagt, sie scheint wie vom Erdboden verschluckt zu sein. Und ich traue mich noch nicht, ihr zu schreiben. Wenn ich ihr schreibe, will ich kristallklar sein, und das geht nicht, wenn man eine Psychologin hat, die nicht versteht, was man macht.

Ich gehe die Drottninggatan hinunter und starre in all die sinnlosen Schaufenster. Sehe all die Dinge. Den ganzen Mist. Sehe, was man alles kaufen kann. Gewinnen. Schmeißen. Herunterspülen. Aufs Spiel setzen. Riskieren.

Es ist ein Spiel, denke ich, als ich beim Marktplatz ankomme. Das Leben ist nicht nur ein Wettkampf, nein, es ist ein Spiel. Man hat Karten, die man ausspielen muss. Pik steht für den Tod, Herzen für Liebe, Geld ist Kreuz … Bridge, Bingo, Poker, Mensch ärgere Dich nicht. Zerstreuung. Sinnlosigkeit. Lotterie.

Da kommt mir plötzlich eine Idee.

Ein Spiel …

Ich werde ein Spiel erfinden!

Und mit einem Mal laufen meine Beine so schnell über den Zebrastreifen, dass ich fast nicht hinterherkomme.

Ja, ich werde ein Spiel erfinden. Man muss würfeln. Man landet auf einem Feld, muss eine Karte aufnehmen und verhandeln. Jeder Spielzug kostet Geld, das ist wichtig; es muss einen etwas kosten, mitspielen zu dürfen, damit man versteht, dass das Leben etwas Kostbares ist.

Man muss im Chaos beginnen. Diese Gefahr vor Augen zu haben ist wichtig – man muss das Chaos erlebt haben und sich ständig bewusst sein, dass man riskiert, wieder dort zu landen, viele Male auszusetzen, in Rückstand zu geraten und ein Loser zu werden. *Geh zurück auf »Chaos«, begib dich ohne Umweg direkt ins Chaos, ohne »Los« zu passieren.* Oder aber man hat Glück, würfelt eine Sechs und schreitet mutig voran.

Ja, man muss das Leben durchleben.

Aber welches Leben?

Im Leben geht es darum, lieben und arbeiten zu können, sagt Psychodocs Superheld. Damit werde ich mich wohl zufriedengeben müssen – als *Hypothese*, bis ich etwas anderes herausgefunden habe.

Die Menschen, die an den Regisseur, den Uhrmacher und den Oberkellner glauben, sprechen von Kreuzen.

Na klar, man muss ein Kreuz tragen, auf dem Rücken, wie es der Brauch will. Und man soll sich auf die Suche nach der Liebe machen. Die Liebe ist das Herz, das ist klassisch, das begreifen sogar die, die keine Snobs sind. Ja, ich werde Herzen und Kreuze basteln und in eine kleine Schachtel tun. Sie dürfen nicht zu groß sein, wie ein Daumennagel vielleicht, und die Schachtel muss in einen Schuhkarton passen. Den Karton muss ich bemalen, *illustrieren*, wie genau, werde ich mir später überlegen.

Wo war ich noch gleich? Ach ja, bei kleinen rosafarbenen Herzen und lilafarbenen Kreuzen. Lila ist die Farbe der Kirche, aber die Kreuze können einfach auch nur ganz *profane* Kreuze sein, die Hölle des Alltags. Wenn man eine Karte zieht, könnte darauf stehen: *Tough luck baby*, nimm ein Kreuz und trage es so lange, bis du umfällst. Ja, das ist gut. Gut, weil es so *realistisch* ist.

Die Herzen stehen nicht für romantische Klischees und rosarote Herzchen. Nein, es sollen richtige Herzen sein, wie das in meinem Brustkorb. Herzen, die man auf der Zunge trägt, und Herzen, die einem bluten. Mutige Herzen, die die Welt schultern und sie zusammenfügen wollen.

Und was braucht man sonst noch im Leben?

Einen Ständer! Natürlich – man braucht einen ganzen Gürtel voller Ständer, wie Revolver, damit man sich den Weg freischießen kann, ein Machtwort sprechen, Respekt einflößen kann.

(Aber über die Sache mit dem Schießen muss ich noch mal nachdenken. Vielleicht ist das ja *destruktiv*?)

Und der Würfel, nun, der Würfel ist ein stinknormaler Mensch-ärgere-Dich-nicht-Würfel, ich muss die Sache nicht unnötig verkomplizieren. Dann gibt es noch eine Bank, die sich völlig idiotisch aufführt. Zinsen erhebt, Kredite vergibt, spart, verliert – schwups! Dann habe ich keinerlei *Validitätsprobleme* mehr!

Und für das Geld kann man Therapiestunden kaufen.

Ja!

Ich werde ein Therapiespiel erfinden – *Das Große Therapiespiel*. Werde sämtliche Erkenntnisse meiner wissenschaftlichen Forschungen sammeln, alle Erfahrungswerte und Rückschläge auf Spielkarten festhalten, die man aufnehmen muss, wenn man bezahlt und gewürfelt hat.

Ich muss mir einen Schuhkarton besorgen. Im Deckel stehen die Spielregeln. Sie dürfen nicht zu schwierig sein. Jeder soll das Spiel spielen können. Vielleicht werden die Regeln unbarmherzig sein. Das wäre jedenfalls glaubwürdig. Man beginnt das Spiel im Chaos, auf dem Feld ganz unten links auf dem Spielbrett, das in denselben Wasserfarben wie der Karton bemalt sein wird. Es soll *ästhetisch* aussehen. Nicht wie Kinderkleckserei. Sondern gut. Professionell!

Ich merke, wie schnell ich jetzt laufe. Die Haare wehen um meinen Kopf, als ich am Marktplatz vorbeieile und den Bus wegfahren lasse. Stattdessen gehe ich die Straße hinunter zum Hobbyladen. Dort gibt es Fimo. Ich kaufe rosafarbene (für die Herzen) und lilafarbene (für die Kreuze) und überlege dann lange, welche Farbe die Ständer haben könnten. Zuletzt entscheide ich mich für Braun. Es bringt nichts, Zeit mit unwichtigen Entscheidungen zu vertrödeln.

Und es bringt auch nichts, vor der Realität davonzulaufen, denke ich, als ich schließlich im Bus sitze. Revolver sind zu destruktiv – Ständer sind besser. Ein Ständer symbolisiert einen Penis, der eine Metapher für Stärke ist. Ich muss ganz einfach kleine Penisse formen. Damit werde ich anfangen, sobald ich zu Hause bin. Den Ofen vorheizen und mit dem Kneten beginnen. Niemand soll sagen können, ich hätte das Leben nicht ernst genommen! Und damit wirklich jeder mitspielen kann, werde ich nachsehen, ob Papa im Badezimmer nicht noch eine angebrochene Schachtel Valium herumliegen hat. Denn manchmal bekommt man natürlich auch mal eine Karte, auf der steht: Nimm ein Beruhigungsmittel und setz drei Runden aus.

Der Bus fährt den Norbyvägen entlang, und ich denke nach, bis meine Gehirnwindungen glühen. Man bezahlt und würfelt. Man landet auf einer »Therapiestunde«, einem »Traum«, einer »Erkenntnis« oder zieht eine »Ereigniskarte«. Darauf kann alles Mögliche stehen – denn so ist das Leben. Ja, alles Mögliche, etwas völlig Unbegreifliches oder Irrationales kann plötzlich eintreffen. *Frei Parken!*

Trage ein Kreuz, könnte dort stehen, oder: Glückwunsch!, du bekommst zwei Herzen, oder: Bitte sehr!, nimm einen Ständer – ganz nach Erfahrung. Manchmal sind es herbe Nachrichten, gib alle Ständer zurück, oder: Sorry, du musst noch ein Kreuz tragen, bis dein Rücken unter der Last zerbricht, oder: Gib der Bank dein Herz. Oder das Allerschlimmste, man muss dorthin zurück, wohin man partout nicht will: Geh zurück auf »Chaos«, begib dich direkt ohne Umweg ins Chaos und warte, bis du eine Sechs würfelst. Ach ja, und jeder Zug kostet Geld; hab ich das schon gesagt? Je länger man lebt, desto teurer wird das Leben.

Beim *Großen Therapiespiel* ist die Zahl der Mitspieler unbegrenzt.

Man kann es allein spielen – oder mit der ganzen Welt.

BLIDHOLMEN 2005

Ingrid zog vorsichtig die Handbremse an und drehte den Schlüssel um, sie wollte den Motor nicht laufen lassen, nicht entdeckt werden. Noch nicht. Sie blieb einen Moment im Auto sitzen und sah zu, wie Hanna im Haus umherging. Es war so hell erleuchtet wie ein Aquarium. In allen Zimmern brannte Licht. Hanna lief in einer Art Kimono herum, vielleicht ein Nachthemd. Barfuß. Offenbar sparte sie nicht an den Heizkosten. Auf dem Küchentisch stand ein Strauß Rosen, vermutlich hatte sie mehrere Verehrer.

Es schneite stark, und der Garten war in einem schlimmen Zustand. Aufgetürmte Holzlatten und mindestens zwei alte Fahrräder, morsche Gartenmöbel, die schon vor langem in ihr Winterquartier hätten gebracht werden müssen. Bäume, die niemand beschnitten hatte. Völlig verholzte Himbeersträucher, Dachpfannen und Styropor, Sperrmüll. Warum war sie bloß so unordentlich?

Ingrid versuchte sich zu sammeln, sie war nicht hier, um ihr zu sagen, dass man die Hängematte abnehmen musste, bevor der Frost kam. Sie war gekommen, um mit ihr über andere Dinge zu sprechen. Trotzdem zögerte sie.

Man muss auf sein Gefühl hören. Darauf beruhte ihr ganzes Wissen, das war die Grundlage ihres Berufs – seine Gefühle nicht in Frage zu stellen. Jede Handlung hatte ihre logischen Konsequenzen. Und wenn man später dafür einstehen will, muss sie zuerst auf einem klaren Gefühl beruhen. Es ist nicht ratsam zu handeln, bevor man den Grund für seine Gefühle gründlich analysiert hat. Sie hatte das mittlerweile getan, es war nicht nur eine unbestimmte Ahnung, sondern sie war sich unzweifelhaft im Klaren über ihre Gefühle. Sie lagen glasklar vor ihr, waren geradezu durchsichtig. Kristallklar. Und nachdem sich diese Gefühle manifestiert hatten, gab es keinen Weg mehr zurück. Es war das, was Birgitta »Bauchgefühl« nannte. Ingrids Gedanken schweiften zu Birgitta, als sie da so im Wagen saß. Birgitta und sie hatten andere Worte für ein und dasselbe, was häufig der Auslöser für einen von Birgittas Angriffen war.

Wie damals, als Karl Erik und sie die Kinder zu einer Kinderfreizeit nach Östhammar gebracht hatten. Eine Woche auf dem Land bei einer anständigen Familie auf einem Bauernhof mit Kätzchen und Kühen und Schweinen, war das nicht wunderbar? Das hatten sie jedenfalls gedacht und ihnen Schwimmreifen, Märchenbücher und Schnuffeltücher eingepackt. Viele Jahre später hatten die Kinder ihnen gehörig die Meinung gesagt! Nicht nur Birgitta, sogar Markus hatte sich zu Wort gemeldet. So etwas tue man einfach nicht. Und sie als Psychologin hätte das am besten wissen müssen. »*Zwei Moralapostel überlassen drei kleine Kinder wildfremden Menschen*. Das wäre eine Schlagzeile gewesen«, sagte Birgitta.

»Wie ein Paket habt ihr uns abgeliefert«, ergänzte Markus, »hier haben Sie den Hund, wir sind dann mal weg. Woher sollten wir denn wissen, dass ihr wiederkommt? Wir konnten doch noch nicht mal die Uhr lesen. Tomas hatte sogar noch Windeln.«

Auf einmal verkündeten die Münder der kleinen Besserwisser die gesammelten Erkenntnisse der Kinderpsychologie. Ingrid war anderer Meinung als sie. Karl Erik vermittelte wie immer. Es war einfach lächerlich – sie hatte Zeit nur für sich und ihren Mann gebraucht.

»Aber wie kann *einem das Bauchgefühl sagen*, dass man seine drei Kinder nicht bei sich haben will?«, ließ Birgitta nicht locker.

Ingrid konnte nicht anders, als ihre Tochter wie eine Wildfremde zu betrachten. Wo kam sie nur her? Warte nur, bis du eigene Kinder hast, hätte Ingrid am liebsten erwidert, ich wette, du wirst sie in die Krippe verfrachten, bevor sie die Windeln los sind! Aber sie sagte nichts. Eines Tages würde Birgitta erkennen, dass sie nicht der Nabel der Welt war. Jahrelang hatte sich alles nur um Fläschchen, durchwachte Nächte, Geschrei und Schulnoten gedreht. Ingrid hatte Karl Erik zwar nicht gedroht, ihn zu verlassen, aber Konsequenzen angekündigt, wenn sich nicht bald etwas änderte. Das war keine Erpressung gewesen, sondern eine Tatsache. Und er hatte ihr nicht widersprochen.

Während er also in der Sigtunastiftung Gespräche moderierte und Seelsorge betrieb, spazierte sie am Seeufer entlang und gewann allmählich ihren Verstand zurück. Manchmal tat man Dinge, die man tun musste, damit das, was einen ausmachte, nicht verlorenging. Das war ihre Devise. Man musste zwischendurch einen klaren Kopf bekommen, um für seine *Bauchgefühle* empfänglich zu sein.

Und nun saß sie also hier und hauchte gegen ihre Finger. So langsam wurde es kalt im Wagen. Draußen war es dunkel, sie war nicht zu sehen. Aber Hanna. Man konnte jede ihrer Bewegungen verfolgen. Jetzt ging sie gerade telefonierend von einem Zimmer zum anderen. Als sie sich vorbeugte, glitt ihr Morgenrock auf. Falls sie einen BH trug, musste er hautfarben sein.

Vielleicht telefonierte sie ja sogar mit Karl Erik? Na warte!

Nicht jetzt, bat Ingrid. Nicht ausgerechnet jetzt.

Genau wie sie es vorhergesehen hatte, hatte Karl Erik irgendwann nicht mehr an sich halten können. Die Schweigepflicht in allen Ehren, aber plötzlich war es aus ihm herausgebrochen.

Ingrid war gerade eingeschlafen und wurde davon wach, dass er im Arbeitszimmer herumkramte. Sie steckte sich Ohropax in die Ohren und drehte sich auf die andere Seite. Die Geräusche waren jetzt gedämpft, nicht aber ihre blühende Phantasie; mit einem Mal war sie hellwach, zog sich den Morgenmantel über und ging die Treppe hinab.

Er stand über den Schreibtisch gebeugt und zerknüllte Papiere, nahm Ordner aus dem Regal, blätterte sie durch und zerknüllte Papiere.

»Was tust du da?«

»Es ist Nacht, das, was gewesen ist, ist vorbei.« Sein Blick war wild.

»Dann kannst du doch morgen damit anfangen.« Sie begriff gar nichts, jetzt Unterlagen aussortieren, mitten in der Nacht?

»Ich will das aber jetzt machen.«

»Sei nicht albern, weißt du denn nicht, wie spät es ist?«

»Ich habe Angst, Ingrid. Angst vor mir selbst. Hörst du, was ich sage? Ich kann nicht länger Pfarrer sein. Wer weiß, was ihr einfällt? Ich habe alles falsch eingeschätzt, die Wahrheit nicht erkannt.«

»Wem soll was einfallen? Wovon redest du? Karl Erik, beruhige dich!«

(Warum sagte sie das, sie wusste es doch, wusste doch genau, worauf er hinauswollte?)

Sie machte ein paar Schritte auf ihn zu und bat ihn, sich zu setzen. Das tat er. Setzte sich auf den Stuhl und fasste nach ihren Händen.

»Ingrid, ich muss dir etwas sagen, wir sind in Schwierigkeiten.«

(Wir?)

Er atmete schwer.

»Wir haben ein Problem. (Er sah sie flehend an) … Ich weiß, dass dich das, was ich dir sagen muss, aufbringen wird (Welpenblick) … Die Schweigepflicht verbietet mir, ins Detail zu gehen, aber …«

Nun rück schon raus mit der Sprache!, wollte sie schreien. Ich weiß es schon, glaubst du denn, ich hätte keine Augen im Kopf? Aber sie beherrschte sich, wartete ab und zog ihre Hände zurück.

Er atmete tief ein, dann kam es: »Ich schwöre dir, nichts ist passiert, aber ich glaube, dass ich mich in Hanna verliebt habe. Oder besser gesagt, in ihre Kunst, in das, was sie schreibt, in das, was sie verkörpert. Was sie …«

Und dann fing er an zu faseln, sich herauszureden, sich zu wiederholen und zu murmeln. Er beschönigte es, rechtfertigte sich, legte verzweifelt den Kopf in die Hände, entschuldigte sich. Sie saß still, sah zu, wie er im Zimmer auf und ab ging, wie er es herunterspielte, sah ihn flüstern, die Hände ausstrecken, bitten, rufen, flehen, seine Krankheit verfluchen, die Hände ringen, schwanken, vom Kirchenrat und vom Wesen der Kunst schwafeln und sich wie ein Clown in einem Stummfilm um die eigene Achse drehen. *Ich schwöre dir, nichts ist passiert.* »Ich habe nur …«

Habe nur was?

Sie sah ihn an, wandte den Blick nicht von ihm ab, selbst dann nicht, als sie es nicht mehr aushielt, ihn anzusehen. Sie schaute ihn die ganze Zeit an. Wagte es, das Gefühl von Abscheu zuzulassen. Aber als er auch noch anfing, von Jesus Christus und der alles heilenden Liebe zu plappern, hielt sie es nicht länger aus.

Als wäre die Liebe irgendein verflixtes Antibiotikum!

Sie stand auf und ließ ihn mit seinen Papieren und seinem Selbstmitleid allein. Ging ins Badezimmer und drehte alle Wasserhähne gleichzeitig auf. Jetzt war Nacht, und sie war vermutlich genauso verrückt wie er. Zog sich aus und legte sich in die Badewanne, ließ das Wasser langsam ansteigen und ihren Körper bedecken, musterte ihn zum ersten Mal seit langem wieder, die Füße, die Beine, die spärliche Schambehaarung, den Bauch, die Brüste, die Arme, die Hände, und konnte nur eines denken – dass sie Blidholmen verlassen mussten. Sofort. Dass er seine Stelle verlieren würde und sie in einer kleinen mickrigen Stadtwohnung enden würden.

Denn die Schlagzeilen konnte sie sich leicht vorstellen. *Autorin schreibt über sexuelle Übergriffe eines Pfarrers. Pfarrer vor Gericht – neurologische Erkrankungen machen gottlos. Kirche nutzt schutzlose Mädchen aus. Lewinsky im Schärenidyll.*

Nichts ist passiert. Was sollte das heißen? Karl Erik war Hannas Seelsorger, und da gab es Grenzen, selbst für das, was nicht geschah. Verfluchte Lüsternheit …

Die Windschutzscheibe beschlug, der Frühling war ungewöhnlich kalt, nein, er war genauso kalt wie immer; unzuverlässig, hinterhältig, trügerisch. Gerade wenn man glaubte, der Frühling sei da, verschwand er unter neuen Schneefällen, vom Dach heruntertropfendes Wasser gefror zu Eiszapfen, und auf dem Meer bildete sich wieder eine verräterische Eisschicht. Dumpf, vibrierend, lauernd.

Im Haus hörte Hanna ebenso jäh wieder auf zu telefonieren, wie sie damit begonnen hatte. Blieb einen Moment in der Küche stehen. Sah beinahe verloren aus. Bevor sie sich etwas zu trinken einschenkte.

Sieh an, sieh an – ein Glas Wein an einem stinknormalen Mittwoch …

Hanna verließ mit dem Glas in der Hand die Küche und zündete die Kerzen in der Veranda an, bewegte sich wie eine Katze durch ihr Haus, geschmeidig, heimtückisch. Es ließ sich unmöglich vorhersehen, was sie in ihrem *Intellektuellenbordell* als Nächstes tun würde.

Würde sie sich an den Computer setzen? Kartoffeln schälen? Sich ausziehen? Wusste sie, dass man alles verfolgen konnte, was sie da drinnen tat? Warum hatte sie keine Gardinen? Wenn man draußen auf der Straße stand, konnte man wie in eine Puppenstube bei ihr hineinsehen. War es ihr egal? Oder wollte sie, dass man sie sah? Wollte sie, dass Axt-Lasse unter der Fichte stand und sah, wie sie mit dem Hintern wackelte und sich die Zehennägel lackierte? Ach nein, natürlich lackierte sie sich nicht die Zehennägel, sie war schließlich Künstlerin und scherte sich nicht um ihre verfluchten Zehennägel oder darum, dass ihr Kimono aufglitt und ihre Brust zu sehen war. Was sie zu bieten hatte, war ihre innere Schönheit. (Hatte Karl Erik das nicht gesagt? Es sei *ihr Hirn*. Er begehrte nicht ihren Körper, sondern ihren Geist.) Hanna wollte, dass man sie sah, so eine war sie, da war sich Ingrid ganz sicher. Und gerade das machte alles so viel schlimmer. Diese Künstler, die sich alle möglichen Freiheiten herausnahmen.

Jetzt trat sie an das Bücherregal. Ihr Pferdeschwanz wippte. (Nein, sie trug keinen BH. Wenn sie vorhat, vor mir eine Schau abzuziehen, wird das eine kurze Vorstellung!) Ingrid legte die Hand auf den Türgriff, wollte gerade die Autotür öffnen und mit langen Schritten über das Waldgrundstück stürmen, als Hanna das Licht löschte. Jetzt war drinnen alles dunkel. Nur noch die Kerzenflammen flackerten. Nun war sie es, die alles sehen konnte. Die ihren ungepflegten Garten und das Auto auf der Straße sehen konnte. Einen einsamen Wagen, mitten in der Nacht, weit draußen am Waldrand. Ingrid drehte den Zündschlüssel um, legte den Gang ein und fuhr in die Dunkelheit hinein.

UPPSALA 1984

Ich habe ein Stück Pappe gefunden, das man dreimal falten kann, sodass es in einen Schuhkarton passt. Ich werde jetzt das Spielbrett basteln. Auf dem Tisch stehen schon ein Glas Wasser und ein Pinsel, aber ich weiß noch nicht, wie ich das Brett illustrieren soll. Der Schuhkarton ist schon fertig. Ich habe ihn mit blauer Wasserfarbe bemalt. Und auf den Deckel habe ich vier Bilder geklebt.

Einen Totempfahl, einen Jungen mit einem Holzbein, *Proserpina* und eine Journalistin.

Den Totempfahl habe ich aus einer *National Geographic* ausgeschnitten. Papa hat alle Ausgaben seit 1956 gesammelt. Liest sie aber nie. Sie stehen nur da, zwei lange Regalreihen im Wohnzimmerregal sind ganz gelb. Es ist unwahrscheinlich, dass er bemerken wird, dass ich einen Totempfahl aus Neuguinea aus dem Heft von 1967 ausgeschnitten habe.

Der Junge mit dem Holzbein stammt aus einem Märchenbuch, es gehört mir, daraus kann ich so viel ausschneiden, wie ich will. Er ist aus dem Märchen vom Rattenfänger. Der Junge mit dem Holzbein durfte nicht mit, weil er nicht wie die anderen Kinder gehen konnte. Das haben wir gemeinsam – dass wir übrig geblieben sind. Obwohl ich heute fast nicht mehr humpele. Als ich klein war, hat mich das getröstet. Lieber allein und lebendig umherhumpeln, als mit den ganzen Idioten zu ertrinken, die einer Flöte auf den Leim gehen und nichts im Kopf haben.

Die *Proserpina* hat Rossetti gemalt. In diesem Fall bin ich ein großes Risiko eingegangen. Sie stammt aus einem Bildband, in dem jederzeit jemand blättern könnte. Wenn in Rossetti ein Loch ist, hab ich ein Problem. Deshalb habe ich sicherheitshalber gleich die ganze Seite herausgetrennt.

Die Journalistin ist natürlich die Stimme im Radio. Sie trägt eine große Brille. Ich bin immer noch fast ein wenig in sie verliebt. *Platonisch.* Mit dem Bild wird es keine Schwierigkeiten geben. Die Zeitung werfen wir immer so schnell wie möglich weg. Über die Bilder musste ich nicht lange nachdenken, ich wusste einfach, welche es sein sollten.

Mit dem Spielbrett ist es schon schwerer. Zuerst zeichne ich mit Bleistift, damit ich es wegradieren kann, falls es blöd aussieht. Ich male etwas Abstraktes, fahre mit ausladenden Bewegungen über den Karton, zeichne gewagte Striche, aber plötzlich sieht das, was ich skizziert habe, zumindest aus wie ein Mensch.

Und dann steht sie einfach da. Füllt das gesamte Spielbrett aus. Ihre Haare stehen hoch. Sie fliegen. Sie sieht stark aus. Riesig. Jetzt kann ich Farben dazunehmen. Sie hat eine Weltkugel im Herzen und zwei schachbrettgemusterte Beine. Wenn Psychodoc mal etwas sagt, dann sagt sie oft, dass das Leben nicht schwarzweiß, sondern unsere Welt ziemlich grau ist. Ein Schachbrettmuster passt also gut, die Stimme im Radio würde genau verstehen, was ich meine. Selbst zu dem Grau muss man Stellung beziehen. Muss eine Entscheidung treffen. Darf nicht halbherzig sein. Die Stimme im Radio und ich wissen beide, dass man immer Entscheidungen treffen muss. Man kann nicht gleichzeitig in Uppsala und in Afrika wohnen.

Zwischen die Beine male ich ein Feuer. Kräftige rote und leuchtend gelb auflodernde Flammen. Es sieht richtig gut aus. *Prägnant.*

Als ich beim Kopf anlange, werde ich unschlüssig. Als ich klein war, habe ich immer Weihnachtsbäume gemalt. Man könnte fast sagen, dass ich davon besessen war. Ich hätte große Lust, wieder Weihnachtsbäume zu malen. Zögere aber.

Weihnachtsbäume sind eigentlich lebendige Bäume, die in regelmäßigen Abständen gefällt werden. Dann schmückt man sie, bis ihre Zweige schwer herunterhängen. Sie müssen nicht so sorgfältig gewässert werden – weil sie sowieso bald wieder aus der Wohnung fliegen.

An Weihnachten, als ich noch klein war, habe ich mich oft flach auf den Fußboden gelegt, wenn niemand zusah. Dann habe ich ein großes Glas Wasser in den Plastikfuß des Weihnachtsbaums gegossen. Es hat gepikst unter dem Baum, man musste sich zu ihm vorschlängeln, ganz, ganz vorsichtig, weil sich die Weihnachtsbaumdecke, die irgendjemand vor hundert Jahren bestickt hat, sonst in Falten gelegt hat und eine einzige ruckartige Bewegung alles zum Einsturz hätte bringen können. Zum Beispiel konnte man die Arme nicht über den Kopf heben. Ich habe immer so getan, als wäre ich eine liebe, nette Schlange, die ihm Futter brachte.

Obwohl ich wusste, dass man einem gefällten Weihnachtsbaum nie sein Leben zurückgeben konnte, war es mir trotzdem wichtig, ihm sein Dasein – solange er noch lebte – so erträglich wie möglich zu machen. Er hatte schließlich Durst und musste wochenlang dort stehen und sich anschauen lassen. Wir tanzten um ihn herum und bewunderten ihn. Er leuchtete und strahlte. Man sah richtig, wie er den Blick senkte. Stumm wurde und zu nadeln begann.

Ich weiß noch genau, dass die Baumdecke nach Keller roch, wie die Nadeln piksten und wie trocken der Stamm war. Von unten sahen die Kugeln irgendwie ganz anders aus. Schwebten wie Granaten über meinem Kopf und konnten jederzeit von ihren dünnen Fäden fallen. Weihnachtsschmuck geht sehr leicht kaputt. Schmuck ist wie Versprechungen. Und Erwartungen. Aus der Ferne betrachtet, glitzern sie. Aber sobald der Pflanzensaft vertrocknet ist, muss man alles wegwerfen.

Mit den Jahren hört man auf, sich unter den Baum zu schlängeln, um ihm Wasser zu geben. Die Schlange bekommt eine andere Funktion. Sie schlüpft ins Innere und kriecht dort vorwärts, umschlingt die Gedärme. Richtig übel wird es, wenn sie sich zu den Lungen hocharbeitet, dann fällt einem das Atmen schwer. Am schlimmsten ist es aber, wenn sie es auf den Willen abgesehen hat – denn dann wird die Wirklichkeit verdreht.

Und man fängt an zu lügen. Ich weiß, dass die Eingeweihten diese Lügen *Deckerinnerung* nennen. Ich habe viele Deckerinnerungen, an deren Existenz niemand glaubt.

Ich zögere nicht länger, ich tauche den Pinsel ins Wasserglas und lasse ihn im Malkasten kreisen. In der grünen Farbe. Dann male ich den ganzen Kopf mit Weihnachtsbäumen aus.

Nimm ein Kreuz. Und lege ein Herz zurück.

BERLIN 1945

Als Hedwig heimkam, stand ein Postbote auf der Straße vor dem Haus. Seine Uniform war grau, er hielt seine Mütze in der Hand und lehnte an einem schwarzen Fahrrad. Unwillkürlich verlangsamten sich ihre Schritte. Sie hatte die Männer immer bewundert, die während des Krieges Post durch ganz Europa getragen hatten; nicht nur während dieses Krieges, nein, während aller Kriege – von Gefangenenlagern und Feldlazaretten, durch Feld und Flur. Auf Skiern, durch Wüsten, im Regen, zu Fuß und auf dem Pferderücken. Wie sehr die Welt auch in Flammen stand, hatten sie trotzdem diese kleine Ordnung aufrechterhalten, die Ordnung, die Menschen zu benachrichtigen. Denn früher oder später kam sie, sie mochte grausam, unwiderruflich, endgültig sein – aber immerhin war es eine Nachricht. Ungewissheit, Sehnsucht und Verzweiflung, woran die Menschen auch trugen, alles fand mit einer einzigen Nachricht ein Ende. Und ein nahezu schändlicher Gedanke fuhr ihr durch den Kopf. Was wäre, wenn die Boten eines Tages einfach nur den Sack mit Post in den Graben werfen und laufen würden, um ihr Leben laufen würden? Statt die Post zu befördern.

Wenn man lieber sein Leben rettete als eine Nachricht überbrachte? Sie ganz einfach nicht zustellte? Wie viele sich wohl geweigert hatten? Es hatten tun wollen? Es hatten tun müssen?

Wie viele Säcke Post von der Front – Liebesbriefe, aufmunternde oder verlogene Grüße von besorgten, verzweifelten und ängstlichen Menschen – lagen auf dem Grund irgendeines Weihers in einem blutigen Wald, und neben dem Weg ein erschossener Postbote? Wie viele hinkende Deserteure, die niemals mehr einem anderen Menschen in die Augen würden blicken können, hielten sich nicht zwischen den Bäumen verborgen?

Ihr Bote hatte die Nachricht an ihr Ziel gebracht, er rauchte eine Zigarette, wartete auf sie. Und sah ihr in die Augen, als er ihr die Sendung übergab. Sie hielt den Brief einen Moment in der Hand, ohne nachzusehen, wessen Handschrift er trug, ob es ein offizielles Schreiben oder privat war, ob der Brief im Ausland aufgegeben worden war oder hier aus der Nähe stammte. Bis sie hinsah, war alles vorstellbar. Nachrichten, Gewissheit, ein Lebenszeichen. Die Spruchkammer könnte ihrem Gnadengesuch stattgegeben und sie endlich rehabilitiert haben. Der Brief könnte von Katarina sein, eine Einladung, eine neue Möglichkeit oder zumindest ein kleiner Gruß.

Er könnte auch von dem Mädchen sein. Ich lebe, Mama!

Oder eine endgültige Nachricht. Von irgendwem. Von jemandem, der ihr die Nachricht überbrachte, dass es nun vorbei sei.

Anastasiendorf, im Juli 1945

Allerliebste Hedwig!

Als ich deine Zeilen lese, ist der Himmel über Berlin nicht mehr rot. Im Januar, Februar, März, April, ja, bis weit in den Mai hinein brannte der Horizont im Westen flammend rot. Als hätte das Feuer selbst die Wolken brandmarken wollen.

Schon lange bevor mich dein Brief erreicht hat, habe ich an dich gedacht, habe mir nicht ausmalen wollen, wie Berlin unter den Bomben-

teppichen aussieht. Ich war in Sorge und habe mich gefragt, wie es dir ergangen ist, ob du schreiben konntest, aber auch daran gedacht, dass du eine kleine halberwachsene Dame an deiner Seite haben musst. Ich habe für euch gebetet.

Deinen Zeilen entnehme ich, dass etwas Schreckliches geschehen ist. Ich muss ohne Umschweife zur Sache kommen, Hedwig: Was ist deinem Kind zugestoßen? Dass du nicht darüber schreiben kannst, ist kein gutes Zeichen. Ich möchte, dass du mir davon berichtest, sobald du Gelegenheit dazu hast. Am liebsten sofort. Schreib mir, was auch immer euch passiert ist oder noch passiert.

Wir sind hier verhältnismäßig verschont geblieben. Am 15. März wurde eine Bombe über dem Dorf abgeworfen. Es blieb die einzige. Aber dabei ist unser Kirchenfenster zersprungen, der Leuchter von der Decke gefallen, und die Ostwand des Klosters durchzieht ein großer Riss, der so schnell wie möglich wieder aufgefüllt werden muss. Abgesehen davon sind wir alle wohlauf und geben uns nicht geschlagen.

Wir haben große Ängste ausgestanden, das kann ich gerne zugeben. Gott hat seine Hand über uns gehalten, die Liebe kennt keine Angst, schreibt Johannes, aber selbst der stärkste Glaube ist manches Mal auf Abwege geraten. Wir haben es versucht. Wir waren verzweifelt. Aber wir hatten einander.

Zuletzt war unsere Zuversicht so erschüttert, dass wir im Wald einen Bunker ausgehoben haben. Nun ja, Bunker ist vielleicht zu viel gesagt, vielmehr ein Erdloch. Dort haben wir viele Nächte verbracht, nass, hungrig, frierend, und die meisten von uns völlig erschöpft.

Wochenlang verlief die Front mitten durch Anastasiendorf.

Aber zu dem Zeitpunkt hatten wir schon lange die Koffer mit all unseren Dokumenten gepackt und sie im Klostergarten vergraben, ich kann noch nicht einmal dir sagen, was wir daraufgepflanzt haben. Wenigstens sind die bedeutendsten Schriften sicher verwahrt.

Unsere Soldaten sind nach Ostern abgezogen. Haben alles in Brand gesteckt, ihre militärischen Anlagen und Depots. Das halbe Dorf stand in Flammen. Aber viele Werwölfe verschanzten sich im Wald.

Tage und Nächte haben wir betend in dem Erdloch verbracht. Niemand von uns hat auch nur ein Auge zugetan. Wir hörten das Dröhnen der Artillerie, Bomben und Sprengstoff detonierten. Eines Morgens war plötzlich alles still, wir krochen aus dem Loch heraus, und die Welt war wie neugeboren. So eine Stille hatte ich noch nie erlebt. Diese Stille … ich glaube, ich konnte sogar den Kuckuck hören.

Doch das war nur eine flüchtige Gnade. Im Laufe des Tages kamen die Russen. Zuerst rollten die Panzer an der Klosterpforte vorbei, wir sahen die roten Fahnen vom Refektorium aus, in dem wir kauerten, dann kamen die Fußtruppen, Tausende, Zehntausende Soldaten.

Und mit ihnen zu Tode erschrockene Frauen aus den Dörfern ringsum. Die Frauen, die noch gehen konnten, humpelten, die anderen wurden auf Pritschen getragen. Wir konnten sie nicht verstecken, stattdessen knieten sie zwischen uns, gaben sich unter Kopftüchern und langen Röcken als Postulantinnen aus. Manche von ihnen haben bis heute kein Wort gesprochen.

Aber man hat uns in Ruhe gelassen. Das waren Tage des Schreckens, des Wartens, wir hörten nicht auf zu beten.

Am dritten Sonntag nach Ostern eröffneten die deutschen Werwölfe, die sich noch immer im Wald verborgen hielten, das Feuer. Da standen mit einem Mal die Russen hier, mitten in unserer Kirche, während des Jubilate Deo, omnis Terra.

Sie wollten uns kontrollieren, schrien und verwüsteten alles. Wir haben trotzdem weitergebetet. Ein paar Stunden später kam der nächste Trupp, eine neue Kontrolle, und so ging es weiter, der nächste und wieder der nächste kam. Selten haben wir uns so ausgeliefert gefühlt. Wir wussten ja nicht, wozu sie imstande waren. Für jeden Russen, der im Wald fiel, verlangten sie hundert Dorfbewohner. Es war unerträglich. Da geschah ein Wunder.

Erst ein paar Tage zuvor hatten wir eine Gruppe jugoslawischer

Kriegsgefangener in unser Gästehaus aufgenommen. Das war reiner Zufall gewesen, wir verlangen von niemandem, uns Parteibuch oder Pass vorzulegen. Wir nehmen alle auf, die wir aufnehmen können. Und trotz der Grausamkeiten, die unsere Männer ihnen angetan hatten, kamen sie uns zu Hilfe. Sie schlachteten ein Ferkel und luden die Russen dazu ein. In jener Nacht befand sich das Kloster ohne Schutz. Wir haben uns nicht einmal mehr im Bunker versteckt. Haben die ganze Nacht in der Kirche verbracht. Während die Russen sangen, soffen und grölten. Dieses Gefühl, dass jeden Augenblick das Tor aufgerissen werden und sich eine ganze Kompanie Soldaten auf uns stürzen könnte, wird uns wohl nie mehr verlassen. Wir warteten. Wir wussten um die Gefahr. Wir haben kaum einen Atemzug getan.

Am nächsten Morgen verschwanden sie. Nach Berlin. Die Jugoslawen haben uns das Leben gerettet.

Die Flüchtlingsströme aber, die am Kloster vorbeiziehen, wollen nicht versiegen. Wir haben Soldaten aus aller Herren Länder bis hinunter zum Schwarzen Meer beherbergt. Wir haben uns um Hunderte Verletzte gekümmert, an manchen Tagen sind wir mit der Schubkarre in den Wald gegangen und haben nach Lebenden und Toten gesucht. Noch immer verstecken sich Verletzte und Flüchtlinge in den leeren Wildhüterhütten. Manche schleppen sich bis zur Klosterpforte. Wir haben hier weder Ärzte noch Feldlazarette. Der Apotheker, der uns bis zur Kapitulation beigestanden hat, hat seine gesamte Familie erschossen, fünf Kinder und seine Frau, bevor er sich selbst die Pistole an die Schläfe gesetzt hat. Die Apotheke wurde geplündert. Wir haben erfrorene Nasen, Wundbrand, weggeschossene Beine, abgerissene Arme, Blinde, Lahme, unter Schock stehende Verletzte und Sterbende versorgt.

Haben beerdigt und operiert. Ich hätte nie gedacht, dass ich es über mich bringen würde, bei einer Operation ohne Betäubungsmittel zu assistieren. Aber ich bin auf meine ungeahnte Abgestumpftheit nicht stolz. Sondern darüber erschüttert.

Nur wenige von uns, das muss ich zugeben, konnten Trost in ihrem Glauben finden. Es war eine Zeit der Ohnmacht und der Verzweiflung, in der wir sowohl in der Bibel als auch bei Johannes vom Kreuz Trost gesucht haben. Wir haben über zweihundert Menschen beherbergt, im Sterben liegende Verwundete, Frauen und Männer, Dorfbewohner und Soldaten, alle und jeden. Unsere Äbtissin Mutter Justina hat das Kloster zu keiner Zeit verlassen. Was auch geschehen ist, sie hat sich geweigert, in den Bunker zu gehen oder Kompromisse zu schließen. Die Engel haben über sie gewacht, wenn sie neben der Laterne an der Klostertür gesessen hat. Die Laterne ist während des ganzen Krieges nicht einmal erloschen.

Liebste Hedwig, du denkst vielleicht, dass ich zu weit aushole, aber das tue ich mit Absicht. Natürlich bist du hier willkommen. Aber ich bitte dich darum, so viel Hilfe und Verstärkung mitzubringen, wie du nur kannst. Meine liebe süße Hedwig, ich weiß nicht, was in Berlin geschieht; hier ist der Krieg gewiss vorbei, aber wir waren noch nie so sehr in Not wie jetzt. Der Typhus wütet. Die Lebensmittel gehen zur Neige. Die Winter waren grausam kalt, unsere Kartoffeln und all unser Gemüse haben Frostschäden davongetragen, die gesamte Möhrenernte ist erfroren, verfault, ungenießbar. Ich sollte dich nicht damit belästigen, alles hat schließlich seine Zeit, aber du musst wissen – dass der ruhige, friedliche Ort, den du suchst, in diesen Tagen etwas anders erscheint.

Wenn du die Kraft dafür aufbringst, will ich nichts lieber, als dich wieder in meine Arme zu schließen. Aber du kannst nicht zu Fuß hierherkommen, das ist viel zu weit. Und du weißt bestimmt, was die Befreier mit Frauen anstellen. Außerdem hören wir Gerüchte, dass die Vertriebenen aus Schlesien hierher unterwegs sind. Es soll sich um Tausende Menschen handeln. Sie kommen zu Fuß, sogar Kinder und Greise, sie sind alle obdachlos, befördern ihren Hausrat auf Handwagen. Und die Polen sind ihnen auf den Fersen. Es ist gefährlich auf den Straßen, Hedwig!

Wir alle müssen unsere persönlichen Grenzen überschreiten. Ich habe sogar ganz allein eine Kuh geschlachtet. Sie lag verletzt auf der Straße, und bevor mir jemand zuvorkam, habe ich mit dem Küchenmesser zugestochen. Ich weiß nicht länger, wozu ich imstande bin.

Ich kann die Welt nicht verändern, kann jedoch in der Begegnung mit ihr Christ bleiben; wachsen, stärken, stützen.

PS: Mitte August ist mein Geburtstag. Vielleicht haben sie dann in Potsdam entschieden, was aus uns allen wird. Und ich kann endlich das Ewige Gelübde ablegen. Es ist schon so oft aufgeschoben worden, aus Gründen, die du meinen Zeilen gewiss entnehmen kannst.

Meine geliebte Hedwig, nichts würde mich glücklicher machen, wenn du an dem Tag hier sein könntest!

Ich bitte für dich und deine Reise, gratuliere dir zu deinem Buch und wünsche dir Frieden und Gottes Segen.

Mit dir im Gebet verbunden
deine Schwester Demetria/Katarina

BLIDHOLMEN 2005

Immer häufiger beobachtete sie, wie das Reh aus dem Wald kam. Mit zur Seite abstehenden Ohren äste es in den Blumenbeeten des Pfarrhofs. Aber Ingrid brauchte nur aufzustehen, und das Tier sprang wieder zurück in die Dunkelheit.

Ingrid saß auf dem Sofa und sah den goldbraunen Körper des Tieres im Mondlicht schimmern. Sie wusste, was es vorhatte, mit vorgebeugtem Kopf und großen Augen blickte es sich um, bevor es über den verharschten Schnee lief. Es hätte sich seine zarten Knöchel an den scharfen Kanten der Eisschicht verletzen können. Aber das Reh schien unempfindlich dagegen zu sein. Ingrid hatte nie richtig nachvollziehen können, was man über Rehaugen sagte – dass sie flehend wirkten. Sie fand, dass sie verschlagen aussahen. Manipulativ. Einen Augenblick ließ sie das Tier an den Apfelbäumen knabbern, die vertrugen das, aber als es sich listig und kriecherisch den Rosensträuchern näherte, stand Ingrid auf, knipste das Licht an und riss die Verandatür auf. Kälte schlug ihr entgegen. Ihre Lunge füllte sich mit Eis. Und das Reh war verschwunden, bevor Ingrid sehen konnte, wohin. Es sauste wie eine umherstreunende, hinterhältige Wildkatze zurück in die Dunkelheit.

Karl Erik war der Ansicht, dass sie reden müssten. Er sagte, dass sie viel zu allein und das Leben zu kurz sei, um zu schweigen, dass sie beide gerade jetzt nicht allein sein sollten.

Ingrid ging kaum darauf ein, dachte nur: Tatsache ist, dass mein Leben weder kürzer noch weniger wertvoll wird, nur weil ich allein sein will. Jetzt im Moment.

Er flehte sie an: »Rede mit mir.«

Aber Ingrid schwieg und ging in den Garten. Der Schnee war geschmolzen, harkte mit ausholenden Bewegungen Laub, grub Beete um. Versetzte Steine auf der Rückseite des Hauses.

Sture brachte eine neue Ladung Kies für die Auffahrt. Er lachte, als Ingrid sagte, sie werde sie selbst mit der Harke verteilen.

»Du hast doch wohl keine Bewegung nötig«, sagte er errötend.

Ingrid schüttelte den Kopf. Und harkte. Blieb mit dem Rechen im Fallobst hängen. Trug körbeweise Laub zum Komposthaufen. Ihr wurde warm. Das tat gut. Sie überlegte, Tomas darum zu bitten, ihr so ein Gerät zu kaufen, damit sie während der Arbeit Hörbücher hören könnte. Müsste sich nicht ständig mit ihren Gedanken herumschlagen. Hätte andere Stimmen im Kopf. Aus den Augenwinkeln sah sie Karl Erik hinter den Gardinen herumschleichen.

Am Abend war sie völlig erledigt, ihre Glieder schmerzten, und sie spürte ihren Rücken; wenn sie unter der Dusche stand, fühlte es sich an, als säße ein Eisenpfahl in ihrem Kreuz, und sie dachte, dass sie vorsichtiger sein müsse. Sie war nicht mehr die Jüngste. Musste an Karl Eriks Worte beim Einzug in den Pfarrhof denken: »An diesem Ort werden wir zusammen alt, Ingrid.«

Hatte er das gesagt, um sie zu trösten? Ingrid hatte ihm nicht geglaubt. Sie hatte gedacht, dass er sich eher selbst damit trösten wollte. Sie konnten seine Krankheit nicht besiegen, konnten sie nur verzögern, mit entsprechenden Medikamenten ihren Verlauf bremsen. Sie aber nicht anhalten. Früher oder später würde selbst diese kleine *überschaubare* Gemeinde zu groß für ihn sein. Man würde eine frische Stimme auf der Kanzel benötigen. Zusammen alt werden würden sie anderswo. *In irgendeinem Heim.* Kurz vor dem Tod ihrer Mutter hatte Ingrid ihren Vater an deren Sterbebett sitzen sehen. Sie war einen Augenblick im Türrahmen stehen geblieben und hatte ihre Eltern betrachtet. Sie waren seit mehr als fünfzig Jahren miteinander verheiratet. Und plötzlich lag sie da, wie ein Vogeljunges, mit geschlossenen Augen und kalten, auf der Brust gefalteten Händen. Und neben ihr auf einem Stuhl saß Ingrids Vater und spielte mit zwei Papierstücken.

Als sie dann sah, wie Karl Erik mit den Fingern diese seltsame Krümelbewegung machte, hatte sie sich erinnert – daran, wie sie im Krankenhaus ihren Vater zwei Stück Papier aus der Brusttasche hatte ziehen sehen, wie er darübergestreichelt hatte, bis er sie in die faltige Hand ihrer Mutter gedrückt hatte. Ingrid hatte sie lächeln gesehen. Es war ihr letztes Lächeln gewesen. Das hatte Ingrid zumindest zu ihrem Vater gesagt, der sich hinterher bei ihr versicherte, dass ihre Mutter dabei gelächelt hätte. Als sich ihre mit braunen Flecken übersäte Hand um die Eintrittskarten geschlossen hatte, um zwei vergilbte, zerknitterte Eintrittskarten von 1939, hatte sie gelächelt.

Er hatte sie aufbewahrt, anfangs in der Brieftasche in seiner Brusttasche, später in der Schreibtischschublade unter den Kassenbüchern, er hatte immer gewusst, wo sie lagen, die Eintrittskarten von ihrem ersten Rendezvous. Er hatte vor der Oper gestanden und auf die Uhr gesehen und mehrmals den Gedanken zu denken gewagt, dass sie vielleicht nicht kommen würde, während sie in der verspäteten Straßenbahn gesessen hatte. Er hatte den Gong zum dritten Mal gehört, während sie im Laufschritt Autos und Wasserpfützen ausgewichen war, er hatte ein letztes Mal auf die Uhr gesehen, bevor sie endlich um die Ecke gebogen kam. Atemlos und mit glühenden Wangen; so hatte er sie die Treppe hinaufgeleitet. Hinein in die Wärme.

»Ohne Strawinskys *Persephone* hätte es dich vielleicht nie gegeben«, hatte er oft im Scherz zu Ingrid gesagt. Und sie war immer wieder über diese selbstverständliche Tatsache errötet.

»Das Letzte, was ich auf den Lippen deiner Mutter gesehen habe, war ein Lächeln«, hatte er gesagt, »es muss ein Lächeln gewesen sein.«

»Ja, Papa«, hatte Ingrid erwidert, »Mama hat gelächelt, natürlich hat sie das.«

Jetzt wartete sie. Wartete die ganze Zeit auf einen Anruf, einen Brief, wartete darauf, dass ihr beim nächsten Mal, wenn sie Karl Erik in der Kirche half und die Psalmnummern anschlug, irgendein selbsternannter Moralist auf die Schulter klopfen und alles vorbei sein würde. Ja, beim nächsten Gottesdienst würde das Presbyterium in der letzten Reihe sitzen und Karl Erik anschließend zu einem vertraulichen Gespräch bitten.

Ingrid grub den Garten um, putzte sämtliche Fenster, blickte zur Straße, wartete auf das, was geschehen würde. Doch nichts geschah. Niemand kam. Niemand beobachtete sie nachts. Nur die glänzenden Augen des Rehs, das ängstlich über den Rasen stakste.

Bevor sie abends ins Bett ging, drehte sie eine Runde über den Pfarrhof und drückte prüfend die Türklinken herunter. Der Küchentür, der Verandatür, der Balkontür oben, der Haustür und der Kellertür. Löschte das Licht, nur die Lampe über der Außentreppe ließ sie brennen.

Karl Erik hatte vorgeschlagen, dass sie zusammen nach Prag fahren sollten. Er hatte den Katalog beim Frühstück neben ihre Tasse gelegt. Ingrid nahm die Tasse und die Zeitung mit hinaus auf die Veranda, den Katalog ließ sie liegen. Was, bitte, sollte Prag denn wegzaubern können? Ingrid war nicht mehr sie selbst. In ihrem Lesekreis hatte einer vorgeschlagen, ein Buch über die Skagenmaler zu lesen. Sie hatte von ihnen geschwärmt, Skagen wie ein Paradies erscheinen lassen und erzählte von Malern, die in tiefen Korbstühlen saßen und über das Meer und die Lichtverhältnisse sprachen. Ingrid fand es nicht so interessant, über Erwachsene zu lesen, die auf Sandbänken herumturnten, die Nacht zum Tage machten, Sherry becherten, im Schein von Petroleumlampen Nietzsche lasen und denen der Rest der Welt herzlich egal war. Sie wollte dieses Buch nicht lesen.

»Zwischen Genie und Wahnsinn liegt nur ein schmaler Grat«, hatte sie gesagt. »Ich glaube nicht, dass es wirklich so idyllisch war. Der Schaffensprozess setzt so viele Grenzüberschreitungen voraus, dass Künstler nur schwer in Gesellschaft anderer funktionieren, sie haben oft gravierende narzisstische Störungen, paranoide Züge und leben im Allgemeinen ein zurückgezogenes, destruktives Leben. Sind maßlos, selbstsüchtig, schreiben Briefe, in denen sie das letzte Wort haben, und wissen nicht, wie man gesellschaftlichen Umgang pflegt, sie …«

»Hoppla!« Die Dame, die den Vorschlag gemacht hatte, wirkte nicht gekränkt, wie man hätte vermuten können, sie schien vielmehr perplex, fast belustigt zu sein. Die anderen tauschten heimliche Blicke. Peinliche Stille herrschte.

Ingrid blickte auf den Tisch hinunter. Was war nur in sie gefahren? Sie klang ja schon wie Birgitta! Ob sie sich entschuldigen sollte? Sie entschied sich zu schweigen. Wein wurde eingeschenkt, und sie wechselten das Thema. Schließlich einigten sie sich darauf, stattdessen Bengt Ohlsson zu lesen.

Nach dem Osteressen war Julia noch geblieben und hatte ihr in der Küche geholfen. Karl Erik ruhte sich aus. Julia gehörte zu den eifrigsten Gemeindemitgliedern. Sie besuchte Karl Erik häufig und half ihm bei den Gottesdiensten. Sie ist auch jung und süß, dachte Ingrid, trotzdem habe ich mich von ihr nie provoziert gefühlt. Sie ist einfach ein ganz anderer Typ als Hanna. Julia hatte immerhin etwas Stil. Jetzt trocknete sie gerade die großen Töpfe ab, die keinen Platz in der Spülmaschine fanden. Ingrid klaubte Eierschalen aus dem Spülbecken, blaue, rote und gelbe, kleine. Es war ein schönes Osterfest gewesen. Und anders als sonst war es auch schön gewesen, dass diesmal keines der Kinder hatte kommen können.

Da erwähnte Julia auf einmal, dass Hanna eine Lungenentzündung habe.

Ingrid merkte, wie sie erstarrte.

»Ich bin zu ihr gefahren«, fuhr Julia fort, und Ingrid fühlte sich wie ein offenes Buch, obwohl Julias Augen auf das Spülbecken gerichtet waren. »Im Haus sah es erbärmlich aus, schmutzige Geschirrberge, leere Gläser, überall Essensreste, sie hatte keine Stimme und lag angezogen im Bett; ich will nicht behaupten, dass es dort stank, aber es fehlte nicht mehr viel.« Julia musste ein Kichern unterdrücken. »Ich habe gelüftet und gesehen, dass sie Fieber hatte. Habe sie dazu überredet, ein bisschen Tee zu trinken und ein paar Schmerztabletten zu nehmen, dann habe ich sie auf das Lastenmoped gesetzt und zum Schiff gebracht.«

»Das arme Kind«, hörte Ingrid sich sagen, während sie im Spülbecken herumpulte. »Es ist nicht schön, krank zu sein, wenn man alleine lebt.«

»Sie hat jetzt Penicillin bekommen, und ich kaufe für sie ein. Axt-Lasse und ich wechseln uns damit ab.«

»Na so was, wer hätte gedacht, dass er so kontaktfreudig ist.«

»Na ja, übertreib mal nicht, er sagt keinen Ton, er macht einfach nur.«

»Das erklärt auch, weshalb ich sie eine Weile nicht gesehen habe.«

»Sie tut mir leid, vielleicht kann Karl Erik ja mal hinfahren?« Sie schielte zu Ingrid hinüber. »Ich glaube, sie würde es zu schätzen wissen.«

Ja, glaubst du das? Ein Stückchen blaue Eierschale saß hartnäckig in einem der Löcher fest, sie würde mit der Zeit weggespült werden, selbstverständlich würde sie das, aber Ingrid konnte nicht ertragen, darauf gucken zu müssen. Sollte Karl Erik zur Waldlichtung hochfahren und sich um Hanna kümmern? Die Ansprüche, die man an einen Pfarrer im Schärengarten stellte, waren anscheinend grenzenlos. Sie pulte an der Schale herum und spürte ein Stechen unter dem Fingernagel, verbiss sich einen Wehlaut und steckte sich die Fingerspitze in den Mund.

»Oh, hast du dich verletzt?«

»Nicht schlimm, nur eine Eierschale, sie sind überall, ich glaube, wir müssen das Tischtuch da waschen. Würdest du es vom Wohnzimmertisch nehmen und neben die Kellertreppe legen, bitte?«

(Und dann geh nach Hause und komm erst wieder, wenn Zeit für das Weihnachtsessen der Gemeinde ist.)

Julia nickte.

Was hatte Julia eigentlich dort oben bei der Lichtung zu suchen gehabt? Das war doch eine Einbahnstraße. Die ins Nichts führte.

»Ich wusste gar nicht, dass Hanna und du euch so gut kennt.«

Ingrid biss sich auf die Zunge. Julia legte das Tischtuch zusammen, ihre Haltung verriet nichts. Wie viel wusste sie?

(Was weißt du, meine Schöne? Seid ihr befreundet, sitzt ihr zusammen auf dem Sofa und tauscht Vertrauliches aus? Erzählt die Frau Schriftstellerin dir vielleicht, dass der Pfarrer sie befummelt? Oder, schlimmer noch, sie liebt?)

»Das tun wir auch nicht«, erwiderte Julia, drehte sich um und hängte lächelnd das Tischtuch über das Treppengeländer, »es ist nur schön, wenn man helfen kann.«

»Das ist nett von dir«, sagte Ingrid. (Geh jetzt, geh jetzt nach Hause.)

»Weißt du, was«, sagte Ingrid blitzschnell, als Julia zurück in die Küche kam, »du hast doch bestimmt genug anderes zu tun, als mir in der Küche zu helfen.«

»Kein Problem, das mache ich doch gern.«

(Nun geh doch endlich!)

»Bei diesem schönen Wetter heute würde ich einen langen Spaziergang machen, wenn ich du wäre.« Ingrid merkte, dass sie Julia beinahe zur Tür hinausschob.

Verwirrt nickte Julia. Bedankte sich für das Essen und ging. Endlich. Ingrid setzte sich auf einen Stuhl. Faltete die Hände im Schoß und hörte, wie Julia die Gartenpforte schloss. Lieber Gott, hilf mir! So kann es einfach nicht mehr weitergehen.

Als sie wieder aufblickte, stellte sie fest, dass jemand auf der Straße vor dem Haus stand; zuerst dachte sie, es sei wieder das Reh, und wollte schon auf die Vortreppe hinausgehen und mit dem Fuß aufstampfen, aber etwas hielt sie zurück. Sie blieb sitzen. Rührte sich nicht. Das durfte doch nicht wahr sein! Aber das war es. Draußen am Briefkasten stand Hanna. Ohne ihr Fahrrad. Sie stand einfach nur da und schaute. Die Hände in den Taschen vergraben. Zuerst bewegte Ingrid sich nicht, blieb reglos sitzen, sah zu der Gestalt hinaus, die neben dem Briefkasten stand. Hatte Julia nicht gesagt, sie hätte eine Lungenentzündung?

Dann erhob Ingrid sich sachte, ging die Treppe hoch, klopfte an Karl Eriks Tür, er saß am Schreibtisch. Sie sprach zu seinem Rücken.

»Deine kleine Schriftstellerin steht am Gartentor«, sagte sie. »Vielleicht ist es nun an der Zeit, dass der Herr Seelsorger die Behandlung ordentlich zum Abschluss bringt.«

Er drehte sich langsam zu ihr um. Sein Mund war geschlossen. Er sagte kein Wort. Sah sie nur mit blassem Gesicht an.

Als sie die Tür schloss, hörte sie, wie er aufstand und die Gardinen vorzog.

Am nächsten Tag stand sie wieder da. Stand einfach nur da und starrte zum Haus hoch.

Ingrid wurde wütend, so konnte das nicht weitergehen. »Sie ist ja nicht normal, sie ist Schriftstellerin, *Künstlerin*, und wer weiß, was ihr noch einfällt«, sagte sie zu Karl Erik. Er schüttelte den Kopf. »Du musst etwas unternehmen«, beharrte sie. »Wenn du nicht augenblicklich mit ihr redest, gehe ich raus und tue es.«

»Beruhige dich. Was sollen denn die Leute denken? Wir können doch nicht auf der Straße stehen und …«

»Niemand wird Zeit haben, etwas zu denken«, fuhr Ingrid fort, »weil es nicht länger als zwei Minuten dauern muss. Also. Wenn du es nicht tust, tu ich es.«

Sie ging zur Tür und nahm ihren Mantel von der Garderobe.

Er hob eine Hand, was bedeutete: Nun wollen wir uns aber mal beruhigen. Ihr schien es, als versuche er sie zu dirigieren. Dass er es überhaupt wagte, ihr zu sagen, was sie zu tun und zu lassen hatte.

»Darf ich etwa nicht zu meiner eigenen Gartenpforte gehen?« Sie hörte, dass ihre Stimme zu brechen drohte, sprach aber trotzdem weiter. »Keine Unterredungen mehr hinter geschlossenen Türen, bitte. Du musst mit ihr sprechen – jetzt. Da. An der Pforte.«

Sein Gesicht verzog sich. Er wandte sich ab. Mit einem Ruck zog Ingrid die Haustür auf und stellte sich auf die Treppe. Jetzt aber! Die Luft war warm. Sie sah auf die Straße. Dort war kein Mensch.

UPPSALA 1984

»Manche Sachen kann man nicht erzählen, wenn man auf einem Stuhl sitzt. Für manche Sachen braucht man eine andere Umgebung«, sage ich zu Psychodoc.

»Und was für eine?«, fragt sie.

Ich weiß es nicht. Ich schweige fast die ganze Zeit vor mich hin und denke darüber nach, was für eine Umgebung das sein könnte. Als die Stunde fast um ist, fällt es mir ein: Man muss dafür im Dunkeln sitzen. Auf der Toilette vielleicht, in irgendeinem kleinen Raum ohne Fenster, wo einen niemand sieht. Da sagt Psychodoc etwas Merkwürdiges. Sie wird plötzlich *persönlich*. Gesteht, dass sie nicht in einer Toilette sitzen will, dann bekäme sie *Klaustrophobie*.

»Vielleicht, wenn man die Tür einen Spalt offen lassen würde«, fügt sie hinzu.

Das kann ich nicht begreifen. Wenn es dunkel ist, ist es doch dunkel. Dann ist es doch unklaustrophobisch um einen herum? »Das ist geschummelt«, sage ich.

Dann schweigen wir wieder. Schweigen endlos. Ich schaue auf den Teppich. Er ist hässlich.

»Was hältst du von einem Indianerzelt?«, fragt sie.

Ich verstehe nicht, was sie meint. »Wenn man nun in einem Tipi säße. Wäre das eine gute *Umgebung*?«

Doch, das wäre es wohl. Es ist eng und klein. Und hoffentlich auch dunkel.

Als wir uns das nächste Mal sehen, habe ich dieses Gespräch schon wieder vergessen. Ich habe Herzen und Kreuze in den Ofen geschoben. Und Ständer. *Letztere* verlangen einem jedoch jede Menge Fingerspitzengefühl ab, weil ganz oben ein kleiner Schlitz sein muss. Das habe ich gesehen. Damit sie auch pinkeln können. Meine Ständer sind nicht so groß. Bald habe ich fünfzig Stück fertig. Fünfzig von jeder Sorte. Momentan liegen sie zum Abkühlen auf Backblechen in der Küche. Na gut, *Letztere* sollten natürlich am liebsten stehen können. Aber manche kippen immer wieder um. Ich werde darüber nachdenken, ob ich die, die umfallen, wegschmeißen soll. Oder ob dann ein Ungleichgewicht entsteht. *Rein prozentuell* betrachtet.

Als ich also das nächste Mal in Psychodocs Zimmer komme, sieht es komplett anders aus. Psychodoc hat *de facto* eine Höhle gebaut! Mitten auf dem Fußboden. Die Konstruktion ist verhältnismäßig einfach, eigentlich besteht sie nur aus einem Wäscheständer, aber Psychodoc hat Decken darübergehängt. Wenn man in die Höhle hineinschaut, erinnert sie an einen Vogelnistkasten.

»Ungefähr wie ein Indianerzelt«, sagt sie.

»Ungefähr«, erwidere ich.

Dann kriechen wir hinein. Erst ich, dann sie.

Ich habe ihr nichts von dem Spiel erzählt – noch nicht. Vielleicht würde es sie traurig machen, weil sie so viel nicht versteht. Erst wenn wir mit der Therapie fertig sind, werde ich es ihr geben, denke ich. Dann stelle ich es auf die Stufen vor ihrer Haustür. So wie Moses, auch wenn er im Schilf gelegen hat.

Als wir so im Indianerzelt sitzen, würde ich ihr am liebsten doch schon von dem Spiel erzählen, aber ich kann mich beherrschen. Stattdessen reden wir über die Kiste.

Schon von Anfang an war etwas falsch an mir. Das lässt sich nicht leugnen. Das ist einfach so. Und deshalb musste ich in einer Kiste wohnen. In einer braunen Holzkiste mit Schnallen und Riemen, wie an einem Cowboygürtel. Die man zusammenziehen kann. Von weitem sah die Kiste vielleicht so aus wie eine umgedrehte Sandkiste. Darin hab ich gelegen und war der Sand. Aber ich bin nicht aus ihr herausgerieselt, weil sie die Riemen um die Kiste zusammengezogen hatten. Ganz fest.

Wenn man eine *positive Einstellung* hat, kann man sich die Kiste wie ein kleines Häuschen vorstellen, wie bei einer Schnecke, die ihre eigene Wohnung mit sich herumschleppt. Der Unterschied zum Schneckenhaus war nur, dass ich den Kopf nicht einziehen und mich darin verstecken konnte. Dafür war ich zu groß. Also guckte ein Teil von mir raus. Ich musste mich strecken, und meine Beine guckten raus, so wie bei diesen japanischen Frisuren, wo die Frauen sich chinesische Essstäbchen in die Haare stecken.

Wir haben zusammen gewohnt, ich und die Kiste – um das zu korrigieren, was falsch an mir war. In dieser Kiste war ich eingegipst. Meine Eltern mussten meine Kacke mit dem Staubsauger heraussaugen. Eigentlich gab es Löcher dafür – um dieses Geschmiere zu vermeiden. Aber Kinder liegen ja nicht still, noch nicht einmal die, die in einer Kiste wohnen. Besonders angenehm kann es darin nicht gerochen haben. Aber über so etwas spricht man nicht. Und ich war trotz allem fröhlich. *Offen, fröhlich und kontaktfreudig.*

»Das klingt, als sei das eine anstrengende Kiste gewesen«, bemerkt Psychodoc.

Aber da kann ich ihr nicht recht geben. Die Konstruktion war eigentlich nicht sonderlich gut durchdacht. Es war eine *Korrekturvorrichtung* für Kinder, die mit einem Fehler geboren werden. »Es war eine simple Konstruktion. Wie dein Indianerzelt«, sage ich.

»Mama muss einem leidtun, weil sie den Kinderwagen zerschneiden musste, damit die Kiste und ich beide reinpassten«, fahre ich fort. Da gibt sie mir nicht recht. Psychodoc also.

»Zu der Kiste habe ich keine *Beziehung*«, sage ich zu ihr. Sie sieht mich mit ihren Augen an.

Man kann jemanden, mit dem man zusammengewohnt hat, nicht als Folterwerkzeug bezeichnen. Wenn man auch nur *ein Fünkchen Anstand* besitzt, macht einem das ein schlechtes Gewissen. Selbst wenn man sich einander nicht ausgesucht hat, hat man immerhin eine Menge Zeit zusammen verbracht. Daher ist es besser, eine positive Einstellung dazu zu haben. So ist das mit der Liebe. Man muss sich den anderen wie ein kleines Häuschen vorstellen, das man mit sich herumschleppt.

Schnecken ziehen schleimige Spuren hinter sich her. Salzige Spuren, wie Schnodder. Ich habe das nicht getan. Ich bin umhergekrochen, ohne Spuren zu hinterlassen – von dem Geruch mal abgesehen.

»Wir haben keine Relation«, sage ich bestimmt zum hundertsten Mal zu Psychodoc und sehe sie mit meinen Augen an. Und frage mich plötzlich, wie lange wir eigentlich noch in diesem Zelt sitzen bleiben sollen.

»Willst du raus?«, fragt sie.

»Ja«, antworte ich und krieche heraus.

Ich muss immer öfter an Psychodoc denken.

In einem Schaufenster sehe ich den gleichen Stuhl, den sie auch hat. Ich gehe in das Geschäft, setze mich darauf und denke an sie.

Wie alt sie wohl ist?

Und wie es wohl wäre, ihr in der Stadt über den Weg zu laufen? Was wäre, wenn sie nun plötzlich an mir vorbeigehen und ein Würstchen essen würde?

Und natürlich denke ich darüber nach, wie viel sie wohl kostet.

Wenn sie sehr teuer ist, ist das Geld zu Ende, bevor wir mit mir fertig sind. Und falls sie sehr alt ist, ist es mit ihr zu Ende, bevor das Geld weg ist. Als ich sie danach frage, sagt sie, dass wir rechtzeitig fertig sein werden. Dass nicht alles ruck, zuck vorbei ist. Sondern dass es eine *Fortsetzung* gibt. Ich muss an die vielen Krankenhäuser und Kriege denken und sage nicht – wenn du dir das vormachen willst … Ich will ihr nicht die *Illusionen* rauben.

Ich denke auch an das Spiel. Man kann nicht immer nur im Kreis herumlaufen und bezahlen und hier und da Herzen bekommen, irgendwann muss es ein Ende haben. Deshalb habe ich auch drei Bingobretter gebastelt. Sie müssen mit Herzen, Ständern und Kreuzen gefüllt werden. Nicht zu viele, nicht zu wenige – sondern genau die richtige Anzahl in vorgegebener Reihenfolge. Aber auf meinen Spielkarten sollen keine sinnlosen Bingozahlen stehen. Ich finde, es sollten Wörter darauf stehen. Wenn man sie buchstabieren kann, wenn man sie *verinnerlicht* hat, ist man fertig. Die Wörter, für die ich mich entschieden habe, lauten *Fortsetzung*, *Ich* und *gleichzeitig*.

Das sind Psychodocs Lieblingswörter, wenn sie sie sagt, betont sie sie auf eine ganz spezielle Weise. *Ich – gleichzeitig – Fortsetzung* ist gut. Richtig gut. Und gar nicht so einfach, wie man zuerst glaubt, denn wenn einem ein Herz fehlt, hat man plötzlich einen Ständer zu viel. Das ist logisch.

Es gibt allerdings ein großes Problem. Wer ist der Gewinner?

Bei »Monopoly« gewinnt, wer die meisten Hotels kaufen kann. Ich muss mir was Eigenes ausdenken. Mir ausdenken, was passiert, wenn man *gewonnen* hat, wenn man das Ziel erreicht hat. Es muss irgendein Ziel geben. Ein *Ergebnis*, das erstrebenswert ist. Die Menschen sollen nicht nur von kleinen roten Hotels träumen.

Und über genau das alles denke ich nach, als ich in dem Laden auf Psychodocs Stuhl sitze. Ich sehe den anderen zu, die zwischen Stühlen umhergehen, und frage mich, ob sie ihr *Ziel* erreicht haben. Weshalb sind sie wohl morgens aufgestanden und in diesen Laden gegangen? Ob sie auch auf einem Stuhl beim Psychologen sitzen müssen? Oder haben sie andere *Visionen*?

Da kommt ein Mann und scheucht mich weg, sagt, dass ich hier nicht den ganzen Tag herumsitzen könne. Obwohl ich das durchaus könnte. Das wäre ganz einfach.

Stattdessen gehe ich ins Kaufhaus und schraube die Verschlüsse von allen Parfümflakons ab. Irgendwo muss es doch ihren Duft geben. Rein *statistisch* gesehen ist das so. Man muss einfach nur an den Flakons riechen, Parfüm versprühen und riechen und sich den Geruch im Zimmer mit dem Stuhl vergegenwärtigen, in dem Psychodoc endlose Stunden zubringt.

Ich schraube die Verschlüsse ab, versprühe Parfüm und schnuppere.

Schließe die Augen und schnuppere. Sehe das Zimmer und Psychodoc und die Bilder und das Fenster und die Tür und die Decke und den Teppich vor mir. Ich schnuppere so lange, bis mir schlecht wird und ich kurz davor bin, mich zu übergeben. Da kommt wieder ein Mann und scheucht mich weg.

Nächste Runde aussetzen.

BERLIN 1945

Die Schreibmaschine war im Koffer. Und in der Tasche steckte Katarinas Brief. Hedwig befestigte den Koffer auf dem Gepäckträger und rüttelte leicht an dem Fahrrad. Es schien stabil zu sein. Trotzdem war sie sich unsicher. Ihr Gleichgewichtssinn war immer noch miserabel. Manchmal wurde ihr so schwindelig, dass sie sich hinlegen musste, aber das Schlimmste war, dass das nicht half. Die Welt drehte sich einfach weiter. Das musste sie auch noch erledigen, bevor sie aufbrach, sie musste sich bei Doktor Bauer untersuchen lassen. Vielleicht konnte er ihr ein Medikament dagegen verschreiben. Oder es war einfach Schlaflosigkeit, Ernährungsmangel und das Pfeifen des Bombenalarms, das sich hartnäckig in ihrem Trommelfell festgesetzt hatte. Darüber wollte sie Klarheit haben. Bestimmt wusste er Rat. Aber zuerst würde sie versuchen, ihre Schreibmaschine zu verkaufen.

Sie rückte ihren Hut zurecht und stellte sich mit ihrem ganzen Gewicht auf die Pedale, schwang ein Bein über die Stange und stand plötzlich im Sattel. Sieh an, es ging. Sie wusste nicht mehr, wann sie zuletzt Fahrrad gefahren war. Ich kann es noch, dachte sie, und ihr schwoll vor Stolz die Brust, als wäre sie ein kleines Mädchen. Ich kann's noch!

Den Gerüchten zufolge wurde reger Handel mit allem Möglichen betrieben, wo auch immer sich Menschen sammelten, im Prinzip an jeder Straßenecke. Aber am nächsten war der Bahnhof Zoo, da hätte sie die größten Chancen. Und wenn sich die Schreibmaschine dort nicht verkaufen ließ, würde sie sie auf jeden Fall am Reichstag loswerden. Dort nahm man alles. *Sie loswerden.* Sie wollte sie nicht loswerden. Aber sie musste sich so viele Zigaretten beschaffen, wie es nur ging. Sie hatte Reichsmark, aber das war keine begehrenswerte Währung mehr. Sauerkraut, Kartoffeln, Salz und Fett, wer weiß, was sie auf ihrer Reise benötigen würde; mit amerikanischen Zigaretten kam man an alles leichter heran. Die Schreibmaschine konnte sie weder tragen noch verstecken. Wer wusste schon, wer nach ihr in der Kammer wohnen würde? Tausende mussten raus aus den stinkenden Bunkern, in denen sie den Winter nicht überleben würden; ohne Strom und Gas bekam man Lungenentzündung. Sie würden wer weiß was für ein paar Quadratmeter unter einem Dach, für einen Raum geben, in dem die Beine des Bettes nicht zentimetertief im Wasser standen. Nein, es war besser so. Sie wusste ja nicht, wie lange sie fort sein würde, lange, so hoffte sie. Zumindest so lange, dass alles anders wäre, wenn sie wiederkam …

Katarina hatte sie in ihrem Brief eingeladen, allerdings mit Einschränkungen. Wenn ich nur endlich wieder auf dem Land wäre!, dachte Hedwig. Wenn ich nur wieder Felder und Wiesen statt Trümmer und Verzweiflung vor mir sähe, keine Kinder mehr, die in verlassenen Panzern spielen, wenn ich das hier nur hinter mir lassen könnte …

Was auch immer sich in den Dörfern zugetragen hatte, mussten sich Selbstverachtung und Bitterkeit dort leichter geben – wenn man in Gemeinschaft beten konnte und etwas gedeihen sah. Die Natur wird mir helfen. Die Natur schweigt und heilt alles. Sie spricht nur zu sich selbst.

Sie stellte ihr Fahrrad an der Eisenpforte ab. Ein überfüllter Zug fuhr ein. Die Menschen hingen wie Affen aus den Waggons.

Quietschende Handkarren, Kinderwagen und Schubkarren füllten sich mit Koffern, und die Hungerleidenden, Zerlumpten und Unwillkommenen stiegen aus. Sahen sich verwirrt um und rafften ihre Habseligkeiten zusammen. Besatzungssoldaten, wohin man auch sah. Hedwigs Blick fiel neben den Gleisen auf eine Gruppe Menschen mit fast durchscheinend blassen Gesichtern; wer Mann und wer Frau war, ließ sich kaum sagen. Ihre Köpfe waren rasiert, und sie bewegten sich noch schleppender als alle anderen. Hedwig nahm an, dass sie ehemalige Lagerhäftlinge waren. Sie wollte schon zu ihnen gehen und etwas sagen, hielt aber inne. Was konnte sie schon Angemessenes sagen? Was sagte man?

Sie könnte natürlich nach dem Mädchen fragen. Wusste jemand etwas, hatte man es gesehen oder etwas von ihm gehört … von den Kindern … Hedwig machte einen Schritt in ihre Richtung. Ja, das würde sie tun, sie fragen, woher sie kamen, wohin sie gingen und ob sie eventuell wussten … Sie merkte, dass sie sie anglotzte, war wie erstarrt, fing den Blick eines Jungen auf, der seinen sofort senkte. Sie blieb stehen. Plötzlich wurde sie befangen, sah sich selbst, ihren Hut und ihre Schuhe wie von außen. Waren nicht alle Überlebenden schuldig? Auch sie.

Sie überlegte es sich anders. Das Mädchen lebte. Natürlich hatte sie überlebt! Eines Tages wird sie dastehen und mich in die Arme schließen, dachte Hedwig. Und wenn sie endlich da ist, werde ich sie nach der Wahrheit fragen. Ich werde sie nicht zwingen zu erzählen, wie es gewesen ist, sie muss nicht erklären, wie es sich angefühlt hat, das verbitte Gott, ich will ihr nicht noch mehr aufbürden, aber ich möchte, dass sie mir erzählt, wie es dort ausgesehen hat, wie es zugegangen ist, von der Atmosphäre. Ich werde ihr von meinem neuen Roman berichten und sie um ihre Meinung dazu bitten, sie soll stolz sein, ich werde ihr begreiflich machen, dass sie einzigartige Erfahrungen gesammelt hat. Von denen sie Zeugnis ablegen kann.

Und ich, ich werde mindestens ebenso gut mit der Feder schreiben können! Hedwig hob die Schreibmaschine vom Gepäckträger und betrat den Bahnsteig.

Nach nur wenigen Minuten fand sie einen Mann mit grauer Jacke und schwarzem Schnurrbart, der nach kurzem Feilschen bereit war, ihr exakt die Menge an Zigaretten zu geben, die sie haben wollte.

Als sie zu ihrem Fahrrad zurückkam, waren die Häftlinge verschwunden. Andere Existenzen irrten auf den Straßen umher. Ohne Papiere, ohne Familie, Staatenlose. Wo kamen sie nur alle her? Und wohin sollten sie gehen?

Sie fühlte in ihrer Tasche nach, ob Katarinas Brief noch da war. Die Zigaretten hatte sie sicher in ihrem linken Strumpf verstaut. Sie setzte sich aufs Fahrrad und fuhr die Kantstraße hinunter, jetzt ging es ganz flott. Da sah sie, dass ein Stück die Straße hinunter das Café Peters wieder geöffnet hatte. Sollte sie anhalten? Sollte sie sich das gönnen?

Zuletzt war sie mit Katarina hier gewesen. Hatten sie sich da voneinander verabschiedet? Sie war sich unsicher, ihre Erinnerungen flossen ineinander, und die neue Zeit verhöhnte jede Chronologie. Doch mit einem Mal schwirrten ihr Bruchstücke ihrer letzten Unterhaltung durch den Kopf. Deutlich sah sie vor sich, wie sie dort auf den roten Samtstühlen gesessen und ihre heiße Schokolade umgerührt hatten. Und dass Katarina – ihre geliebte, schöne, wunderbare, starke Katarina – keine Ahnung gehabt hatte. Was gewisse Dinge betraf, war Katarina wie von einem anderen Stern. Sie hatten völlig aneinander vorbeigeredet.

Susanne und Karl Fenz hatten angeboten, sich um das Mädchen zu kümmern, es in Sicherheit zu bringen. Sie hatten Hedwig geschrieben, dass sie versuchen wollten, Papiere zu beschaffen, damit das Mädchen weiter nach Brasilien oder England reisen könne. Und falls das nicht ginge, so gebe es eine Klosterschule bei Bern, die gewiss einen Platz für das Mädchen hätte. Sie seien bereit, für alle Kosten aufzukommen. Sie hatten Hedwig geschrieben, es sei jetzt höchste Zeit.

Hedwig hatte das Angebot ausgeschlagen. Was Katarina nicht begreifen konnte.

Weshalb sie bloß nein gesagt hätte? Ja, Katarina war an dem Tag nicht sie selbst gewesen. Ganz und gar nicht mehr die zurückhaltende, hilfsbereite Freundin, die Hedwig kannte. Sie war unnachgiebig gewesen. Aber Hedwig hatte sich nicht überreden lassen.

»Soll ich etwa mein eigenes Kind weggeben? Mein eigen Fleisch und Blut?«

Katarina nickte.

Hedwig spürte, wie Wut in ihr hochstieg, und fuhr fort – ebenso kämpferisch wie Katerina.

»Manche Dinge wirst du nie begreifen. Du hast auf die körperliche Liebe verzichtet, du wirst nie ein Kind gebären, natürlich hast du keine Ahnung davon! Nur wir Frauen, die das Herz eines anderen Menschen unter unserem eigenen getragen haben, wissen, was das mit uns macht. Es tut mir leid, dass wir gewisse Erfahrungen niemals werden teilen können, Katarina. Ein Kind gehört zu seiner Mutter.«

Ja, das hatte Hedwig gesagt. Und Katarinas Augen hatten sich verdunkelt, doch sie hatte keine Miene verzogen. Hatte nur trocken und kurz angebunden gesagt: »Dann erklär du mir, worum es hier geht.«

Hedwig wusste noch genau, was sie erwidert hatte. Sie hatte ihre Antwort im Nachhinein noch oft in Gedanken durchgespielt. Sie wusste, wovon sie sprach. Die Mutterliebe sei das alles Entscheidende. Es sei doch wohl ein natürlicher biologischer Instinkt, sein Kind bei sich zu behalten. Und ihre Mutterliebe sei grenzenlos. Sie könne nicht ohne sie leben, könne kaum eine Zeile ohne sie zustande bringen, ohne ihr Püppchen.

Vielleicht hatte Hedwig nicht ganz so viele Worte benutzt, aber das war die Essenz gewesen. Da war sie sich sicher. Was Katarina darauf geantwortet hatte, wusste sie nicht mehr. Da hörte ihre Erinnerung auf.

Hedwig fuhr schneller und strampelte am Savignyplatz vorbei. Noch immer lag die Hitze über der Stadt. Ein Gestank nach verbranntem Gummi zog über die Kantstraße. Ihr wurde wieder schwindelig. Aber sie wollte nicht anhalten. Wollte nur noch nach Hause, wollte anfangen zu packen, wollte Katarina umarmen und es ihr ein weiteres Mal erläutern. Ihr sagen, dass … sagen, dass …

Als Hedwig wieder zu sich kam, sah sie als Erstes, dass es von der Decke tropfte. Braune Tropfen rannen über einen rostigen Träger und fielen dann in einen Eimer, der auf dem Zementfußboden stand. Stetig und in rascher Folge. Sie befand sich in einem Bunker. Die Decke drehte sich. Ein Mann saß im Halbdunkel auf einem Stuhl. Ihm fehlte das rechte Bein, und er stellte sich als Herr Paschulke vor.

»Sie sind ohnmächtig geworden«, sagte er. »Meine Frau hat einige Männer um Hilfe gebeten und …« Er verstummte, und Hedwig sah in der Ecke des Kellers eine hochschwangere Frau, die sich über einen Eimer mit Schmutzwäsche beugte.

»Wie geht es Ihnen? Haben Sie Schmerzen?«

Hedwig setzte sich auf und tastete starr vor Schreck ihr Bein ab, um festzustellen, ob die Zigaretten noch da waren. Das waren sie.

»Mein Fahrrad«, sagte sie. »Es gehört mir nicht, ich habe es nur geliehen …«

»Wir haben es am Pfosten angeschlossen.« Hedwig saß auf dem Feldbett und fasste sich in den Nacken. Der Schwindel hatte sich gelegt, aber in diesem Kellerloch stank es. Sie wollte jetzt gehen, nein, hinausstürmen, ihr Fahrrad nehmen und verschwinden. Aber sie hatte Durst.

Die Frau reichte ihr einen Becher Wasser und Hedwig trank, lehnte sich an die feuchte Wand und bedankte sich. Starrte auf seinen Beinstumpf, der über den Stuhl ragte. Ihr linkes Bein war eingeschlafen.

»Stalingrad«, sagte er.

»Und?«

»Sie sind auch nur Menschen.«

»Aber die Menschen dort sind doch wohl anders?«

»Nein.«

»Aber die Russen zumindest sind doch vollkommen gottlos.«

Er schüttelte den Kopf.

»Ich habe sie letztes Jahr an Ostern gesehen. Bauern, Frauen und Kinder, haben ein Holzkreuz gezimmert und es hinter den Feldern auf einer Lichtung auf den Boden gelegt. Jeder von ihnen hat das Kreuz geküsst, es mit Mund und Brust berührt. Und sie haben die ganze Zeit gesungen.«

»Was haben sie gesungen?«

»Heiliger Gott, heiliger barmherziger Gott, heiliger mächtiger Gott …«, leierte er herunter, bis er husten musste.

Dieses unwürdige Leiden, dachte Hedwig und wandte sich ab, als er Schleim auf den Boden spuckte.

»Aber das war doch bestimmt verboten?«

»Nein, das war nicht verboten. Offenbar nicht. Noch mehr Familien kamen dazu, und alle haben sich auf den Boden gelegt und das Kreuz geküsst.«

»Das hast du geträumt«, sagte die Frau.

Vorsichtig stand Hedwig auf. Noch immer fielen Tropfen zu Boden. Aber die Decke drehte sich nicht mehr. Sie dachte: So ist das also, selbst in einem Land voller barbarischer Asiaten, von atheistischen Sowjets regiert, triumphiert letztlich Gott. Selbst dort.

»Danke«, sagte sie und streckte ihre Hand aus. »Gott segne Sie.«

BLIDHOLMEN 2005

»Aber was redest du denn nur für einen Unsinn, Mensch!«

»Ich gehe dir auf die Nerven«, sagte er, »sonst hättest du nicht das Wort *Mensch* hinzugefügt.«

Er stand auf der Veranda und kniff sich in den Bauch. Viel gab es da nicht zu kneifen. Nur Haut. Graue Haut. Seine kurzen Hosen waren mindestens zwanzig Jahre alt, aber es lag nicht an dem schlaffen Gummizug, dass sie herunterhingen. Er war so dünn geworden. War noch dünner als sonst. Braun wurde er nie, seine Haut hatte sich immer nur gerötet und gepellt. Jetzt war er seiner eigenen Aussage zufolge ein alter Mann. Ein lächerlicher Narr. Er sagte, er würde sich in all den Leuten wiedererkennen, an deren Krankenbetten er gesessen habe. Körper, die im Krankenhaus zottelig und muffig werden, wie Zootiere, Tiere im Käfig mit stumpfem Blick, weil sie alle Hoffnung aufgegeben haben, weil sie wissen, dass es auch außerhalb des Käfigs keine Freiheit für sie gibt.

Ingrid beugte sich mit der Rosenschere über das Beet. Sie fand, dass es jetzt reichte, dass er eitel geworden war und sich albern benahm. Früher hatte er doch nie so viel Aufhebens von seinem Äußeren gemacht.

»Ja, du gehst mir auf die Nerven«, sagte sie.

Er schlurfte ins Haus. Es war Dienstag. Und mit etwas gutem

Willen konnte man sagen, dass ein warmer Sommerwind wehte. Karl Erik weigerte sich, seinen Bibelkreis aufzugeben. Die Leute würden abends kommen, zum letzten Mal vor der Sommerpause. Ingrid hatte vorgeschlagen, dass sie einen Film ansehen und anschließend bei einer Tasse Tee eine Stunde darüber sprechen könnten. Er hatte ihr aufmerksam zugehört.

»Dann musst du nicht so viel denken und bist nicht so angespannt«, sagte sie und ging mit einem Lächeln darüber hinweg. »Der Film läuft von selbst.«

Er brummte. Er wolle denken, erwiderte er. Aber sie beide wussten, dass das zu anstrengend für ihn war. Also würde er einen Film zeigen und sich ein paar Fragen dazu überlegen, das hatte er versprochen.

»Das ist doch prima«, sagte Ingrid und lächelte noch einmal.

Seit er die Sekundärdiagnose erhalten hatte, ging sie mit einem Lächeln über alles hinweg, während ihr gleichzeitig eiskalt wurde. Die Sekundärdiagnose müsse keine sonderlich großen Auswirkungen auf sein Leben haben. »Jetzt wissen wir, woran wir sind«, hatte der Arzt gesagt, den Kopf schief gelegt und sich ausschließlich an Ingrid gewandt, »das heißt schließlich, dass wir vorausschauend handeln und präventiv etwas dagegen unternehmen können, nicht wahr?«

Karl Erik war fuchsteufelswild geworden. »Sprechen Sie gefälligst nicht im Plural von mir!«, hatte er gefaucht.

Der Arzt war zusammengezuckt.

»Wir! Wie zum Teufel können Sie glauben, dass diese Diagnose mein Leben nicht sonderlich verändern wird! Wenn nicht nur der Körper erstarrt, sondern noch dazu das Gehirn schrumpft.«

Wieder versuchte Ingrid, beschwichtigend zu lächeln. Merkte jedoch, dass ihr Lächeln einer Melodie ähnelte, die Menschen vor sich hin summen, wenn sie sich hilflos fühlen. Eine Tonfolge, die einem in Panik einfach über die Lippen kommt, ohne dass man es selbst merkt. Eine alberne Melodie, die sich über alles legt, was man nicht mehr ertragen kann.

Als sie sich schließlich von dem Arzt verabschiedeten und sie dachte, dass Karl Erik sich wieder beruhigt hatte, drehte er sich noch einmal auf der Türschwelle um – und streckte die Zunge raus. Ja, er streckte dem Arzt die Zunge raus. Dem Arzt. Der Pfarrer streckte dem Arzt die Zunge raus.

Na-na-na, na-na-na …

Dieses neue Verhalten wiederholte sich noch drei Mal. Als sie den Norrmalmstorg überquerten und zu den Schiffen hinübergingen, streckte er den Leuten, die auf dem Gehsteig an ihnen vorbeigingen, die Zunge heraus, und jedes Mal hörte Ingrid die Melodie in ihrer Kehle vibrieren.

Na-na-na, na-na-na …

Er benahm sich wie ein Kleinkind.

Ingrid lehnte die Rosenschere gegen die Vortreppe und ging nach oben, um nach Karl Erik zu sehen.

Er schlief mit offenem Mund.

Ich kann seinen Kopf mit meinen Gedanken füllen, dachte Ingrid, aber nicht so wie damals bei den Kindern, als sie noch klein waren – damals habe ich mir ausgemalt, was einmal werden würde, was in diesen kleinen unschuldigen Kinderköpfen schlummerte, wie hinter den blonden Locken eine Welt Gestalt annahm –, bei ihm kann ich mir vorstellen, was noch existiert, wo er sich befindet, wenn er schläft. Ob er seinen Ausfällen im Schlaf ebenso ausgeliefert ist? Oder ob er zumindest in seinen Träumen bei Verstand ist?

Er hatte sich immer Freiheiten herausgenommen, und Ingrid hatte stets hinter ihm aufgeräumt. Nicht häufig, nicht schlimm, aber dennoch. Sie hatte es getan, ohne vor sich hin zu summen.

Hatte immer seine Achillesferse geschützt. Das war nie ein Thema zwischen ihnen gewesen. Nun stand sie da und fragte sich, was er eigentlich jemals für sie getan hatte. Welche ihrer wunden Punkte hatte er, ohne ein Wort darüber zu verlieren, im Auge behalten und Rücksicht darauf genommen? Einfach nur so. Weil man das tut, wenn man jemanden liebt.

Er wachte wimmernd auf.

Sie setzte sich auf die Bettkante.

»Hast du geträumt?«

»Es ist entsetzlich, Ingrid«, sagte er, und sie zog die Beine hoch und kroch neben ihn.

»Was?«

»Wenn man sich lebendiger fühlt als sein Körper.«

»Schlaf noch ein bisschen.«

Er lehnte den Kopf an ihre Schulter, und Ingrid wusste nicht, was schlimmer war – zu verstehen, was in seinem Kopf vor sich ging, oder davon verschont zu bleiben.

Er war immer schon ein wenig kindisch gewesen, das brachte seine Aufgabe so mit sich, dieses offene, kindliche Gemüt. Aber bei der Predigt am Sonntag war es aus dem Ruder gelaufen. Er hatte über Dankbarkeit gesprochen, wie viel man für selbstverständlich hielt. Er hatte einige Beispiele genannt, wir müssen einfach nur auf Knöpfe drücken, und schon kommt Wasser aus dem Hahn und Licht aus der Lampe. Sogar unseren Atem halten wir für selbstverständlich. »Rührt euch einen Augenblick nicht«, sagte er, »schließt die Augen und überlegt, was so selbstverständlich ist, dass ihr nicht mehr darüber nachdenkt.«

Ingrid kannte diese Übung schon und musste das Spiel nicht mitmachen, stattdessen schloss sie die Augen und ließ ihre Gedanken schweifen (nein, an Hanna würde sie nicht denken, man konnte seine Gedanken kontrollieren, konnte an nichts denken), dachte zum Beispiel daran, dass sie vergessen hatte, heißes Wasser in die Thermoskannen zu gießen (nichts war passiert, und das, was passiert war, war auf alle Fälle vorbei), dass sie den Schornsteinfeger anrufen musste, dass Tomas sich plötzlich gemeldet hatte und meinte, sie sollten sich einen Hund anschaffen.

»Ja, wäre ein kuschelig weiches Tier, mit dem er sich beschäftigen kann, nicht gut für Papa?« Ingrid wäre fast die Luft weggeblieben. Aber er hat doch eine kleine Schriftstellerin, mit der er sich *beschäftigen* kann, hatte sie ihn anfahren wollen, natürlich, *nichts ist passiert*, aber dein Vater sorgt schon dafür, dass er bekommt, was er braucht.

Weil Tomas jedoch so geklungen hatte, als hätte er das Rad neu erfunden, hatte Ingrid sich das verkniffen und stattdessen erwidert, sie werde darüber nachdenken. (Wo hatten sie das alles her? Erwachsene Kinder!) Dann erinnerte sie sich wieder an die Thermoskanne, dass sie eine frische Kanne Kaffee aufsetzen müsste, falls die andere inzwischen kalt geworden sein sollte, und dann schweiften ihre Gedanken zu ihrem Garten, dass das Erdbeerfeld zurechtgestutzt werden müsste, und dass es eigentlich viel zu warm und hell draußen war, um drinnen zu sitzen und einen Film zu gucken.

Kurz bevor Karl Erik seine Meditation beendet hatte, fiel Ingrid doch noch etwas ein, das sie für ebenso selbstverständlich hielt wie das Wasser aus dem Hahn: Dich, Karl Erik, dich habe ich für selbstverständlich gehalten, dich und mich und unser Leben; unser ganzes Leben lang habe ich unsere Gesundheit für selbstverständlich gehalten, angenommen, dass ich morgens aufwachen werde und du neben mir liegen wirst, dass wir immer sicher auf unseren Beinen stehen werden, Herzen haben werden, die schlagen, Köpfe, die denken, habe es für selbstverständlich gehalten, dass die Sonne aufgeht, die Bäume ausschlagen, dass kleine Singvögel, die frierend in einer von Frost überzogenen Garbe überwintert haben, wieder singen können, dass ich eines

Tages Enkelkinder, wenn auch nicht von Birgitta, haben werde. Aber jetzt weiß ich nicht mehr, was ich für selbstverständlich halten soll, Karl Erik. Was aus uns werden soll. Wer dir vielleicht am besten helfen kann, wen du brauchst. Und was ich brauche … Vielleicht sollte ich fortgehen. Meine eigenen Bedürfnisse erforschen … Wir können nichts mehr für selbstverständlich halten. Ich bin eine pensionierte Psychotherapeutin, die nichts mehr für selbstverständlich halten kann.

Sie fühlte sich rastlos in ihrer Kirchenbank. Sie versuchte Karl Erik zu signalisieren, dass es nun genug sei. Er sah sie, trotzdem ergriff er wieder das Wort.

»Nun, woran habt ihr gedacht?«

Ingrid sah sich um, sah, wie die Gemeindemitglieder sich in den Bänken wanden, bis eine Hand hochgehoben wurde. Eskil. Und ihm wurde das Wort erteilt. Er stand auf, als wollte er eine lange Rede halten, doch dann brummte er verlegen in sich hinein, glättete seine Hosenbeine und sagte: »Ich halte die Existenz meines Kartoffelschälers für selbstverständlich.«

Ingrid konnte nicht anders, ihr entfuhr ein Glucksen, das sie sich blitzschnell verkniff, sodass es eher wie ersticktes Husten klang. Karl Erik sah in ihre Richtung und versuchte zu lächeln, er wusste, dass sie so klang, wenn sie nicht zu hören sein durfte, konnte aber nicht mehr lächeln. Sein Gesicht war erstarrt. Stattdessen zeigte er eine törichte Grimasse, bevor er die Gemeinde bat, sich von den Bänken zu erheben. Eine böse Vorahnung kroch wie ein Käfer Ingrids Rücken hinunter, als die Gemeindemitglieder seiner Aufforderung Folge leisteten.

»Gut, Eskil«, lobte Karl Erik, »ausgezeichnet. Lasst uns gemeinsam einen Freudensprung, einen Dankbarkeitssprung, einen Gottessprung für all unsere Kartoffelschäler vollführen.« Dann stieg er von der Kanzel und breitete die Arme aus. »Auf die Plätze, fertig, los!«, rief er und sprang in die Luft, mit starrer Miene und von sich gestreckten Armen und Beinen wie ein Hampelmann, und Ingrid wollte schon vorstürzen, als er wieder auf dem Boden aufkam, mit hochrotem Gesicht und geöffnetem Mund neben dem Taufstein, aber zumindest auf den Beinen. Er stand auf den Beinen. Mit flatterndem Gewand.

Die Gemeindemitglieder sahen sich um. Sie blickten zu Ingrid, die, ohne nachzudenken, tat, wozu der Pfarrer sie aufgefordert hatte, sie machte einen linkischen Hopser und sah, dass die anderen ihrem Beispiel folgten.

»Hoppla!«, rief Karl Erik aus, und Ingrid fiel auf, dass Monika und Evert ihre schweren Lider senkten, und schämte sich, weil sie wusste, dass sie an ihre ertrunkene Neunjährige hatten denken müssen, die sie für selbstverständlich gehalten hatten. Ingrid konnte nachfühlen, dass Karl Eriks vermaledeites Hüpfen die Schuld und die Sorge, die sie empfanden, nur noch verstärkte, aber sie brachten genügend Mut und Stolz auf, sich zu weigern, in der Kirche umherzuspringen und einem Kartoffelschäler zu huldigen.

Wie enden solche Momente? Was machten sie aus ihr? Eine Pfarrersgattin ohne eigenen Willen?

»Ich will nicht mit einem Haufen Querulanten in einem Saal verrotten«, sagte Karl Erik, als er wieder aufwachte.

»Das wirst du nicht …«

Er unterbrach sie: »Ich habe schon an so vielen Krankenhausbetten gesessen, alle sind Querulanten. Man wird selber zu einem.«

Ingrid hakte sofort ein: »Wer hat behauptet, dass du ins Krankenhaus musst? Wenn wir zurück in die Stadt ziehen, bedeutet das doch nicht, dass du irgendwo liegen musst.«

»Da ist jemand, der fürwahr nicht vergisst, dass wir nur Staub sind.«

»Alles hat seine Zeit«, bemerkte Ingrid und stand auf, um das Fenster zu öffnen. Eine salzige Brise wehte herein, die Wellen schlugen hoch. Meine Zeit, dachte sie, ist das dieselbe Zeit wie Hannas?

Und dann sagte er plötzlich wie aus heiterem Himmel: »Ob sie wohl kommt?«

»Wer?« Ingrid musste das fragen, obwohl sie genau wusste, wen er meinte.

»Hanna.«

»Warum sollte sie kommen? Hast du sie eingeladen?«

»Sie ist das Böse selbst, Ingrid.«

»Aber das kannst du doch nicht sagen!«

»Doch, Ingrid. Sie ist tückisch.«

Ingrid war bestürzt, sie hätte ihn am liebsten an der Schulter gerüttelt und gesagt, jetzt gehst du aber zu weit, Karl Erik! Das geht zu weit, so etwas kann man nicht sagen, obwohl man … doch in dem Moment klingelte es an der Tür, und sie konnte ihm nur noch etwas zuzischen – wie eine Schlange, bevor sie die Treppe hinuntereilte. Draußen stand Margareta Börjesson und hielt ihr eine Kuchenform hin. »Für den Pfarrer«, sagte sie mit einem Lächeln, »ich hoffe, er ist bald wieder auf dem Wege der Besserung.« Ingrid nahm den Kuchen entgegen, bat sie jedoch nicht herein, tätschelte ihr nur leicht den Arm. Ihr entging nicht, wie die Frau in den Flur spähte, als glaubte sie, hinter Ingrids Rücken etwas Aufregendes zu erblicken, als wäre sie nicht schon Hunderte Male im Pfarrhof gewesen und wüsste nicht genau, wie es da drinnen aussah.

Wir haben nicht renoviert, hätte Ingrid am liebsten gesagt, kam aber nicht dazu, weil Margareta sich schon wieder abwandte.

»Ich war nur zufällig in der Gegend«, sagte sie. Ingrid schloss die Tür und ging in die Küche, setzte Kaffee auf, hörte Karl Erik von oben herunterrufen, sagte, ja, ja, schnitt ein Stück Marmorkuchen ab und ging wieder die Treppe hinauf.

»Alle wollen sich um den Pfarrer kümmern«, sagte er, und sie nickte stumm, während sie sachte die Kuchenkrümel auf den Boden fegte. Sagte nicht: Außer mir, ich habe es satt, Karl Erik, du kannst selber staubsaugen, kannst ruhig deine kleine Schriftstellerin herbestellen, um die Betten zu machen, zu waschen, hinter dir aufzuwischen und dir das Schweinekotelett in mundgerechte Stücke zu schneiden. Sie kann hier neben dir liegen, wenn du nicht mehr *kannst*, vielleicht *kann* sie … Und es wäre mir schnuppe, denn wenn ihr *könntet* … dann *könnte* ich … Sie unterbrach ihren Gedankengang … und formulierte dann die Fortsetzung, übte sie: Dann könnte ich fortgehen und selbst jemanden wie sie finden.

»Weißt du, Ingrid, alle wollen sich um den Pfarrer kümmern, das gibt ihnen das Gefühl, Gutes zu tun. So ist das in einer kleinen Gemeinde, wenn man jemanden findet, der bedürftiger ist, kann man seiner Barmherzigkeit freien Lauf …«

»Du wiederholst dich«, schnitt Ingrid ihm das Wort ab, und er sank in sich zusammen, ein Stück Kuchen purzelte auf die Bettdecke. Sie hielt ihm die Kaffeetasse hin.

»Hanna ist psychisch krank«, stieß er urplötzlich hervor. »Sie ist krank, und ich muss meiner Verantwortung gerecht werden und sie anrufen.«

Ingrid bemerkte, wie sich ihre Stirn in Falten legte, riss sich aber zusammen. Versuchte Zeit zu gewinnen. (Sie ist nicht psychisch krank, sie hat eine Lungenentzündung.)

»Aber ich dachte, Julia und Lasse würden nach ihr sehen«, wandte sie vorsichtig ein und fragte sich, ob ihre Stimme sie nicht doch verriet.

»Sie ist psychisch krank, und ich muss mit ihr reden.«

»Vielleicht kann das ja warten, bis du dich wieder erholt hast?«

Sie legte ihre Hand auf seine. Er schob die Kaffeetasse weg und ließ sich zurück in die Kissen sinken, und als sie ihn fragte, ob er allein sein wolle, nickte er.

Sie musste raus. Musste hier raus, raus in den Wald. Hanna war weder die Inkarnation des Bösen noch psychisch krank, sie war einfach nur … nun ja, verliebt vermutlich, hinters Licht geführt worden, verhext; sie war verführerisch, womöglich hatte sie eine Art Jesus-Komplex oder wollte alte Männer retten, vielleicht war sie in eine Übertragungssituation geraten, agierte Übertragungen aus. Sie konnte vieles sein oder sein wollen, war aber nicht psychisch krank, und auf keinen Fall ist es meine Aufgabe, ihr mit dem zu helfen, was sie in ihrem Leben nicht auf die Reihe bekommt.

Ingrid ging in die Küche, um sich ein Glas Wasser zu holen, öffnete den Kühlschrank und sah auf einmal, dass zwischen der Milch und der Dickmilch ein Buch stand – er hatte Rilkes Gedichte in den Kühlschrank gestellt. Sie nahm das Buch heraus und legte es auf die Arbeitsplatte. Da konnte es bleiben. (Nein, nein, ich räume es nicht jetzt weg.)

Sie setzte sich auf den Schemel und zog sich die Stiefel an. Ich weiß nicht mehr, was ich glaube. Ich weiß nur, dass unsere Tage gezählt sind. In jeder Hinsicht. Wenn er Gedichtbände in den Kühlschrank stellt, kann ich ihm auch nicht verbieten, sie anzurufen.

Auf der Kommode im Flur stand das Telefon. Wenn er nun auf die Idee käme, sich bei ihr zu melden, während ich draußen bin, wäre es besser, dass er nicht erst die Treppe hinuntergehen müsste und womöglich hinfallen würde.

Sie streifte sich die Stiefel wieder ab, nahm das Telefon und stieg wieder die Treppe hoch. Klopfte vorsichtig an, bevor sie die Tür einen Spalt breit öffnete. Er war wach, hatte die Hände gefaltet und starrte an die Decke. Auf dem Betttuch war ein großer Kaffeefleck, er hatte Krümel in den Mundwinkeln.

»Dort sind nur Querulanten, im Krankenhaus hat man überhaupt kein Privatleben mehr«, jammerte er. »Man liegt mit vier nörgelnden alten Männern in einem Zimmer, und alle hören zu. Bei meinem letzten Krankenbesuch fing der Bettnachbar an zu rufen, in einem Moment größten Ernstes. So darf es nicht kommen.«

Einen flüchtigen Augenblick machte er einen völlig verlorenen Eindruck, sodass Ingrid das Telefon hinter ihrem Rücken versteckte. Dann brach er in fröhliches Gelächter aus, und seine Augen begannen zu funkeln.

»Ich bin schon gespannt auf die Farbe seines Pyjamas«, sagte er.

»Wessen?«

»Na, der des alten Mannes im Bett gegenüber.« Er gluckste.

Ingrid begriff nicht, was daran lustig sein sollte. Dann wurde Karl Erik wieder ernst.

»Ingrid, das will ich nicht.«

»Natürlich wird es nicht so sein«, erwiderte sie.

»Dafür wirst du sorgen.«

»Ja, Karl Erik, ich werde alles tun, was in meiner Macht steht.«

»Komm her«, er klopfte aufs Bett.

Ingrid zögerte, setzte sich schließlich aber. Er fasste nach ihrer Hand.

»Und über mein Ende möchte ich selbst bestimmen.«

Darüber haben wir schon gesprochen, haben das schon tausendmal durchgesprochen. Sie war gereizt, behielt aber die Fassung. Ich erwähne Rilke jetzt nicht, nicht jetzt, wozu sollte das gut sein?

»Wolltest du nicht rausgehen?«

»Schon. Aber … ich dachte, falls du das Telefon brauchst, wäre es blöd, wenn du die Treppe hinuntergehen müsstest.« Ingrid reichte es ihm. Im selben Moment sah sie etwas unter der Bettdecke hervorblitzen.

Und Karl Eriks Blick wich ihr aus.

»Das ist lieb von dir«, sagte er.

Verdammt! Das Handy – wie hatte sie das nur vergessen können? Er wand sich. Fuhr mit der Hand über den Bettbezug. Er zitterte. Denn er hatte gesehen, dass sie es gesehen hatte. Er schämte sich. (Immerhin.) Langsam stand sie auf.

»Ich bin bald wieder da«, sagte sie und sah zur Uhr, tat so, als hätte sie nichts bemerkt, und schämte sich dafür. Da lief sie extra die Treppen hoch und runter, damit er telefonieren konnte, und er versteckte sein Handy vor ihr unter der Decke. Warum sagte keiner von ihnen etwas? Was sollte sie sagen, wenn er nichts sagte? Als sie die Zimmertür hinter sich zugezogen hatte, blieb sie einen Moment stehen. Ich könnte jetzt die Treppe runtergehen und die Haustür zuknallen, nur um wieder hochzuschleichen, das Ohr an die Tür zu legen und zu lauschen, dachte sie. Das könnte ich tun. Mit jedem Schritt, den sie die Treppe hinunterging, dachte sie das. Ich könnte das Gespräch belauschen. Mir Gewissheit darüber verschaffen, wie die Dinge liegen, was er zu ihr sagt. Eigentlich könnte ich das. Stattdessen zog sie sich die Stiefel wieder an und warf sich die Jacke über. Das wäre nur angemessen, dachte sie.

Dann schlich sich der Gedanke wieder an sie heran. Vielleicht sollte es ja so sein, sollte so sein, dass sie es nicht tun musste? Was wäre, wenn Hanna, ja, was wäre, wenn … Wäre das vielleicht ein Ausweg, die Lösung des Ganzen? Sie würde fortgehen können, und Hanna durfte sich um ihn kümmern … Wenn er das überhaupt wollte. Hanna war keine wehrlose Konfirmandin. Hannas Unterlippe bebte nicht. Hanna war eine erwachsene Frau. Und man hat immer eine Wahl. Jeder hat die Wahl. Immer. Überall.

Ich könnte durch das Wäldchen gehen, quer über die Märzwiese und bis zur Waldlichtung.

Ich könnte die rumpelige Verandatreppe hochgehen und anklopfen. Die Hand ausstrecken und etwas sagen.

Könnte sagen: Bleib von uns weg, hilf mir. Oder ich könnte einfach sagen, es tut mir leid, Sie wissen, manchmal hat man in der Kirche niemanden, mit dem man reden kann. Wenn die Pfarrer vom Weg abkommen und ihre Grundsätze verraten. Manchmal muss man mit Gott vorliebnehmen.

Ingrid betrat die Straße und ging Richtung Wäldchen. Im Spätsommer konnte man dort kaum einen Schritt vor den anderen setzen, ohne auf den Kröten auszurutschen, die im Weiher lebten. Aber zu dieser Jahreszeit schwammen die Kaulquappen ganz hinten an der Felswand, dieses schwarze, glibberige Gezücht, harrten ihrer Zeit auf dem Grund des Tümpels. Und warteten nur darauf, als Frösche die Klippe hinaufzukriechen und die Welt zu betrachten. Auf einem Stein zu sitzen und zu quaken. Wer hier jemals mit einem Schmatzen unter seinem Schuh einen Frosch zertreten hatte, nahm einen anderen Weg. Aber nicht heute. Noch waren ihre Schritte fest. Sie konnten ihr mit ihren jämmerlichen Schwänzen nichts tun, konnten nur still liegen und zitterten mit zusammengeklebten Augen. Oder – sie ging schneller – oder sie könnte sagen: Nimm ihn, nimm ihn dir einfach! Bitte schön. Ich wollte sowieso gehen.

Sie könnte tun, was Karl Erik immerzu predigte: Vergeben, loslassen und frei sein.

UPPSALA 1984

Ich sitze in der Küche und arbeite an dem *Großen Therapiespiel.* Kann mich immer noch nicht entscheiden, was das Ziel sein soll.

Ist man am Ziel, wenn man alle anderen abgezockt hat und alles an sich gerafft hat? Oder ist es besser, etwas zur Welt beizutragen?

Soll man es allen anderen nachtun und sich nichts als Ruhe und Frieden wünschen?

Oder soll man sich selbst treu bleiben und vereinsamen? Und was heißt *man selbst*?

Soll man sich *erfinden*? Oder sich *auf die Suche nach sich selbst machen* – wer ist das eigentlich, der da in mir lebt?

Diese Gedanken machen mich fast wahnsinnig. Wenn wahnsinnig denn heißt, einfach nicht still sitzen zu können. Aber ich zwinge mich dazu. Kralle mich am Stuhl fest und schaue aus dem Fenster.

Auf der Straße ist es dunkel, trotzdem sehe ich sie, die Chinesen. Die dort draußen unentwegt unter den Straßenlaternen vorbeiziehen. Daran ist Papa schuld.

Als ich klein war, habe ich ihn nämlich einmal gefragt, wie viele Menschen in China leben würden, und er hat gesagt, dass ich – wenn sich alle Chinesen auf meine Bitte hin in Fünferreihen hintereinander aufstellen würden, um an meinem Fenster vorbeizulaufen – ihnen mein Leben lang dabei zuschauen könnte und bis zu meinem Tod immer noch nicht alle vorbeigegangen wären. (Er musste wohl mal wieder den Pädagogen raushängen lassen, aber das muss ich vielleicht nicht extra erwähnen.)

»Auch nachts? Würden sie auch nachts weiterlaufen?«, habe ich ihn andächtig gefragt.

»Auch nachts«, hat er geantwortet.

»Selbst wenn ich hundert Jahre alt werden würde?«

»Selbst dann.«

Das war unfassbar – so viele Menschen lebten also in China! Selbst wenn ich ihnen bis zu meinem Tod zuschaute, hätte ich immer noch nicht alle Chinesen gesehen. Da ich damals noch ein verhältnismäßig dummes Kind war, spukte mir der Gedanke an die Chinesen abends im Bett immer noch im Kopf herum. Ich hatte ein *logistisches* Problem damit, habe mich gefragt, was sie wohl täten, nachdem sie an meinem Fenster vorbeigegangen waren. Ob sie drüben bei der Schule ein Lager aufschlugen und sich ein bisschen ausruhten, bevor sie wieder nach China zurückkehrten? Ob die Geschäfte überhaupt genug Essen für so viele Menschen dahatten? Das ging nicht auf. Trotzdem fiel diese Lektion in Pädagogik bei mir auf einigermaßen fruchtbaren Boden. Ich lernte etwas über die *Relativität* – neben der Tatsache, dass in China schrecklich viele Menschen lebten. *Unzählige* nämlich.

Aber ich begreife auch heute immer noch nicht, was ihr Ziel ist. So unendlich viele verschiedene Ziele kann es doch nicht geben – oder kennen sie alle etwa nur eines?

Warum spazieren sie überhaupt unter den Laternen vorbei und lassen sich zählen? Wozu soll das gut sein?

Oder sind sie vielleicht alle todunglücklich, weil sie selbst nicht wissen, warum sie dort entlanggehen? *Unzählige* todunglückliche Chinesen. Das ist einfach zu viel!

Und warum wird man überhaupt unglücklich?

Im Gegensatz zu mir interessiert Psychodoc sich nicht so sehr für das *Warum*, sie fragt immer nach dem *Wie*. Wie geht es dir, Isa? Wie hast du dich da gefühlt? Wie denkst du darüber?

Warum ist ein *Adverb*, das mehr unerträglich ist als *wie*. Nein, unerträglicher muss es heißen, falls sich die Unerträglichkeit überhaupt steigern lässt? Man soll das eine Leid schließlich nicht mit dem anderen vergleichen. Aber ich habe jetzt gerade keine Zeit, um das zu erforschen. Mich interessiert viel mehr, ob man dem Unerträglichen wirklich immer aus dem Weg gehen soll.

Wir sprechen nicht über das Glück, Psychodoc und ich. Das ist irgendwie traurig. So traurig, dass man furchtbar wütend werden könnte, wenn man noch mehr vom Affen im Gehirn hätte. Soll heißen – *noch aggressiver veranlagt wäre.*

Die Stimme im Radio habe ich schon lange nicht mehr gehört. Ich weiß, dass sie auch von diesen Dingen Ahnung hat. Ich kann heraushören, dass sie viel darüber nachgedacht hat. Aber als ich gestern das Radio eingeschaltet habe, hat jemand anderes geredet.

Ein Arzt hat mal gesagt, wenn man das Gehirn mit einer Großstadt vergleicht, habe die Wissenschaft erst einen Schrank darin entdeckt. Wenn man das Gehirn röntgte, könne man diese Großstadt mit all ihren Hochhäusern und Straßen und Abflussrohren und Parkplätzen sehen. Mit all ihren Wohnzimmern, U-Bahn-Tunneln und kleinen roten Hotels. Und man würde nicht mehr erfassen als *einen Schrank*. Das ist eine schier unfassbar *umfassende Metapher*! Wahrscheinlich stimmt sie auch. Man könne im Schrank natürlich Spuren finden und aus ihnen Schlussfolgerungen ziehen, hat der Arzt gesagt. Im Schrank ließe sich zum Beispiel sehen, ob man *Demenz* ausschließen könne.

Demenz heißt, Wörter durcheinanderzubringen. Zum Beispiel, wenn ein alter Mann »Tomate« sagt, aber »Frohe Weihnachten« meint. Etwas Schlimmeres als das kann es nicht geben. Woran soll man sich denn noch halten, wenn man sich keinen Reim mehr auf die Buchstaben machen kann? Wenn die Wörter kaputtgehen? Ich hasse es, wenn jemand etwas sagt, das er nicht so meint.

Wenn meine Mutter mich anruft und sagt, dass sie mich liebt, bedeutet das: Ich muss jetzt auflegen, und es *gibt ihr* ein besseres Gefühl, zum Abschied etwas Nettes von sich zu geben, nicht einfach nur tschüss. Etwas Nettes lässt sich hier mit ›Ich liebe dich‹ übersetzen. Und sie glaubt, dass ich ihr das abnehme. Sie ist nicht die Einzige, die nicht weiß, was sie sagt, wenn sie etwas sagt – trotzdem treibt sie mich damit in den Wahnsinn, sodass ich schrecklich wütend werde. Am schlimmsten ist es, wenn sie in der Besteckschublade herumpfuscht und sagt: ›Ich liebe dich, aber *du hast jetzt bestimmt Besseres vor, als mit mir zu telefonieren.*‹

Dabei ist *sie* es, die etwas Besseres vorhat!

Als ich Psychodoc davon erzähle, muss ich weinen. Zack! kommen mir die Tränen, ohne dass ich vorher gemerkt hätte, dass sie im Anzug waren.

»Es gibt so viele Wörter, die frieren«, sage ich. »Ich glaube, ich muss ihnen Kleider anziehen.«

Als ich nicht mehr weinen muss, fragt Psychodoc, *wie* es komme, dass mich die Stimme im Radio so beschäftigt. Beschäftigt? Ich begreife nicht, worauf sie hinauswill. Beschäftigt?

»Ja, beziehungsweise fasziniert«, sagt sie.

Ich denke blitzschnell nach. Jetzt gehe ich ein großes Risiko ein. Als müsste ich in eiskaltes Wasser springen, ein Sprung ins Ungewisse. *Entweder* sie versteht mich – *oder* wir sind tot – alle beide.

»Die Stimme im Radio sagt, dass man die Welt heilen könne: *Tikun ha olam*«, erkläre ich.

Und für einen Augenblick fühlt es sich im Zimmer wie in einer Kirche an. Psychodoc schweigt wie ein Grab, und ich schweige noch mehr. Dann beginnen wir wieder zu atmen, und sie nickt. Das heißt, dass sie nicht ertrunken ist und dass ich weitererzählen soll.

»Die Welt heilen«, sagt sie.

Da erzähle ich ihr von den Kindern, die im Bernadotteheim leben, die mit »Funktionsstörungen«. »Das ist nur ein Beispiel«, unterstreiche ich, damit sie weiß, dass ich ihr noch weitaus mehr nennen könnte.

Psychodoc findet, dass wir mit diesem Beispiel ruhig anfangen können.

Zu dem Beispiel, also: Papa hatte mal Kontakt zu einem Arzt am Bernadotteheim, der festgestellt hatte, dass es gut für Kinder ist – für nicht demente Kinder also, aber trotzdem leicht demente, könnte man auf den ersten Blick vielleicht denken, so wie sie sabbern und mit steifen, ruckartigen Bewegungen gehen und die Wörter durcheinanderbringen; sie sind also mit anderen Worten nicht ganz »normal«, aber das, was falsch an ihnen ist, ist nichts Orthopädisches, sondern etwas anderes – dieser Arzt hat also gesagt, dass es gut für diese Kinder sei, mit normalen Kindern zusammen zu sein. Die normalen Kinder würden lernen, was Empathie sei, und ihre Sicht auf das Menschsein erweitern können, und die Bernadottekinder würden lernen, mit Messer und Gabel zu essen und vielleicht noch irgendetwas, an das ich mich jetzt nicht mehr erinnere.

Mein Vater wollte, dass ich mit ihnen zur Schule gehen sollte. Mir war das egal. Ich habe alles getan, was sie gesagt haben, meine Eltern also, damit sie nicht wieder streiten würden. Trotzdem entbrannte ein Streit zwischen ihnen. Mama ist ausgerastet. Sie hat nicht still gesessen, ist auf und ab gegangen und hat eine *Schimpfkanonade* losgelassen (so Papas Worte). Sie wolle unter keinen Umständen, dass ihre Tochter mit ihnen auf eine Schule gehe. Ich sollte in eine richtige Schule mit richtigen Kindern gehen und … ich habe vergessen, welche Worte sie gebraucht hat.

Ich weiß nur noch, dass sie gewonnen hat. Ich durfte eine richtige Schule mit richtigen Kindern besuchen. Mit *Normalbegabten*. Ob man so begabt davon wird, weiß ich allerdings nicht. Und das macht mir Sorgen.

»Ich hätte ja einen Beitrag leisten können«, sage ich zu Psychodoc, die lange nachdenkt, bevor sie erwidert:

»Deine Zeit wird kommen, Isa.«

Setz eine Runde aus und nimm ein Herz.

BLIDHOLMEN 2005

Ingrid lief den Hang zum Pfarrhof hoch. Die Lerche erhob sich im Rüttelflug über die Wiese, die Sonne streichelte Ingrids Nacken, und sie merkte, wie ihre Schritte immer langsamer wurden. Nicht nur, weil sie lieber hier draußen bleiben würde, sondern weil sie Zeit zum Nachdenken brauchte. In Sorge war. Ständig. Das Buch im Kühlschrank war nur eines von mehreren Anzeichen. In der letzten Woche hatte sie ihre Zahnbürsten in der Besteckschublade gefunden. Es fiel ihr immer schwerer, Karl Erik allein zu lassen.

Schon im Flur strömte ihr der Duft entgegen; sie hängte ihre Strickjacke über den Stuhl. Atmete tief durch. Karl Erik stand mit einer Schürze um die Taille in der Küche und kochte.

»Sieh an, du bist schon zurück!«, rief er.

Sie hörte ihm an, dass er gut gelaunt war, spürte die Erleichterung nahezu körperlich, während sie geistesabwesend den Stapel mit Post durchblätterte.

»Gibt es Pfannkuchen?« Ingrid warf einen Blick in den Spiegel. Seit ihrer Jugend kannte sie diesen Impuls, sich, sobald sie vom Friseur nach Hause kam, noch einmal die Haare zu waschen und zu kämmen, das ging nie vorbei, dieses Gefühl, aufgedonnert zu sein. Jedes Mal überredeten sie sie zu noch ein bisschen mehr Haarspray, und Ingrid pulte an einer Haarsträhne herum, die ihr an der Schläfe klebte, ging in die Küche und konnte sich nicht daran erinnern, wann er zuletzt Pfannkuchen gemacht hatte. Er gab ihr einen Kuss auf den Kopf. Früher hätte er das Gesicht verzogen, jetzt gab er nur einen kleinen Unmutslaut von sich, er hatte Friseurgeruch noch nie leiden können. Aber irgendwer muss ja auch mit denen verheiratet sein, sagte er immer.

Ingrid setzte sich an den Küchentisch. Aus dem Esszimmer kam Musik, Gil Sharon, *The Romantic Violine*. Ingrid malte mit dem Finger Muster auf das Tischtuch. Er macht tatsächlich Pfannkuchen, wie früher, als wir uns noch mit dem Kochen abgewechselt haben, dachte sie.

Heute ist ein guter Tag, konnte sie auch noch denken.

»Birgitta war hier«, sagte er da.

Ingrid zuckte zusammen, schüttelte den Kopf. Das konnte nicht stimmen, sie war gerade selbst auf dem Schiff gewesen, wann sollte Birgitta gekommen sein? Wozu? Und einfach so, mitten unter der Woche? Das konnte nicht sein.

Er goss noch mehr Milch in die Schüssel und quirlte zufrieden weiter. Ohne zu zittern.

»Aber dann ist sie einfach gegangen, ohne sich zu verabschieden«, bemerkte er resigniert.

Ingrid spürte, wie sie Bestürzung überfiel, versuchte sich zu vergegenwärtigen, was der Arzt gesagt hatte: Nicht schimpfen, ihm keine Vorhaltungen machen, nicht ständig sagen, was richtig und falsch, was angemessen und unangemessen war, sich verhalten wie immer, gelassen bleiben, sich nicht provozieren lassen und seine Fehlschlüsse ignorieren, dann würden sie sich schneller wieder geben. Trotzdem spürte sie ihr Herz wild schlagen.

»Ach ja?«, sagte sie. Und suchte fieberhaft nach einem anderen Gesprächsthema, wollte dem Ganzen eine andere Richtung geben: das Gespräch auf den Gemeinderat lenken, den Rasenmäher, die belegten Brote auf dem Boot – was auch immer.

Er gab Fett in die Bratpfanne und stellte die Dunstabzugshaube an, die Butter zischte, und er drehte sich zu ihr um. Die alte Pfiffigkeit blitzte in seinen Augen auf, die sich immer dann zeigte, wenn er bei einer Predigt den Dreh raushatte oder ein Geburtstagsgeschenk gekauft hatte und wie ein Kind das Geheimnis kaum für sich behalten konnte. Das tat er auch jetzt, diese unmögliche Person – lüftete das Geheimnis.

»Ich glaube, sie hat sich unter der Treppe versteckt«, sagte er.

Ingrid bewahrte die Fassung, nickte und stand auf, um was auch immer zu tun, um sich nicht klarmachen zu müssen, was er da gerade sagte.

»Aber mit Pfannkuchen konnte man sie ja schon immer hervorlocken.«

Er drehte sich wieder zum Herd, goss Teig in die Pfanne, und sie spürte, wie ihre Lippen zu vibrieren begannen, zu kribbeln, dann hörte sie es aus ihrer Kehle kommen, hörte, dass es sich nicht mehr unterdrücken ließ, sondern zur Decke stieg, als sie in den Flur ging, um sich um die Post zu kümmern, während sie es vermied, in den Spiegel zu sehen – Na-na-na, na-na-na …

BERLIN 1945

Doktor Bauer war ein alter Bekannter von Barbara Rahn. Hedwig kannte ihn noch aus der Zeit, als Barbara sich des Mädchens erbarmt hatte. Das Mädchen war zu ihr gezogen, Hedwigs einzige Möglichkeit, um die Haustür nicht mit dem Judenstern kennzeichnen zu müssen. Barbara, die Modistin, Kindermädchen, Souffleuse und Schneiderin in einem war, empfing manchmal sogar Herrenbesuch. Einer dieser Herren war Doktor Bauer gewesen. Die Affäre zwischen ihnen hatte sich äußerst diskret zugetragen, sodass das Mädchen getrost auf einer Matratze hinter dem Sofa hatte schlafen können. Das war kurz vor Kriegsbeginn gewesen. Doktor Bauer sah noch immer so aus wie damals. War natürlich älter und grauer geworden. Aber wer war das nicht?

Jetzt war er wieder in seiner alten Praxis Ecke Sybel- und Droysenstraße, und ihm gegenüber saß Hedwig und faltete genau wie er langsam ihre Hände auf dem großen Tisch. Die Praxis war unversehrt geblieben. So wie das Skelett in der Ecke. Aber der Rest der Straße war in weiten Teilen zerstört. Im Treppenhaus hing noch der Geruch von Geschützpulver. Als sie gekommen war, war das Wartezimmer leer gewesen. Kein einziger anderer Patient. Kein Laut war zu hören gewesen, bis auf das harte gleichmäßige Ticken der großen Uhr. Doktor Bauer hatte sie untersucht, und sie hatte gerade wieder alle Haken ihres Mieders geschlossen. Sie versuchte seinen Blick aufzufangen, wollte die Angelegenheit etwas beschleunigen, spürte aber zugleich, dass er etwas sagen wollte. Für das er Zeit brauchte.

Als sie gekommen war, hatte er sie gleich wiedererkannt, und sie hatten über Barbara gesprochen, die wie vom Erdboden verschluckt war. Sie hatte kein Wort hinterlassen. Keiner der Nachbarn hatte sie gehen sehen. Und das Mädchen? Wie war es ihm ergangen? Hatte sie etwas gehört?

Vorsichtig schüttelte Hedwig den Kopf. Ihr war schwindelig.

»Auch von ihr keine Nachricht. Ich habe sie zuletzt in der Iranischen Straße gesehen. Sie ist in einen Transport voller Kinder gestiegen. Richtung Prag, Böhmen. Gott sei Dank nicht nach Polen.«

Er musterte sie kopfschüttelnd über den Rand seiner Brille. Hedwig wurde ungehalten.

»Sie lebt. Ich bin mir sicher. Gott hat seine Hand über sie gehalten.«

»Aber haben Sie denn niemals ihre Geburtsurkunde ändern lassen?«

»Nein, natürlich nicht.«

»Darf ich Sie ganz offen fragen, warum?«

»Ich würde niemals die Unwahrheit sagen«, erwiderte Hedwig. Und spürte, wie ihr Gesicht brannte.

»Noch nicht einmal dem Teufel?« Doktor Bauer betrachtete sie schweigend.

»Nein, auch wenn man mich steinigen würde, ich lüge nicht. Lüge noch nicht einmal den Teufel selbst an … das wäre …«, sie suchte nach Worten, »… das wäre …« Plötzlich merkte sie, dass ihr Unmut in etwas anderes umschlug, ihr saß ein Kloß im Hals, ihre Lider brannten, sie schluckte ein paarmal, bevor sie von neuem ansetzte.

»Ihren Namen zu ändern und sie ihres Ursprungs zu berauben … wäre so, als würde man den Arm des Herrn abtrennen«, sagte sie.

Doktor Bauer blinzelte heftig, fasste sich aber rasch wieder.

Er erwiderte nichts darauf, sondern sah hinab auf seine Papiere, während er leise vor sich hin brummte.

Hedwig schnäuzte sich. Die Uhr tickte.

»Also, gibt es ein Antibiotikum dagegen?«, fragte sie. »Ich meine, was auch immer bewirkt, dass ich nicht mehr Fahrrad fahren kann, dass meine Beine taub werden und mir die Augen brennen, dass …«

Er unterbrach sie. Die Symptome hätten sie ja bereits erörtert. Er hatte ihr aufmerksam zugehört und sich sorgfältig Notizen gemacht. Zu den multiplen Symptomen, dass die Taubheit sich verlagerte, aufhörte und dann an anderer Stelle wieder auftrat. Zu ihrem ständigen Harndrang, der Infektion im rechten Auge. Er räusperte sich.

»Ich befürchte, dass Sie MS haben.«

»MS …?« Hedwig hatte den Begriff schon gehört, er bezeichnete eine neurologische Krankheit, und soweit sie wusste, war sie chronisch, sogar tödlich.

»Aber ist das nicht …«

»Nun wollen wir nicht den Teufel an die Wand malen, Frau Lohmann. Es gibt noch vieles, über das Sie sich freuen können.«

»Aber Arzneien, es muss doch Arzneien geben …«

»Dagegen gibt es keine Medikamente«, unterbrach er sie, »es kann schlimmer, aber auch besser werden. Die Symptome können sich sogar völlig geben, um später möglicherweise wieder aufzutreten. Aber es gibt keine Behandlung dagegen. Aber die Welt dort draußen hat immer noch schöne Seiten, Frau Lohmann.«

Hedwig sah, wie sein Mund sich bewegte. Sie betrachtete seine Zähne. Die Zähne im Unterkiefer waren makellos, sein Kinn bewegte sich beim Reden auf und ab. Seine Stimme kam und ging.

Hedwig blinzelte ein paarmal. Das können nicht seine eigenen Zähne sein, dachte sie zuerst. Erschöpfung, dachte sie dann. Ich bin einfach nur entsetzlich müde. Wenn ich nur aufs Land hinauskäme und …

»Und um die Sprache darauf zu bringen, ich muss Ihnen von Ihrem Vorhaben dringend abraten. Ich empfehle Ihnen, keine längeren Reisen zu unternehmen, überlegen Sie sich das genau, Frau Lohmann, Sie wissen ja nicht, wie es auf den Straßen zugeht. Seien Sie froh, hier in Berlin ein Dach über dem Kopf zu haben. Sie sollten jetzt einfach gut auf sich achtgeben, Frau Lohmann. Viel schlafen, an der frischen Luft spazieren gehen, sich nicht aufregen, ordentlich essen und …«

»Spazieren gehen!«, rief Hedwig aus. »In einer gepeinigten, verlogenen Stadt, die von Gespenstern bevölkert wird. Von apathischen Gestalten und Kriminellen. Spukgestalten und Pferdehändlern – alle versuchen sie, sich am Unglück zu bereichern, ich habe Berlin immer schon gehasst, habe schon immer …«

»Man merkt, dass Sie Schriftstellerin sind, Frau Lohmann, Sie drücken sich, gelinde gesagt, dramatisch aus, aber nun wollen wir nicht alle über ein und denselben Kamm scheren.«

Hedwig war sprachlos, was erlaubte er sich, wie konnte er sich ihr gegenüber so im Ton vergreifen, als wäre sie eine ungezogene Göre. Wusste er denn nicht, dass er Hedwig Lohmann vor sich hatte! Sie starrte ihn an. Er senkte den Blick und fuhr sich über die Stirn. Hedwig biss sich auf die Lippe. Die Reue schmeckte bitter. Wenn sie daran dachte, dass ihr Mädchen, ihr Schatz, bei Barbara, bei Barbara Rahn und diesem eingebildeten Typen hatte übernachten müssen, wollte sie am liebsten schreien.

»Wie gesagt«, fuhr er fort, »keine strapaziösen Reisen nach Brandenburg, davon rate ich entschieden ab. Die Krankheit kommt in Schüben, und es empfiehlt sich, immer medizinische Hilfe in der Nähe zu haben, falls es zu schlimm wird.«

Hedwig nickte. Sie konnte für sich selber denken, als wüsste *sie* nicht, was gut für *sie* wäre.

»Und was Ihre Tochter betrifft, versuchen Sie am besten zu vergessen.« Er erhob sich und reichte ihr die Hand.

»Sie werden nicht gesünder, wenn Sie sich an eine unmögliche Hoffnung klammern. Über eine Million Menschen sind in diesen Lagern hingerichtet worden. Das ist unfassbar, zutiefst tragisch, mir fehlen die Worte dafür. Aber das ist die Wahrheit. Auch für Sie. Auch wenn Sie eine schwere Zeit vor sich haben werden, Sie können nur vergessen und loslassen. Schuld für das, was geschehen ist, auf sich zu nehmen, führt nirgendwohin. Wir haben alle in Furcht gelebt und sind manipuliert worden. Vergessen Sie nie, Frau Lohmann, dass Sie selbst ein Opfer waren.«

UPPSALA 1984

Sich zu erinnern macht keinen Spaß. Die meisten Menschen scheinen der Ansicht zu sein, dass es besser ist, zu vergessen. Aber manche Erinnerungen lassen einen einfach nicht los. Wie die Erinnerung an das kleine Mädchen mit den Schwefelhölzern, das einfach nicht aufgibt. Ja, manche Erinnerungen sind genau so beharrlich wie sie, die frierend da draußen im Schnee steht. Ich aber knalle die Tür zu. Du kommst hier nicht rein!, denke ich. Steh ruhig mit deinen Streichhölzern da und starr mich finster an.

Trotzdem kann ich es nicht lassen, hinter den Gardinen hervorzuspähen und sie anzusehen. Es ist ein trauriger Anblick. Ihr läuft die Nase, und sie friert so sehr, dass ihr die Knie schlottern. Man bekommt richtig Bauchweh davon. Nicht wegen der Unmenge an Gans und Eisschokolade, die man in sich hineingestopft hat, sondern davon, dass sie die ganze Zeit dort steht, im Schnee, und sich bald nicht mehr warm halten kann. Bald sind die Schwefelhölzer aufgebraucht. Und dann bleibt einem nichts anderes übrig, als sie hereinzubitten. Wenn man kein abgrundtief böser Mensch ist, muss man das. Ich will nicht böse sein, also bitte ich sie herein. Die Eiszapfen fangen an zu tropfen. Plötzlich steht die Erinnerung im Flur und schmilzt. Auf dem Teppich bildet sich eine kleine Wasserlache. Da reiche ich ihr eine Decke, und sie erzählt.

Erzählt davon, wie es war, als sie ins Krankenhaus musste.

Eigentlich ist daran nichts Dramatisches. Eine Erinnerung, die man schnell wieder vergessen sollte. Alle anderen scheinen so etwas vergessen zu können.

Psychodoc sagt beinahe streng, dass uns alle anderen heute mal egal sein sollen und wir uns stattdessen anhören, was sie zu sagen hat. Trotzdem finde ich, dass das eine seltsame Erinnerung ist. Denn dem kleinen Mädchen will ja niemand wehtun, es fließt kein Blut, sie muss nicht operiert werden und kriegt noch nicht mal eine winzige Spritze. Aber sie muss da liegen. Und sich vor den anderen zur Schau stellen.

Während elf angehende Ärzte in ihren weißen Röcken und mit Kugelschreibern in den Taschen um sie herumstehen. Einer klickt mit seinem – klick-klick, klick-klick. Die anderen schauen sie nur an – mit ihren Augen.

Für alle, die nicht schon selbst darauf gekommen sind, muss ich jetzt etwas *klarstellen*, die Rede ist von mir. Ich habe nur eine andere *Perspektive* eingenommen.

Psychodoc kennt sich mit Perspektivwechseln aus, das ist ganz klar ein Teil ihrer Arbeit, ein *bedeutender* Teil – dass sie nachempfinden kann, was ich fühle. So wie sie sich gibt, zeigt sie mir, wie auch ich mich geben kann. Das klingt ein bisschen merkwürdig, aber es funktioniert. Deshalb glaubt sie auch an die *Kultur*, als eine Möglichkeit, sich in andere Rollen hineinzuversetzen und in die Schuhe eines anderen zu schlüpfen. Wenn wir das nicht lernen würden, wenn wir keine Bücher lesen und uns Kunst anschauen würden, verlören wir die Fähigkeit, unsere Phantasie spielenzulassen, und das sei eine Gefahr für unsere Gesellschaft, sagt sie. Das hat sie allerdings nicht heute gesagt. Heute, als ich dabei bin, ihr von der Erinnerung mit den Schwefelhölzern zu erzählen, ist sie auf dem Ohr taub. Sie will, dass ich *von mir* erzähle, dass ich klar sage, dass ich es war, die im Krankenhaus gelegen hat – und kein kleines Mädchen aus H. C. Andersens Märchen.

Mein erster Impuls ist, sie zu bitten, ein neues Indianerzelt zu bauen, aber das tue ich nicht, weil ich weiß, dass das kindisch war und sie das nur am Anfang gemacht hat.

Also fange ich an zu erzählen. Es fällt mir erst schwer, als ich zum Ende komme. Anfangs ist es wirklich nur so, als hätte ich eine andere Perspektive eingenommen. Elf Ärzte stehen da und schauen. Schauen *auf mich*. Und meine elf Haarsträhnen.

Es sind wie erwähnt elf angehende Ärzte, und ich habe elf Haarsträhnen. Also für jeden eine. Wenn man so denken will. Das tue ich *natürlich*. Auch wenn ich nicht bestimmen darf, was ich denken soll, wenn ich im Krankenhaus liege. Das ist schließlich der Punkt, kein Patient soll selber denken, sondern das sollen elf andere für einen übernehmen.

Ich denke trotzdem. Denke, dass ich nicht verstehe, weshalb ich meine Unterhose nicht anbehalten darf. Wenn sie doch sowieso nur das *Orthopädische* interessiert.

Es sind viele Ärzte, und ich bin allein. Ohne Pulli. Ohne Unterhose. Nur ich bin da. Und die Lampen an der Decke.

Bevor ich mich auf eine Liege legen soll, muss ich stehen. Zuerst auf dem einen Bein, dann auf dem anderen. Und der älteste Arzt, der Dorfhäuptling, zeichnet mit einem kalten Stift meinen Rücken nach und redet Latein. Weh tut es nicht.

Dann soll ich mich vorbeugen. Auch das tut nicht weh. Das ist beinahe schön, denn jetzt bin ich nicht mehr zu sehen. Ich meine, mein Gesicht ist nicht mehr zu sehen. Alles ist *relativ*.

Dann soll ich gehen. Hin. Und her. Ohne Unterhose. Das tut auch nicht weh. Aber ich kann mich nicht entscheiden, ob ich grazil wie eine Ballerina am Bolschoitheater oder schwankend wie ein Besoffener auf dem Marktplatz von Uppsala gehen soll.

Stell dich nicht so an, denke ich und gehe wie ein Hund aus Griechenland, wie einer, der im Zweiten Weltkrieg ein Bein verloren hat.

Ich gehe und gehe, ohne aufzumucken. Habe allerdings wegen des Pullis protestiert, bevor ich das Untersuchungszimmer betreten habe. Der hatte schließlich nichts mit dem *Orthopädischen* zu tun. Wenn mit den Beinen etwas falsch ist, muss man ja wohl nicht seine Brust zeigen, finde ich. Aber ich habe keine Chance. Sie finden, dass ich sehr wohl meine Brust zeigen soll, weil sie meinen ganzen Rücken ansehen wollen – mit ihren Augen.

»Alle sind nackt im Krankenhaus«, sagt die Krankenschwester. »Und niemand außer dir interessiert sich für deine Brust.«

Ich bin stinkig, ich bin wütend, ich muss aufs Klo, und ich hasse alle nackten Menschen im Krankenhaus, die ihre Brust nicht interessiert.

Dazuliegen ist das Schlimmste. In dem Moment schwebe ich hoch zur Lampe und sehe mich mit ihren Augen. Die mich endlos anstarren. An meinen Gliedern ziehen und sie beugen. Das ist eine weitere Perspektive, die man einnehmen kann, wenn auch keine besonders bequeme, aber die einzig mögliche.

Dann ist es vorbei. Ruck, zuck. Wie ich schon sagte: kein Blut, keine Sauerstoffmaske, nicht einmal eine winzige Spritze.

Ich darf hinter einen Vorhang gehen und mich wieder anziehen.

Eine Haarsträhne von mir muss im Untersuchungszimmer zurückgeblieben sein. Als ich sie zähle, sind es nur noch zehn. Aber ich werde bestimmt nicht zurückgehen und nach ihr suchen, *nur über meine Leiche.*

Nachdem ich alles erzählt habe, schweigen wir gemeinsam, Psychodoc und ich. Jetzt muss sie etwas sagen. Ich kann mich ein bisschen erholen. Und den Teppich, das Bild und die Uhr ansehen.

Da fragt sie mich, wie ich heute darüber denke. Und warum ich die Erinnerung mit den Schwefelhölzern erst heute hereingebeten habe.

Ich betrachte noch einmal die Uhr, den Teppich und das Bild, und dann sage ich den schwersten Satz, den ich jemals gesagt habe. Ich sage: »Ich hätte mir so sehr gewünscht, dass sie bei mir gewesen wäre. Ich hätte so gerne meine Mutter bei mir gehabt.«

BLIDHOLMEN 2005

Karl Erik vergrub sich in seinen Papieren, und Ingrid atmete auf. Seine neuen Medikamente hatten das Zittern gelindert, und sein Gleichgewichtssinn hatte sich gebessert. Er konnte weitere Strecken gehen, ohne mit dem Unterschenkel zu schlenkern. Es ging langsam, immer noch schleppend, aber es ging. Und er stellte keine Bücher mehr in den Kühlschrank. Bot ihr jeden Tag an, die Post beim Kaufmann abzuholen. Die Bewegung tue ihm gut, sagte er. Ingrid wusste nicht, ob sie lachen oder weinen sollte. Aber sie wusste, dass er stundenlang fort sein würde.

Sie summte weiter vor sich hin, hörte selbst, dass sie wie Fahrstuhlmusik klang, die einfach nicht aufhören wollte. Sie war müde, schlief schlecht. Eigentlich brauchte sie Hilfe. *Sie beide* brauchten Hilfe. Aber keine zwanzigjährige Walküre, wie Karl Erik die jungen Frauen vom Pflegedienst nannte, sondern eine Haushälterin, eine gestandene Frau, die die Stellung hielt, bis es Zeit war, Blidholmen zu verlassen. Denn das hatte er doch wohl begriffen, dass es bald so weit war? Oder sollte sie allein ihre Koffer packen? Und für wie lange?

Ingrid ging in die Küche und blieb stehen. Versuchte sich daran zu erinnern, wie viele Küchen sie schon gehabt hatten. Die kleine im Studentenwohnheim in Uppsala, in der kein Kupfergeschirr über dem Herd gehangen hatte, keine Sträuße mit Sommerblumen im Fenster gestanden hatten. Sie erinnerte sich noch an die Lüftungsklappen und die Fettschicht, die alle Griffe und das Wachstuch überzog, wie es unter den Sohlen knirschte, wenn man morgens in die Küche kam. Sie stellte fest, dass sie in drei Wohnungen der Kirche und in zwei Pfarrhöfen gewohnt hatten. Aber dieses Haus war die Krönung. Es hatte den schönsten Ausblick, auf die Fliederlaube, auf Obstbäume, den Glockenturm und den Kiesweg. Rundherum das Meer, die Kirche mitten im Dorf. Sie hatte karierte Gardinen nähen lassen, hellblau karierte, aus demselben Stoff wie die Kissen auf der Küchenbank. Und auf dem Sims der Dunstabzugshaube stand ein Foto der ganzen Familie. Es war am Tag von Tomas' Abiturfeier aufgenommen worden, Markus starrte wie üblich in eine andere Richtung, während Birgitta einen Flunsch zog.

Tomas, der der Ansicht war, dass sie sich einen Hund zulegen sollten, dass ein Hund seinem Vater guttäte. Ingrid hatte so getan, als verstünde sie nicht, worauf er hinauswollte. Ihr Privatleben und ihre Entscheidungen waren nicht Sache der Kinder. Aber Birgitta hatte ausgesprochen, was Ingrid gedacht hatte: »Spinnst du? Das mit Papa ist doch nur noch eine Frage der Zeit, und Mama hat sowieso schon genug zu tun!«

Aber Tomas hatte nicht nachgegeben. Und da hatte Ingrid begriffen, was er eigentlich bezweckte. Ein Hund für Papa, damit *sie* nicht so allein sein würde … später.

Ingrid seufzte. Sie waren geschmacklos, ihre Kinder. Wie hatten sie sich das bloß vorgestellt? Hallo, Mama, hier hast du einen Hund, *als Ersatz für Papa*.

Sie ging auf die Terrasse, setzte sich in einen Liegestuhl und sog den üppigen, frühsommerlichen Duft ein. Sie sah auf ihre Armbanduhr; sie hatte sie zur Verlobung von Karl Erik geschenkt bekommen und nie eine andere getragen. Einmal hatte sie ihn gefragt, als sie auf seiner Bettkante saß, wie er sich den Himmel vorstellte, was wäre, wenn ein Ehepartner stürbe und man vielleicht noch einmal heiratete, mit wem wäre man dann verheiratet, wenn man in den Himmel käme?

Er hatte erwidert, dass es im Himmel keine Ehen gebe. Und sie geküsst. Jetzt saß sie da und fragte sich, ob er den Mut hätte, das von der Kanzel zu verkünden. Oder ob das eine Weisheit für *the happy few* am familiären Esstisch gewesen war. *Im Himmel gibt es keine Ehen.*

Als sie aufwachte, war er zurück. Bester Laune. Sie unterdrückte den Impuls, ihn auszufragen. Er stand im Gegenlicht, sodass sie seinen Gesichtsausdruck nicht richtig erkennen konnte. Es war schließlich nichts passiert. Das hatte er hundertmal beteuert. Aber dass sie sich trafen, verheimlichte er ihr nicht.

»Schläfst du mit ihr?« Sie wusste nicht, woher die Worte gekommen waren, aber plötzlich hatte sie sie ausgesprochen.

Er starrte sie an, antwortete: »Sie hat mich verhext, Ingrid.«

Das war keine Antwort. Aber er leugnete es nicht. Sie erhob sich von der Sonnenliege, stellte links und rechts davon ein Bein auf den Boden und beugte sich vor. Er hielt ein Glas Saft in der Hand, das er auf dem Holzdeck abstellte, bevor er sich ihr gegenübersetzte. (Na also, immerhin läuft er nicht weg und versteckt sich.)

Ingrid entschied sich, einen letzten Versuch zu unternehmen. Einen allerletzten Versuch.

»Du bist ihr Seelsorger, Karl Erik. Du hast eine Verantwortung. Auch in deinem Beruf gibt es Grenzen. Du machst dich strafbar, wenn du eine Konfitentin verführst. Du hast doch selbst gesagt, dass sie labil zu sein scheint. Wer weiß, vielleicht leidet sie unter einer bipolaren Störung oder ist sogar Borderlinerin. Dann hast du keine Chance.«

Er schnappte nach Luft, aber Ingrid ließ ihn nicht zu Wort

kommen, sondern fuhr fort: »Ich mache mir Sorgen, um dich, um uns, ich weiß, dass du ein ausgezeichneter Pfarrer bist, aber das kann ernste Folgen haben; ich bin nicht eifersüchtig, ich sage das aus Sorge – aus Sorge um dich. Um uns. Wenn die Leute herausbekommen, dass …«

Er hob die Hand. Sie verstummte.

»Ich werde ein Buch schreiben«, sagte er. »Hanna sagt, dass ich …«

Er hatte ihr nicht zugehört, und Ingrid war verunsichert, einen flüchtigen Moment zweifelte sie an ihrem Gedächtnis, hatte er neulich nicht erst gesagt, Hanna sei das Böse selbst? Doch, das hatte er. Ingrid musterte ihn, sein Gesicht rötete sich, aber nicht so, als bekäme er einen Herzinfarkt, sondern er wurde rot vor Eifer.

Hanna sagt, dass ich ein Buch schreiben soll.

Er streckte ihr seine Hand entgegen. Ingrid zog ihre demonstrativ weg, tat noch nicht mal so, als wollte sie etwas wegräumen.

»Geliebte Ingrid, es hat Momente gegeben, in denen ich wirklich an meinem Pfaffendasein gezweifelt habe.«

Ingrid stöhnte auf. »Das haben wir doch alles schon einmal diskutiert, Karl Erik, das ist doch Schnee von vorgestern.«

»Nein, warte, lass mich erklären.«

Sie holte tief Luft. »Gut, Karl Erik. Du hast also an Gott gezweifelt. Sonst noch was?«

»Nein, nie an Gott.«

»Woran dann?«

Er tastete nach seiner Pfeife, steckte sie in den Mund, ohne sie anzuzünden. Wie einen Schnuller, als würde er am Daumen nuckeln, dachte sie.

»An den Menschen, Ingrid, und das ist viel schlimmer.«

»Wieso schlimmer?«

»Man braucht die Menschen. Braucht ihre Göttlichkeit.«

Ingrid rutschte hin und her. Sie war sich nicht sicher, ob sie wissen wollte, was das mit Hanna zu tun hatte. Sie wollte hören, ob sie miteinander schliefen, denn in dem Fall … ja, in dem Fall würde sie das nächste Schiff in die Stadt nehmen und …

»Manchmal frage ich mich, was die Menschen sagen, wenn ich nicht dabei bin. Was ich nie zu hören bekomme, weil sie glauben, dass der Pfarrer die Geheimpolizei Gottes oder eine Petze ist. Es macht mich traurig, dass sie kein Vertrauen in mich als Mensch haben.«

»Darüber haben wir auch schon gesprochen.«

»Was meinst du?« Er wirkte verwirrt.

»Dass die Menschen in deiner Gegenwart ihre Worte genau abwägen.«

»Ja, Ingrid, das tun sie. Sie bitten immer um Verzeihung, wenn sie fluchen, ihr Blick irrt umher, wenn sie von ihren Schwächen sprechen, und es hat mich so oft enttäuscht, dass sie nicht mit *mir*, sondern mit ihrem Pfarrer gesprochen haben. Man sinkt dann gleichsam in sich zusammen, kommt sich vor wie eine leere Hülle. Als würde man gar nicht existieren.«

»Aber das kann man nicht genau wissen. Man kann nicht alles lesen, was zwischen den Zeilen geschrieben steht. Man muss die Leute beim Wort nehmen. Und jetzt sag mir, was Hanna damit zu tun hat.«

»Hanna …« Du liebe Zeit, wie er strahlte, wenn er ihren Namen nannte. Ingrid ekelte sich.

»Hanna hat keine Angst vor mir. Sie wägt ihre Worte nicht ab. Sie ist als Einzige ehrlich zu mir. Hanna wagt es, alles aufs Spiel zu setzen.«

Ja, das kann man wohl sagen!, dachte Ingrid und ließ ihn weiterreden. Schließlich hatte sie von ihm erfahren wollen, wie es kam, dass sie selbst zu einem lästigen Anhängsel geworden war.

»Alles aufs Spiel zu setzen, das bewundere ich.« Du verfluchter Idiot, dachte Ingrid und schwieg.

»Künstler«, fuhr er fort, »Künstler sind wie Goldgräber, sitzen wie die Goldgräber an ihrem Fluss.« Er lachte. »Wie Goldgräber waschen sie Steine, während alle anderen sie für verrückt halten. Bis sie etwas finden, gelten sie als verrückt, aber wenn das Gold vor ihnen liegt, müssen die anderen schlucken. Da scheinen sie plötzlich zu begreifen. Zu begreifen, worum es geht.«

Sie nickte. Schluckte und nickte.

»Alle können schreiben, Ingrid, alle können predigen oder malen, aber alles zu riskieren, sich darauf gefasst zu machen, ausgelacht oder in den Himmel gehoben zu werden, einer Sache zu entsagen und seinem Tun in der Öffentlichkeit nachzugehen, ohne Sicherheit, ohne Monatslohn oder eine Rente, das tun nur Künstler.«

»Na ja, du steht doch auch in der Öffentlichkeit, genau wie du gesagt hast, und …«

»Ja, einerseits, andererseits aber wiederum auch nicht, ich treibe nicht alles auf die Spitze, ich wage mich nicht bis an den Ort vor, an dem alles umkippen könnte.«

»Was kann umkippen? Erkläre mir das jetzt genau, Karl Erik – was kann kippen?«

»Das, was man gewagt hat. Was man riskiert.«

Er sah sie an, sah nicht auf ihre Nasenwurzel, wie er es ihr beigebracht hatte, wenn man Gründe dafür hat, dem Blick des anderen nicht begegnen zu wollen, sondern sah ihr direkt in die Augen.

»Das ist, wie wenn man ein Bier zu viel trinkt«, sprach er weiter, »man weiß, dass zwei reichen, um angenehm beschwipst zu sein, trotzdem trinkt man noch ein drittes, denn dann könnte etwas geschehen, könnte etwas kaputtgehen, etwas Neues hinzukommen. Destruktion gehört zum Leben, es zu wagen, seine Gedanken zu verwerfen; die Zerstörung ist wichtig, es ist wichtig, extrem persönlich zu werden, wenn man zu viel getrunken hat oder etwas geschrieben hat, *aus dem etwas werden könnte*, etwas, das auch andere Menschen betrifft. So ist das. Wir lernen aus unseren Fehlern, nicht aus unseren Erfolgen. Sich hinzustellen und sich dem Urteil der anderen auszusetzen ist bewundernswert. Weil es mutig ist. Und das, ohne Geld für die Miete zu haben. Kunst bedeutet Risiko. Alles andere ist nur ein Hobby. Stimmst du mir da zu?«

»Und das hat Hanna dir beigebracht?«

»Ich habe mich immer schon gefragt, was manche Menschen dazu bewegt, sich mit dem Unklaren herumzuplagen, wenn sie ebenso gut Klempner oder Zahnarzt hätten werden können, jemand, der konkrete Probleme löst und sich nicht um Miete, Versicherungen, seine Absicherung sorgen muss. Ich habe mich schon häufig gefragt, warum manche Menschen sich das trauen. Und andere nicht.«

»Aber du hast doch …«

»Und ich glaube, dass Künstler wissen, dass Hanna weiß, dass ihr Zweifeln sie zu der macht, die sie ist. Und dass das eine beängstigende Erfahrung ist. Aber zugleich die einzige. Wer nicht zweifelt …«

»Aber du hast dich doch selbst für so einen Weg entschieden, hast gerade noch gesagt, dass du auch zweifelst und dass …«

Ingrid hörte selbst, wie hoffnungslos sie klang, wie sie völlig aneinander vorbeiredeten. Sie war sich nicht sicher, ob sie überhaupt begriff, was er sagte, oder ob sie einfach kein verfluchtes Wort mehr über Hannas Mut, die Kunst und die Destruktivität hören wollte. Er war lächerlich mit seinem Pathos.

»Schon, aber ich bin ein armer Tropf, weil ich Angst habe.«

»Wovor hast du Angst?«

»Künstler haben keine Angst vor dem, was von dem Normalen

abweicht. Hanna streitet nie darüber, was richtig oder falsch ist, sie braucht keine Antworten. Sie scheint nur an einem von unzähligen Fäden zu ziehen, und plötzlich ist das Bild ein anderes. Sie möchte, dass es komplex ist. Im Unterschied zu uns …«, er räusperte sich, als bereue er, es ausgesprochen zu haben, »zum Beispiel wir beide, Ingrid, wir haben es nie geschafft, so zu denken, wir haben komplizierte Antworten gesucht. Aber zwischen komplex und kompliziert besteht ein bedeutender Unterschied.«

»Ich weiß nicht, ob ich dir da zustimmen kann.« Ingrid wusste nicht, was sie sagen sollte, ihr Mund war trocken. Das also impfte diese Hanna ihm ein, wenn er ihre Seele umsorgte oder beim Kaufmann die Zeitung holte.

»Der Künstler wagt das, was wir, wie ich glaube, alle in uns tragen.«

»Und was ist das?«

»Den eigenen Ausdruck nicht zu kultivieren.«

Oh my God. Das war wahrlich keine leichtverdauliche Predigt. Sie wollte ihm ins Gesicht lachen. Wollte die Tür hinter sich zuknallen, ihn schlagen. Es machte es nicht leichter, dass er seinen kleinen Vortrag mit den Worten schloss, »ich habe Angst, Ingrid, ich habe Angst, weil ich mich nie etwas Bedeutendes getraut habe«.

Er stand auf, ging in sein Arbeitszimmer. Ingrid blieb sitzen. Und spürte, wie etwas in ihr anschwoll. Wie etwas von früher Vertrautes, Gewaltiges, das aus ihr herausbrechen wollte.

Sie erhob sich, ging ihm nach, klopfte an seine Tür und drückte die Klinke herunter, noch bevor er sie hereinbat. Er saß vor dem Computer. Drehte sich nicht um, als sie mit ihm sprach.

»Ich möchte dich warnen, Karl Erik. Eines Tages bist du sie leid oder sie dich. Du musst damit rechnen, dass der Tag kommen könnte, an dem sie etwas über diese ganze Geschichte schreiben und dich als einen dreckigen alten Pfarrer hinstellen wird, der sie ausgenutzt hat. Möchtest du, dass man dich so in Erinnerung behält? Als den Pfarrer von Blidholmen, der sich an seiner Schutzbefohlenen vergriffen hat?«

Sie verstummte. Und wartete ab. Er antwortete nicht.

Beugte sich nur über den Computer und schrieb. Und sie sah, wie seine Finger, diese alten Hände, auf denen die Adern hervortraten, geradezu über die Tastatur flogen.

UPPSALA 1984

Das Spiel nimmt immer klarere Formen an. Ich habe Herzen, Kreuze und Ständer aus Fimo geknetet, das Spielbrett bemalt, habe Erinnerungen festgehalten und von Totempfählen geschrieben. Und mir ist klargeworden, dass noch eine Sorte Karten im Spielkarton fehlt – Wutkarten.

Psychodoc ist erkältet. Eine Runde aussetzen.

Psychodoc hat drei Wochen Weihnachtsferien, hat das Telefon ausgestöpselt und verputzt an einem geheimen Ort ihren Weihnachtsschinken. Drei Runden aussetzen.

Psychodoc macht eine Weiterbildung in London. Eine Runde aussetzen.

Psychodoc besucht noch mehr Weiterbildungen in Scheißlondon. Noch eine Runde aussetzen.

Psychodoc hat Sommerferien. Sie muss sich erholen. Zurück auf »Chaos«. Sechs Runden aussetzen.Wenn man keine Psychotherapeutin hat, kommt einem das vielleicht ein bisschen übertrieben vor, aber das Aussetzen ist ein wichtiger Teil des Spiels.

Wenn ich sie ansehe, gehen mir manchmal seltsame Dinge durch den Kopf. *Kürzlich* dachte ich: Was wäre, wenn – ja, wenn Psychodoc meine große Liebe wäre?

Soll man dann ein Kreuz nehmen? Oder womöglich ein Herz?

Oder braucht man einen Ständer, wenn man allmählich flügge wird und in die Welt hinauszieht?

Ich denke immer noch über das Ziel nach. Was wollen wir erreichen, wann kann man aufhören zu spielen – oder wie in diesem Fall, *in übertragenem Sinne*, wann ist man am Ziel seines Lebens angekommen? Man braucht doch eine Richtungsangabe, damit man weiß, wohin man steuern muss.

Nachdem ich die Menschen eine Zeitlang sorgfältig studiert habe, habe ich mir folgende Zielkarten ausgedacht:

Die grüne: Herzlichen Glückwunsch! Aus dir ist ein ausgesprochen glücklicher Zeitgenosse geworden. Deine wichtigsten Träume sind in Erfüllung gegangen. Du fährst ein schönes Auto, wählst eine gemäßigte Partei, hast genug Kinder und Arbeit. Du kennst deine Grenzen und planst, ein Buch über dein aufregendes Leben zu schreiben, wenn du in Rente gehst. Du bist am Ziel!

Die blaue: Aus dir ist ein gottesfürchtiger, versöhnlicher, harmoniesüchtiger Idiot geworden. Glückwunsch! Von nun an überlässt du es anderen, Entscheidungen für dich zu treffen. Mit einem Lächeln auf den Lippen pflanzt du Stecklinge, singst im Chor, und in deinem Lesekreis ist jemand, der Agnetha Fältskog von ABBA kennt. Du weißt, dass der Prinz dich auch in Marimekko-Kleidern findet und … tja – du bist am Ziel. Nochmals herzlichen Glückwunsch!

Die graue: Diese Zielkarte bekommen Spieler, denen mitten im Spiel das Geld ausgegangen ist. Vielleicht hast du deine Therapiestunden im Nistkasten nicht richtig ausgenutzt, vielleicht hast du auf einen Therapeuten mit falscher Fachrichtung gesetzt. Das ist bedauerlich. Aber wenn du eine Bank am Norrmalmstorg ausraubst, im Supermarkt auf den Boden pinkelst, eine Elfjährige vergewaltigst oder dem König mit einer Bombe drohst, gibt's neues Geld. Beim nächsten Mal ist alles umsonst!

Die rote: Aus dir ist ein freier Mensch geworden. Herzlichen Glückwunsch! Du kannst jetzt nackt auf dem Dach sitzen und die Nachbarn mit Tannenzapfen bewerfen. Niemand kann dir noch etwas anhaben. Leg dich mit einer Flasche Wodka in der U-Bahn in den Schlafsack oder zieh dir ein paar Springerstiefel an und skandiere Parolen auf einer Demonstration. Von nun an brauchst du dir über Beziehungen keine Gedanken mehr zu machen. Weder über zukünftige noch vergangene. Tu einfach nur das, was dir gefällt. Schieb anderen die Schuld in die Schuhe. Du brauchst das Spiel nicht mehr. Du bist am Ziel.

Die lilafarbene: Du bist am Ziel … gewissermaßen. Es könnte vielleicht nicht schaden, noch ein bisschen weiterzuspielen. Das Spiel lässt sich problemlos noch ein paar Mal wiederholen. Für manche Spieler ist das nun einmal so, es dauert einfach etwas länger. Zu verstehen, zu fühlen, zu wagen. Es geht schließlich nicht darum, zu gewinnen. Es geht darum, zu kämpfen. Das ist alle Mühe wert.

So läuft das Spiel. Vielleicht kommst du ja weiter, wenn du einen Journalisten anrufst, der weiß, wie sich aus Selbstmordplänen Gewinn ziehen lässt.

Viel Glück. Du hast dich wacker geschlagen … gewissermaßen.

Die gelbe: Du bist am Ziel. Dies ist die Möglichkeitskarte. Glückwunsch. Du kannst alles in sie hineinlesen, was du willst.

Und solltest du von allen Mitspielern als erster ins Ziel gekommen sein, weil du es am schnellsten geschafft hast und von allen am wenigsten Zeit im Nistkasten verbracht hast, kannst du eine Zulassung kriegen.

Alternativ kannst du dich jetzt auch Guru nennen und reich werden, indem du allen armen Teufeln das Blut aussaugst. Denk einfach positiv, und schon geht's dir gut! Sag es. Wiederhol es. Sei oberflächlich. Mach Kohle und kauf dir ein Hotel.

III

BERLIN – BRANDENBURG 1945

Hedwig wartete, bis das, was Doktor Bauer Schub genannt hatte, vorbeigehen würde. Sie lag im Bett und spürte, wie das Taubheitsgefühl durch ihren Körper wanderte, vom Arm ins Bein und wieder zurück in den Arm. Mitten in der Nacht wachte sie auf, weil sie einen Wadenkrampf bekam. Zuerst war ihr das Gefühl beinahe vertraut, so wie in ihrer Kindheit, als es gereicht hatte, aufzustehen und den Fuß gegen den Boden zu stemmen, nur um sich dann in einen garstigen, harten Muskelkrampf auszuwachsen. Sie konnte nicht einmal mehr aufstehen, nichts half. Der Krampf hatte sich wie eine Klaue in ihre Wade gekrallt. Presste sich in den Muskel und zerrte an den Sehnen. Verdrehte sie bis zum Äußersten. Hedwig biss ins Kissen. Manchmal half Brom, manchmal Schnaps, aber meistens half nur Schlaf. Überall pochte es, in den Handgelenken, im Nacken, zwischen den Beinen, und ihre Schultern überlief es kalt. Nein, ganz Hedwig überlief es kalt, sodass sie zitterte. Dann klangen die Symptome ab, und Hedwig konnte ihre Betttücher waschen. Auf zitternden Beinen spülte sie sie in einer dunkelbraunen, nach Karbol riechenden Flüssigkeit aus, einen Fingerhut davon in den Eimer, und der Uringeruch verschwand. Sie hängte die Laken aus dem Küchenfenster, wo sie innerhalb weniger Stunden trockneten.

Lysol war teuer, aber unentbehrlich. »Falls sich jemand an Ihnen vergreifen sollte, da sei Gott vor, müssen Sie anschließend Ihre Scheide damit spülen«, hatte Frau Winkler gesagt. »Penicillin kostet auf der Schwarzen Börse ein Jahresgehalt. Wenn es bei uns nach Lysol riecht, denken die Russen, wir hätten Typhus, und lassen uns in Ruhe.« Frau Winkler schrubbte und schwätzte nebenan: Erzählte von Lysol und den Amerikanern, davon, dass Stalin ebenfalls in Potsdam eingetroffen sei und dass die feinen Leute im Grunewald ihre Hunde verspeisten. Hedwig döste betäubt vor sich hin.

Aus Frau Müllers Kammer drang immer noch röchelnder Husten herüber. Hedwig faltete unter der Decke die Hände. Leise, ganz leise betete sie zu Gott, der sie niemals verlassen würde. »Behüte mich wie den Augapfel im Auge, birg mich in dem Schatten deiner Flügel.«

Es war Ende Juli, und brennende Hitze lag über den Straßen Berlins. Die Häuserdächer glänzten wie nach einem Regenguss. Während die Zigaretten, die Hedwig für ihre Schreibmaschine erhalten hatte, weniger wurden, brachte Frau Winkler Hedwig Eimer voll frischen Wassers von der Pumpe, all die Treppen hinauf und herunter, aber Hedwig bat sie nie darum, auf den Anschlagbrettern nachzusehen, ob es Nachricht von dem Mädchen gab. Ob dort endlich ein Zettel hing: *Wo bist du, Mama?* Hedwig brachte es nicht über sich, Frau Winkler darum zu bitten, einen Blick auf die Tafeln zu werfen, konnte die Frage nicht stellen, um dann diesem Blick zu begegnen, diesem Blick, in dem immer ein leiser Vorwurf zu stehen schien:

So, so, das Mädchen. Hätte man nicht schon früher einen Gedanken an sie verschwenden sollen?

In ihren Träumen kam das Mädchen zu Hedwig und kroch in ihre Arme. Sie war bildschön. Tränen hingen wie Glasscherben glitzernd in ihren Wimpern. Als Hedwig wach wurde, dachte sie, wir sind uns niemals näher als in jenem Moment gewesen. Als das Mädchen die Papiere unterzeichnet hat, war sie Gott näher, als ich es jemals sein werde. Sie hat mich gerettet. Wir sind auf ewig miteinander verbunden. Mein Wunderkind – das schon, bevor es sprechen konnte, so stoisch meinen Geschichten gelauscht hat – hat überlebt. Das hat sie von mir gelernt. Was ich geben konnte, habe ich gegeben. Ich bin stolz auf sie. Sie lebt. Die Hoffnung stirbt zuletzt.

Das sagte Hedwig sich auch, als sie die Wohnung wieder verlassen konnte, doch als sie es aussprach, wusste sie, dass es eine Lüge war. Nein, der Hunger stirbt zuletzt, dachte sie, als sie die Treppe hinunterging. Sie merkte, dass sie ihn verfluchte. Beinahe über sich selbst entsetzt, wurde ihr bewusst, dass sie, Hedwig Lohmann, die niemals fluchte, ihren Magen verfluchte, der wie ein verzogener Säugling schrie.

Doktor Bauer hatte recht behalten. MS hin oder her, dieser sogenannte Schub klang ab. Sie suchte ihre Lebensmittelkarten zusammen und zählte die Zigaretten, die ihr noch geblieben waren, dann machte sie sich auf den Weg zum Schwarzmarkt, stellte jedoch erleichtert fest, dass eines der Geschäfte im Viertel wieder geöffnet hatte. Auf der Straße davor schlängelte sich die Reihe der Wartenden in der Nachmittagssonne; Hedwig stellte sich dazu und fühlte, wie ihr der Schweiß den Rücken hinunterrann.

Hunger ist mächtiger als Angst, wurde ihr plötzlich bewusst. Wer richtig ausgehungert ist, spürt den Hunger nicht mehr in aggressiven Stichen, sondern als ein ewiges Bohren; ihr half es dann, von Essen zu phantasieren. Auf dem Land musste es doch mehr zu essen geben, dachte sie. Auch wenn Katarina behauptete, die Ernte sei erfroren, mussten die Bäume doch trotzdem Obst, Äpfel und Pflaumen, kleine graue Birnen tragen, musste es Kürbisse geben. Das Wasser lief ihr im Mund zusammen. Man hatte doch gewiss nicht die Felder bombardiert? Sie ballte die Hand in der Tasche ihres Kleides zur Faust und merkte, dass die Lebensmittelkarten vom Schweiß durchnässt waren. Himbeeren, wilde Himbeeren und Brombeeren …

Ihr summte der Kopf, sie gab ein Stöhnen von sich. Die Frau neben ihr stützte sie. Hedwig lächelte entschuldigend. Sie hatte wohl geschwankt, aber für ihre Krankheit konnte sie nichts.

»Danke«, sagte sie und richtete sich auf.

»Gestern«, flüsterte ihr die Frau zu und ließ ihren Arm wieder los, »gestern haben die, die zuerst da waren, sogar Butter ergattert.« Sie machte eine Kunstpause. Hedwig hätte fast laut ausgerufen *Butter!*, biss sich aber auf die Lippe.

»Ja, wahrhaftig …« Die Frau befühlte ihr Portemonnaie, und plötzlich rieselten gelbe Blumen vor Hedwigs innerem Auge hinab. Butter! Konnte das wahr sein?

Als sie endlich an die Reihe kamen, waren die Kisten gähnend leer, sie konnte nur noch ein paar schimmelige, schwarze Kartoffeln ergattern. Den letzten Kohlstrunk. Sie kaufte alles. Und eilte die Straße hinab, wollte nicht den Wartenden in die Augen sehen, die mit leeren Händen in der Schlange zurückbleiben würden.

Jetzt war es so weit. Nach einigen Wochen ging es Hedwig besser, sie packte ihre Reisetasche und verabschiedete sich von Frau Müller, die schon einen neuen Mieter für den Verschlag hinter der Bretterwand besorgt hatte. Einen Soldaten, der sich in regelmäßigen Abständen die Faust gegen die Stirn schlug und Unverständliches vor sich hin murmelte. Er stank aus dem Mund, und seine fettigen Haare hingen ihm wie bei einem Mädchen in die Stirn. Er würde nicht lange bleiben, wie Hedwig erfuhr. Er kam aus dem Norden, nicht weit von der dänischen Grenze, und wollte nach Glücksburg weiterreisen.

»Dann viel Glück«, sagte sie höflich zu ihm und winkte dem Mann zum Abschied zu, der sich erhob und die Hacken zusammenschlug wie ein Soldat im Krieg, ein Wahnsinniger.

»Der Jude, dieses verkapselte Stück Dynamit«, sagte er und schlug sich zur Abwechslung mit der Faust auf die Brust.

Hedwig drehte sich zu Frau Müller um.

»Es ist gefährlich auf den Straßen«, sagte diese. Hedwig nickte. »Aber es wird Ihnen gewiss jemand Gesellschaft leisten.« Hedwig nickte noch einmal, plötzlich ungeduldig. Wozu brauchte sie Gesellschaft?

»In den Zeitungen steht, dass es Millionen sind«, fuhr Frau Müller fort. »Man stelle sich vor, dass Millionen Menschen dort draußen umherziehen und nach etwas suchen, das es nicht mehr gibt. Das kann man sich kaum vorstellen, nicht?«

Hedwig wandte sich zur Tür, aber Frau Müllers Redeschwall riss nicht ab.

»Frau Lohmann …«

Hedwig blieb stehen. Sah, wie Frau Müller sich aufsetzte. Vom Bett stieg ein Geruch nach Schweiß und Putzmitteln auf. In Hedwigs Kammer hob erneut das Murmeln des Soldaten an. Hedwig brach schon jetzt der Schweiß aus, sie hatte sich zwei Kleider übereinander und zwei Strickjacken angezogen. Ein Zug würde sie aus der Stadt bringen; sie war sich nicht sicher, wo genau die französische Besatzungszone aufhörte und die russische begann, von dort aus würde sie vermutlich zu Fuß weitergehen müssen. Aber ihre Papiere hatte sie beisammen. Und Zigaretten im Strumpf. Sie drückte die Türklinke herunter. Wollte jetzt raus, fort. Aber Frau Müller ließ noch nicht von ihr ab. Unter großen Anstrengungen versuchte sie aufzustehen, um Hedwigs Hand zu schütteln.

»Frau Lohmann, ich muss Sie fragen …«

Frau Müllers Hand war kalt und feucht von Schweiß. Hedwig hätte sich am liebsten die Hand am Kleid abgewischt.

»… falls das Mädchen doch noch auftaucht … Was soll ich ihr sagen, wenn sie fragt, wo Sie sind?«

Hedwig hielt mitten in der Bewegung inne. Daran hatte sie nicht gedacht. Falls – ja, falls es so käme, dass … ihr Herz hämmerte, und die Worte strömten nur so aus ihrem Mund. Mit einem Mal war sie so eifrig wie ein unbesonnener Mensch, der etwas zu verheimlichen sucht.

»Im Kloster«, sagte Hedwig rasch, »im Kloster Anastasiendorf, nicht weit von der Oder, sagen Sie ihr das. Sie kann ihre Mutter im Kloster Anastasiendorf finden.«

Sie drehte sich um und schloss die Tür hinter sich, ging die Treppe hinab. Noch immer atemlos. Keine Ratten da. Unter der weggesprengten Wand öffnete sich ihr die Welt, die Stadt, lebendiger plötzlich und einladend, als ob nun – endlich – alles denkbar wäre.

Denn keiner wird zuschanden, der auf dich harret; aber zuschanden werden die leichtfertigen Verächter.

Ja, dachte Hedwig, als sie auf die Straße bog, ja, hier bin ich! Und die Psalmen singen wieder in mir.

Am Bahnhof herrschte Gedränge; die Menschen saßen und lagen und standen, überall; Menschen, die sich – ob sie nun auf die Befreier, Nahrung oder ihre Liebste warteten – unter dem rußigen Glasdach alle an ihr Gepäck klammerten, wenn sie denn welches besaßen. Ranzen, Kinderwagen und Reisetaschen, mit Sachen vollgestopft. Mit *Habseligkeiten.* Menschen, die Befehlen gehorchten. Befehle erteilten. Die die Hälfte ihres Sack und Packs zusammengestohlen hatten. Es gefunden, geerbt, gehütet hatten. Die Lautsprecherstimme hallte zwischen den Stahlträgern wider, und wann immer ein Zug hielt und niemand die Arme ausbreitete, riss es einem das Herz aus dem Leib. Neue Wahrheiten. Alte Wahrheiten. Listen, die an die Anschlagtafeln geheftet wurden. *Vermisste.*

Eine Schwalbe unter dem Dach. Verloren.

Leichenblasse Gesichter, die tage- und nächtelang in Schutzräumen ausgeharrt hatten. Überall Uniformen, Stimmen und Zigarettenrauch. Noch mehr Soldaten. Gruppen, Horden, Glieder. Zusammengekauerte Frauen. Lysolgeruch. Über die Gleise flitzende Ratten.

Eine Mutter schrie, ein Kind weinte, ein Greis, der nicht mehr wusste, wie er hieß oder wohin er fahren sollte – falls es sich in seinem Alter überhaupt noch lohnte, noch einen weiteren Zug zu besteigen. Stiefelgetrampel. Frisch gewaschene, auf Papilloten aus Zeitungspapier aufgedrehte Haare. Amerikanische Zigaretten, amerikanische Nylonstrümpfe. Aktentaschen voller Brennholz. Stimmen, Geflüster und Geschrei. Lebensmittelkarten, die blitzschnell den Besitzer wechselten. Ein junger Mann mit Bartflaum am Kinn bot Hedwig eine Wurst im Tausch gegen Beischlaf.

Im Zug gelang es Hedwig, einen Sitzplatz am Fenster zu ergattern. Doch, ihre Papiere hatte sie immer noch alle beisammen. Ehemalige KZ-Häftlinge hatten Anrecht auf einen Sitzplatz, aber sie hatte keine auf dem Bahnsteig gesehen. Mehr als sechzehn Personen saßen auf acht Plätzen. Wer nicht mehr in die Abteile hineinkam, hangelte sich von Waggon zu Waggon. Es ist ein Wunder, dass der Zug überhaupt fährt, dachte Hedwig und lehnte dankend ab, als ein Soldat ihr anbot, ihre Reisetasche auf der Gepäckablage zu verstauen.

»Das geht schon«, sagte sie und zwängte sie zwischen ihre Beine. Ganz unten in der Tasche lagen zwei Exemplare ihres Romans. Eines war für Katarina. In dem anderen blätterte sie selbst, wenn kein anderer Text Gestalt annehmen wollte. Ihr *Hät-*

schelexemplar, der buchstäbliche Beweis dafür, dass sie Schriftstellerin war.

Dass man sie aus der Reichsschrifttumskammer ausgeschlossen hatte, war keine Schande mehr, aus der Schande war eine Ehre geworden. Sie hatte Erfahrung. Talentiert nennt man einen Autor mit zweiundzwanzig, dachte sie. Niemandem würde einfallen, Thomas Mann talentiert zu nennen. Oder Goethe. Wer veröffentlicht und verlegt wurde, musste sich auf etwas anderes stützen. Auf seine Erfahrung. Auf sein Genie. Und seine Liebe.

Auf den beiden »Beweisen« lag ihr neues Manuskript, etwa zehn maschinengeschriebene Seiten des neuen Romans. Vier der sieben Figuren hatte sie bereits entworfen: *Ewald und Lotte, Sarah und Israel*, die in ihrem Kopf ganz von selbst heranwachsen würden wie Kinder unter Apfelbäumen auf dem Lande, während der Choralgesänge und der Besorgungen, die Hedwig als Dank für die Unterbringung im Kloster übernehmen wollte. Im Kloster würde sie ihren Roman fertig schreiben! Auf dem Manuskript lagen ein Regenmantel, Flanellunterwäsche, in einer Thermoskanne mit Tee schwappende Brotstücke, die Bibel und ein Paar gute Schuhe. Dann noch die schwarze Schreibfeder und ein Messer.

Der Geruch im Abteil verursachte ihr Übelkeit. Nasse Wolle, Schweiß und Rasierwasser, ihr drehte sich der Magen um, so wie damals, als sie mit dem Mädchen schwanger gewesen war. Fast alle Passagiere waren Männer. Soldaten. Sie starrte auf ihre Füße, wollte nicht ihren Blicken begegnen. Sie brauchte doch wohl keine Angst zu haben? Hier waren schließlich überall Menschen, da würde doch wohl niemand etwas Ungebührliches tun?

Hedwig stand auf und öffnete das Fenster. Blieb ein Weilchen so stehen, bis die Übelkeit abflaute, während der Zug anruckte, den Bahnsteig hinter sich ließ, die Weichen quietschten und sie Fahrtwind an den Schläfen spürte.

Nun sah sie wieder Natur. Wälder, Dörfer, Werkstätten, Schuppen und Scheunen, Ställe, Äcker und Wiesen, noch mehr Wald, Wohnhäuser und Baracken. Hier hatten Schweden und Franken, Hunnen und Barbaren ihre blutigen Kämpfe ausgefochten, ohne Spuren zu hinterlassen. Und anders als die Stadt, die lärmte und stank, sich ausdehnte und in Hässlichkeit verfiel, schenkte die Natur Obdach, Geborgenheit und Vergessen. Die Natur würde niemals zu einer Ruine zusammenfallen, sie war beständig, sie posaunte nicht ohrenbetäubend ihren Krach und Fortschrittsglauben hinaus, sie sprach still, wagte es, in sich selbst zu versinken. Sie strahlte und funkelte vor Geheimnissen und lebte wieder auf, keine in eiserne Ketten gelegten Blumengirlanden, sondern eine Natur, in der freie Menschen unter freiem Himmel spielen konnten. Der Wind fuhr in Hedwigs Haare, sie sank wieder auf ihren Platz, ausgeglichener jetzt. Endlich ließ sie den Mythos vom Fortschritt hinter sich. Fuhr hinein in die verzauberte, verlockende Landschaft, die den Menschen heilte, eben weil sie auferstand. Starb und wiederkehrte.

Dann schlief sie ein. Sie träumte von dem Mann, der in ihre Kammer in Berlin gezogen war. Träumte davon, wie er sich über sie beugte und etwas zu sagen versuchte, er wusste Bescheid, er wollte ihr etwas sagen, es ging um das Mädchen, aber aus seinem zahnlosen Mund drang kein Laut, nur ein unerträglicher Gestank, der in ihren Schoß hinabfiel und ihren Mantel besudelte.

Tatsächlich beugte sich ein Soldat über Hedwig, als sie aufwachte. Er hatte sie nicht richtig angesprochen, hatte eigentlich nur um Verzeihung gebeten, wie ihr klarwurde, als er sich ausstreckte, um etwas von der Gepäckablage herunterzuholen.

Excuse me Ma'am.

Der Zug bremste und schlingerte. Der Soldat schwankte. Stand aber noch, Hedwig sah sein Lächeln: weiß, in seinem Mundwinkel hingen Speichelbläschen – aber sein Atem roch so streng nach Kaugummi, dass Hedwig sich abwenden musste.

Ich werde einen Soldaten in meinen Roman hineinschreiben, dachte sie. Einer meiner Wanderer muss ein Soldat sein. *Soldat Friedrich am Ende.* Ja, so sollte sie heißen, ihre fünfte Figur. Wenn ich die Augen schließe, werde ich seine Stimme hören, die Stimme derer, die dort draußen überlebt haben.

Soldat Friedrich am Ende würde mit einem Pass reisen, der auf jemand anderen ausgestellt war, er selbst wüsste nicht, woher er kam oder in wessen Auftrag er unterwegs war, er hätte seine Seele verloren und schlüge sich immer wieder gegen den Kopf.

Man fände ihn auf einem Bahnhof und brächte ihn in ein Krankenhaus. Dort würde man einen Disput darüber führen, ob er krank oder gesund sei. Wer einen Krieg verloren hatte und nicht mehr wusste, worum es in diesem Krieg gegangen war, musste an einer psychischen Krankheit leiden, entweder man kehrte als Held zurück, oder man hielt schön das Maul, so würden sie hin und her diskutieren, während der Soldat Friedrich am Ende in seinem Bett saß und wirres Zeug redete.

»Schäm dich!«, würden manche sagen.

»Steh aufrecht!«, andere.

»Es ist nicht deine Schuld.«

»Alles ist deine Schuld.«

»Du musst dich verstecken, tauche unter, verschwinde, damit wir anderen vergessen können.«

»Du musst erzählen, komm zur Vernunft und erzähl.«

Und eines Morgens würde Soldat Friedrich am Ende sich erholen und türmen. Er würde sich auf eine Wanderung begeben. Würde sich zu den anderen gesellen; zu Lotte, Ewald, Israel und Sarah – würde mit ihnen gehen.

Doch was hatte er getan? Sie musste sich vorstellen, welche Taten er begangen haben könnte, die ihn so krank hatten werden lassen, dass er seine eigenen Dämonen der Realität vorzog, die die Welt bereithielt.

Welche Erinnerungen sind so unerträglich, dass wir lieber mit einer Lüge leben?

Keine Lüge nagt so sehr an einem wie die, die man sich selbst für wahr verkauft hat. Nachts weckt sie uns, damit wir ihr nicht in unseren Albträumen begegnen, und tagsüber müssen wir sie wieder und wieder verkünden. Das sollte sie aufschreiben. Jetzt gleich – bevor sie es wieder vergaß. *Der Jude, dieses verkapselte Stück Dynamit!*

Plötzlich kreischten die Bremsen des Zuges, und er blieb stehen. Vor dem Fenster liefen Soldaten auf und ab und riefen etwas. Hedwig sah in der Tasche nach, ob ihre Papiere noch da waren. Das waren sie. Einer der Soldaten aus dem Zug lehnte sich aus dem Fenster und rief den anderen draußen etwas zu. Dann sagte er etwas zu seinen Kameraden, das sie nicht verstand, die Soldaten hieften daraufhin brummend ihre Koffer von der Gepäckablage.

Kaputt, sagten sie zu ihr. *Kaputt, raus, raus!*

Es war gar keine Grenzkontrolle, wurde ihr klar. Es war anscheinend genau das, was sie riefen – irgendwas war kaputt. Der Zug oder die Gleise oder die Klingelsignale. Wie sollten sie nun weiterkommen? Der russische Soldat zuckte nur die Schultern und deutete unmissverständlich auf die Straße.

»Fuß, Fuß«, sagte er, nachdem er ihre Papiere kontrolliert hatte.

Sie stieg als eine der Letzten aus dem Zug. Die anderen hatten sich wild durch die Menge gewühlt, um an der russischen Kontrolle vorbeizukommen. Hedwig war flau im Magen. Sie spürte, wie ihr schwindelig wurde, dann sank sie neben dem Gleis zu Boden. Während die anderen Passagiere gehorsam den Befehlen des Russen gehorchten und zur Straße oder entlang der Gleise in den Wald auf der anderen Seite gingen, saß sie nur da und sah ihnen nach. Woher nahmen sie den Mut? Woher wussten sie, wohin sie gehen mussten?

Sie hatte keine Landkarte. Und weil sie auf der Zugfahrt eingeschlafen war, konnte sie nicht sagen, wie viele Kilometer sie bereits von Berlin entfernt waren. Aber der Himmel hing schief, und die Hitze nahm allmählich ab. Eine Armbanduhr hatte sie nicht um. Sie lag in der Reisetasche. Und darin wollte sie hier nicht zu wühlen anfangen.

»Die Uhr nehmen sie dir als Erstes ab«, hieß es. »Wenn du Glück hast, überlebst du, wenn sie sich den Rest holen.« Diesen Gerüchten glaubte sie. Und rappelte sich wieder auf, um an den Gleisen entlangzugehen, in die Richtung, in die der Zug verschwunden war. Einige Soldaten liefen weit vor ihr geradewegs in den Sonnenuntergang hinein. Sie hielt Abstand zu ihnen. Um die würde sie einen Bogen machen, das stand fest. Und das war auch gar kein Problem, ging sie doch viel langsamer. Der Boden war uneben, die Tasche schwer. Plötzlich wurde ihr bewusst, dass sie tatsächlich keine einzige Frau aus dem Zug hatte klettern sehen. Das konnte doch wohl nicht sein? Aber wohin waren sie dann verschwunden?

Nein, sie war in ihre eigene Welt versunken gewesen. Hatte den Gedanken beiseiteschieben wollen, dass das, was sie tat, gefährlich sein könnte. Hedwig näherte sich dem Bahnhof, ihr Blick fiel auf ein an die Wand genageltes Plakat. Darauf war eine junge deutsche Frau zu sehen. Darüber ein Totenkopf. Und große kyrillische Buchstaben. Achtung! Attention! Es war eine Warnung an die Soldaten. Syphilis und Tripper hatten sie, die deutschen Fotzen.

Hedwig reagierte wie ein Schulmädchen, wurde rot und wollte es herunterreißen. Wollte alle diese Plakate herunterreißen, eins nach dem anderen. Für wen hielten sie einen eigentlich? Für wen hielten sie *sie*? Da schlug ihre Angst auf einmal in

Zorn um – *so* sah man sie also! Das war eine Tatsache, und ihr blieb nichts anderes übrig, als weiterzueilen. Und zwar auf der Stelle. Neben diesen Totenköpfen wollte sie nicht bleiben.

Da – plötzlich – rief jemand etwas.

»Warten Sie, nicht da lang! Gehen Sie bloß nicht in diese Richtung.«

Eine junge Frau mit kurzgeschnittenen Haaren und in langen Hosen kam auf sie zu. Sie kam wie aus dem Nichts. War sie im Zug gewesen? Sie trug einen Rucksack und hatte rußbeschmierte Wangen. Keine Spur von Puder oder Lippenstift. Eine deutsche Frau schminkte sich nicht, eine deutsche Frau hatte eine hohe Stirn und einen geflochtenen Haarkranz, sie sah ungefähr so aus wie die Frau auf dem Plakat, doch Hedwig hatte über das keusche Schönheitsideal des Dritten Reiches nur gelacht. Sie gefiel sich mit rot geschminkten Lippen und schwarzem Lidstrich. Sie hatte ihre breitkrempigen Hüte geliebt. Die Frau, die sich nun näherte, war auch kein Lebensbornmädchen mit Apfelbäckchen, sie war das genaue Gegenteil davon, fast burschikos. Obwohl es Sommer war, trug sie grobe Stiefel, ihr Gesicht sah nicht nur dreckig aus, es war dreckig, und ihre Frisur war knabenhaft.

»Irene von Dörfer«, stellte sie sich vor und streckte ihr eine Hand entgegen, die alles andere als sauber war.

Hedwig nahm ihre Hand, stellte sich jedoch nicht vor. Sie war zu baff, verwirrt, aus der Fassung gebracht.

»Scheren Sie sich nicht um die da«, sagte die Frau und deutete auf die Plakate. »Tatsache ist, dass sie einem guten Zweck dienen. So fällt es weniger Russen und Amis ein, uns einen Lumpen in den Mund zu stopfen.« Sie senkte den Blick. »Verzeihen Sie meine Direktheit, aber wohin wollen Sie?«

Hedwig antwortete. Die Frau schüttelte den Kopf.

»Nie gehört. Aber die Oder liegt in dieser Richtung. Der

nächste Bahnhof ist sechzig Kilometer weiter östlich. Ich habe denselben Weg wie Sie. Wenn Sie wollen, können wir zusammen gehen.«

Hedwig zuckte die Schultern. Hatte eigentlich keine Lust auf Gesellschaft. Wollte sich auch nicht mit diesem aufdringlichen Landei unterhalten. Wie war ihr Name? Von Dörfer. Als ob Hedwig auf diesen Vorschlag einginge! Aber sie konnte diese Person auch nicht einfach wegschicken, wollte nicht allein sechzig Kilometer auf den Straßen umherziehen. Sie nahm ihre Tasche. Wo konnte sie bloß einen Wagen auftreiben? *Bevor sie uns einen Lumpen in den Mund stopfen.* Hedwig sah sich um, wo waren die anderen nur alle hin? Futsch. Bis auf ein paar russische Soldaten, die wie Hunde um den leeren Zug herumstreunten und kläfften.

»Von mir aus«, gab Hedwig nach und ging los.

Die Frau blieb stehen. Als wüsste sie, was Hedwig gedacht hatte, und überlegte nun, ihr Angebot zurückzunehmen. Doch dann hörte Hedwig sie abermals rufen. Die Frau kam ihr hinterhergelaufen.

»Nicht dorthin!«, sagte sie und zerrte an Hedwigs Arm. »Wir müssen einen Umweg nehmen, wenn wir die Straße entlanggehen, landen wir *da.*« Mit einer Kopfbewegung deutete sie auf die Plakate.

»Mit einem Lumpen im Mund«, ergänzte Hedwig trocken, und die Frau lächelte. Ihr Lächeln war sanft. Hedwig konnte ihre Zähne nicht sehen. Sah aber, dass ihre Augen funkelten.

»Diesen Weg gehen wir keinen Meter«, fuhr die Frau fort. »Entweder warten wir hier, bis sie den elendigen Zug wieder flottgemacht haben, oder wir gehen durch den Wald.«

»Sollen wir etwa hier bei den Russen warten?« Hedwig blieb der Mund offen stehen.

»Ja, glauben Sie denn, auf der Straße wären es weniger?«

Hedwig kapitulierte. Egal, ob Adelsdame oder Bauerntölpel, sie hatte keine andere Wahl und entschied, dass es besser war, nicht allein zu bleiben.

Hinter dem Bahnhof sanken sie auf eine Bank, Hedwig holte ihre Thermoskanne hervor. Goss den Blechbecher voll und bot ihn der Frau an.

»Entschuldigen Sie nochmals meine Direktheit«, sagte diese und trank ein paar Schlucke, »aber ich habe Ihren Namen nicht verstanden.« Sie wischte den Rand des Bechers mit dem Hemdsärmel ab.

»Ich muss mich entschuldigen«, erwiderte Hedwig. »Hedwig Lohmann.« Sie reichte der Frau die Hand.

»Hedwig Lohmann, wirklich *die* Hedwig Lohmann? Haben Sie nicht *Proserpina* geschrieben?«

Wären sie sich bei einer Abendgesellschaft begegnet, hätte Hedwig gedacht, dass der Abend nun gerettet oder aber hinüber wäre. Entweder würde sie bis zum Ersticken mit Gewäsch und Schmeicheleien überhäuft werden, oder aber sie hätte eine Freundin, zumindest jedoch einen Menschen, der las, gefunden.

Irene von Dörfer war, wie sich herausstellen sollte, Letzteres. Nun ja, vielleicht eher eine Mischung aus beidem. Sie stellte Hedwig endlos Fragen und schmeichelte ihr. Aber solange sie hier warteten, hatten sie nichts anderes zu tun, als sich zu unterhalten. Sie redeten darüber, wie man schrieb, warum *Hedwig* schrieb, ob sie das Gefühl kenne, wie Irene von Dörfer es irgendwo gelesen hatte – dass die Figuren ein Eigenleben entwickelten. Und Hedwig erklärte wie und warum und dass sie es nicht immer so empfand, als sei sie Herrin in ihrem eigenen Hause, sondern dass häufig andere Mächte ihren Stift zu lenken schienen.

»Gott oder Freud?«, fragte Irene von Dörfer. Hedwig fand die Frage intelligent.

»Babelsberg«, antwortete sie lachend.

Irene von Dörfer wollte alles genau wissen, denn wie Hedwig es sich schon gedacht hatte, wollte sie selbst gerne schreiben. Das gab sie leicht verlegen zu, doch als Hedwig sie fragte, worüber sie denn schreiben wolle, schüttelte sie nur den Kopf.

»Erzählen Sie mir etwas über die Rezensionen«, forderte sie Hedwig auf. »Es muss Sie doch stolz gemacht haben, mit Thomas Mann verglichen zu werden? Und diesen Preis von Alfred Döblin in Empfang zu nehmen?«

Hedwig staunte. Und war ehrlich beeindruckt. Irene von Dörfer, die gerade mit einem Hölzchen unter ihren Nägeln herumstocherte, kannte sich aus.

»Frage ich zu viel?«, sagte sie.

»Aber nein«, antwortete Hedwig. Denn sie spürte plötzlich, wie sie hier, auf der Bank am Bahnhof, aufblühte, obwohl die Russen wie Köter im Wald umherstreunten, die Totenköpfe auf ihre Thermoskanne hinabschauten und sie kaum wusste, wo sie war oder wo sie übernachten sollte, trotzdem war ihr leicht zumute, und sie empfand die Fragen als ganz und gar nicht aufdringlich oder banal.

»Rezensenten sind Snobs, die mit oberflächlichen Vergleichen um sich werfen«, sagte sie. »Der Vergleich mit Thomas Mann war lächerlich, ein geradezu groteskes Missverständnis. Döblins Laudatio zeugte nicht gerade von einer eingehenden Lektüre meines Romans. Er sprach über reine Formalitäten, von meinem Platz im Kanon; in nichts von dem, was er gesagt hat, zeigte sich ein tiefer gehendes Verständnis.«

»Wenn es nicht so abwegig wäre«, setzte Irene an und sah Hedwig offen in die Augen, »würde ich Sie fragen, ob ich nicht Ihre Muse sein könnte.« Wenn es nicht so abwegig wäre, hätte sie das sein können, dachte Hedwig. Doch das sagte sie nicht, stellte stattdessen eine Gegenfrage.

»Weshalb wäre es abwegig?«

»Ich nehme an, darum kann man nicht ansuchen, sondern das geschieht einfach, wenn man sich unentbehrlich macht. Aber ich will nicht unentbehrlich sein.« Sie streifte den Schmutz, der nun am Hölzchen haftete, am Schuh ab und versank für einen Augenblick in sich selbst.

Welch kluge Person, dachte Hedwig. Welch kluge, schmutzige, schöne Person.

»Aber Sie dürfen mich ruhig in Ihrem nächsten Roman erwähnen.« Sie lachte.

Darauf kannst du Gift nehmen, dachte Hedwig. »Dann sollten wir aber zuerst alle Förmlichkeiten beiseitelassen und uns duzen«, sagte Hedwig und prostete ihr mit der Thermoskanne zu.

Irene schlug mit dem Hölzchen, mit dem sie ihre Nägel gesäubert hatte, gegen den Becher und erwiderte Hedwigs Lächeln.

»Hast du Kinder?«, fragte sie plötzlich.

Hedwig erstarrte. Setzte an. Ich sage nicht die Unwahrheit, niemals, dachte sie. Lüge noch nicht einmal den Teufel an. »Ja, eine Tochter.«

»Wo ist sie?«

»Auf dem Land, bei ihrer Großmutter in Celle.« Es war so einfach. Kam einfach. Sie schaute Irene dabei sogar in die Augen. Fragte höflich und gelassen zurück.

»Und du, hast du Kinder?«

Irene schüttelte den Kopf. Sie schwiegen. Der Wald rauschte. Niemand sagte etwas. Ein schwarzer Vogel flog auf und verschwand über den Bäumen.

»Eine Schwarzdrossel«, sagte Hedwig und zeigte darauf.

»Eine Krähe«, korrigierte sie Irene. Und die Stille war gebrochen.

»Magst du mir sagen, woran du gerade arbeitest?«

Hedwig war so erleichtert, dass sie nicht mehr wusste, was sie redete. Im Grunde hielt sie die Frage für viel zu aufdringlich.

Aber sie wollte reden. Wollte erzählen. Wollte neue Worte auf die unaussprechlichen legen. Also erzählte sie Irene von ihrem Roman, die aufmerksam lauschte und ein Stück Wurst und Brot aus ihrem Rucksack holte, während Hedwig ihr von ihren Protagonisten aus dem Manuskriptstapel in der Tasche berichtete, die – wie sie selbst – unterwegs zu einem Kloster waren. So nahe an der Wahrheit, und dennoch eine ganz andere Wirklichkeit.

»Warum zu einem Kloster?«

Hedwig blieb stumm. Würde Irene es verstehen? Glaubte sie an irgendetwas? Was half Irene bei ihrem Marsch durch die Wälder? Oder war sie ganz allein auf der Welt?

»Vielleicht, um Buße zu tun«, tastete sie sich vor und sah Irene aus zusammengekniffenen Augen an. Irene hob das Kinn, da war sie wieder, diese kleine Geste, die verriet, dass sie die Welt, die ihr ihren Namen gegeben hatte, noch nicht ganz vergessen hatte.

»Suchst du Vergebung?« Irene sah Hedwig forschend an.

Hedwig antwortete nicht. Sie schluckte das letzte Stück Wurst hinunter und spürte, wie sich der altvertraute Harndrang bemerkbar machte. Sie stand auf, blickte sich um und betete stumm. Gib mir Zeit, gib mir Zeit.

»Ich muss …«, setzte sie an.

Irene zeigte zum Wald.

»Geh nicht zu weit«, sagte sie und schnipste das Hölzchen quer über den Bahnsteig.

Hedwig ging nicht zu weit, ging nur die Böschung hinunter und hockte sich hinter den nächstbesten Strauch. Im Gebüsch raschelte es. Eine Ratte? Ein Igel? Über dem Wald stieg der Mond auf, während sie erleichtert feststellte, dass sie sich nicht in die Hose gemacht hatte.

Als Hedwig zurückkam, sprachen sie nicht weiter über Buße und Vergebung, stattdessen schlug Irene vor, sich schlafen zu legen. Sie bereiteten sich ein Nachtlager aus alten Zeitungen und deckten sich mit Kleidungsstücken zu. Es reichte. Kalt war es nicht. Eine laue Augustnacht, der Himmel war sternenklar.

»Als ich dich die Gleise entlangstolpern sah, wollte ich mich zuerst gar nicht zu erkennen geben«, gestand Irene, als sie sich auf den Zeitungen zurechtgelegt hatten. »Ich konnte es nun wirklich nicht gebrauchen, eine verwirrte alte Schachtel aus der Stadt im Schlepptau zu haben.« Verlegen kicherte sie. »Aber nun bin ich völlig überwältigt, muss ich sagen. Hedwig Lohmann. Wie angenehm.«

»Vielen Dank«, gab Hedwig kurz angebunden zurück.

Alte Schachtel, mit knapp über vierzig bin ich also schon eine alte Schachtel, dachte sie, ging aber nicht darauf ein. Sie war zutiefst, ja, innigst dankbar, dass ihr diese vorlaute Adelsdame keinen Korb gegeben hatte, sondern ihr versöhnlich in die Flanke stieß, bevor sie einschlief.

In den frühen Morgenstunden wurden sie von russischen Soldaten geweckt. Sie beugten sich über Hedwig und Irene und leuchteten ihnen mit ihrer Taschenlampe ins Gesicht. Ein Stück weiter weg ging einer von ihnen mit einem großen Hund auf und ab. Er zog an der Leine und die Zunge hing ihm aus dem Maul. Sofort rafften die Frauen ihre Sachen zusammen. Man befahl ihnen, den Bahnsteig zu verlassen. Es würden keine Züge mehr kommen. Sie sollten verschwinden. Und zwar sofort.

Fuß, Fuß.

Hedwig folgte Irene, die geradewegs in den Wald lief. Ohne sie hätte sie keine Ahnung gehabt, wohin sie sich hätte wenden sollen. Sie musste ihr vertrauen. Als wäre Irene ihr gesandt worden. Burschikos und zugleich sanft, mit einer Zuvorkommenheit, ja, Nonchalance unter der rauen Schale. Und Hedwig hatte keine Angst mehr. Sie hoffte zutiefst, dass sie die ganze Strecke zusammen zurücklegen würden. Irene war ein Wegweiser, und sie würde nicht nur bis zum Kloster bei Hedwig bleiben, sie würde ihr in den Roman folgen. Hedwig hatte ihre sechste Protagonistin gefunden!

Irene von Dörfer, belesen wie ein Philosoph, kämpferisch wie eine Amazone, schön wie ein … ja, wie ein griechischer Jüngling. Obwohl sie ganz und gar nicht die war, für die sie sich ausgab, wusste sie, wie man vorwärtskam. Und das hatte seinen Charme, selbst wenn sie unnötig schmutzig war. Sie gab einem Hoffnung. Auch wenn sie nicht die Wahrheit sagte.

Alle waren unaufrichtig, ihre gesammelten Figuren sprachen mit glatten Zungen und falschen Herzen. Darum ging es ihr ja gerade.

Hoffnung und Lüge, untrennbar miteinander verbunden. Schicht um Schicht ineinander verwobener Absichten, ein Unvermögen, das Gesamtbild zu erfassen, der unzuverlässige Tanz der Konsequenzen.

Das Verbrechen unter seinen Konsequenzen verbergen zu können. Wie hatte Irene sich schuldig gemacht? Wo verlief die Grenze zwischen Zufall und Absicht? Wie weit musste man gehen, um einen Kuss einen Judaskuss nennen zu können?

In der Hitze des Augenblicks, wie flüchtig musste der Judaskuss sein, um über ihn hinwegsehen zu können? Wann bedeutete er lebenslänglich?

Hedwig schielte zu Irene hinüber. Vielleicht gehörte sie ja zu denen, die ihr Geschlecht verleugneten, die jemand anderes sein wollten? Hedwig senkte den Blick, hörte Irenes Atemzüge.

Zwischen den Bäumen wurde es allmählich hell, erstes Vogelgezwitscher, die Tasche schlug Hedwig gegen die Hüfte. Sie fanden einen Weg, der direkt ins Morgenlicht hineinführte.

»Nach Osten«, sagte Irene und deutete voraus.

Ein Adler flog über den Himmel, groß wie ein Mensch.

Hedwig sog scharf den Atem ein. Irene lachte. »Wir haben Glück gehabt«, sagte sie und sah zum Bahnhof zurück. Eine Weile liefen sie schweigend weiter.

»Nimm nicht die Straßen. Was du auch tust, nimm nie die Straßen.«

»Aber wenn man unter Menschen ist«, versuchte es Hedwig, »unter Menschen kann man doch immer Hilfe herbeirufen.«

Irene drehte sich um, starrte sie an. Sah aus, als wollte sie etwas sagen, doch dann ging sie einfach weiter, etwas zügiger jetzt, Hedwig merkte, dass sie schneller gehen musste, um mit ihr Schritt zu halten.

»Ja«, sagte Irene nach einer langen Pause schließlich. »Wenn man schreit, kommt manchmal Hilfe, aber genauso oft kommen nur noch mehr. Mehr Soldaten. Die auch ihren Spaß haben und einen Anteil an der Beute wollen.«

UPPSALA 1985

Wenn ich zu große Sehnsucht habe, werde ich zu einem prächtigen Weihnachtsbuffet.

Nehmen Sie von dem Hering, oder lieber von dem Matjessalat? Und wer sich vor rohem Eidotter ekelt, kann zum Roastbeef greifen, das ist zart und rosa, unschuldig – fast wie Schamlippen.

Cocktailwürstchen gibt es auch, für die, die nicht so wählerisch sind. Oder wie wär's mit fröhlichen runden Fleischklöpsen? So lebendig. Genau zwischen Bauch und Kinn. Ja, ich bin manchmal so lebendig. Weil ich alles verkörpere. »Offen, fröhlich und kontaktfreudig«, hieß es in meiner Akte, als ich ein Baby war. Heute steht etwas anderes darin, was mir aber scheißegal ist. Vor so einem Buffet zu stehen ist *köstlich*, hier herrscht echte *Wahlfreiheit*. Kauen. Auf etwas zeigen. In etwas wühlen. So *entzückend*!

Und über das, was einem nicht schmeckt, kann man das Gesicht verziehen und es zur Seite stellen. Man holt sich einfach einen neuen Teller. Oder beschwert sich: Der Lachs ist zu fett. Die Soße zu dünn. Die Eierhälften sind ja schon grün; igitt, guck nur, wenn man die Mayonnaise wegnimmt, sieht es richtig verdorben aus.

Und ich sage nichts, bleibe einfach dort liegen und präsentiere mich verführerisch. Bitte sehr, loben und kritisieren Sie. Sprechen Sie über mich. Stochern Sie in mir herum, bohren Sie Ihre

Gabel noch ein wenig tiefer hinein, lecken Sie sich die Lippen. Beißen Sie rein.

Morgen werde ich auch noch hier liegen und mich feilbieten. Werde serviert und abgeräumt. Während der ganzen Fahrt mit der Fähre. Die ganzen Weihnachtstage über.

Und falls Sie erst später Lust auf mich haben, können Sie mich in eine Serviette einwickeln und mit in die Kabine nehmen. Da können Sie mich vergessen, bis ich zu riechen anfange. Nicht schlimm! Einfach rein in den Papierkorb mit mir, schwups!, die Zeitung drauf, damit die Reinigungskraft nicht glaubt, dass Sie *so jemand* sind. Falls Sie extrem auf Ihren Ruf bedacht sind und es Ihnen nicht egal ist, was die Putzfrau von Ihnen hält, können Sie mich sicherheitshalber auch in der Toilette runterspülen. Morgen ist noch ein Tag. Sie können sich immer wieder am Buffet bedienen. Mit einem neuen Messer überall herumpulen. Ausspucken. Zermanschen.

Ja, wenn ich zu große Sehnsucht habe, werde ich zu einem prächtigen Buffet.

Ich halte das für eine ausgezeichnete Metapher für etwas, das nicht so einfach zu erklären ist. Wie zum Beispiel das *Selbstbild*.

Psychodoc versetzt so leicht nichts in Angst und Schrecken, aber als ich ihr von dem Buffet erzähle, sieht sie so aus, wie sie aussehen könnte, wenn man sie in Angst und Schrecken versetzt hat, weshalb ich das Ganze etwas abschwächen muss.

Ich sage ihr, dass ich nur im äußersten Notfall ein Buffet bin. Wenn es keine andere Strategie gibt. Es ist wichtig zu wissen, dass das nicht Plan A sei. Sondern ein Notausgang. Eine Art letzter Halt, bevor Pferdefleisch aus einem wird. Denn das ist noch armseliger.

Das soll ich ihr auch erklären.

»Also«, sage ich, »bevor man dem Pferd ein Lasso um den Hals geworfen hat, war es frei. Viel freier als ein Rote-Beete-Salat. Es konnte steigen, ausschlagen und jedem Cowboy davonlaufen. Alle möglichen Leute zertrampeln – bevor es anfing, seine Runden in der Manege zu drehen, immer im Kreis herumzutänzeln. Mit einem dummen Clown oder einem dicken Kind auf dem Rücken.«

Nota bene: Ich werde wirklich nur zu einem Buffet, wenn die Sehnsucht nicht weiß, wohin mit sich. Ich denke, dass Mädchen, deren Mütter lieber in Afrika als bei ihnen sind und Totempfähle sammeln, sich manchmal in ein Buffet verwandeln müssen.

»Das muss man, wenn man *grundlegende innere Mängel* hat«, betone ich.

»Wenn ich mich also nicht beherrschen kann und auf die Stunde bei dir warte, dann greife ich zu dieser Strategie.«

Nachdem ich das gesagt habe, bin ich ein bisschen verlegen. Aber das lasse ich mir nicht anmerken. Psychodoc lässt sich auch nichts anmerken. Darin ist sie gut. Genau dann, wenn man in Frieden gelassen werden will, wird man das auch.

Dann will sie mehr wissen. Nicht über das Buffet. »Das führt zu weit, das waren jetzt genug Metaphern«, sagt sie. Stattdessen will Psychodoc wissen, wer sich bedient.

Ich verstehe nicht, was sie meint.

»Wer isst vom Buffet?«

»Frauen mittleren Alters, so Tanten halt«, erwidere ich. »Alle möglichen Tanten.« Mir läuft ein kalter Schauer über den Rücken, und ich verstumme.

»Wenn ich mich nicht länger beherrschen kann, rufe ich eine von ihnen an. Und bitte um eine Audienz.« Ich lache. Psychodoc nicht.

»Und empfangen sie dich?«, fragt sie nach.

»Ja, sie empfangen mich – wenn sie alle anderen wichtigen Dinge erledigt haben. Zig Dinge haben Vorrang vor mir. Meistens geht es um einen Mann, von dem sie längst die Nase voll haben, der sie aber braucht, damit sie seine Kleidung bügeln und ihm Essen kochen. Dann bleibt meine Stimme mehrere Tage auf ihrem Anrufbeantworter gespeichert und ist irgendwann kaum noch zu hören, je mehr Dinge sie noch zu erledigen haben. Das macht mich traurig. Aber das gehört dazu, denn hat man grundlegende innere Mängel, ist es schließlich nicht weiter verwunderlich, dass man ungeduldig wird und die Sache mit den Prioritäten nicht versteht – nein, das ist vielmehr *symptomatisch*. Dann erzählt man schließlich alles auf einmal und holterdiepolter. Und man versteht ja nicht, wie ermüdend es ist, einen Mann zu haben, und dass man sich ein paar Tage lang erholen muss, bevor man ausgeruht genug ist, um zurückzurufen.«

»Aber dann melden sie sich?«, will Psychodoc wissen.

»Ja.«

»Und was sagen sie?«

»Komm doch vorbei, Schätzchen, und erzähl mir, was du auf dem Herzen hast, dann koche ich uns was Schönes. Auf Englisch heißt das ›to sing for one's supper‹«, erkläre ich.

»Wenn ich sie besuche, singe ich also. Und singe. Kehre mein Innerstes nach außen, bis die Tanten so erschöpft sind, dass sie zu schielen anfangen und das Besteck durcheinanderbringen. Dann sagen sie: ›Jetzt bist du bestimmt furchtbar müde, Schätzchen, und wirst heute Nacht richtig gut schlafen.‹«

Wenn man innere Mängel hat, braucht man viel Schlaf. Sonst fängt man noch an zu phantasieren, und dabei kommt ja *so schreeeecklich viel Unsinn* heraus. Aber, Schätzchen, ruf mich *gaaanz bald* wieder an, ja, tust du das? Ich finde es ganz *köstlich*, wenn du dir Gedanken über Leben und Tod machst – wie *weise* du doch bist, und das in deinem Alter!

Aber zuerst sind sie ganz goldig. Öffnen mich wie ein Sparschwein, als hätten *sie* die Münzen hineingeworfen. Und dann sitzen wir da und nehmen die Münzen in die Hand. Drehen und wenden sie. Sie sind aus Kupfer, Gold und Silber. Manchmal kommt es mir eher so vor, als würden wir mit Kackwürsten hantieren, aber so darf man das nicht nennen, *dann käme man schließlich von der Sache ab*. Metaphern dürften nämlich nicht zu weit führen. Geld ist besser. Ja, die Tanten bekommen also Zugang zu meinem gesamten Kapital. Und fühlen sich bereichert und lebendig. Sie wollen meine Geschichten hören. Fragen mich Dinge, die sie sich noch nicht einmal selbst gefragt haben. Und die sie mir nie beantworten würden, falls mir einfallen würde, sie danach zu fragen. Sie meinen, dass dann wieder einmal *meine grenzüberschreitende Seite* zum Vorschein kommt, und – oh!, da kommen wieder neue wichtigere Dinge angaloppiert. Du verstehst doch sicherlich, dass wir verschieden sind? Aber, weißt du, *alles wird gut*, solange du mich nur weiterhin ins Vertrauen ziehst, Herzchen. Komm bald wieder, komm ganz bald wieder! Und schenk mir ein bisschen Glanz, auch wenn noch nicht Heiligabend ist, tust du das, ja? Erzähl mir etwas Privates, Intimes. Vertraulichkeitsglanz, damit ich das Gefühl habe, gebraucht zu werden, und du deine *köstlichen* Gedanken ein bisschen ordnen kannst.

Es ist schon seltsam, aber ich werde immer erschöpfter, je mehr Tanten ich treffe, die das Sparschwein herzen wollen. Obwohl sie mir so viele gute Ratschläge geben und mich an ihren Erfahrungen teilhaben lassen – und ich eine *ach so hohe* Priorität in ihrem Leben genieße und nicht etwa glauben solle, dass es peinlich sei, ihnen Privates und von meinem Kummer zu erzählen, denn schließlich könnten sie Geheimnisse für sich behalten und seien auch einmal jung und *auf der Suche* gewesen und, ja, wüssten *gaaanz genau*, wovon ich spräche –, ja, obwohl sie das tun, bin ich am Ende immer völlig k. o., wenn ich wieder nach Hause gehe. Fühle mich leer. Durstig. Als wäre es andersherum gewesen – als hätte ich mein ganzes Leben dort zurückgelassen und sie wären es, die singen, nachdem ich die Tür zugemacht habe.

Ich begreife nicht, weshalb ich so undankbar bin, dass ich sie manchmal statt Tanten sogar für Blutsauger halte.

Denn wenn es abends dunkel wird, kommen sie mir weder nett noch mütterlich vor. Dann wachsen ihnen Eckzähne, die über ihre Unterlippen hängen. Lippenstift und Zimtschnecken sind verschwunden. Dann riechen sie nach Sherry, wenn sie sich über mich beugen, und während sie mich aussaugen, werde ich ganz blass und so weiß wie ein Laken.

Mein Herz jagt, und ich fühle mich ganz dünn. Wie eine Anziehpuppe.

Als ich Psychodoc von den Tanten erzähle, wird sie böse. Wenn ich über meine Eltern spreche, wird sie das nie. Dann sieht sie mich nur mit ihren Augen an. Aber, hui, wie böse sie wird, als ich ihr von den Tanten erzähle. Böse wie ein Drache.

Dann ist die Stunde wie üblich vorbei. Gerade als ich aufstehen will, um meine Jacke anzuziehen, sagt Psychodoc, dass die Tanten sie an Konservenbüchsen erinnern. Ich lasse mich wieder auf den Stuhl sinken.

Wie ich erfahre, gibt es Menschen, die wie Konservenbüchsen sind. Sie sind in sich selbst eingeschlossen und haben aufgehört zu wachsen, sie kriegen keine Luft, wenn man sie nicht öffnet.

»Konservenbüchsen«, sage ich, und sie nickt.

Es sei nicht meine Aufgabe, diese alten ekligen Sauerheringe, die in ihrer Heringslake vor sich hin säuern, zu befreien, sagt sie mir. Das sei deren Problem. Man müsse sich vor Tanten, die einen Büchsenöffner brauchten, in Acht nehmen.

»Nicht du bist das Problem, Isa. Aber wenn sie damit konfrontiert werden, was ein ganzes Leben lang da drin im Dunkeln vor sich hin gemufft hat, halten das die wenigsten aus – vor allem nicht den Gestank – und schieben anderen die Schuld daran zu.«

Psychodoc sagt, sie könne gut verstehen, dass viele mich für so *lebendig* und anziehend hielten, dass sie gerne einen Teil ihres eigenen muffigen Elends mit mir teilen wollten, dass ich jedoch darüber nachdenken solle, mit welchen Menschen ich mich abgebe. Wenn es sich um Konservenbüchsen handelt, solle ich vorsichtig sein. Es sei nicht meine Aufgabe, sie zu öffnen. Sie müssten es schon selbst in ihrem Gestank aushalten.

Sauerhering, denke ich und würde sie am liebsten umarmen, als ich gehe.

STOCKHOLM 2005

Ingrid hatte sich in die letzte Reihe gesetzt, musste aber erkennen, dass sie trotzdem zu sehen sein würde. Hanna war kein Star, doch die kleine Buchhandlung auf Södermalm war trotzdem voll. Noch immer strömten Leute herein. Es war ein kühler Frühsommerabend. Mittlerweile standen die Zuhörer schon an den Wänden aufgereiht. Wenn man jetzt das Fenster schließen würde, wäre es schon bald zu warm hier drinnen.

Hanna würde nicht über ein neues Buch sprechen, sondern über ihre Arbeit als Schriftstellerin und die Voraussetzungen des Schreibens. Sie trug die Haare offen und hatte eine rote Bluse an, darunter ein weißes Top, die Jeans hatte sie in hohe, ebenfalls rote Stiefel gesteckt. Sie sah ganz anders aus als zu Hause auf der Insel, dachte Ingrid. Aber was wusste sie schon darüber, wie Hanna sich kleidete. Sie sah sie schließlich selten, die Begegnungen mit ihr waren ja ihrem Ehemann vorbehalten. Sie wusste nur von Hannas Kimono, den sie an jenem Winterabend aus dem Autofenster gesehen hatte. Ihre Bluse hatte dieselbe Farbe wie ihr Schreibtisch. Ingrid rutschte auf dem Stuhl hin und her. Sie bereute es, hierhergefahren zu sein. Warum saß sie hier und applaudierte höflich, als Hanna zügig zum Mikrophon ging?

Ingrid hatte die Anzeige in der Zeitung gesehen; ein winzig kleines Rechteck am Ende des Kulturteils hatte sie angesprungen. ›Hanna Lund‹ hatte dort gestanden, und Ingrid hatte die Seite herausgerissen und sie unter den Kochbüchern versteckt. Karl Erik hatte nichts bemerkt, und als Ingrid sie später am Nachmittag noch einmal las, zitterte sie.

Jetzt duckte sie sich auf ihrem Stuhl. Natürlich würde Hanna sie erkennen. Das Ganze war lächerlich. Aber Ingrid war jetzt so weit, sie musste mit ihr sprechen. Unter vier Augen, um ihr die einzige Frage zu stellen, die sie an sie hatte. Und falls die Antwort ja wäre, dann war es eben so. Dann gab es eine Wahrheit, zu der sie sich verhalten konnte – und nicht nur ein Gefühl. Sie war nicht paranoid. Eigentlich war sie noch nicht einmal eifersüchtig. Sie hatte Angst – Angst, dass die Leute ihn als lüsternen Pfarrer sahen, Angst, dass Hanna sich getäuscht vorkommen könnte, dass er sich von Hanna zurückziehen und sie zum Angriff übergehen könnte.

Ja, vor alldem hatte Ingrid Angst gehabt, aber jetzt war sie wahnsinnig wütend.

Die Angelegenheit hatte überproportionale Ausmaße angenommen. Entweder schwadronierte Karl Erik wie ein außerordentlich bedeutender Wortführer, der die Welt vor einem Krieg retten würde, stöhnte über seine Schreibblockade und klang, als hätte er höchstpersönlich das Dynamit erfunden – oder aber er saß kraftlos herum. Ingrid wusste nicht, was schlimmer war. Als Markus am Wochenende zum Essen gekommen war, hatte Karl Erik wie ein aufgeplusterter Gockel geprahlt, hatte kokettiert und sich so albern benommen, dass sie es kaum aushielt, am Tisch sitzen zu bleiben.

»*Meine Schriftstellerei*«, sagte er, »ich und *der Roman*, du weißt ja, *mein Lebenswerk*, an dem ich schreibe.« Markus hörte ihm aufmerksam zu, ohne auch nur mit der Wimper zu zucken. Ingrid sehnte sich ihre unverblümte Tochter herbei. Birgitta hätte sich totgelacht, hätte ihren Vater wieder auf den Boden zurückgeholt und einen Blick mit ihrer müden Mutter ausgetauscht. Ja, sie war müde, fühlte sich wie ausgelaugt, aber zugleich brodelte es in ihr. Falls Hanna meine Frage bejaht, wäre das Verderben besiegelt, dachte sie. Dann haben sie sich ins eigene Fleisch geschnitten. Aber wenn sie meine Frage verneint, kann ich dann darauf vertrauen? Und trotzdem handeln?

Sie wurde aus ihren Gedanken gerissen. Hanna hatte zu sprechen begonnen, und mitten im Satz trafen sich ihre Blicke. Über alle Köpfe hinweg hatte Hanna Ingrid entdeckt und stockte, verlor den Faden, versuchte ein gezwungenes Lachen, faselte irgendetwas und blickte zu Boden, bis sie sich wieder gefasst hatte. Und weiterredete.

Und Ingrid, mit einem Mal viel gelassener, dachte: Sieh an, ich bringe sie aus dem Konzept. Gut so.

»Man bekommt mit den Jahren einen anderen Blick auf die Einsamkeit«, fuhr Hanna fort. »Als Autor ist man ungeheuer allein, aber mir ist klargeworden, dass ich nicht nur die *Möglichkeit* habe, allein zu sein, sondern dass ich auch ein *Recht* darauf habe. Und das ist großartig – ich habe das Recht, mich zurückzuziehen. Was das betrifft, ist man als Autor anderen voraus, ich muss nicht ständig verfügbar sein. Immerhin gibt es in unserem geistesarmen Land noch ein Funken Respekt gegenüber dem Reflexionsprozess, man respektiert, dass ein Gedanke Zeit braucht, dass Reife aus intensiven, selbsterlebten Erfahrungen erwächst. Das ist das Beste am Älterwerden, man hört auf, es allen recht machen zu wollen. Seit ich mehr Zeit auf meiner Schäreninsel verbringe, erkenne ich immer klarer, dass ich dem Alleinsein gewissermaßen *verpflichtet* bin. Dass es die Schuldigkeit eines Menschen ist, das zu ertragen. Wie sonst wollen wir als Menschen in Würde sterben?«

Ingrid schlug ein Bein über das andere. Sie hatte vorgehabt, die Stunde hier abzusitzen und währenddessen ihren eigenen Gedanken freien Lauf zu lassen, aber jetzt merkte sie, dass sie tatsächlich zuhörte. Hanna benahm sich überhaupt nicht wie ein Guru, war weder Popstar noch besaß sie magische Kräfte. Sie war – Ingrid widerstrebte es, das zuzugeben –, Hanna war in Ordnung. Ihre Gedanken besaßen Tiefe.

»Und gewiss wird mir manchmal das Zepter aus der Hand genommen«, fuhr Hanna fort, »manchmal versteckt sich etwas unter meiner Tastatur und verselbstständigt sich plötzlich, etwas, das mächtiger ist als ich, ein Text, den ich nicht kannte, bevor ich anfing, ihn zu schreiben ...« – Hanna ließ ihren Blick zu Ingrid schweifen, flüchtig, er huschte beinahe vorüber, als wollte sie feststellen, ob Ingrid noch da war, überprüfen, ob sie schon vom Stuhl gekippt war –, »und manchmal spreche ich zu Gott, und das macht mich natürlich verlegen, aber dann denke ich, dass das für mich als Schriftstellerin ein völlig normaler Prozess ist. Schließlich sprechen Menschen tagtäglich mit Menschen, die nicht da sind, die unsichtbar sind, ich projiziere meine eigenen Probleme auf ihr Dasein, verehre manche fiktiven Figuren, die niemand sonst sehen kann. Ich denke, das ist wie ein Gebet. Meine Visionen sind manchmal sogar wegweisend. Das hat mich erschreckt ...«, an dieser Stelle holte sie tief Luft, »und seitdem führe ich Gespräche mit einem sehr gläubigen guten Freund ...«, wieder streifte ihr Blick flackernd Ingrids. »Er sagt, eine gute Autorin und ein ganz passabler Pfarrer hätten viel gemeinsam, sie müssten ihren fiktiven Romanfiguren verzeihen, ihren Motiven glauben und ihnen Frieden schenken, wie anstrengend das auch sein möge. In meinen Romanen kommen viele Idioten vor, wenn ich sie nicht hätte verstehen wollen, wären sie schablonenhafte, leblose, verkleidete Anziehpuppen geblieben.«

Ganz schön frech, dachte Ingrid, frech, oder aber sie will mir etwas sagen, so als würde sie meine Frage bereits kennen und hätte vor, sie hier in aller Öffentlichkeit zu beantworten. Ingrid sah zur Uhr, wie lange würde sie das noch aushalten? Welchen

Eindruck würde es machen, wenn sie plötzlich aufstünde und mitten in der Veranstaltung einfach ginge? Würde es Hanna durcheinanderbringen, oder würde sie einen Seufzer der Erleichterung ausstoßen? Was tat sie eigentlich hier? Weshalb setzte sie sich dem überhaupt aus? Und was wollte sie eigentlich von Hanna, die das Messer nur noch tiefer in sie hineinstieß?

»Zu schreiben, während Gott einem über die Schulter schaut – was soll dabei herauskommen?, könnte man sich fragen, ein Superego, das straft und lobt, werden viele denken. Aber ohne Gottes Gegenwart zu schreiben wäre für mich so, als würde ich mich mit seelenlosen Dingen beschäftigen. Mit Worten, die nicht mehr lebendig sind.«

Ingrid verspürte einen Stich in der Brust. *Seelenlose Dinge. Worte, die nicht mehr lebendig sind.*

»Mein guter Freund, der Pfarrer, meint zum Beispiel, dass alle Kreativität derselben Quelle entspringt. Über allem ruht der Heilige Geist. Oder wie es Sven Delblanc formuliert hat: *Denn die Liebe ist die Feder von Gottes Flügel, die in der Waagschale alles Blei des Lebens aufwiegt.*«

Und da wusste Ingrid auf einmal, was sie so schmerzte: Sie war nicht eifersüchtig, sie war nicht wütend, weil Hanna (möglicherweise, vermutlich) seine Küsse erwiderte – sie war *neidisch.* Sie wollte an ihren Unterredungen teilhaben. Im Grunde war es ihr vollkommen egal, ob sie miteinander ins Bett gingen. Bitte sehr, hatte sie gedacht, nimm ihn dir, ich bin nicht interessiert. Schlaf ruhig mit ihm, wenn dich Selbstmitleid, schlaffe Haut und Falten anmachen. In diesen Momenten war sie außer sich vor Wut. Es tat gut, wütend zu sein. Aber dieses Gefühl war ebenso schnell wieder vorbei. Was blieb, war der Neid, der sie lähmte. Er war destruktiv, weil er missgünstig war.

Die Wahrheit lautete, dass Hanna Lund ihrem Mann dabei half, ein Buch zu schreiben. Und sie durfte nichts davon lesen, ihnen nicht Gesellschaft leisten, durfte seine Gedanken nicht teilen, daran Anteil haben. Das wollte er lieber mit jemand anderem tun. Jemandem mit knallroter Bluse, frechen Stiefeln und rotem Schreibtisch, der sich weigerte, sich mit seelenlosen Dingen zu befassen. Ihr Mann, *die Feder von Gottes Flügel, die in der Waagschale alles Blei des Lebens aufwiegt.*

Ingrid erinnerte sich noch an das erste Mal, als sie ihn gesehen hatte, nicht an ihre erste Begegnung, ihr erstes Mal, sondern daran, wie sie ihn zum ersten Mal wirklich *gesehen* hatte. Ihre Schwester war zu Besuch gewesen und schlief im Wohnzimmer, Ingrids Wohnung war klein gewesen, aber sie hatte ein breites Bett gehabt, in dem Karl Erik immer häufiger übernachtete. Sie waren leise gewesen in jener Nacht, und am nächsten Morgen ging er zuerst ins Bad. Aber er ließ die Tür einen Spalt offen stehen, mit Absicht, sie hatte ihn schon geweckt deshalb, weil er immer behauptete, dass es ein »Missgeschick« sei, wo sie doch genau wusste, dass er es absichtlich tat. Dummer Karl Erik, als hätte sie ihn da nicht schon gekannt! Ingrid war zur Tür geschlichen, hatte durch den Türspalt gespäht und ihn zum ersten Mal *gesehen.* Ihren Mann. Sie hatten bereits miteinander geschlafen, hatten sich erkannt, einander berührt, äußerlich wie innerlich, aber sie hatte ihn noch nie so *gesehen.* Wie da. Wie er in den Dunstschwaden im Badezimmer stand, leicht verschwommen, mit geröteter Haut und mit nassem Haar, und sich rasierte. Ihr Blick glitt liebkosend über seinen Rücken und weiter hinab, wo er so schön geschwungen in seinen nackten Hintern überging, sein Hintern war knackig, heller noch als die Schenkel; Karl Erik war kein Muskelpaket, aber ausreichend muskulös, seine Hand fuhr über das Kinn, als er den Schaum vom Adamsapfel abrasierte. Da stand er – und hier stand sie – und betrachtete ihn. Plötzlich hörte sie ihre Schwester ebenfalls durch den Flur schleichen. Einen flüchtigen Moment war Ingrid verlegen, dann legte sie einen Finger an den Mund und bedeutete ihr, näher zu kommen; sie kam herangeschlichen, und wie früher als Kinder schauten sie zusammen durch den Türspalt. Einen Augenblick hatten sie so da gestanden, und eine Welle von Stolz hatte Ingrid überlaufen. Mein Mann, das ist mein Mann, hatte sie gedacht und sachte die Badezimmertür zugezogen.

Es gab eine Pause, Wein wurde verkauft, Rotwein und Weißwein. Ingrid holte sich ein Glas. Sah aus dem Augenwinkel zu Hanna hinüber, die sich mit einem Mann in einem braunen Jackett und lilafarbenen Polohemd unterhielt. Sie wusste sich in Szene zu setzen, dachte Ingrid, er sah verflixt gut aus, ähnelte Hanna ein wenig, sie hatten denselben Haaransatz, auch ein ähnliches Lachen, sie passten gut zusammen, dachte Ingrid noch, bevor sie entschied, dass er auch Hannas Bruder sein könnte, dass er besser ihr Bruder als ein möglicher Liebhaber wäre. Warum empfand sie das so? Der Mann im Polohemd hätte schließlich die erhoffte Antwort sein können – der Mann, der der ganzen Situation das Bedrohliche nahm. Der Mann, mit dem Hanna tatsächlich ins Bett ging. Ingrid wurde klar, dass sie nicht mehr wusste, worauf sie eigentlich eine Antwort haben wollte, und dass sie eigentlich ihre Rivalin überhaupt nicht kannte. Ingrid hatte Karl Erik nie danach gefragt, ob Hanna Geschwister hätte, ob ihre Eltern noch lebten, aus welcher Stadt sie kam, weshalb sie keine Kinder hatte. Warum hatte sie das nie herausfinden wollen? Es hatte sie einfach nicht interessiert. Sie kam sich vor wie der letzte Idiot.

Ingrid trat auf die Straße, trank ihren Wein aus dem Plastikbecher und spürte, wie die Selbstverachtung immer wieder aufflammte. Der Wein war lauwarm. Sie wollte jetzt gehen. Sie musste nicht hören, dass es passiert war. Es spielte keine Rolle mehr. Sie war bereits gekränkt worden. Und sie kam zu dem Schluss, dass es gut war, wie es war. Sie wollte ja gar nichts anderes hören! Lieber Gott, wenn Hanna nun alles abstreiten und sagen würde, wie es womöglich *auch* war, dass sie nur gute Freunde, *Seelenverwandte* waren, dass sie einander unterstützten, dass er mit ihr über das sprach, was *alles Blei des Lebens aufwiegt*, und sie ihm half, seinen Traum zu verwirklichen, den Traum, über den Ingrid nur gelacht hatte, dieses verdammte Buch zu schreiben, ja, welchen Grund hätte sie dann zu gehen? Warum konnte sie ihm das nicht gönnen? Diesem armen kranken Kerl. Diesem verblendeten Narr. Diesem lüsternen Narr. Sie wollte gar nicht, dass Hanna es leugnete, weil ihr das ihre Kraft und ihren Freifahrtschein nehmen würde: Er betrügt mich, er hat eine Geliebte, und das gibt mir das Recht, ihn zu verlassen. Mich trifft keine Schuld. Es war nicht meine Entscheidung, sondern seine.

Da stand sie plötzlich vor ihr. Hanna hatte sich von dem attraktiven »Bruder« losgerissen und stand vor Ingrid auf dem Gehsteig. Ein paar Raucher, die sich etwas abseits hielten, winkten Hanna zu sich.

»Komme gleich«, rief sie und rührte sich nicht vom Fleck. »Hallo, das ist aber eine Überraschung«, begrüßte sie Ingrid.

Von nahem wirkte sie älter. Von ihrem Stuhl im Publikum aus hatte Ingrid eine Autoritätsperson in ihr gesehen. Als Hanna nun vor ihr stand, sah sie sowohl kleiner, älter und vor allem fülliger aus. Kleine Schweißperlen glitzerten auf ihrer Oberlippe. Ihre Brüste waren klein. Ihre Zähne ganz und gar nicht weiß. Der Kautabak, dachte Ingrid und fasste Mut.

»Ich kam zufällig vorbei«, sagte sie, »und das hörte sich interessant an.« Ich bin ja Psychotherapeutin, wollte sie fast hinzufügen und ausnutzen, dass das viele Menschen verunsicherte, weil sie glaubten, dass sie sie durchschaute. Aber Ingrid verkniff sich die Bemerkung und sagte stattdessen: »Der kreative Prozess spielt ja auch bei meiner Arbeit eine große Rolle.«

Hanna fuhr sich mit einem Zeigefinger über den Mund und strich sich dann durchs Haar.

»Ich habe ja immer noch einige Patienten …«, fuhr Ingrid fort und beobachtete, wie Hannas Hand in ihrer Jeanstasche verschwand und – tatsächlich – eine Dose Kautabak herausfischte.

»Und, neue Erkenntnisse gewonnen?«, fragte Hanna und klemmte sich ein Stück des Tabak unter die Oberlippe.

Ingrid zögerte.

»Ein paar sicherlich«, sagte Ingrid und bereute es sogleich.

Das klang kleinlich. Aber sie war kleinlich, sie wollte dieser Frau, die ihr schon den Mann weggenommen hatte, keinen Millimeter mehr zugestehen.

»Das freut mich«, sagte Hanna kurz angebunden und fügte mit einem schiefen Lächeln hinzu: »Ich habe gerade mit Karl Erik telefoniert.«

Und Ingrid konnte nicht anders, sie zuckte zusammen.

»Er war allein zu Hause, hatte offenbar auch Hunger, er fragte, wo ich sei, er schien nicht zu wissen, dass Sie in der Stadt sind.« Sie sah Ingrid unverwandt an und beendete ihre süffisante Information mit den Worten: »Sie sollten ihn vielleicht anrufen, damit er Bescheid weiß. Entschuldigen Sie, aber ich muss jetzt wieder rein.«

Dann drehte sie sich um und ging zurück in die Buchhandlung. Die Raucher drückten ihre Zigaretten aus und folgten ihr, die Leute begannen mit den Stühlen zu scharren. Und Ingrid stand immer noch da. Auf dem Gehsteig mit ihrem Plastikbecher in der Hand und hatte das Gefühl, als wüsste sie nicht mehr, wie man atmet.

BRANDENBURG 1945

Am späten Nachmittag erreichten sie endlich eine Siedlung, einen kleinen Bauernhof mit Stall und Scheune, Schuppen und Baracken. Soldaten waren nicht zu sehen, tatsächlich zeigte sich keine Menschenseele. Hedwig wollte schon zum Brunnen gehen, um sich zu waschen, bevor sie beim Bauern anklopfte, Irene aber machte es anders, sie beugte sich vor, rupfte eine Handvoll Löwenzahn aus dem Gras und rieb sich das Gesicht damit ein. Ein paar Blätter steckte sie in den Mund. Sie verzog das Gesicht. In der Tat, mit den Blättern im Mund sah sie beinahe so aus, als hätte sie keine Zähne mehr. Als Hedwig sich weigerte, es ihr nachzutun, befahl Irene ihr, hinter der Hausecke zu warten. Dann klopfte sie an. Mehrmals. Niemand öffnete. Hedwig sah sie zum Fenster gehen und ins Haus spähen. Sie stand auf den Zehenspitzen und schirmte mit einer Hand ihre Augen ab. Danach ging sie wieder die Treppe hoch und drückte die Türklinke herunter – die Tür war offen. Sie nickte Hedwig zu, und sie gingen hinein.

Drinnen herrschte ein einziges Durcheinander. Bettzeug, verstreute Papiere, zerschlagene Möbel, zertrümmertes Porzellan, Stühle ohne Beine, Töpfe, Glassplitter, zerbrochene Bilderrahmen. Kacke und Blut. Federn klebten an Fotografien, saßen an leeren Weinflaschen und in ausgekratzten Konservenbüchsen.

Das Klavier war als Toilette missbraucht worden, Fliegen schwirrten über den braunen Haufen auf der Tastatur. Große gelbe Flecken verunstalteten Polster und Bettdecken. Die Wände waren beschmiert, Bücher zerfleddert, die Einbände aufgeschlitzt, die Buchseiten herausgerissen.

Hedwig musste plötzlich an das Eichkatznest denken. Daran, wie sie mit hochgezogenen Beinen auf der Couch gesessen und gelesen hatte, während der Ofen knisterte. Das Mädchen tauchte in dieser Erinnerung nicht auf. Wo war es? Es lag doch wohl in seinem Bett und schnorchelte? Träumte süß von den Geschichten, die Hedwig ihr gerade erst vorgelesen hatte? Oder hatte ihr Gedächtnis ausgerechnet jenes Mal – das einzige Mal – hervorgeholt, als Hedwig dem Mädchen nicht die Windeln gewechselt hatte und es brüllend mit vollen Hosen und wütenden rotgeweinten Augen zu Bett gebracht hatte?

Sie hatte etwas zu Ende schreiben müssen, ein paar Seiten nur noch, aber es hatte nicht funktioniert. Der Wille des Mädchens war zu stark gewesen. Es konnte ja nicht verstehen, dass eben jene Seiten, die Hedwig abschließen wollte, zu ihrem Lebensunterhalt beitrugen. Noch nicht einmal die Männer verstanden schließlich, dass Frauen dasselbe Bedürfnis wie sie hatten, etwas zum Unterhalt beizutragen. Oder auch die Kinderlosen, die sich aufbliesen und sich nicht ausmalen konnten, welche Machtkämpfe eine Mutter mit einem verkapselten Stück Dynamit auszutragen hat.

Also hatte Hedwig das Mädchen aus dem Bett gehoben und ihre dreckige Windel gewechselt. Daran erinnerte sie sich genau. Trotzdem schämte sie sich noch immer bei der Erinnerung an diesen Vorfall, doch es war so, als ließe die Scham sie verstummen. Sie verschloss ihr das Herz. Was blieb, war nur ein schlechtes Gewissen. Ein entsetzlicher, ewiger Irrtum! Das würde sie ihr sagen. An dem Tag, an dem sie wieder vor ihr stehen würde,

würde sie, Hedwig, mit Gottes Hilfe sagen: Es gab so viel, was du nicht verstanden hast. So viel, dass ich es dir nicht sagen konnte. So viel, was ich nicht wusste. Und dann würde sie das Mädchen an sich ziehen und den Duft ihrer Kopfhaut einatmen, so wie das Mädchen gerochen hatte, als es noch ganz winzig, neugeboren und hilflos gewesen war.

Hier gab es nichts zu essen. Nichts zu stehlen. Nun, Brennholz natürlich, aber das konnten sie nicht mitschleppen. Irene ging durch das Haus und wühlte hier und dort – sogar im Kompost –, ohne fündig zu werden. Fand noch nicht einmal ein paar Kartoffelschalen. Der Hühnerstall war wie leer gefegt, die Scheune genauso. »Vielleicht gibt es noch ein paar Rapssamen, die man durch den Fleischwolf drehen kann«, sagte sie – aber nein, sie kehrte gleich darauf mit leeren Händen zurück.

Sie blieben auf dem Kiesweg stehen. Hedwigs Thermoskanne war leer. Der Hunger war wieder da, es wurde allmählich Abend. Sie überlegten, hier zu bleiben, entschieden sich dann aber doch, dass es besser sei, weiterzugehen. Sie konnten im Wald übernachten, es war schließlich nicht kalt, es war Hochsommer. Nicht eine Wolke zeigte sich am Himmel.

»Wir machen ein Feuer und kochen uns Brennnesseln, Farnstängel, vielleicht finden wir Blaubeeren. Pilze. Es kann nicht mehr weiter als vierzig, höchstens fünfzig Kilometer sein, das überleben wir. Ein paar Tage überleben wir ohne richtiges Essen. Wenn du erst einmal dein Kloster erreicht hast, ist schließlich alles vorüber. Das glaubst du doch, oder?«

In Irenes Stimme lag ein Unterton, aus dem Hedwig nicht schlau wurde. So als wäre Irene aus irgendeinem Grund böse auf sie. Als versuchte sie, Hedwig aufzumuntern, dabei hatte sie doch gar nicht gejammert. Sie war sogar voller Bewunderung für Irene. Sie war eine entzückende Mischung aus widerstreitenden Wesenszügen, ebenso schlagfertig wie liebevoll, ebenso ungehobelt wie intelligent. Die Fragen, die sie stellte, ihr unbändiger Lebenswillen … Hedwig brauchte Irene, das war unumstritten, sie brauchte ihre Kraft, auf der Reise wie auch in ihrem Roman. Wer war sie nur? Zumindest niemand, vor dem Hedwig sich lächerlich machen wollte.

Vielleicht sieht man es mir an, dachte sie, sieht mir an, dass ich mich von Zuversicht nähre, die zwischendurch nachlässt. Aber sie erwähnte es nicht, wollte die Verzauberung der letzten vierundzwanzig Stunden nicht zerstören. Es war kindisch, aber wahr – am liebsten hätte sie nach Irenes Hand gegriffen und sich mit ihr hinaus ins Abenteuer gestürzt, als wären sie zwei Schulmädchen, doch stattdessen nahm Hedwig ihre Reisetasche. Bemerkte, wie ein Bein taub wurde. Es in der Leiste stach. Lieber Herrgott, murmelte sie still.

Gerade als sie dem Hof den Rücken kehren wollten, kam eine Katze über den Kiesweg auf sie zugelaufen; ein zerzaustes schwarzes Ding, ganz und gar nicht unterernährt, wie man vielleicht hätte meinen können. Fett und zutraulich näherte sie sich ihnen und strich um das Treppengeländer.

Irene beugte sich hinunter, lockte sie herbei, und das Tier kam furchtlos zu ihr und ließ sich streicheln. Ein seltsames Gefühl überkam Hedwig, als sie so danebenstand. Sie wollte diese Katze sein, wollte, dass diese Stimme, Irenes sanfte Schmeichelstimme, zu ihr spräche. Wollte wie eine Katze liebkost werden, dort auf Irenes Schoß liegen und schnurren, die Augen schließen, schlafen. Ihr Blick fiel auf Irenes schmutzige Hände, die dreckigen Nägel, wie sie hätscheln konnten. Dann bekam Hedwig Panik. Trat unruhig auf der Stelle. Sie mussten weiter. Und ohne dass sie wusste, woher es kam, hörte sie sich sagen:

»Ich habe ein Messer.«

Irene hob den Kopf. Ihre Augen wurden schmal. Ihre Hand verharrte. Die Katze schaute sie an.

»Wie bitte?«

»Das war ein Scherz!«, Hedwig lachte. Irene bohrte schweigend ihren Blick in sie und erhob sich langsam. Sie stellte sich so dicht vor Hedwig, dass diese ihren Atem spürte.

Die Katze lief den Kiesweg hinunter und kroch unter das Haus. Hedwig sah, wie Irene die Hand zur Faust ballte, mit der sie gerade noch die Katze gestreichelt hatte. Jetzt standen sie dicht nebeneinander. Nur ein hauchdünner Abstand trennte sie. Hedwigs Wangen wurden heiß. Für einen flüchtigen Moment wusste sie nicht, ob ein Kuss oder eine Ohrfeige in der Luft lag, alles schien zu beben. Sie hatte doch nur gescherzt, als sie das mit dem Messer gesagt hatte, das hatte sie doch?

Da drehte Irene sich jäh um und hob ihren Rucksack auf.

»Wir müssen weiter«, sagte sie und hielt auf den Wald zu.

Später am Nachmittag gesellten sie sich zu einer Gruppe Frauen und Kinder. Woher sie kamen, war unklar, aber sie waren auch unterwegs. Nicht gen Osten, wie Irene und Hedwig, aber unterwegs zum nächsten Bahnhof; je nachdem, welche Papiere sie bei sich trugen, mussten sie verschiedene Besatzungszonen umgehen. Die Gruppe bestand aus einer Mutter mit vier Kindern – zwei kleinen Knaben, einem Baby und einem jungen Mädchen mit langen, zu einem Pferdeschwanz gebundenen Haaren –, einer älteren Frau, die stark hinkte, einer anderen, noch älteren, mit kräftigen Fäusten und wippendem Schritt, drei Frauen in Hedwigs Alter, einem zwölfjährigen Jungen und einer schwangeren, kahlköpfigen Frau.

Sie hatten es wie Irene gemacht, hatten alles getan, um dreckig und unattraktiv auszusehen. Sie hatten sich mit Matsch eingerieben, sich Blätter in den Mund gesteckt und zerrieben den Löwenzahn und die Butterblumen, die immer noch am Wegesrand wuchsen, auf Lippen und Stirn. Sie gingen langsam, schweigend, trugen schwer an ihren Bündeln. Selbst die Kinder. Das Baby schlief wie betäubt.

Am Abend kamen sie zu einer Scheune. Darin stank es nach Urin, aber sie war verlassen. Hätten sich keine Regenwolken am Himmel aufgetürmt, hätten sie alle draußen geschlafen. Auf der Rückseite des Gebäudes lag ein aufgedunsener Hundekadaver, Fliegen surrten um ihn herum. Irene und Hedwig legten sich Seite an Seite ins Stroh. Manche der Frauen hatten sich die Haare geschoren, sah Hedwig, als sie ihre Kopftücher abnahmen, sie über ihre Bündel breiteten – ihre Kopfkissen. Dem jungen Mädchen hatte der Hunger die Haare ausgedünnt, dicke Haarbüschel fielen aus, als sie trotzdem versuchte, sich zu kämmen, bevor sie sich hinlegte. Sie war sehr hübsch. Sah aber so ängstlich aus, dass Hedwig verstand, dass ihre Verkleidung als Vogelscheuche die Russen nicht hatte abschrecken können.

»Es geht nicht um Begehren«, wisperte Irene, »es geht darum, den Hochmut der germanischen Frau zu brechen.«

Fast alle schliefen augenblicklich ein, sie waren vollkommen erschöpft. Die Suppe, die sie vor der Scheune gekocht hatten, war dünn gewesen, hatte aus Kartoffelschalen und Löwenzahnblättern bestanden. Regen prasselte auf das Scheunendach herunter.

Neben Hedwig lag einer der Knaben, er schien Fieber zu haben und phantasierte. Daneben das junge Mädchen, auch sie schlief unruhig. Das Baby gab keinen Ton von sich. Irene hatte Hedwig den Rücken zugedreht. Sie hatte ihr nicht gute Nacht gewünscht. Entweder war sie einfach müde, oder aber es war etwas geschehen … zwischen ihnen geschehen, da, auf der Treppe, mit der Katze.

Es wurde Nacht, die Mondsichel, scharf wie ein Messer, verschwand hinter den Wolken; langsam, ganz langsam brach hinter den Feldern ein neuer Tag an. Der Regen ließ nach und kam wieder. Und Hedwig gewöhnte sich an den Gestank in der Scheune.

Plötzlich wurde das Tor aufgerissen, ein Mann mit einer Taschenlampe erschien in der Türöffnung. Die hätte er nicht gebraucht, die Sonne ging gerade auf, und das Licht strömte durch das Scheunentor herein. Der Lichtkegel wanderte über sie. Von Gesicht zu Gesicht. Hedwig lag auf dem Bauch. Sie vergrub die Nase im Stroh, sah aus dem Augenwinkel, wie er den Gewehrlauf in den Körper der ersten Frau stieß, er wollte ihr Gesicht sehen, sie drehte sich um, er schaute sie an, seine Augen glitten über ihren Körper, dann stach er der Frau daneben das Gewehr in den Rücken. Er grunzte, grinste und schüttelte den Kopf. Wortlos machte er weiter. Als er die kahlköpfige Schwangere sah, rümpfte er nur die Nase. War er allein, waren noch mehr von seiner Sorte draußen? Weshalb sagte er nichts? Weshalb brüllte er nicht? Hedwig wagte nicht, den Kopf zu drehen, sich zu rühren. Sie war nicht die Jüngste, war nicht die Schönste, wenn er allein war, würde er eine der anderen wählen, dann bliebe sie verschont. Aber falls sie da draußen zu mehreren wären … was hatte Irene noch gleich gesagt – nicht schreien, dann kommen mehr und wollen auch einen Anteil an der Beute. Hedwig wünschte, Irene würde auf der anderen Seite liegen, sie hätte gerne irgendetwas, einen kleinen Hinweis an ihren Augen abgelesen. Doch Irene kehrte Hedwig immer noch den Rücken zu und rührte sich nicht.

Dann machte der Mann einen Schritt über die Leiber hinweg, näherte sich Hedwig, sie spürte ihr Herz im Mund pochen, als läge es ihr auf der Zunge und sie könne es zerkauen. Nicht weit von ihr lag bebend das junge Mädchen, auch sie hatte sich unbemerkt auf den Bauch gedreht. Jetzt pochte Hedwigs ganzes Gesicht, gleich würde er ihr seine Gewehrmündung in den Rücken stoßen, gleich würde sie sich umdrehen und ihm in die Augen sehen müssen. Er würde eine Wahl treffen. Er würde … Er beugte sich über das junge Mädchen.

Da hörte Hedwig jemanden aufschreien und sah im Dämmerlicht, wie sich eine Frau erhob.

»Nimm mich! Hier bin ich, nimm mich – hier, schau her und nimm mich!« Der Schein der Taschenlampe huschte durch die Scheune und machte bei der Mutter des Mädchens halt. Sie versuchte, seine Aufmerksamkeit zu gewinnen, fuhr sich durch die Haare, stellte einen Fuß schräg vor den anderen. Das Baby lag im Stroh, der Lichtkegel wanderte über ihren Körper, der Mann lachte auf und ging zur Mutter, packte ihren Arm und schleifte sie hinaus auf den Hof.

Kein Laut war in der Scheune zu hören, doch dann begann der Säugling zu schreien, eine der älteren Frauen stand auf und wiegte den kleinen Knaben wieder in den Schlaf, barg sein hochrotes Gesicht an ihrem Hals. Das junge Mädchen brach in Tränen aus, Irene zog sie an sich und streichelte ihr über den Rücken. Nicht so wie sie die Katze gestreichelt hatte, sondern bewusster, mit beinahe rhythmischen Bewegungen.

Hedwig war starr vor Schreck. Sie verspürte ein Brennen zwischen den Beinen. Das Stroh pikste. Die Strümpfe kratzten. Sie hatte sich in die Hosen gemacht. Nimm mich, murmelte sie leise vor sich hin, nimm mich …

SIGTUNA 1985

Mein Vater forscht für ein paar Tage im Turmzimmer der Sigtunastiftung. Ich bin mitgefahren. Kann hier ebenso gut wie in der Schule sitzen und lernen. Wir sollen selbstständig ein Thema bearbeiten und haben eh nur jede Menge Freistunden. Es heißt, dass ich bald nicht mehr zur Psychologin gehen soll. Ich sei mittlerweile recht normal, sagen sie. Aber ich weigere mich, daran zu denken. Erst einmal muss schließlich das Spiel fertig werden.

Ich liege in »Marias Unruh« – so heißt mein Zimmer in der Stiftung – und lese etwas über den Zweiten Weltkrieg. Sie, die Stimme im Radio, hat ihn auch miterlebt. Sie hatte Nummer A3709.

Ich habe aber jetzt gerade keine Lust, an die Stimme im Radio zu denken, sondern bin im Handumdrehen mit dem Zweiten Weltkrieg fertig. Dann gehe ich auf Entdeckungstour im Gebäude. Als ich zuletzt hier war, war ich noch klein, ich habe meine Mathehausaufgaben gemacht und Enid Blyton gelesen, damals war es hier ziemlich öde. Inzwischen finde ich es eigentlich ganz spannend, weil ich jeden Winkel kenne, jede knarrende Stufe, die Stühle aller Bischöfe, jedes Versteck, in dem die Gäste des Hauses die Keksdosen horten, nachdem die Hauswirtschafterin Feierabend gemacht hat. Und weil ich weiß, wann niemand in der Bibliothek ist. Ganz hinten in der zweiten Schublade rechts im Schreibtisch liegt nämlich ein Schlüssel – für den Giftschrank! Darin steht die *sittenwidrige* Literatur.

Diese Stiftung ist nämlich wie ein Kloster, die geistige Hygiene muss erhalten bleiben. Deshalb sind auch alle so gütig hier! Nichts *Supernaturalistisches*, so weit das Auge reicht. Aber man muss nicht fromm sein, um hier forschen zu dürfen. Mein Vater glaubt kein bisschen an Gott. Aber Wissenschaftler glauben auch an etwas, wofür es noch keine Beweise gibt. Darum geht es bei der Forschung, an seinem Glauben festzuhalten, bis man am Ziel ist. Es gibt viele Wissenschaftler, deren These nie bewiesen werden wird, trotzdem forschen sie weiter. Wie die Irren. Bis ihnen die Mittel ausgehen, sich die Mode ändert oder sie auf dem Scheiterhaufen verbrannt werden. Den Mann, der erkannt hat, dass die Welt rund und keine Scheibe ist, haben sie buchstäblich zu Tode gemobbt. Oder dieser andere, der das Penicillin erfunden hat, während die anderen sich über ihn totgelacht haben.

Ich weiß, dass Papa großes Mitleid mit ihnen hat. Das habe ich auch. Aber vielleicht habe ich noch mehr Mitleid mit denen, die an Gott glauben, weil sie nie einen Beweis für seine Existenz finden werden, und wenn sie noch so viel forschen. Bis es zu spät ist. Ob das nicht noch mutiger ist? Über das nicht Beweisbare zu forschen? Obwohl man schon zugeben muss, dass Marie Curie, die an der ganzen Röntgenstrahlung gestorben ist, ebenfalls schrecklich mutig war.

Manchmal kommt mir der Gedanke, dass vielleicht genau das der Sinn des *Großen Therapiespiels* ist. Nicht einfach so Knall auf Fall zu sterben, während die Mittel eingefroren werden und alle einen auslachen – sondern, dass *das eigentliche Ziel* etwas sein muss, an das man glauben kann. Es wäre doch völlig absurd, wenn der einzige Sinn des Lebens wäre, möglichst viele Hotels an sich zu raffen.

Ich versuche das auf der Zielkarte festzuhalten. Das ist nicht so einfach. Aber ich gebe nicht auf. Während ich darauf warte, dass sich die Bibliothek leert, formuliere ich verschiedene Entwürfe. Lege die Karten zum Spiel und verwerfe sie kurz darauf wieder. Es will einfach nicht so werden, wie ich es haben will, weshalb ich die meiste Zeit auf dem Bett vor mich hin faulenze und mit den Wissenschaftlern mitfühle.

Wenn ich es so bedenke, gibt es in der Stiftung überhaupt viel Mitgefühl. Hier sind viele gütige Menschen, die mit wohlerzogenen, manierlichen Stimmen sprechen. Es ist eine Frage der Harmonie. Menschen mit verhaltener Stimme, die sich zu beherrschen wissen, sind vorbildlich. Am besten sollte man vor dem Frühstück auch noch tausend Meter schwimmen. Als ich damals hier war und angestaubte Köpfe gezählt habe, habe ich ihnen noch die Zunge rausgestreckt und mein Butterbrot unter den Tisch geklebt. Aber je älter ich werde, desto mehr erkenne ich, dass man von verschiedenen Tatsachen in dieser Welt absehen muss. Man sollte nur nicht vergessen, sich vor Stimmen in Acht zu nehmen, die netter klingen als das, was die Augen sagen. Güte, von der immer nur gesprochen, die aber nie in die Tat umgesetzt wird, ist fragwürdig. Alles ach so Liebenswürdige, das sich selbst gerne im Spiegel betrachtet, ist verlogen. Das habe ich hier in der Stiftung gelernt.

Was ich hier nicht alles gelernt habe! Und bald werde ich noch viel mehr wissen. Ich denke da an den Giftschrank!

Der Giftschrank ist meine persönliche Akademie. Und es fällt niemandem auf, wenn ein Buch daraus verschwindet. Ich klaue sie nicht. Ich leihe sie mir nur aus und lese sie auf meinem Zimmer, bis die Scheiben beschlagen. Ich habe beschlossen, alles zu lesen.

Henry Miller und Anaïs Nin, Die Fräuleins von Pahlen und *Die Geschichte der O.* Ich bewerte sie, *Lolita*, *Das Lied vom roten*

Rubin, Inge und Sten. Aber bei manchen Büchern ist mir schleierhaft, warum sie in dem verbotenen Schrank stehen, man findet gar nichts Anrüchiges darin. Zum Beispiel die kleinste Bibel der Welt oder eine Originalausgabe von Immanuel Kant. Aber die stelle ich rasch wieder zurück. Es gibt so vieles, was ich mir nie selbst hätte ausmalen können, wie *Mann im Käfig. Bekenntnisse eines Homosexuellen*, oh Mann, sag ich da nur, oder die Hite Reports. Laut der Hite Reports kann alles normal sein. Das zu wissen ist beruhigend.

Beim Essen bekommen wir den besten Tisch. Wissenschaftler wie mein Vater haben einen festen Platz dort. Ich habe hier schon Hunderte Male gesessen. Man kennt uns. Das Essen schmeckt gut. Und manchmal leistet uns ein Schriftsteller Gesellschaft. Schriftsteller, die hier in der Stiftung arbeiten, sehen nie so aus wie die, die man im Fernsehen sieht. Sie würden niemals zehn Seiten pro Tag schaffen. Ich habe hier welche getroffen, die manchmal nur eine Zeile zustande bringen. *Eine einzige Zeile in vierundzwanzig Stunden*. Die meisten Autoren hier sehen ganz gewöhnlich aus, nicht selten haben sie gelbe Fingerkuppen, und sie sagen seltsame Dinge, stottern oder sind betrunken und prahlen.

Aber der Schriftsteller in dieser Woche hat frischgewaschenes Haar und riecht gut. Aber er unterhält sich fast nur mit meinem Vater, manchmal sieht er mich an, aber meistens geht es um Prionen. An Prionen scheint er gewaltig interessiert zu sein. Nach vielem Wenn und Aber fragt er mich endlich, was ich hier tue. Ich sage, dass ich für die Schule lerne.

»Zweiter Weltkrieg«, sagt mein Vater.

Ich nicke tapfer.

Der Schriftsteller hat wirklich sehr blaue Augen, und wenn man einmal davon absieht, dass er *de facto* mit meinem Vater flirtet, ist er phantastisch. Zum Anbeißen. Genau mein Typ. Möchte ich womöglich Küsse aus seinem Mund trinken, seine Alabasterschenkel um meine Taille spüren? Vielleicht wichst er ja, wenn ihm nicht mehr als eine Zeile einfällt?

Als mein Vater aufs Klo geht, korrigiere ich, was er zuvor gesagt hat.

»Mit dem Zweiten Weltkrieg bin ich schon fertig«, sage ich. »Jetzt wühle ich mich durch den Giftschrank.«

Ich sehe, wie er die Augenbrauen hochzieht, seine Lippen sich teilen und es in seinen Augen aufblitzt. Er sieht wirklich gut aus.

»Nicht zu fassen!«, sagt er.

Weil es nicht besonders höflich ist, während des Essens zum Klo zu gehen, hat mein Vater selbst Schuld – denn als er zurückkommt, ist der Autor mindestens ebenso interessiert an mir wie an den Prionen. Wirft mir beim Kauen ständig Blicke zu.

Nach dem Abendessen will mein Vater im Turmzimmer noch *eine Feldstudie zur Entspannung kompressibler Flüssigkeiten* zu Ende bringen. Das bedeutet, er will einen Cognac trinken, wie ich zufällig weiß. Ich sehe, wie er eine einladende Geste in Richtung des Autors macht. Meine Mutter wäre wahnsinnig geworden. Aber meine Mutter ist nicht hier, und der Autor versteht, was er meint, lehnt jedoch ab. Er sei müde, sagt er. Und steuert sein Zimmer an.

Ich folge ihm. Sehne mich nach dem Kinsey-Report. Das ist das dickste Buch, das ich jemals gelesen habe. Aber ich kann nicht aufhören, dem Autor auf den Hintern zu gucken. Er bewegt sich so einfach und doch so geschmeidig in diesen Hosen, die Gott sei Dank keine Cordhosen, sondern Jeans sind (ansonsten läuft in der Stiftung wirklich viel Cord herum, das muss man sagen). Da dreht er sich um und bittet mich, ihm den Giftschrank zu zeigen.

Ich nicke. Noch weiß ich nicht, weshalb. Er kann ja selbst auf Entdeckungsreise gehen, denke ich. Aber als wir den Gang hinter der Kirche durchqueren, spüre ich seinen warmen Atem in meinem Nacken. Beim Altar brennen immer noch Kerzen. Es ist erst Viertel nach zehn. Papa betreibt seine »Feldstudien« mit Rémy Martin im Turmzimmer. Und in der ganzen Stiftung ist kein Laut zu hören. Nur aus der Küche kommt ein Klappern, das immer leiser wird. Und da sind wir. Ich und ein Autor. Auf dem Weg zur Bibliothek.

Unten im Lesesaal ist es dunkel, und wie gewöhnlich ist vom Bibliothekar nichts zu sehen. Ich ziehe die Schublade auf und nehme den Schlüssel heraus. Der Autor scheint mehr Schiss zu haben als ich, er kichert wie ein Mädchen und sagt »Pssst!« und ist ganz aufgeregt, ich muss ihn mehrmals beruhigen, sagen, dass um diese Uhrzeit nie jemand hier ist.

Dann machen wir eine kleine Lampe an, eine nur, und blättern in den Büchern. Wir sitzen dicht nebeneinander. Er fragt mich nach meinem Lieblingsbuch. Ich sage »Birgitta Stenberg«, sie benutzt nicht so schwere Wörter. Letzteres sage ich natürlich nicht. Da bittet er mich, ihm laut aus dem Buch vorzulesen. Und ich lese. Wenn auch nicht so laut, ich flüstere eher. Sodass er noch näher rücken muss.

Schließlich geht es nicht mehr. Eine Explosion liegt in der Luft.

Er will mich küssen, sagt er. Falls mein Vater das erlaubt.

Da werde ich so wütend auf ihn, dass ich sein Gesicht zwischen meine Hände nehme und ihn so fest und so lange küsse, dass sich meine Lippen anschließend anfühlen, als wären sie im Skiurlaub gewesen.

Er keucht. Das ist schön. Ich keuche auch. So geht das eine Ewigkeit. Dann lässt er von mir ab, lehnt sich zurück, um Luft zu holen, und sagt: »Was, glaubst du, würde dein Vater davon halten?«

Da bleibt mir nur die Wahl zwischen zwei Dingen. Entweder ich stehe auf und sage: Mach dir doch in die Hosen, du feiger Schriftstellersack!, oder aber ich sehe ihm in die Augen und öffne seinen Hosenstall.

Ich denke nicht lange darüber nach, es ist ein verhältnismäßig schneller Entschluss. Ich entscheide mich für die zweite Möglichkeit. Werde seine Bedenken, was meinen Vater betrifft, ausräumen, aber vernünftig. Psychodoc hat recht, es gibt kein Entweder-oder. Ich lege meine Hand zwischen seine Beine und spüre, dass es unter dem Hosenstall pocht, als befände sich ein kleines Herz darunter. Es fühlt sich fast so an, als würde es ein Eigenleben führen. Wieder schaue ich ihm in die Augen und sage: »Hast du Angst vor Virginia Woolf?«

Das war ein hammerharter One-Liner. Ich bin hochzufrieden. Der Autor ist auch hammerhart. Und wir fangen an, uns zu befummeln. Das hilft mir dabei, die nächste Entscheidung zu treffen, jetzt ist es nur noch eine Zeitfrage, aber ich bin erstaunt, wie er küsst – obwohl er viel älter ist als ich, macht er einfach rum wie einer der x-beliebigen Jungs, mit denen ich schon vor langer Zeit *aufs Ganze* gegangen wäre, wenn sie nur irgendwas im Kopf gehabt hätten. Was der Autor im Kopf hat, weiß ich nicht. Aber er hat zumindest ein Buch geschrieben. Wenn wir fertig sind, werde ich ihn fragen, wovon es handelt.

Da schiebt er mich behutsam weg, und wir fassen uns an den Händen. Es ist ganz eigenartig. Denn mit einem Mal benehmen wir uns so *gesittet*. Wir stellen das Buch zurück, legen den Schlüssel in die Schublade und löschen das Licht. Dann gehen wir auf mein Zimmer. Und tun es.

Er fickt mich. Ich habe überall gelesen, dass es wehtun soll und blutet, aber das scheint entsetzlich übertrieben zu sein, es brennt ein bisschen, aber es kommt kein einziger Tropfen Blut. Mir ist es schnuppe, denn ich weiß, dass das Jungfernhäutchen nicht im Weg ist – wie sollte man sonst aufs Klo gehen können? In Afrika nähen sie die Mädchen zu. Ich bin in Afrika aufgewachsen. Aber ganz so verrückt ist sie dann doch nicht, meine Mutter. Zugenäht hat sie mich nicht.

Er gleitet immer leichter in mich hinein. Unzählige Male. Man verliert den Überblick. Man wird etwas benommen.

Mit jedem Tag geht es leichter und leichter. Am Ende brauche ich keine Aufwärmphase mehr. Ich liege auf dem Bettüberwurf in »Marias Unruh« und warte, während die Stunden vergehen. Das Fenster steht offen. Und dann kommt er. Mehrmals täglich. Wenn er seine Zeile geschrieben hat, klopft er an. Ich kann es kaum erwarten. Komme mir vor wie ein Junkie. Er lacht, er ist hart, er muss nur einmal hineingleiten, und schon will ich, dass er wieder geht – damit er gleich wiederkommen kann. Und abermals in mich hineinstößt.

Ich bin eine Schülerin. Und er ist Autor. Ich möchte, dass er in seinen Büchern über mich schreibt. Wie sexy ich bin, wie schön ich bin, wie begabt ich bin, aber dann wird mir etwas komisch, weil ich an die Blutsauger denken muss, weshalb ich mich aufsetze und ihm in die Augen starre. Sie sind so blau! Und er ist so geil. Ich muss nicht fragen. Tue es aber trotzdem.

»Willst du das wirklich?«, frage ich.

Und er sieht aus, als würde er sich am liebsten totlachen. Das war die falsche Frage. Aber ich bin trotzdem froh, dass ich sie ihm gestellt habe. Denn jetzt weiß ich es – er ist keiner von denen.

Beim Essen spüre ich, wie er seinen Schenkel gegen meinen presst, und ich denke, dass auf meinem Stuhlkissen feuchte Flecken zu sehen sein müssen. Mein Vater merkt nichts. Er redet drauflos, mir macht das nichts mehr aus, sollen sie ruhig über ihr Protein sprechen, ich weiß schließlich, was mir gehört.

Nimm einen Ständer *und* ein Herz *und* würfele noch einmal.

2005

Im Zug nach Malmö wollte Ingrid an nichts mehr denken. Wollte die Augen schließen und schlafen. Die ganze Strecke schlafen, in Lund aussteigen und so tun, als wäre diese Fahrt nur ein gewöhnlicher Wochenendausflug. Aber sie konnte ihre Hände nicht stillhalten, ihr Blick irrte umher, ihre Gedanken kreisten und machten schließlich bei Karl Eriks absurdem Humor – seiner makabren Lieblingsgeschichte – halt.

Sie handelte von einer Beerdigung, die Szenerie war eine moderne, etwas poppigere Variante von Manhattan – der Pfarrer war gay, die Gemeinde gay, die Musik gay. Nach dem Begräbnis wurde Champagner in einem kleinen Garten gereicht, vielleicht lag er auf einer Dachterrasse, vielleicht gab es in New York kleine Gärten neben der Kirche. Jedenfalls ging die Mutter des Verstorbenen von Tisch zu Tisch, sie trug einen schwarzen Schleier und lange Handschuhe, und es war in den achtziger Jahren, als Aids immer noch HTLV-3 hieß, und wenn man HTLV-3 bekommen hatte, starb man. Alle wussten, dass ihr Sohn, der im Sarg lag, HTLV-3 gehabt hatte, es gab keine einzige Menschenseele an den weiß gedeckten Tischen mit Servietten in Regenbogenfarben, die nicht davon wusste. Seine Mutter wusste es auch, schließlich hatte sie monatelang auf seiner Bettkante gesessen und ihm die Stirn abgetupft, hatte die Pigmentflecken wachsen und seine

Haare ausfallen sehen, trotzdem ging sie umher und sagte zu jedem, dem sie die Hand schüttelte: Was für ein schrecklicher Autounfall!

What a terrible car accident.

Das war die lustigste Geschichte, die Karl Erik kannte. Jemand hatte sie ihm einmal auf einer Feier erzählt, und seitdem lachte er sich halb tot, wann immer er sie – und weiß Gott zum wievielten Mal – vor ihren bedauernswerten Bekannten zum Besten gab.

Ingrid fand die Geschichte gar nicht so lustig, Karl Erik hatte jedoch gemeint, dass sie hervorragend illustriere, wie die Menschen sich selbst verleugneten, und dass er eben diese Geschichte gerne, in rein pädagogischer Absicht, in diffizilen Situationen einsetze, um seine Konfitenten dazu zu bewegen, sich dem anzunähern, was sie nicht offen auszusprechen vermochten.

Ingrid war durchaus seiner Meinung, natürlich hatte die Geschichte pädagogisch gesehen etwas für sich, aber sie hatte auch angeführt, dass es in allererster Hinsicht um Scham gehe und man vorsichtig sein müsse, wenn man ein Luftschloss zum Einsturz brachte. Schamgefühle seien ansteckend. Wer damit nicht umgehen könne, baue Aggressionen auf, das könne gefährlich sein. Wenn man verdeckte Schamgefühle aufdecken wolle, so wie sie in diesem Fall die Mutter des Verstorbenen hatte, weil ihr Sohn schwul gewesen war, müsse man vorsichtig sein. Die Menschen seien zu allem fähig, um das Bild ihrer Tugendhaftigkeit zu verteidigen, hatte sie gesagt.

Jetzt raste der Zug durch die Landschaft, manchmal fuhr er so schnell, dass Ingrid Druck auf den Ohren verspürte. Sie konnte nicht schlafen, im Geiste spielte sie die verschiedenen Versionen durch, die sie ihrer Schwester erzählen könnte. Aber ihr wurde klar, wie sinnlos das war. Alles würde einfach aus ihr herausströmen, zumindest fast alles. Sie erkannte, dass sie sich schämte. Woher kam dieses Schamgefühl? Warum waren Schuldgefühle nicht genug? Was war es, das sie nicht wahrhaben wollte? Und was durfte sie erzählen, welches Recht durfte sie sich herausnehmen, und wo verlief die Grenze? Musste man jemanden, der sich kräftig blamiert hatte, schützen? Denn das hatte er nun mal getan. *Big time*, wie Birgitta sagen würde.

Ingrid hatte sich eine Auszeit genommen, wie es heutzutage hieß. Hatte ihren Koffer gepackt – um ehrlich zu sein, zwei – und gesagt, dass sie eine Zeitlang wegfahren müsse, um nachzudenken. Karl Erik hatte natürlich protestiert, jedoch längst nicht so vehement, wie sie es sich vorgestellt hatte, stattdessen war er ganz in seinen *Roman* abgetaucht und hatte weiter seine eigene Brillanz zur Schau gestellt. Am Abend vor ihrer Abreise hatte sie zu viel Wein getrunken. Sie hatte seinen Rücken gemustert, als er so über den Computer gebeugt dasaß. Ihre Koffer waren gepackt, alles war beisammen, und sie wusste nicht, ob sie Reue empfand oder ob es am Wein lag, dass sie dastand und leicht gegen die Wand trat. Wie ein trotziges Kind stand sie da und versuchte seine Aufmerksamkeit auf sich zu lenken und sagte plötzlich, wie sehr sie ihn geliebt hätte (ja, sie hatte sich mit dem Tempus vertan), sagte, er sei der amüsanteste, schönste und inspirierendste Mann gewesen, den sie jemals kennengelernt hätte. (Warum hatte sie das gesagt? Hatte sie ihm ein schlechtes Gewissen einreden wollen? Oder hatte sie bei ihrem Weinpegel gedacht, dass es einfacher wäre, sich zu trennen, wenn sie schöne statt enttäuschte Abschiedsworte von sich geben würde?)

Er hatte sich zwar zu ihr umgedreht, ihr zugehört, sie mit seinem sentimentalen Welpenblick angesehen, doch dann hatte er das Fass endgültig zum Überlaufen gebracht.

Er hatte erwidert: »Ich habe dich auch respektiert, war immer an deiner Seite und für dich da.« Und dann hatte er grinsend hinzugefügt: »Ich bin wirklich amüsant, nicht wahr?«, dann war er verstummt und hatte vor sich hin gestarrt, durch sie hindurchgesehen.

Das war doch wohl nicht sein Ernst? Da stand sie an der Tür, weil sie kalte Füße bekommen hatte, und unternahm einen letzten Anlauf, etwas reparieren zu wollen – und er polierte vergnügt weiter sein Selbstbild.

Das konnte er nicht ernst meinen. Das musste an der Krankheit liegen, selbstverständlich war es die Krankheit. Wenn sie nur noch einen Augenblick abwartete, würde er wieder er selber werden, seine Worte zurücknehmen, der Mann sein, den sie geheiratet hatte.

Aber es kam nichts mehr. So hilflos war er, so gefangen in seiner eigenen Herrlichkeit. Was hatte Hanna mit ihm gemacht? Was hatte die Krankheit mit ihm gemacht? Welche Vorboten hatte sie nicht erkannt, nicht erkennen wollen?

Fred Feuerstein, hatte sie gedacht und hätte ihm am liebsten ihr Weinglas ins Gesicht geschleudert, stattdessen hatte sie nur leise den Kopf geschüttelt, die Tür hinter sich geschlossen und war ins Bett gegangen.

Als sie jetzt so im Zug saß, wurde sie wütend bei dieser Erinnerung. Natürlich war es leichter, sich zu trennen, wenn man wütend war, wer wusste das besser als sie. Es war viel leichter zu gehen, wenn einem die Wut Kraft dafür gab. Doch das, was sie nun fühlte, war nicht allein Wut, sondern Scham. Ihre letzte Liebeserklärung waren Perlen vor die Säue gewesen. Ja, sie schämte sich. Schämte sich für ihn. Seine Worte würde sie niemals wiederholen können, noch nicht einmal ihrer Schwester gegenüber, damit würde sie schließlich offenbaren, dass sie mit einer durch und durch selbstverliebten Person verheiratet gewesen war und diese erst vierzig Jahre zu spät durchschaut hatte.

Sofern es denn nicht Ausdruck einer Sekundärdiagnose gewesen war. Gütiger Gott, lass es eine Folgeerscheinung der Krankheit gewesen sein, diese Unfähigkeit, den anderen mit seinen Bedürfnissen wahrzunehmen, diese Unfähigkeit, dem anderen etwas zurückzugeben, wenn es nicht gleichzeitig dazu diente, die eigene Güte in den Mittelpunkt zu stellen. Seht her, wie vortrefflich ich bin! Und wie töricht, ach wie töricht bist du, *mich* zu verlassen! Denn so war er doch wohl nicht schon immer gewesen?

Sie stand auf, um in den Speisewagen zu gehen, kaufte sich ein belegtes Brot und eine Tasse Kaffee. Sah die Landschaft vor dem Fenster vorbeifliegen. Sah sie kein bisschen.

UPPSALA 1985

Ich warte auf meine Menstruation und frage mich, ob das schon einmal *Gegenstand der Wissenschaftstheorie* gewesen ist. Obwohl die Beschäftigung mit diesem Thema nicht gerade angenehm ist. Vieles in dieser Welt kann einen um den Verstand bringen. Ich muss an den Autor denken und frage mich, wie es wohl wäre, ihn anzurufen und zu sagen: Wir haben ein Problem. Es geht ums *Praktische*.

Ich fand schon immer, dass Embryonen wie schleimige Fischklumpen aussehen, die in einer durchsichtigen Soße schwimmen. Einer der Doktoranden meines Vaters hat an den Kühlschrank die Aufnahme eines Embryos gehängt, in körnigem Schwarz-Weiß, die überhaupt nicht niedlich aussieht. Der Doktorand ist da natürlich anderer Meinung.

Man kann Embryonen auch der Wissenschaft spenden. Darin gibt es nämlich Stammzellen, die Menschen mit Parkinson oder Demenz helfen können. Denkt man genauer darüber nach, kommt einem die Vorstellung entsetzlich vor – ein Skalpell in ein Baby/ein Stück Fisch zu stechen, je nachdem, wie man es betrachtet, und Zellen zu entnehmen, die dem einen das Leben retten und den anderen alternativ in die Hölle schicken.

Wahrscheinlich fehlt es mir an den entsprechenden Voraussetzungen, um mich an dieser *wissenschaftlichen Debatte* zu beteiligen. Obwohl – dass des einen Tod des anderen Brot ist, wird man ja wohl noch sagen dürfen.

Allerdings kann man den Embryo genauso gut der Wissenschaft zur Verfügung stellen, statt ihn in der Toilette runterzuspülen. Oder ihn gemeinsam mit Hühneraugen und Blinddärmen und Krebsgeschwüren und allem anderen, das man den Leuten so rausoperiert, in einen Müllbeutel zu schmeißen. Eines Tages werde ich der Sache auf den Grund gehen, was mit amputierten Gliedmaßen geschieht. Man denke da nur an die vielen Beine aus dem Ersten Weltkrieg! Ich vermute jedoch, dass man uns darüber nichts in der Schule beibringen wird.

Man kann den Embryo auch behalten. Dann entwickelt sich daraus ein Kind.

Auf meine Menstruation zu warten und zu versuchen, mir die nötigen Voraussetzungen zu verschaffen, um mich an dieser wissenschaftlichen Debatte zu beteiligen, ist wohl das Einzige, was mir momentan übrigbleibt.

In dieser Nacht träume ich vom polnischen Papst, er steht neben einem großen Aquarium. Darin schwimmen jede Menge glibberiger Quallen herum. In Rom ist es morgens, und er ist gerade aufgewacht und hat sich die Zähne geputzt. Nun ist es Zeit für seine Parkinson-Medizin. Er steckt zwei Finger in das Aquarium, fischt einen Embryo heraus, stopft ihn sich in den Mund und schlürft ihn wie eine Auster. Dann setzt er sich seine Spitztüte auf, um auf den Balkon zu gehen und alle Frauen auf dem Markusplatz und alle, die in Lateinamerika in den Elendsvierteln vor ihren nicht angemeldeten Fernsehgeräten sitzen, zur Hölle zu schicken. Alle, die abtreiben, sollen dort brennen. In alle Ewigkeit. Amen. Aber zuerst spült er seine Medizin mit einem Glas kaltem Sprudelwasser hinunter. Ich bin mir fast sicher, dass er sich nicht mit Ramlösa begnügt, sondern mindestens *Vichy Nouveau* trinkt.

Als ich wach werde, frage ich mich, was Psychodoc wohl sagen wird, falls meine Menstruation ausbleiben sollte. Ich weiß, dass sie mit einem Pfarrer verheiratet ist. Vielleicht hat sie eine eindeutige Haltung zu dieser *wissenschaftlichen Debatte.*

Ich weiß nicht, was ich tun soll. Ich stelle mir vor, dass ich mich auf die Suche nach dem Autor mache. Wie er ganz blass wird, als ich vor seiner Tür stehe. Eine Frau ist in der Küche, und er stellt mich als die Tochter meines Vaters vor, als wäre ich nicht ich selbst, als hätte ich keinen eigenen Namen. Dann gehen wir in sein Zimmer. Ich sehe die vielen Bücher und denke, dass die Frau in der Küche bestimmt nur seine Cousine ist. Obwohl ich es besser weiß. Ich mache Anstalten, meine Hand in seinen Schritt zu legen, aber er schubst mich weg. Danach geht alles ziemlich schnell. Denn ich habe begriffen. Er hat nicht vor, sich um irgendein Kind zu kümmern. Er muss einen Roman schreiben. Und ich bin ganz einfach noch zu jung für ihn.

Ich gehe in die Stadt. Dort fahren Autos. Und ich bin fest davon überzeugt, dass ich Syphilis habe, denn plötzlich bin ich blind, und mein Verstand verlässt mich. Manchmal laufe ich direkt vor ein Auto, sodass es bremsen muss und alle aufschreien, aber ich stehe immer noch da. Dann setze ich mich wieder in Bewegung, wie ein vernünftiger Mensch – auf dem Gehsteig, setze einen Schritt vor den anderen.

Da ist kein Blut auf der Straße – aber in der Hose.

Es geht blitzschnell – zack! –, sodass ich nicht mehr dazu komme, Psychodoc davon zu erzählen. Plötzlich habe ich ein Geheimnis. Das ist gar nicht mal so übel. Aber ich überlege, wie ich das Thema anschneiden soll, ohne etwas Konkretes sagen zu müssen – ohne dass sie mich mit ihren Augen ansieht und sich fragt, *warum* ich mir über Abtreibung Gedanken mache. Diese Situation will ich vermeiden. Meine Frage geht viel weiter. Meine Frage ist ernst.

Sie lautet: Warum setzt man so viele Kinder in die Welt, wenn sie einem egal sind?

Dann fällt es mir wieder ein. Sie fragt nicht *warum*. Sie interessiert das *Wie*. Ich bin in Sicherheit. Ich kann einfach so denken wie sie.

Wie kommen die Menschen eigentlich dazu, Kinder zu zeugen, wenn sie nicht vorhaben, sich um sie zu kümmern?

Wer, denken sie, soll für die Kinder aufkommen, die sie sowieso nur eine Stunde morgens (wenn alle schlecht gelaunt sind) und eine Stunde abends (wenn alle müde sind) sehen?

Gibt es Eltern, die ihre Kinder nicht lieben, die womöglich lieber ein anderes Kind hätten, *ein weniger lebhaftes und anstrengendes*?

Und was ist mit all den Blutungen, die gar nicht blutig, sondern eher wie Hühnerleber aussehen – soll man lachen oder weinen, wenn man sie in der Unterhose entdeckt?

Ich habe meine Mutter nie gefragt, ob sie sich gefreut hat, als ihre Menstruation *ausgeblieben* ist.

Je länger ich darüber nachdenke, weiß ich gar nicht, ob ich das Thema überhaupt mit Psychodoc besprechen soll. Vielleicht gibt es dann Tränen.

Nicht meine – sondern Mamas.

SCHONEN 2005

Ingrid ging am Ufer entlang. Die Wellen schlugen hoch. Muscheln knirschten unter ihren Füßen. Keine strahlend schönen Südseemuscheln. Dies war ein Ostseestrand, mit braunem Tang, klebrigem Schaum und an den Strand gewehtem Unrat. Ein kalter schwedischer Sommer. Der Wind trug intensive Gerüche heran.

Neben ihr ging Gunilla. Und sagte das, was Ingrid erwartet hatte, sagte Dinge, die offensichtlich waren, die Ingrid aber trotzdem hören musste: dass er sie übel hintergangen habe, dass es richtig gewesen sei, wegzufahren, dass sie Abstand brauche, um nachzudenken, dass sie keine unüberlegten Entscheidungen treffen solle, dass es peinlich, um nicht zu sagen, erniedrigend gewesen sei, Hanna zur Rede zu stellen, und dass sie diese Buchhandlung besser nicht besucht hätte, es jedoch nicht Hanna sei – wie anmaßend und dreist sie sich auch benahm –, der man eine kleben müsse, sie packe die Gelegenheit schließlich nur beim Schopf, sondern – und das, was sie nun sagte, schmerzte Ingrid –, sondern, dass sie das nicht gekonnt hätte, wenn … Gunilla sah, dass Ingrid litt, redete aber dennoch weiter … wenn zwischen ihnen alles in Ordnung gewesen wäre. Darüber hinaus, und das habe Ingrid ganz richtig erkannt, wisse sie ja nicht, welche Art von Beziehung die beiden hätten. Und so, meinte Gunilla, im

Hinblick auf den Krankheitsverlauf ... wenn es ihr denn ein Trost sei, würde Hanna bestimmt bald die Flinte ins Korn werfen.

Aber Gunilla sagte auch noch etwas anderes. Sagte, es sei wichtig, eine Aufgabe zu haben, viele würden depressiv, wenn sie in Rente gingen, jedes Kind wisse doch wohl, dass man sich wertvoll fühle, wenn man sich mit etwas Sinnvollem beschäftige. Dann sehe man die Dinge aus anderen Perspektiven, die Stunden des Tages bekämen ein unterschiedliches Gewicht, wenn nicht nur *eine* Beziehung oder *eine* Tätigkeit alles entscheide. »Wie damals als junge Mutter«, sagte sie, »weißt du noch, irgendwann ist man doch geradezu menschenscheu geworden, hat sein Selbstwertgefühl verloren, hat nur noch den Kinderwagen geschoben, und der kleinste Furz, der quer saß, war eine einzige Katastrophe.

Ich habe nie verstanden, warum du deinen Beruf aufgegeben hast, als er krank wurde, dass du mit deinen Therapien, deinen Seminaren und Vorlesungen aufgehört und dich auf dieser Insel niedergelassen hast, ohne etwas anderes als die Pflege der Rosenbüsche und den Kirchenkaffee um die Ohren zu haben.«

Das war natürlich zugespitzt, aber es stimmte, war eine Wahrheit von vielen. Ingrid hatte nachgegeben, hatte Uppsala verlassen, hatte zwar noch ein paar Langzeittherapien weitergeführt, die sie aber nach und nach auch beendet hatte, und hatte ernsthaft geglaubt, dass es anregend genug sei, sich Schlangengurken und Karl Eriks Nähkränzchen zu widmen.

»Du warst doch eine gute Therapeutin«, erinnerte Gunilla sie, »nein, du warst sogar verdammt gut! Ich kenne mich auf deinem Fachgebiet natürlich nicht aus, aber das immerhin weiß ich, und ich sage das nicht, weil du meine Schwester bist oder ich dir schmeicheln will, sondern weil ich davon überzeugt bin. Du hast deine Sache verdammt gut gemacht.«

Ingrid nickte. Sie hatte ihren Job gut gemacht.

»Du hast Vorlesungen gehalten und hast Supervisionsgruppen aus halb Schweden betreut. Aber du hast zu früh aufgehört, und *nota bene* …«, jetzt sprach sie mit mehr Nachdruck und drohte ihr scherzhaft mit dem Zeigefinger, »… damit will ich nicht sagen, dass es dafür zu spät ist. Du könntest deine Arbeit wieder aufnehmen, diese Tür wieder öffnen, dir in der Stadt eine kleine Wohnung suchen und …«

(Lass sie doch vögeln, was das Zeug hält, dachte Ingrid.)

»… für Karl Erik einen Pflegedienst organisieren«, sagte Gunilla. »Aber jetzt erholst du dich erst einmal.«

(Bestrafe ihn, dachte Ingrid.)

»Und triff noch keine Entscheidung.«

(Lass ihn im Ungewissen schweben.)

»Teile Karl Erik mit, dass du ein paar Monate weg sein wirst. Wie er sich gebettet hat, so soll er liegen, einen Sommer lang kommt er allein zurecht.«

Ingrid zuckte zusammen. *Einen Sommer.* Sie hatte ihre Koffer in einem Anfall von Wut gepackt und vorgehabt, nie mehr zurückzukehren, aber als Gunilla *ein paar Monate, einen Sommer* sagte, wurde ihr klar, dass sie doch nicht ganz so radikal gedacht hatte. Sie hatte sich zwar keine Rückfahrkarte gekauft, aber *den ganzen Sommer* …

»Ja, mindestens«, sagte Gunilla. »Deine Kinder sind erwachsen, er hat einen guten Arzt, eine Gemeinde, die ihn beschäftigt, er hat Predigten zu schreiben, er wird zurechtkommen, Ingrid.«

Und Ingrid erwiderte nicht: Aber wer soll denn seine Koteletts in mundgerechte Stücke schneiden, wenn er zittert, sie sagte nichts. Blieb einfach stehen und sah ihre jüngere Schwester an, die vom Wind umweht alles noch mal wiederholte.

»Den ganzen Sommer«, sagte Gunilla. »Natürlich sollst du ihn nicht hier verbringen, ich meine, du darfst das natürlich, aber überleg nur, auf der anderen Seite des Meeres liegt ganz Europa vor dir, wenn du willst. Außerdem will er doch ein Buch schreiben«, fügte sie hinzu und setzte sich wieder in Bewegung.

»Nicht alle können ein Buch schreiben«, nahm Gunilla den Faden wieder auf, als sie es sich etwas später am Abend auf dem Sofa bequem gemacht hatten. »Das müsste diese Hanna Lund auch wissen. Daraus schlagen sie Kapital, diese Autoren, die nicht markttauglich genug schreiben, um ihre Rechnungen bezahlen zu können. Sie profitieren davon. Geben Kurse, nutzen verzweifelte, sehnsüchtige Menschen, die eine Lebenskrise durchmachen, aus, gaukeln ihnen vor, es genüge, einen Kurs zu besuchen, und schon sei man Schriftsteller. Mach dir also keine Sorgen über dieses Buch, Ingrid, sie führt sowohl ihn als auch sich selbst hinters Licht. Man kann doch kein Violinkonzert geben, nur weil man *einen Kurs* besucht hat! Einen Funken Selbstachtung und Berufsehre muss diese Hanna doch trotz allem noch haben«, sagte sie und trank ihr Glas in einem Zug aus.

Ingrid sah ihre Schwester an, wusste nicht, ob sie lachen oder weinen sollte. Sie hatten zu viel getrunken, es war Zeit, schlafen zu gehen.

»Den ganzen Sommer ...«, sagte sie nachdenklich.

»Den ganzen Sommer«, wiederholte Gunilla mit Nachdruck.

Diese Abhängigkeit, dachte Ingrid, nachdem sie ins Bett gegangen war und das Licht gelöscht hatte. Diese Abhängigkeit, diese schreckliche, vereinnahmende, abstoßende Abhängigkeit. Wie war es bloß dazu gekommen? Oder vielmehr, wie konnte man sie vermeiden?

Nach vierzig Jahren Ehe sind wir natürlich voneinander abhängig, dass er dieses Band einfach so zerreißen, sich lossagen, sagen würde, ich brauche dich nicht mehr – dass er diesen Schritt tun würde, hätte sie nie gedacht. Genauso wenig, wie sie sich nicht hätte vorstellen können, dass sie im Gästezimmer ihrer Schwester nicht weit von Lund liegen und über eine Scheidung nachdenken würde. Dass sie denken würde: Wir lieben uns nicht mehr, das hatte sie sich vorstellen können. Aber einander auch nicht mehr zu brauchen? War dies ihr blinder Fleck? Wo sie doch in unzähligen Therapien versucht hatte, das Konzept der Abhängigkeit zu erklären, zu analysieren, ihren Patienten geraten hatte, sich aus ihr zu lösen, in manchen Fällen sogar vorgeschlagen hatte, Abhängigkeit zu riskieren. Es war schließlich von elementarer Bedeutung für jegliche Entwicklung, dass man Bindungen aufbauen konnte, dass man den Mut dazu hatte. Und jetzt sollte sie ihn einfach verlassen. Was hatte sie übersehen?

In Gunillas Gästezimmer unter der Bettdecke zu liegen und ihrer Wut freien Lauf zu lassen half nicht. Gunilla hatte recht, sie musste wieder ihren Verstand gebrauchen, ihren alten Berufsverstand, sie hatte sich doch mit diesen Dingen ausgekannt, war eine gute Therapeutin gewesen. Und nicht nur das, sie hatte andere ausgebildet. Hatte Worte für schwere Dinge, bedeutende Dinge, unmögliche Dinge gefunden. Für Abhängigkeiten!

Sieh mich, fass mich an, sei bei mir, sprich mit mir, berühre mich, beeinflusse mich, verletze mich, gib mir Bestätigung, verlass mich nicht. So sagten alle ihre Patienten, früher oder später kamen sie an diesen Punkt. Diese Erkenntnis war so lebenswichtig, so grundlegend, sie entschied alles. Und zugleich war sie schrecklich ermüdend. Wann war ihr zum ersten Mal der Gedanke gekommen, dass sie das Ganze langweilte?

Warum plagten sie so viele Schuldgefühle? War es nur, weil er krank war? Das konnte nicht der einzige Grund sein. *Wenn die Beziehung zwischen den Beteiligten ungeklärt ist, nimmt das Schuldgefühl immer mehr zu.* Sie hatte sogar selbst einen Artikel darüber geschrieben. Wie Nähe Verantwortung zunichtemacht. Wie man den anderen seinem eigenen Entwurf gemäß umformt, indem man ihn nachahmt und so die jeweiligen spezifischen Persönlichkeitsmerkmale aufhebt. Und es einem so vorkommt, als würde das eigene Selbst angeknackst, wenn diese Vorstellung Risse bekommt.

Mit seiner Krankheit hatten sich ihre Rollen geändert – war das Schuldgefühl durch diesen Spalt eingedrungen? Hatte die Vorstellung so Risse bekommen, und das Gefühl, nicht zu genügen, war heraufgedämmert?

Denn plötzlich war die Verantwortung zwischen ihnen nicht mehr klar artikuliert gewesen. Sie waren unlesbar für den anderen geworden. Deshalb hatte sie auch das Gefühl, als stünde sie auf dem Prüfstand, um beurteilt, akzeptiert oder abgelehnt zu werden. Ach, diese ganze verzweifelte menschliche Unzulänglichkeit!

Sie wälzte sich im Bett, verflucht, das hatten wir doch schon im Grundkurs, *symbiotische Beziehungen mit Verschmelzungswünschen führen zu Schuldgefühlen.*

Sollte sie ihm das sagen, wenn sie ihn anrief, um ihm mitzuteilen, dass sie eine Weile fort sein würde? Wenn sie sich beruhigt hatte und nicht mehr impulsiv handelte? Wir sind doch so verschieden, könnte sie sagen. Du machst deins, und ich mach meins. Wenn er das hinnehmen würde – dass sie die Seifenblase platzen ließ –, wären sie frei. Nicht geschieden, aber frei. Frei, wieder eigene Entscheidungen zu treffen. Sie musste an den Tag denken, als sie mit dem Dampfschiff in die Stockholmer Schären hinausgefahren waren, als er sie zum Mittagessen eingeladen und ihr eröffnet hatte, dass er krank war, wie die Schärenhäuschen wie kleine fiese Gartenzwerge auf den Felsen gethront hatten, wie sie ihm zu erklären versucht hatte, dass er und sie und sie beide … aber dass er ihre Bemühungen am unverrückbarsten Eckpfeiler von allen aufgehängt hatte: *In guten wie in schlechten Tagen.*

Aber sie wollte gar nicht frei sein, zumindest nicht so. Es ging ihr nicht um Moral. Nicht das war es, was er einsehen sollte. Nicht das verursachte ihr den größten Schmerz. Ob man nun untreu wurde oder es einem plötzlich einfiel, *sein Lebenswerk* zu schreiben, darum ging es nicht für sie, deshalb war sie nicht gegangen.

Sie wollte keine moralischen Bedenken als Beweggrund nennen. Oder eine moralische Botschaft, aus der er gefälligst seine Lehren ziehen sollte. Nein, es ging ihr um das *Motiv*, um ihre Beziehung an sich. Darum, dass er die Auswirkungen seines Handelns *auf sie* hätte überschauen und sich zusammenreißen müssen.

Du sagst, du willst mir nichts Böses. Ich glaube dir, du bist immer eine Seele von Mensch gewesen, aber manchmal tut es trotzdem weh, auch wenn du es nicht beabsichtigst. Es tut weh, so höllisch weh, dass du dir keine Gedanken mehr machst. Dass du nicht mehr davon ausgehst, dass ich Gefühle habe, dass du dir nicht mehr über die Konsequenzen deines Handelns im Klaren bist, es falsch einschätzt. Nicht mehr den Empfänger siehst. Mich. Wann hast du damit aufgehört, mich zu sehen, Karl Erik? Wann bin ich zu deiner Krankenschwester geworden? Oder bin ich nie etwas anderes gewesen als das – die Erweiterung deines Selbst?

Das ist so typisch Pfaffe, wie ein mittelmäßig begabter Pädagoge aus den Fünfzigern auf der Kanzel zu stehen und zu *senden*! Warum sind Geistliche nicht dazu verpflichtet, sich die Grundlagen der Psychologie und Pädagogik anzueignen? Wie können sie immer noch von ihrem heiligen Stuhl herab predigen, ohne zu erkennen, dass jede, wirklich jede Kommunikation durch die Willkür des Empfängers bedingt ist? Stattdessen hüpfen sie rum und preisen Kartoffelschäler und faseln beim Schnaps von guten und schlechten Tagen!

Du glaubst, hast immer geglaubt, dass die Menschen dich verstehen, wenn du nur predigst und ihnen sagst, wo es langgeht. Doch einfach zu senden, ohne Verantwortung dafür zu übernehmen, wie es dem Empfänger damit geht, sollte doch längst passé sein.

Ingrid hoffte beinahe, dass er *seinen Roman* aus just diesem schwachsinnigen Geist heraus schreiben und sich dadurch schrecklich in die Nesseln setzen würde. Ausgelacht werden würde. Wie hatte Gunilla es genannt? Ihn auf Normalmaß zurückstutzen.

Sie wälzte sich im Bett herum, knipste die Lampe an: halb zwei. Sie hatte Lust, sich noch mehr Wein zu holen, die Treppe hinunterzuschleichen und sich nachzuschenken. Das Trinken gab ihr Energie, das durfte sie sich verflixt noch mal erlauben! Auch wenn es mitten in der Nacht war. Sich einfach noch ein Glas holen, nicht länger moralisieren. Sie war jetzt hier. *Safe*, wie die Kinder sagen würden. Sie konnte sich in der Küche aus Gunillas Weinvorrat bedienen, sie wusste genau, wo er war, sie würde keinen Lärm machen, und selbst wenn, selbst wenn sie stolpern und sich in einen Blumenübertopf übergeben sollte, würde Gunilla sie nicht verurteilen. Sie war schließlich in einer Lebenskrise. Andererseits brauchte sie einen klaren Kopf, was sollte sie ihm sonst morgen am Telefon sagen; das, was sie gedacht hatte, musste sie im Augenblick noch für sich behalten, ein Weilchen zumindest noch, selbst wenn sie morgen womöglich schon nicht mehr *Affekte ausagieren würde.* So etwas konnte man nicht am Telefon sagen, dafür musste man sich in die Augen sehen, sich gegenübersitzen, sonst würde er sich nur noch mehr hinter seinem Zittern und seiner Schriftstellerei verstecken. Noch dazu wäre es nicht gerecht, denn er verabscheute es genauso wie sie, wenn sich ihre berufliche Rolle zwischen sie schob. »Ich bin nicht mit einem Theologen verheiratet«, sagte sie dann immer. »Ich will nicht mit einem Psychologen sprechen«, hätte seine Antwort gelautet.

Aber er war doch eine Seele von Mensch. Ingrid stöhnte, wie pathetisch sie war! Wie viele Ehefrauen von Alkoholikern hatte sie nicht behandelt, die genau das gesagt hatten: *eine Seele von Mensch*. Und vielleicht lag genau hier des Pudels Kern, dass Menschen, die Abstand zu anderen Menschen hielten, ja, dass Menschen, die eine bequeme Distanz zu anderen aufbauten, eben einfach nett waren. Sich Fremden gegenüber nett und fürsorglich zu benehmen war kein Problem, genauso wenig, wie die gesamte Gemeinde an Heiligabend ans wärmende Kaminfeuer einzuladen. Doch wenn man den anderen besser kennenlernt, abhängiger wird, beginnt man unter dieser Liebenswürdigkeit zu leiden, denn sie kostet, raubt Kraft.

Wer keine Angst kennt, wird nie mutig sein. Wem es nicht an Geld mangelt, wird niemals großzügig sein. Nett zu sein, ohne dass es einen etwas kostete, war nicht nur eine leere Geste – es war schlimmer; wen man ausdrücklich eine Seele von Mensch nannte, der polierte nicht selten im Stillen seine Medaille.

Verfluchter Karl Erik, warum haben wir darüber nicht gesprochen, als noch Zeit dafür war?

BRANDENBURG 1945

Es war der sechste August. Ein tropisch heißer Tag, und am Horizont türmten sich riesige Wolken auf.

Sie hielten sich dicht am Waldrand, in Straßennähe. Gingen in die falsche Richtung. Gingen in die Richtung, der die anderen den Rücken zuwandten. Gingen ostwärts. Die Gegend war dichter besiedelt. In den Wäldern lagen Leichen. Verwesende, halbnackte Leichen. Jemand war schon vor ihnen hier gewesen. Fliegen summten. Sie waren alle barfuß. Ihre Münder klafften weit auf.

Sie kamen zu einer Lichtung. Hinter den Maisfeldern lag ein Dorf. Irene hockte sich auf ihr Gepäck und deutete auf einen Findling ihr gegenüber, auf den Hedwig sich setzen konnte. Irene kratzte sich am Schienbein, Blut lief ihren Stiefelschaft hinunter. Ein Mückenstich? Ein Flohbiss? Oder trockene Haut, die wegen des Vitaminmangels aufsprang? Wer war sie? Woher kam sie? Hedwig brachte kein Wort aus ihr heraus. Sobald die Sprache auf ihr Leben kam, grinste sie nur, zuckte die Schultern und trat nach Steinen. Stellte Fragen, beantwortete selbst aber keine einzige.

»Wir müssen trinken«, sagte Irene.

»Ich habe Hunger«, erwiderte Hedwig.

»Wir brauchen etwas, das wir eintauschen können. Was hast du eigentlich da drin?« Irene zielte mit einem Baumzapfen auf Hedwigs Tasche.

»Kleider, mein Manuskript, die Bibel.« Sie vermied es, das gute Paar Schuhe oder das Messer zu erwähnen. Wollte weder an das Messer noch an die Katze erinnert werden.

Irene fuhr sich durch die Haare, ihre Finger hinterließen schwarze Streifen auf der Stirn.

»Sonst nichts?«

Hedwig zögerte. Doch, sie hatte noch ein Exemplar ihres Romans dabei, aber das wollte sie nicht eintauschen. Sie erwähnte es trotzdem. Erwähnte es und betrachtete Irene dabei aus dem Augenwinkel.

»Ich habe noch eine Ausgabe von meinem Buch dabei. Aber das wollte ich meiner Freundin im Kloster schenken.«

»Von *Proserpina*?«

Hedwig nickte. »Ja.«

»Zeig her!«

Hedwig wühlte in der Tasche, bereute, dass sie das gesagt hatte, fühlte sich jedoch machtlos. Ganz unten in der Tasche lagen die Bücher. Sie holte eines hervor, tat, als wäre es das einzige, und reichte es Irene, die anerkennend pfiff und es in die Hand nahm, als wäre es etwas ganz anderes als ein Buch, ein Katzenjunges, etwas Lebendiges. Sie strich sich den Pony aus der Stirn und blätterte behutsam darin. Es war still. Hedwig fühlte sich unbehaglich. Das Schwindelgefühl machte sich wieder bemerkbar, in ihren Fingern verspürte sie ein unheilvolles Stechen, und manchmal war sie so müde, dass sie drauf und dran war, das Gleichgewicht zu verlieren. Sie kommen und gehen, die Schübe, hatte Doktor Bauer gesagt.

»Eine Wanderung durch die Unterwelt«, las Irene auf der Rückseite des Buches. »Ich erinnere mich noch daran, die Erzählung war so wirklich und gleichzeitig so mythisch. Machtvoll.

Ich werde nie vergessen, wie du beschreibst, wie sie in die Tiefe hinabgezogen wird. Ihre Angst. Das ist eher Freud als Babelsberg, oder?«

Hedwig nickte.

»Geht es um deine eigene Kindheit?«, fragte Irene und gab ihr das Buch zurück.

Hedwig steckte es schnell zurück in die Tasche.

Verschloss sie und stand auf, fuhr tastend mit der Hand in ein Strumpfbein.

»Ich habe noch ein paar Zigaretten, hier«, sagte sie und reichte Irene die Schachtel. Irene zählte.

»Dann versuchen wir es bei den Häusern im Dorf«, sagte sie und klopfte sich den Schmutz von der Hose. »Aus den Schornsteinen kommt Rauch, aber man darf nichts erwarten, keinen Scheißdreck darf man erwarten. Tausende Menschen ziehen auf den Straßen umher. Also bereite dich lieber auf noch eine Nacht in einer Flohscheune vor. Aber wenn ich eine Steinschleuder hingebastelt kriege, gibt's Eichhörnchen zum Abendbrot.« Sie lachte über Hedwigs Gesichtsausdruck.

Beim ersten Haus wurde ihnen noch nicht einmal die Tür geöffnet. Hedwig und Irene sahen, wie sich etwas hinter den Gardinen bewegte, aber niemand machte auf. Irene hämmerte mehrmals gegen die Haustür. Beim Haus daneben kamen sie noch nicht einmal durch die Pforte, ein zahnloses Weib drohte ihnen mit erhobener Faust und schrie ihnen zu, sie sollten verschwinden und sich gefälligst zu ihren eigenen Familien gesellen.

»Schert euch weg«, rief sie. »Haut ab! Wir können nicht jeden durchfüttern.«

Beim dritten Haus wurde die Tür geöffnet, da hielt Irene die Zigaretten bereits in der Hand, bevor sie sich vorstellte. Der Mann, der geöffnet hatte, schnaubte nur, ließ sie aber trotzdem ein. In der Küche stand eine ältere Frau in einem schwarzen Kleid und rührte in einem Topf. Sie durften sich setzen. Wortlos stellte die Frau zwei Teller auf den Tisch, und Irene fragte, wo der Brunnen läge. Der Mann zeigte ihr den Weg, sie stand auf und ging auf den Hof hinaus. Hedwig folgte ihr. Mit einem Stückchen Seife, das sie in ihrem Gepäck hatte, wusch Irene sich unter der Pumpe die Hände und das Gesicht. Lange, gründlich. Dann steckte sie plötzlich den ganzen Kopf unter den Strahl, das Wasser floss ihr den Hals hinab, danach prustete sie und schüttelte sich wie ein Hund. Sie warf Hedwig die Seife zu, die sich ebenfalls Gesicht und Hände wusch, jedoch nicht den Kopf unter die Pumpe hielt. Der Bauer, der auf der Vortreppe stand, beobachtete sie staunend, als wären sie Trapezkünstler; ihm stand erwartungsfreudig der Mund offen, und etwas, das wie ein leises Lächeln aussah, spielte um seine Mundwinkel. Er war überhaupt nicht so abweisend, wie Hedwig zunächst gedacht hatte. Als sie zum Haus zurückgingen, zeigte er ihnen die Scheune, in der sie übernachten konnten. In einer Ecke lagen ein paar Felddecken.

»Auf eigene Verantwortung«, sagte er. »Unsere letzten Gäste …«, er schnaubte, »hatten Kleiderläuse. Sie lagen hier und wurden von Tag zu Tag magerer und gelber. Einen von ihnen habe ich selbst hinter dem Stall begraben, einen Knaben, noch nicht einmal Manns genug für den Führer, ich hab's mit eigenen Augen gesehen, sein Körper war von Typhusflecken übersät, er hatte noch nicht mal ein Haar auf der Brust.«

Er zuckte die Schultern, Irene sah Hedwig an und schüttelte den Kopf. Hier schlafen wir nicht, bedeutete das. *Nimm nie die Straßen, leg dich nie in verlauste Decken.*

Sie kehrten zum Haus zurück. Die Frau tat ihnen Suppe auf. Hedwig sah Möhren und Bohnen in der dünnen Brühe. Sie sprach ein lautloses Tischgebet, schloss die Augen und schluckte. Während der Mahlzeit sprachen sie kein Wort. In ihrem Bauch wurde es warm, und Hedwig sah, dass Irenes Augen über den Löffel hinweg glänzten.

Dann holte der Bauer Schnaps hervor, und sie unterhielten sich.

»Im Radio wird behauptet, der Krieg sei vorbei«, sagte er. »Was uns betrifft, so hat er gerade erst begonnen. Typhus und Plünderer.« Er stieß mit Irene an, die den Schnaps in einem Zug herunterkippte. Hedwig nippte am Glas. Er schenkte nach.

»Im Haus da hinten …«, er deutete in eine unbestimmte Richtung zur Dorfstraße, »hält man die Tochter gefangen. Die Russen vergnügen sich abwechselnd mit ihr. Die Eltern wagen nicht, sie zu befreien, dann brennen sie ihnen das ganze Haus nieder. Nachts hört man sie schreien. Sie führen sich auf wie die Tiere«, fügte er hinzu und goss noch mehr Schnaps in die Gläser. »Diese abscheulichen Schweine! Das sind keine Soldaten, die haben keinen Funken Anstand mehr im Leib. Zum Glück weiß ich, dass unsere …«

Irene fiel ihm ins Wort.

»Ihnen ist hier draußen auf dem Land also noch nichts von den Lagern zu Ohren gekommen.«

Der Mann spielte mit einer von Hedwigs Zigaretten. Die Luft in der Küche stand still. Hedwig spürte, dass ein neuer Schwindelanfall im Anzug war. Sie musste sich hinlegen, musste sich für einen Moment entschuldigen. Brauchte frische Luft. Nur nicht die gute Bohnensuppe erbrechen, die sie eben erst hinuntergeschluckt hatte, dachte sie. Sie warf Irene einen flehenden Blick zu, die ihn eiskalt erwiderte. Sitz still, halt die Klappe und reiß dich zusammen, sagten Irenes Augen.

»Doch, natürlich haben wir das«, sagte der Mann. »Die Amerikaner haben Fotografien aufgehängt, unten an der Schule hängen große Plakate mit Leichenbergen darauf. Das ist entsetzlich, drüben in Polen muss etwas furchtbar schiefgelaufen sein.«

»Ganz recht«, sagte Irene mit dumpfer Stimme, »und nicht gerade in geringem Ausmaß.«

»Doch nun soll uns die Politik wurscht sein!«, sagte der Mann und schenkte abermals Schnaps nach. »Erzählen Sie mir lieber, wohin Sie unterwegs sind.«

Irene lächelte schwach und schob ihm ihr Glas rüber. Er füllte es auf. Die Frau machte sich mit dem Spüleimer auf zum Bach. Hedwig folgte ihr. Steuerte auf den alten Hühnerstall zu und setzte sich auf einen Eimer. Drehte ihr Gesicht zur Sonne.

Die Amerikaner haben Fotografien aufgehängt.

Ob man die Menschen auf den Fotos wohl erkennen konnte?

Anastasiendorf lag nur zwei Dörfer weiter, erfuhr Hedwig, als sie in die Küche zurückkehrte. »Wenn Sie quer durch den Wald gehen, ist es nur ein Tagesmarsch«, sagte der Mann, der mit Irene inzwischen beim Du angelangt war, er hieß Horst. Und Hedwig spürte ihr Herz Purzelbäume schlagen. Ein Tagesmarsch nur! Katarina, nur noch einen Tag entfernt. Sie sah zu Irene, um die Freude mit ihr zu teilen, aber Irene erwiderte ihr Lächeln nicht, starrte nur hinab auf den Tisch.

»Aber dort haben sie es auch nicht leicht gehabt«, sagte Horst und zog einen Stuhl hervor, damit Hedwig sich wieder setzen konnte. Hedwig muss besorgt ausgesehen haben, denn er fügte schnell hinzu, wie um sie zu beruhigen: »Im Krieg gibt es weitaus Schlimmeres als Lysolspülungen, das wissen Sie sicher, Fräulein.«

Fräulein?

Irene hob den Kopf, und Hedwig sah, dass sie betrunken war. Warum durfte sie sich nicht freuen, sich nur einen kleinen Moment freuen? Sie warf Irene einen mahnenden Blick zu, die als Antwort ihr Glas zu dem Mann hinüberschob. Er schenkte ihr wieder nach.

Und spann seine Horrorgeschichten ungebeten weiter. Hedwig wollte jetzt gehen. Irene blieb sitzen.

»Noch nicht einmal die Nonnen haben sie in Frieden gelassen. Oder was sagst du, Christa?«, rief er seiner Frau zu, die resigniert die Arme ausbreitete. Sie hatte die ganze Zeit kein Wort gesagt. Schien auch jetzt nichts hinzufügen zu wollen.

»Die Schwestern drüben auf dem Feld haben schwere Schuld auf sich geladen. Sie haben jeden Soldaten aufgenommen, der an ihre Pforte geklopft hat. Das war eine gute Tat, das muss man ihnen lassen. Und nicht nur das, sie sind mit Pritschen und Schubkarren in den Wald gezogen und haben die Halbtoten aufgelesen. Zu Beginn des Sommers lagen sie überall. Der letzte Arzt, Doktor Ahrens, soll in Panik verfallen sein. Er hatte die ganze Schule voller verletzter Soldaten, konnte aber keine Nahrung, keine Medikamente für sie auftreiben, er war im Grunde ein tüchtiger Kerl, aber einfältig, das muss man schon sagen. Oder, Christa?«

Sie antwortete nicht. Horst sprach weiter: »Jedenfalls wurde er so wütend, dass er eine Kuh erschoss. Aber den Russen war es vermutlich scheißegal, dass er für seine Patienten Fleisch brauchte. ›Aber sie verhungern mir doch auf den Pritschen‹, sagte er. Das waren seine letzten Worte. Am selben Nachmittag haben sie ihn vor dem Rathaus aufgeknüpft.«

Er prostete der Deckenlampe zu und schenkte erneut die Gläser voll.

»Die Kranken und Verletzten, die noch stehen und gehen konnten, schleppten sich zum Kloster. Als hätten die Nonnen da drinnen nicht schon genug zu tun gehabt! Daraufhin sind ihnen die Russen gefolgt. Sie sollen in die Kirche gestolpert sein und Halbtote auf die Leiterwagen geladen haben. Man hätte in Salow ein Lazarett für Kriegsgefangene errichtet, behaupteten die Russen. Kreuz und quer haben sie dagelegen, die armen Säue. Auf den Leiterwagen. Verreckt sind sie, allesamt verreckt. Nach zwei Tagen. Sie seien an Lungenentzündung gestorben, haben die Russen behauptet. Als würden wir denen das abkaufen!«

Hedwig schnappte nach Luft. »Wieso haben die Schwestern schwere Schuld auf sich geladen? Sie haben doch nur ihr Bestes getan?«, hakte sie nach.

»Ja, aber sie glauben immer noch, die Welt retten zu können. Mit Gebeten und Kruzifixen. Aber wenn der Teufel sich plötzlich einfallen lässt, alle Deutschen in seine Knechtschaft zu zwingen, können ihnen auch ihre Kandelaber nicht helfen.«

»Wir müssen jetzt gehen«, sagte Hedwig und erhob sich. »Wir müssen jetzt gehen.« Sie hakte Irene unter und zog sie aus der Küche. Er hatte all ihre Zigaretten bekommen. Aber das spielte jetzt keine Rolle mehr, es war nur noch ein Tagesmarsch. Dann würde sie Katarina wiedersehen. Anastasiendorf und Katarina. Sollten sie auf dem Hof schlafen?

»Kommt nicht in Frage«, sagte Irene. »Wir schlafen im Wald. Nur noch eine Nacht. Es wird nicht regnen.«

Also wanderten sie die kleine Dorfstraße entlang, sahen an dem Haus hoch, in dem die eingesperrte Tochter von ihren Eltern gehütet wurde, und kamen zu einem Wäldchen, in dem sie Fichtenreisig und Farnblätter ausbreiteten und sich unter ihre Mäntel legten.

Es war der erste Abend, an dem Hedwig wach lag, nachdem Irene eingeschlafen war. Es war die erste Nacht, in der sich Atemwölkchen vor Hedwigs Mund bildeten. Feuchter Tau lag auf ihrem Mantel, durch das Fichtenreisig stieg Kälte auf. Sie versuchte sich zu entspannen, wenn sie sich verkrampfte, wurde es nur schlimmer. Irene schnarchte laut, Hedwig kauerte sich an ihrem Rücken zusammen, etwas dichter, etwas wärmer. Unter Hedwigs Kopf lag die Tasche mit *Proserpina*, im Wald war es still, kein Rufen drang aus dem Dorf, nur Irenes Schnarchen war zu hören, das vermutlich sogar Wildschweine verjagen konnte. Noch eine Nacht, dachte Hedwig vor dem Einschlafen. Nur noch eine Nacht, dann sind wir da.

Als Hedwig am nächsten Morgen aufwachte, war Irene fort. Hedwigs Reisetasche war noch da, ihr Mantel, ihre Thermoskanne, die Bibel, die Bücher, alles war noch da. Nur Irene nicht. Und sie hockte auch nicht hinter einer Fichte. Sie war fort. Und hatte ihren Rucksack mitgenommen.

Hedwig aß Blaubeeren, kalte, harte Reste von Beeren, fand Pilze im Moos, wagte jedoch nicht, sie anzurühren, sie konnte sie nicht auseinanderhalten. Sie folgte dem Weg, nie die Straße gehen, nie in verlausten Decken schlafen, dann endete der Wald, sie trank aus dem Bach, der am Feldrand entlangfloss. Sie hielt sich westlich der Sonne, wie Irene es ihr beigebracht hatte; um diese Tageszeit stand die Sonne im Süden, und links war Osten. Im Prinzip vollkommen logisch und verständlich. Hedwig allerdings konnte sich keinen Reim darauf machen, so war es eben. Falls sie richtiglag, würde sie bald da sein, falls nicht, wäre es auch egal. Irene war fort. Irene hatte womöglich kaum existiert. Sie brauchte Irene nicht mehr. Hedwig würde nirgendwohin mehr gehen. Sie würde ausharren, bis die Welt wieder geheilt war und sie wieder Zug fahren konnte.

Sie lief durch ein Maisfeld, biss in einen grünen Kolben, musste die unreifen Körner ausspucken. In wenigen Wochen würde der Mais gelbe Früchte tragen, und es würde wieder Nahrung geben.

Dann sah sie es. Das Kloster. Es sah aus wie ein Gutshof. Niedrige Gebäude, die ein Quadrat bildeten. Sie beschleunigte ihre Schritte. Die hellgelben langgestreckten Gebäude kamen näher und näher. Die Sonne stand jetzt hoch am Himmel. Es war mitten am Tag. Nicht mal mehr ein Tagesmarsch, dachte sie. Und war stolz, es auf eigene Faust hierhergeschafft zu haben. In der Ferne hörte sie das Läuten zum Mittagsgebet. Sie würde es nicht schaffen. Selbst wenn sie laufen würde, würde sie es nicht schaffen, mit den anderen auf die Knie zu fallen, um Gott zu danken, ihm dafür zu danken, dass er seine Hand über sie gehalten hatte … sie zählte nach … ja, sie vier ganze Tage über sie gehalten hatte.

Sie folgte dem Bach, ein Reiher flog vom Schilfsaum auf, ihr war schwindelig vor Hunger, vor Erwartung, plötzlich wurden ihre Schritte langsamer, die Tasche kam ihr so entsetzlich schwer vor. Sie überquerte die Straße, taumelnd trat sie an den Zaun. Stellte die Tasche auf den Boden, blieb ganz still stehen und schaute in den Klostergarten. Dort wuchsen Schlangengurken, Bauernbohnen und Mohrrüben, und zwischen Sonnenblumen auf einem Kartoffelacker stand eine Schwester mit einer Schaufel in der Hand und betrachtete einen Erdhaufen. Hedwig wollte winken oder nach ihr rufen – sich zu erkennen geben. Aber womöglich hatte Katarina gar nicht erzählt, dass sie kommen würde. Womöglich hatte Katarina noch nicht einmal damit gerechnet. Womöglich würde sie, Hedwig, nur eine Last sein. Womöglich … Ein Stechen fuhr durch ihre Schulter, sie bemerkte, dass ihr rechter Arm einschlief.

Hinter dem Zaun stand die Nonne nun breitbeinig, mit hocherhobener Schaufel da, sie sah aus, als würde sie auf etwas warten, dann ließ sie die Schaufel plötzlich blitzschnell mit aller Kraft zu Boden sausen und traf den Kopf des Maulwurfs. Zack!, zack!, zack! Dreimal schlug sie auf den Erdhaufen ein, bevor sie zufrieden brummte, sich umdrehte und zum Hauptgebäude ging, ohne Hedwig bemerkt zu haben.

BERLIN 2005

Was ist eigentlich das Schlimmste, fragte sie sich. Was ist, wenn du ganz ehrlich zu dir bist, das Schlimmste?

Dass er mit Hanna schläft? Nein.

Dass er krank ist? Na ja, eigentlich nicht.

Dass ihr euch voneinander entfernt habt? Nein.

Dass du ihn nicht mehr so besonders magst? Nein.

Dass die Leute sich das Maul zerreißen werden? Nein.

Dass die Leute dir die Schuld geben werden, weil du dich nicht um ihn kümmerst? Nein.

Dass du dir selbst die Schuld dafür gibst, weil … Nein, nein, ganz und gar nicht.

Dass Hanna ihm die Schuld geben wird und in den Zeitungen stehen wird, dass er ein lüsterner Pfarrer war, der … Nein!

Dass er lüstern ist? Nein.

Dass du dann allein bist? Ach du meine Güte – nein, definitiv nicht!

Aber was ist es dann? Worum geht es hier?

Dass mein Selbstbild zunichtegemacht wurde, dass meine Stärke in Frage gestellt ist, dass mein Heiligenschein verrutscht ist, dass mein Ego gelitten hat, dass meine Liebe missverstanden wird, meine Versprechen nichts mehr zählen … ja, ja, ja.

Darum geht es also?

Was?

Das, was so verdammt wehtut.

Ja, dass ich ausgeschlossen wurde, dass er mir nichts erzählt hat, dass ich nicht erkannt habe, wie einsam er war, wie unzureichend ich war, dass ich ihm nicht das geben konnte, was er gebraucht hat, sondern er …

Ja, was denn?

Dass ich nie gefragt wurde.

Ingrid wiederholte in Gedanken die Gespräche, die sie mit Karl Erik geführt hatte. Spielte sie immer wieder durch. Es erschöpfte sie, es quälte sie, es war allmählich lächerlich, aber so anstrengend es auch war, sie tat es. Denn sie war noch nicht fertig damit. Noch lange nicht. Sobald sie es schaffte, sich einen Tag, einen halben Tag, ein paar Stunden auszuklinken, sie unter irgendeinem Denkmal stand oder beim Frühstück saß und plötzlich feststellte, dass sie zehn oder womöglich fünfzehn Minuten lang an etwas völlig anderes gedacht hatte, war sie beinahe erstaunt, schämte sich zwar nicht, aber viel fehlte nicht. Erstaunt, dass man auch noch an etwas anderes denken konnte, dass die Welt sich weiterdrehte – auch ohne Karl Eriks und ihre albernen Probleme und ihre verletzten Selbstwertgefühle. Aber sobald sie sich wieder besann und ganz bei sich war, kam immer wieder eine Erinnerung. Immer häufiger fragte sie sich, wie sie überhaupt ihren Beruf hatte ausüben können. Als Psychotherapeutin war sie souverän gewesen und hatte sich mit den einzelnen Phasen einer Trennung ausgekannt. Sie, die so stark war. Von wegen! *Sie, die so stark war.*

Dabei war das die Lieblingsgeschichte ihrer Kinder, noch immer konnte sie ihre Stimmen hören, wie sie sie zum Besten gaben. Die Jungs hatten noch Jahre später davon gesprochen, sprachen wohl immer noch davon, falls sie jemanden trafen, der sie nicht schon zig Mal gehört hatte, erzählten, wie ihre Mutter sich die Sandalen von den Füßen gekickt hatte, in die Hocke gegangen war, wie ein Tiger gebrüllt und das Auto aus dem Graben gewuchtet hatte.

Sie hatten Urlaub auf Gotland gemacht und sich Kirchen angesehen, alle Kirchen, sämtliche Kirchen, Karl Erik wollte überall anhalten, an jeder Straßenkreuzung stand eine nicht mehr benutzte Steinkirche, die er besichtigen wollte. Die Kinder hatten auf der Rückbank des Wagens gestöhnt, aber es hatte einfach geheißen: Los geht's!, raus aus dem Auto, guckt euch die Kirche an. Eines Tages waren sie über einen Baumstumpf gefahren, und das Auto war halb in den Straßengraben geschlittert. Ingrid hatte immer noch die Stimmen der Kinder im Ohr, vor allem die der Jungen: »Papa hat mit runtergekurbelter Scheibe am Gaspedal gesessen und sie angefeuert, während Mama uns von der Straße gescheucht hat, die Hummeln sind um unsere Beine geschwirrt, während wir am Waldrand standen und dabei zusahen, wie unsere Mutter ein Auto *hochgehoben* hat!«

Ingrid wäre es lieber gewesen, für ehrbarere Heldentaten von ihren Kindern gerühmt zu werden, aber jetzt fiel ihr wieder ein, wie Karl Erik sich – auf der ganze Strecke nach Ljugarn – darüber amüsiert hatte. Er war begeistert und sogar etwas in seiner männlichen Ehre gekränkt gewesen, dass er mit einer Gewichtheberin verheiratet war.

Sie war stark. Das waren auch Gunillas letzte Worte gewesen, als sie sie am Bahnhof von Lund abgesetzt hatte. Sie war auf dem Bahnsteig zurückgeblieben, als Ingrid in ihrem Schlafwagenabteil das Fenster heruntergezogen hatte, um zu winken.

»Vergiss nie, wie stark du bist!«, hatte sie gerufen.

Und Ingrid war auf die unterste Liege gesunken und hatte gespürt, wie das Rattern des Zuges durch ihren Körper vibrierte, wie es sich in ihrem starken, zitternden Körper fortgepflanzt hatte.

Am allermeisten quälten sie diese kurzen idiotischen, ichbezogenen, erbärmlichen SMS, die er ihr schickte. Warum konnte er sie nicht in Frieden lassen und sein Buch schreiben? War es denn nötig, sie ständig an seine Existenz zu erinnern, ihr mitzuteilen, wie das Wetter auf Blidholmen war, welche Blumen aufgeblüht waren und dass ihm jemand dabei helfen würde, ein Skypekonto einzurichten, wenn sie es wollte?

Skype! Das konnte er nicht ernst meinen. Sie war doch nicht den weiten Weg nach Berlin gefahren, um im Hotelzimmer zu sitzen und mit ihm zu *skypen*.

Am liebsten hätte sie ihn gefragt, wer ihm denn dabei behilflich sein würde. Weigerte sich aber, so tief zu sinken. Sie kannte die Antwort ja bereits. Und wie er es schaffte, SMS zu verschicken, war dasselbe offenkundige Rätsel. Ihm müsste doch klar sein, dass sie wusste, dass er die Tasten nicht selbst bedienen konnte, dass er zu ungeduldig dafür war, noch dazu schlecht sah, aber vor allem, dass er seine Hände nicht mehr im Griff hatte. (Und das, bei Gott, in jeder Hinsicht!) Er hatte schließlich Parkinson. Natürlich half ihm jemand dabei, ihr SMS zu schicken! Er diktierte jemandem seine kleinen garnierten Liebenswürdigkeiten. Jemand anderes las sie nicht nur – sondern schrieb sie auch.

Ich habe Angst, weil ich mich nie etwas Bedeutendes getraut habe.

Sie hätte am liebsten laut geschrien.

Sie musste mit den Kindern sprechen. Aber würde sie ihre Vorhaltungen und ungeschminkten Wahrheiten ertragen können? Und wen sollte sie zuerst anrufen? Markus würde sich natürlich auf die Seite seines Vaters schlagen, er studierte inzwischen Theologie im zweiten Semester, was konnte man da anderes von ihm erwarten als Phrasen wie »in guten wie in schlechten Tagen …«? Et cetera, et cetera. Birgitta würde mit Sicherheit etwas Kaltschnäuziges von sich geben, und Tomas würde sie frühestens nächste Woche zurückrufen. Obwohl er zig Telefone hatte, war er am schwersten zu erreichen.

Doch wie sehr eilte das überhaupt? Konnte sie nicht ebenso gut warten, bis sie sich meldeten? Sie vermissten? Sie brauchten? Aber sie machte sich auch Sorgen, dass sie dann Partei für ihren Vater ergreifen könnten und Ingrid nicht zu Wort kommen lassen würden.

So war es nun mal bei Auseinandersetzungen, die meisten Menschen hielten an der Version fest, die sie zuerst gehört hatten. Weil es Menschen schwerfiel, ihre Meinung zu ändern, weil Menschen denkfaul oder einfach nur bequem waren. Dumm. Sie schämte sich, wie sie so dasaß. Als handelte es sich um einen vermaledeiten Roman, in dem man zu der Figur hielt, die auf der ersten Seite vorkam. Ihr Aufbruch war jedoch kein Roman, auch kein Wettbewerb, den einer von beiden gewinnen konnte; sie waren beide Verlierer, und die Kinder waren alt genug, sich ihre eigene Meinung zu bilden. Falls nicht, hätten sie nicht nur verloren, sondern wären auch gescheitert. Ihre Kinder waren keine folgsamen Lakaien. Ihre Kinder dachten kritisch. Waren einfühlsame Individuen. Rechtschaffene Seelen. Es eilte nicht. Sie konnte ebenso gut Karl Erik die Drecksarbeit überlassen. Ihn erklären lassen, warum sie sich – er würde selbstredend das Wort *überstürzt* verwenden – nach einem langen Wochenende bei Tante Gunilla wie ein durchgedrehter Teenager auf eine Entdeckungstour durch Europa aufgemacht hatte. Ihr kam ein Film in den Sinn, den sie vor vielen Jahren gesehen und der ihr sehr gefallen hatte, *Shirley Valentine*, sie hatte ihn zusammen mit Karl Erik geguckt. Ja, wie eine zweite Shirley Valentine hatte sie ihn um ihrer eigenen verdrängten Sehnsüchte wegen verlassen.

Es war ihr vollkommen egal. Sie malte sich die Gespräche aus, die er mit den Kindern führte, hätte gerne Mäuschen gespielt, wenn es ihm endlich nach vielem Wenn und Aber gelang, sich von seinem *Lebenswerk* loszureißen, um ihnen zu erzählen, dass ihre Mutter gegangen sei. Die Vorstellung gefiel ihr.

Wie würde er es formulieren? Es war beinahe schön, sich das auszumalen.

Mama brauchte eine Auszeit und ist in den Urlaub gefahren (dieser feige Lump).

Wir hatten ein kleines Missverständnis, und eure Mutter hat überreagiert (der alles beschönigende Pfarrer).

Ich bin krank und habe mich blamiert (das würde er nie zugeben).

Hanna hat mir den Kopf verdreht, und ich bin in lüsterner Selbstverliebtheit aufgegangen (ha, ha, ha!).

Tante Gunilla hat eurer Mutter einen Haufen feministisches Zeug eingeredet (wehe ihm!).

Wir haben zwei Fliegen mit einer Klappe geschlagen. Ich schreibe an einem Roman und brauche ein wenig Ruhe, deshalb habe ich eure Mutter nach Berlin geschickt, dort wollte sie immer schon einmal hin (*ich* habe sie *geschickt*).

Ich bin krank, schwerkrank, ihr müsst kommen und euch um mich kümmern, eure Mutter hat mich verlassen (du armer, peinlicher Wicht).

Es war Tomas, der zuerst anrief.

Sie war in der Schaubühne gewesen und ging gerade den Ku'damm hinunter, um irgendwo essen zu gehen. Tomas war aufgewühlt, im Hintergrund lief laute Musik, er konnte sie kaum verstehen und brüllte selbst in den Hörer.

»Was ist passiert? Papa ist ganz verstört. Hat er sich dir gegenüber irgendwie blöd benommen?«

Sie antwortete nicht auf seine Frage, bat ihn rauszugehen.

»Wir haben eine Krise«, sagte sie. »Ich brauche Zeit für mich selbst. Er kommt zurecht.«

»Aber wann kommst du wieder zurück? Was machst du in Berlin?«

»Mein Lieber, geh doch mal woandershin. Du hast doch sowieso nicht vorgehabt, im Sommer nach Blidholmen zu kommen. Papa kommt zurecht.«

»Das weiß ich, aber du, Mama, kommst du auch zurecht? Hast du Geld? Papa sagt, du willst den ganzen Sommer fort sein, *mindestens*.«

Sie bebte, als sie den Hörer auflegte. War gerührt, dass Tomas sich so um sie sorgte. *Hast du Geld?* Gerührt, aber es stellte sich auch ein Gefühl von Resignation ein. Von Wut.

Wir sollten Mama einen Hund kaufen, damit sie nicht so allein sein wird … später.

Danach riefen sie Schlag um Schlag alle an.

Zuerst Markus. Er wollte wissen, wie es ihr gehe, welche Gedanken ihr durch den Kopf gingen. Da war sie gerade in einem Restaurant und war froh, dass niemand Schwedisch zu verstehen schien, sodass sie ungestört erzählen konnte.

Markus hörte ihr zu, sie machte es knapp, er wartete schweigend ab, klang nicht beunruhigt, sondern vielmehr besorgt, was sie denn nun mit der vielen Zeit anfangen würde – die ganzen langen Tage?

Museen, Spaziergänge, Restaurantbesuche. Sie ratterte Sehenswürdigkeiten herunter.

»Take your time«, sagte Markus, bevor er das Gespräch beendete. »So etwas kann dauern. Eine Krise bedeutet Entwicklung, Mama.« (Milieugeschädigt waren sie, ihre Kinder, loyal und milieugeschädigt, ein Pfarrer und eine Psychotherapeutin als Eltern, was sollte man da erwarten?) »Darf ich Tante Gunilla anrufen, falls ich weitere Fragen habe?«

Sie nickte stumm, griff nach ihrem Weinglas. Sie legten auf.

Nach dem Gespräch mit Birgitta war Ingrids Essen kalt. Sie winkte den Kellner herbei und stürzte geradezu aus dem Lokal. Noch immer hungrig. Kraftlos. Birgitta war ohne Umschweife zur Sache gekommen. Kein ›Wie geht es dir?‹. Oder ›Wo bist du?‹.

»Mir ist klar, dass ihr euch gestritten habt, aber ich will nicht wissen, worüber«, sagte sie. »Ich will deine Entscheidung nicht kritisieren. Ich bin nicht mehr das schwarze Schaf der Familie. Der ewige Meuterer.«

»Aber Birgitta, was ist los? Du bist doch kein schwarzes Schaf!«

»Papa ist krank und braucht Hilfe. Wenn du möchtest, können wir uns darum kümmern. Ich kümmere mich darum, mach dir keine Sorgen. Aber ich will nicht wissen, worum es bei eurem Streit geht, ja?«

Ingrid sagte nichts. Birgitta fuhr fort.

»Was ich auch sage, immer bringe ich deine Welt zum Einsturz, werfe ich einen Stein durch euer Kirchenfenster. Ich will diese Macht nicht haben.«

»Du hast über diese Angelegenheit keine Macht. Birgitta, was sagst du denn da?«

»Wann immer ich aufgestanden bin, um zu sagen, was ich denke, war das in euren Augen eine Meuterei. Glaubst du denn, ich weiß nicht, dass das Geheimnis Kollaboration lautet, wenn man das Familienleben überleben will? Man zettelt keine Meuterei an, man hält schön die Klappe, überlässt es dem Pfarrer, den anderen das Dasein zu erklären, damit Mama nicht traurig wird. Man sagt, dass das Essen geschmeckt hat, damit Mama nicht traurig wird. Man schweigt und gibt sich Mühe, damit du nicht traurig wirst. Man sagt nicht, dass …« Da brach Birgitta in Tränen aus. »Du willst ja sowieso nicht wissen, was ich denke!«, schluchzte sie.

»Doch Birgitta, beruhige dich, leg nicht auf, was sagt man nicht?«

»Man sagt nicht, dass die Kirche ein Madeleinegebäck ist, dem der Geschmack nach einem fragwürdigen Internat anhaftet. Man sagt nicht, dass die Gnade, die einem erwiesen wird, Humbug ist, weil es darum geht, sich unterzuordnen. Doch, man sagt das. Ich jedenfalls habe versucht, das zu sagen, mein ganzes Leben lang, aber irgendwann hört man damit auf. Hält die Klappe.«

»Nun aber mal ehrlich, Liebes, du hast doch wohl nie die Klappe gehalten.«

»Doch, meinst du denn, ich hätte nicht bemerkt, dass euer Leben den Bach runtergeht! Dass du dich selbst verleugnest. Deinen Beruf aufgibst. Dass er das Zepter schwingt. Dass du zu einem lächerlichen Vorbild geworden bist. Einem Schatten. Ich habe das seit Jahren gesehen. Aber gedacht, dass du nun mal dein Leben führst, dass sich das nicht ändern lässt. Aber dann leb es jetzt, Mama! So alt bist du doch noch nicht, dass du keine Entscheidungen mehr treffen kannst. Wenn man diese Flucht denn eine Entscheidung nennen kann. Papa ist krank, und wir regeln das. Mach dir keine Sorgen. Hab Spaß!«

Damit beendete sie das Gespräch.

Ingrid ging zu McDonald's, bestellte sich ein Hamburgermenü, setzte sich an einen klebrigen Tisch und starrte auf die Straße. Sie konnte sich selbst in der Fensterscheibe sehen. Sie sah verhärmt aus, ihre Haare standen zu Berge, und ihre Füße schmerzten. Die Pommes frites waren kalt. Sie kaute auf ihnen herum wie auf Lakritzschnüren.

Ingrid hatte vor dem Spiegel gestanden und in ihrer Frisur herumgefummelt, als sie Birgitta zuletzt gesehen hatte. Hatte sie sich damals schon so zerschlagen gefühlt? Birgitta hatte sich neben sie gestellt, und so hatten sie eine Weile dagestanden und sich angesehen. Ohne ein Wort. Plötzlich bildete Ingrid sich ein, dass Birgitta sich mit ihr verglich, sie schien sie aus dem Augenwinkel zu betrachten, und ihr war anzusehen, dass sie Schlussfolgerungen zog. Zweifelsohne sahen sie sich ziemlich ähnlich. Je älter Birgitta wurde, desto größer wurde die Ähnlichkeit. Vielleicht hatte Birgitta auch an etwas ganz anderes gedacht, denn plötzlich hatte sich ihr Gesicht erhellt. Aber sie hatte nichts gesagt, sich nur umgedreht und war in die Küche gegangen. Ingrid hätte sie so gerne gefragt, woran sie gedacht hatte, wusste aber, dass das den Zauber des Augenblicks zerstört hätte.

Ingrid hatte sich draußen auf einer Sonnenliege ausgestreckt, sich eine Decke über die Füße gebreitet und die Augen geschlossen.

Birgitta war richtig süß, wenn sie schüchtern wurde, wenn sie sich ein bisschen verstecken wollte. An diesem Ort zwischen koketter Verlegenheit und dem Bedürfnis, sich zur Schau zu stellen, in dieser kurzen Distanz zwischen dem selbstverständlichen Bloßlegen und der Notwendigkeit, sich abwenden zu wollen. Darin, gewisse Räume für gewisse Blicke zu reservieren. Die nicht ihre sein sollten, die einer Mutter.

Und Ingrid kam eine Situation in den Sinn – irgendwo in einer Umkleidekabine, oder war es an einem Badestrand gewesen? –, als Birgitta ebenso dagestanden und einen Ort gesucht hatte, an dem sie schüchtern sein durfte. Da hatte Ingrid zum letzten Mal zu ihr gesagt: »Zier dich nicht so, Fräuleinchen, diesen Po habe ich schon hundertmal gesehen!« Sie wusste noch, wie Birgitta hinter dem Handtuch gestanden hatte und dass ihr Blick genauso klar wie ihre Worte gewesen war. Sie hatte gesagt: »Das würdest du zu den Jungs nie sagen.«

Und Ingrid hatte gewusst, dass sie recht hatte.

An dem Tag, als sie Birgitta zuletzt gesehen hatte, war Ingrid in der Sonne eingedöst, und als sie aufsah, hatte Birgitta dagestanden und sie wieder auf diese neue Art angesehen. Sie hatte zwei Gläser auf den Tisch gestellt und eine Karaffe mit Saft in der Hand gehalten. Wie lange hatte sie schon so dagestanden?

»Papa redet mit dem Spiegel«, hatte sie gesagt, »ich habe ihn heute Morgen gehört, wie er ein langes, ja geradezu ausführliches Selbstgespräch geführt hat. Er hat nicht mit Gott gesprochen, sondern mit dem Mann im Spiegel.«

»So etwas tun ältere Menschen nun mal«, hatte Ingrid gesagt, jedoch selbst gehört, wie jämmerlich und beschönigend das klang.

Birgitta hatte nichts erwidert, sondern sich neben sie gesetzt und ihnen Saft eingeschenkt. Ingrid hatte nach dem Glas gegriffen. Ihre Hand verfing sich in Birgittas, und diesmal zog Birgitta sie nicht weg! Sie, die sich immer sträubte und sich ihr entzog – wenn Ingrid für ein Foto ihren Arm um sie legte, dann stieß Birgitta ihn weg, und man sah später auf den Bildern, wie sie in die Kamera geschaut hatte, so als wollte sie jemanden beißen.

Ingrid hatte schon lange aufgehört, Birgitta zu fragen, weshalb sie immer so schwierig war. Jetzt aber ließ sie Ingrids Hand liegen. Einen kurzen Augenblick. Die Luft zwischen ihnen war wie elektrisch aufgeladen, bevor Birgitta ihre Hand vorsichtig zurückzog und von dem Saft trank.

»Mmmm.« Sie stellte das Glas wieder auf den Tisch. »Sind das unsere Himbeeren?«, hatte sie gefragt.

Ingrid hatte genickt. »Aus dem letzten Jahr.«

»Sehr lecker«, hatte Birgitta erwidert und sich zurückgelehnt.

Und Ingrid hatte im Stillen wiederholt, was Birgitta gerade gesagt hatte:

Sind das unsere Himbeeren. Sie hatte nicht *eure* gesagt. Sie hatte *unsere* gesagt.

Ingrid brachte ihr Tablett zurück. Ging hinaus auf den Ku'damm. Sah sich selbst in jeder Fensterscheibe.

UPPSALA 1985

Ich habe die Ergebnisse unserer ganzen Therapiesitzungen zusammengetragen. Bald habe ich hundert Spielkarten beisammen. Die Male, bei denen in unseren Gesprächen nichts Gescheites herausgekommen ist, habe ich zu Ereigniskarten verarbeitet. Nimm ein Kreuz, einen Ständer oder ein Herz, wie's gerade so kommt, ganz durcheinander. Manche Tage sind wirklich so. Völlig überflüssig. Damit muss man leben. Die Male, als ich mich unter der Sofadecke versteckt und mich geweigert habe, darunter hervorzusehen, liegen auch da. Vielleicht war das nicht überflüssig, *wenngleich* unbegreiflich.

Meine Träume habe ich auch zusammengetragen. Auch die, von denen Psychodoc nichts weiß. Manche Dinge soll sie lieber erst erfahren, wenn ich nicht dabei bin. *Darüber* haben wir sogar eine kleine Auseinandersetzung gehabt. Sie ist der Ansicht, dass es besser sei, wenn ich ihr das, was mir auf dem Herzen liegt, erzähle, als dass ich allein damit zu Hause sitze. Ich bin da, wie gesagt, anderer Meinung.

Ich habe jetzt fast vierzig Traumkarten beisammen. Eigentlich sind Träume etwas Schönes. In ihnen kann alles Mögliche passieren, ohne dass ich dafür verantwortlich bin. Das ist ungefähr so wie im Paradies, und zwar vor dem Apfel und der Schlange: Niemand trägt die Schuld an etwas, alles passiert einfach. Das Paradies ist schon ein seltsamer Ort. Verantwortungslos. Gefährlich. Man kann sich wirklich fragen, was die alle dort wollen.

Auf die Albtraumkarten habe ich Totempfähle mit Totenkopfaugen gemalt. Die Schöntraumkarten sind hellblau. Ich male Engel darauf, aber wie bei allen, die *abstrakte Kunst* schaffen, ist ein bisschen Schummelei mit im Spiel, man kann dies und das hineininterpretieren. Großzügig betrachtet.

Viele meiner Träume spielen in Afrika. Während ich träume, sind sie wunderbar, werden aber fies, wenn ich aufwache. Meine Mutter forscht tief im Dschungel, während ich allein mit meiner Schiefertafel in der Hütte bin. In der Regenzeit werden alle Buchstaben weggespült, versickern im Boden oder liegen in roten Wasserpfützen und dümpeln vor sich hin. Ich weiß einfach nicht, welche Farbe ich den Karten mit den Afrikaträumen geben soll. Wenn ich aufwache, fühle ich mich richtig *pervers*. Die Träume sind wirklich fies, obwohl ich in ihnen nicht selten *äußerst tatkräftig* bin. Dies steht zum Beispiel auf einer dieser Traumkarten:

Du hast ein Küken. Es ist gelb und rund und kuschelig weich. Es läuft in der Hütte umher, und du hast nie etwas Niedlicheres besessen. Plötzlich fällt dir auf, dass auf seinem Bauch ein rotes Preisschild klebt. Das sollte es nicht haben müssen. Nein, das Küken soll sich nicht gekauft fühlen müssen, vor allem nicht zum *Sonderpreis*! Also pulst du vorsichtig mit dem Finger am Preisschild herum, aber es sitzt fester, als du dachtest, weshalb du es mit einem Ruck abziehst – blitzschnell, so wie man es mit einem Pflaster macht –, damit es nicht so wehtut. Aber du warst nicht vorsichtig genug, nein, du warst *ungeschickt, ungeduldig und unbeherrscht*, deshalb hat sich auch die Haut mit abgelöst, nicht nur am Bauch, sondern bis ganz hinunter zu seinem dünnen Beinchen. Das Küken ist gehäutet, es muss entsetzliche Schmerzen leiden – und du hast ihm das angetan.

Du weißt, dass es sterben muss, und zwar aus zwei Gründen. Grund 1: Es hat Schmerzen. Grund 2: Du bist schuld. So wie es ist, kann es nicht bleiben – es läuft kreischend auf seinen kleinen roten Füßchen im Kreis umher. Es ist nicht auszuhalten. Nur du kannst es erlösen. Rasch, bevor es jemand bemerkt, drehst du dem Huhn den Hals um.

(Und an dieser Stelle, könnte man denken, würde ich aufwachen. Und weinen. Aber das hab ich nicht getan. Der Traum ist weitergegangen.) Ich schreibe Folgendes auf die Traumkarte:

Plötzlich liegst du mit deiner besten Freundin Nillan im Bett. Ihr befummelt euch. Seid schweißgebadet. Du willst deine Kleidung loswerden, du willst nackt sein, du willst, dass sie dich streichelt. Sie weiß das, Nillan ist clever. Ihr zieht die Hosen aus. Die Unterhosen habt ihr noch an. Ihr seid in einem Alter, in dem eure Brüste kaum entwickelt sind, aber ihr wisst schon, wie man Kinder macht. Dann steckt sie einen Finger in dich, und es fühlt sich viel schöner an, als wenn du es selbst tust. Du möchtest, dass sie noch einen hineinsteckt, weil dieses Gefühl das schönste ist, das du jemals gespürt hast. Da lacht sie und hält ihre Hand hoch. Nicht mit ihrem Finger hat sie dich liebkost – sondern mit dem Beinchen des Kükens.

Ich sitze lange mit dieser Karte da, ich weiß immer noch nicht, welche Farbe sie haben soll. Und soll es eine Engelskarte sein, oder soll sie Totenkopfaugen bekommen?

Psychodoc sagt, dass es keine Rolle spiele, ob man in Afrika, im Bernadotteheim oder in einem deutschen Konzentrationslager aufgewachsen sei. Ob ein Schwein oder ein Engel aus einem werde, sei keine Frage der *Umstände*. Sondern eine Frage der Entscheidungen, die man treffe.

»Die Wahl, die wir treffen, verleiht uns Würde«, sagt sie. »Es ist also nur gut, ein bisschen perverse Träume zu haben, dann ist man das nicht, wenn man wach ist.« Psychodoc lacht. Und wird gleich wieder ernst. Sagt, dass sie sich keine Sorgen mehr um mich mache.

Diese Therapiestunde ist in mehr als einer Hinsicht bemerkenswert. Nicht nur, dass Psychodoc mir ein Kompliment macht – *ich mache mir keine Sorgen mehr um dich* –, nein, sie schenkt mir auch noch ein Buch, als ich gehe. Eigentlich hält sie nicht viel von Geschenken, das muss man wissen, aber jetzt bekomme ich eines.

Es ist ein Buch, das die Stimme im Radio geschrieben hat!

Ich freue mich so, dass ich vergesse, mich zu ärgern, weil ich nicht von allein darauf gekommen bin – natürlich haben Menschen, die sich im Radio *differenziert* auszudrücken wissen, ihre Gedanken zu Papier gebracht und ein Buch geschrieben, das man in der Bibliothek finden kann.

Wie auf Wolken gehe ich zum Bus. Als ich zu Hause bin und die Tür hinter mir zugemacht habe, sehe ich, dass sie das Preisschild abgepult hat, aber ein kleiner Rest davon klebt noch auf dem Einband. Es ist nicht rot – Psychodoc hat dieses Buch nicht zum Sonderpreis gekauft.

BERLIN 2005

Karl Erik schickte ihr weiterhin seine Nachrichten. Ingrid beantwortete jede zweite. Dann nur noch jede dritte. Die Tage vergingen. Ihr Dialog war idiotisch.

Wo bist du?

Im Pergamonmuseum.

Heute sind die Pfingstrosen aufgeblüht. Vermisst du mich?

Was machst du?

Ich habe eine Schreibblockade, das gehört zum Prozess, ich soll mir keine Sorgen machen.

Wer sagt das?

Ingrid begriff immer noch nicht, wie das zuging. Diktierte er, und Hanna schrieb? Las Hanna ihre Antworten? Oder war es Hanna persönlich, die sich ausdachte, was er schreiben sollte? Oder steckte womöglich gar nicht Hanna dahinter? Aber wie geschmacklos und kränkend wäre es, wenn er dafür den Kaufmann oder Sture um Hilfe bat? Oder Axt-Lasse? Julia? Margareta Börjesson?

Sie sah vor sich, wie er auf dem Anleger stand und sein Mobiltelefon schwenkte, wie ein törichter Anhalter, ein taumelnder Junkie, ein Hippie – und darum bat, dass ihm jemand half, an die Pfarrersfrau zu schreiben, die Berlin unsicher machte.

Allein der Gedanke daran, dass irgendjemand – wer auch immer – ihren bedeutungslosen Gedankenaustausch las und verfolgte, seine tastenden Versuche und ihre gereizten Antworten, verursachte Ingrid Übelkeit. Nachdem sie im Hotel die halbe Nacht wach gelegen hatte, schickte sie ihm – morgens um halb vier – eine SMS, mit der sie entschied (solche Entscheidungen kann man nur aus völliger Erschöpfung heraus treffen), dass es ihr egal war, wer sie las.

Habe das Handy-Ladekabel verlegt. Melde mich, wenn ich wieder empfangsbereit bin. Liebe Grüße.

Das gönnte sie ihm gerade noch. Eine öffentliche Umarmung, die jeder lesen konnte.

Endlich schlief sie ein, und es wurde still. Sonderbar still. Ingrid ließ das Handy zurück, wenn sie in die Stadt ging. Die kleine Bombe, die sie in der Handtasche gehabt hatte, lag jetzt im Hotelzimmer und tickte vor sich hin.

Berlin war *heiß* und fühlte sich feierlich an. Tagsüber stolperte sie nur so über die Gegenwartsgeschichte, abends versteckte sie sich in Kinosälen und Theatern. Oder saß einfach nur da – draußen, drinnen, irgendwo im Trubel der Stadt und im Menschengewimmel, und beobachtete die Menschen. Diese vielen Menschen! Dann dachte sie nicht an Karl Erik oder an Birgitta, an Tomas, Markus, ja, noch nicht einmal an Hanna. Sie dachte an die unglaubliche Geschichte und Vergangenheit dieser Stadt, daran, was dem Gedächtnis dieser Menschen innewohnte, an die Schuld, die sie sühnten, an die Monumente, die sie zum Gedenken errichtet hatten, daran, wie sie mit solcher Inbrunst die Erinnerung hochhielten. Als dürfte das niemand anderem überlassen werden, als sei es leichter zu leben, wenn man selbst derjenige war, der in der Eiterblase herumstocherte, als wenn ein Fremder danebenstünde und mit dem Finger darauf zeigte. Als wäre die Schuld eine Pistolenmündung, die immerzu auf das Gesicht gerichtet ist. Nicht auf das Herz. Sondern das Gesicht. Auf das nackte Gesicht. Manchmal schien die Stadt einen anzuflehen, dachte Ingrid.

Habt uns gern, seht doch, wie wir alles reinwaschen, Buße tun und scheuern. Seht doch, was wir tragen, alles tragen und schultern – wie bald ganz Europa auf unseren Schultern lastet.

Sie vermisste einen Kollegen, mit dem sie sich darüber austauschen konnte, wollte über den Lacan'schen Name-des-Vaters sprechen, darüber, wie jegliche Ordnung auf den Kopf gestellt ist, wenn das Tabu gebrochen wird. Über die vielen jungen Leute, die unter den Gespenstern der Vergangenheit litten, der Schuld, die die eigene Familie auf sich geladen hatte und die sich durch die Generationen zog. Oder die sich darin suhlten. Sie glaubte hier sowohl Stolz als auch Kummer zu sehen, sie wichen dem nicht aus, sie gingen geradewegs hindurch.

Es war befreiend. Ingrids Schritte wurden leichter, als sie die Straßen entlangschlenderte. Stundenlang umherstreifte. An ihren Projektionen Gefallen fand, sich erfüllt, ja, sogar angeregt fühlte.

Wenn sie überhaupt an Blidholmen dachte, dann an ihren Rosenstrauch, stellte sie fest.

Nach zwei Wochen rief Markus an. Er habe ein bisschen nachgedacht, sagte er. Ingrid zog sich die Schuhe aus und setzte sich auf das Hotelbett.

»Worüber hast du nachgedacht, mein Lieber?«

»Ich will nicht sagen, dass du nach Hause kommen sollst, deshalb rufe ich nicht an. Ich finde, du hast dir das wirklich verdient.«

(Oh, Herrgott, *ich habe es verdient.*)

»Was hast du gesagt?«

»Nichts. Also, worüber hast du nachgedacht?«

»Ich habe mich ein wenig umgesehen. Gegoogelt. Hoffentlich bist du jetzt nicht sauer.«

»Bin ich das sonst? Sauer, meine ich.«

»Also, Folgendes – falls du es leid bist, ich meine, falls du nicht so allein in einem Hotelzimmer hocken willst … ich meine …«

(Woher weißt du, du armes keusches, phantasieloses Kind, dass ich allein bin?)

»Ja …?«

»In der Nähe von Berlin gibt es ein Kloster, ich glaube, es dauert nur etwa eine Stunde mit dem Zug dorthin. Da wohnen Benediktinerinnen. Sie nehmen Gäste auf. Es sieht nett aus. Man kann da wohnen. Sich Zeit nehmen. Es ist nicht teuer, ich meine, falls du Stille brauchst, frische Luft, eine neue Perspektive. Ich kann dir den Link schicken, dann kannst du es dir selbst angucken, einverstanden?«

»Okay, Markus, danke dir. Wie geht es euch?«

»Mach dir keine Sorgen, Mama, wir regeln das hier.«

»Was machst du?«

»Ich war am Wochenende bei Papa, er kommt klar, ich wollte nur, dass du das weißt.«

(*Wollte nur, dass du weißt* – was? War sie da? Hast du Hanna kennengelernt? Schreibt sie seine SMS?)

»Ich habe nie daran gezweifelt, dass er zurechtkommt. Das kann er gut … zuerst an sich selbst denken.«

»Es ist nicht so, wie du glaubst, Mama.«

»Was glaube ich denn?« (Ahhh, sie musste jetzt damit aufhören. Markus hatte nichts damit zu tun. Er war ihr Sohn. Sie zog ja die ganze Familie mit in die Sache hinein, wollte, dass sie Stellung bezögen, die ganze Insel, die ganze Welt, wie eine Borderline-Patientin riss sie sämtliche Mauern des Anstands ein.)

»Ich glaube, dass alles ein einziges großes Missverständnis ist.«

(Was weißt du denn schon über unsere Missverständnisse. Beherrsch dich, beherrsch dich, leg auf, Ingrid. Sofort!)

»Danke für deinen Anruf, Markus, und schick mir ruhig den Link, das war lieb von dir, dass du daran gedacht hast. Ich werde darüber nachdenken.«

Sie drückte auf das rote Hörersymbol auf dem Handy, und das Gespräch war beendet.

Ein Kloster? Eine Stunde mit dem Zug. Hatte Markus Hanna getroffen? Warum nicht?

Ingrid ließ sich Essen aufs Zimmer bringen, eine Landpastete und ein Glas Rotwein, öffnete die Balkontür, kroch ins Bett. Es war später Nachmittag. Verkehrslärm. Ein Benediktinerkloster. Stellung beziehen, großes Missverständnis, eine Stunde mit dem Zug. Man kann dort wohnen, zur Ruhe kommen, sich Zeit nehmen. Zeit, um zu verstehen.

UPPSALA 1985

Ich lese das Buch, das ich von Psychodoc bekommen habe. Halte es in den Händen wie kein anderes Buch zuvor. Diese Mutter, denke ich, diese Schriftstellerin, *die sich ihre eigene Wirklichkeit erdichtete und erschuf, die Welt, deren sie gerade bedurfte …*

Ich brauche frische Luft, öffne das Fenster und lasse die Abendluft herein, höre den Dohlen zu, dann kann ich weiterlesen.

Auf Seite 119 muss ich es weglegen. Auf dieser Seite versucht ein SS-Mann eine Mutter dazu zu überreden, ihr eigenes Leben zu retten, indem sie ihr Kind fortgibt. Aber die Mutter weigert sich. Stattdessen gehen sie beide *durch das Lagertor, den schnurgeraden Weg zu den Gaskammern.* Sie erzählen, es gibt noch so viel zu sagen, und das Kind trabt vertrauensvoll mit, sträubt sich nicht, führt sich nicht störrisch auf. Noch im Tod halten sie sich an den Händen.

Da kann ich nicht mehr weiterlesen. Muss lange schlafen. Am nächsten Tag gehe ich nicht zur Schule, ich bleibe liegen, lese das Buch zu Ende und fange dann gleich noch einmal von vorne an. Diesmal bin ich vorbereitet.

Als ich es zum zweiten Mal durchhabe, kann ich nicht anders, als in die Küche zu gehen und die Besteckschublade herauszuziehen. Ich starre hinein. Am liebsten würde ich sie auf dem Boden auskippen und das Besteck durcheinandermischen. Es mit Fußtritten in der ganzen Küche verteilen. Aber ich tue es nicht. Denn ich kann meine *Impulse kontrollieren.* Das unterscheidet mich von den meisten Mördern, die aus reinem Impuls zuschlagen. Aber leider nicht von Mengele. Mengele konnte seine Impulse auch kontrollieren. Und wie! Er hat nur seinen Job gemacht. Es gibt tatsächlich Menschen, die sagen, dass selbst er, der sich all das ausgedacht hat, nur seinen Job gemacht hat. Die glauben, das Böse sei so etwas Banales wie die Konsequenz von Handlungen, die Menschen mit eingeschränktem Denkvermögen ausführen. Die die Wirklichkeit in kleine Kästchen unterteilen, als stünden sie vollkommen isoliert nebeneinander, als hätten sie nichts miteinander zu tun. Das ist eine komplizierte Gleichung – dass alle, die nicht nachdenken, mitschuldig sind. Selbst der armseligste kleinste Mensch trägt Verantwortung für das Böse.

Ich möchte Psychodoc sagen, dass ich froh bin, dass ich denken kann. Aber ich bin auch besorgt. Ob meine Intelligenz wohl ausreicht … um Böses zu verhindern?

Als ich das nächste Mal unterwegs zu Psychodoc bin, schwirrt mir der Kopf. Ich bin so aufgeregt! Plötzlich sind da so viele wichtige Dinge, über die wir sprechen können.

Nicht nur über Mengeles Impulskontrolle, sondern vor allem über das Buch. Allein die Tatsache, dass die Stimme im Radio auch zu einer Psychotherapeutin gegangen ist. Sie war … *eine vogelhaft zarte und erbarmungslos starke jüdische Frau, … die willens war, sie bis zu den Pforten der Hölle und durch sie hindurch zu begleiten, … Hand in Hand, stiegen sie hinab, … und von Angesicht zu Angesicht sah sie … sich selbst in verschiedener Gestalt.*

Meine Psychotherapeutin ist nicht besonders vogelhaft. Einmal habe ich den *Impuls* verspürt, sie kleinzukriegen, aber mir ist klargeworden, dass sie viel größer ist als ich. Und stärker. Und das ist schön. Denn das muss sie sein. Und jetzt stehen meine Fragen Schlange und treten ungeduldig auf der Stelle. Ich kann mich fast nicht mehr beherrschen, ich werde sie bestimmt vergessen, wenn ich sie nicht stellen darf – sofort!

Wie viel von der Welt kann ein Mensch ertragen, bevor sein Herz daran zerbricht? Wie viel können wir vergessen? Sollen wir überhaupt vergessen? Wann sollen wir damit aufhören, nach einem Sinn zu suchen? Wie konnte die Stimme im Radio trotz allem sagen, dass sie ihre Mutter geliebt hat?

Ich bin ganz außer Atem, als ich Psychodocs Praxis betrete, weil ich vorher elf Mal um den Block gelaufen bin. Und mich gesehnt habe. Mich danach gesehnt habe, endlich über wichtige Dinge zu sprechen. Ich war zu früh dran. Und so etwas mag sie nicht. Sie nimmt alles sehr genau. Eine Stunde ist exakt eine Stunde. Das hat mich früher wahnsinnig gemacht. Mittlerweile habe ich mich daran gewöhnt. Es geht um Strukturen. Strukturen, die die Zeit einrahmen. Und die Zeit läuft weiter, egal, wie ich dazu stehe. Sie läuft und läuft, bis sie aufhört zu laufen. Dann ist Schluss. Es gibt kleine und große Schlüsse. Damit muss man sich einfach abfinden. Üben – üben zu sterben. Wenn man nicht an das ewige Leben glaubt, kann man zumindest an das volle, das wahre Leben glauben.

Zuerst fällt mir nichts auf. Psychodocs Zimmer sieht aus wie immer. Da sind der hässliche Teppich, das Bild und der Stuhl. Wir umarmen uns nie zur Begrüßung. Ich setze mich einfach. Heute renne ich fast zum Stuhl.

»Hallo, Isa«, sagt sie.

»Hallo«, antworte ich.

»Wie geht's dir?«

Ich lege los, und dann strömen die Worte nur so aus meinem Mund. Das Buch, die Mutter, Mengele, alles, was man herausfinden muss, alles, was noch nicht wissenschaftlich erforscht ist, die Welt dort draußen, dieses unbegreifliche Leben – ich weiß nicht, wie ich es schaffen soll, nach alldem zu fragen und alles zu sagen und es zu erzählen. Da lässt sie sie platzen – die Bombe. Sie sagt:

»Isa, das klingt so, als könnten wir bald aufhören.«

Sie sieht fröhlich aus. Ich sehe zur Uhr, noch nicht einmal eine Viertelstunde ist rum. Ich verstehe nicht, was sie meint. Zuerst jedenfalls nicht. Dann begreife ich – sie meint die Therapie. Wir sollen die Therapie beenden.

»Du brauchst mich nicht mehr, nicht mich allein«, sagt sie. »Du musst in die Welt hinaus.«

Und ich verstehe wirklich gar nichts mehr. Jetzt? Sollen wir etwa jetzt aufhören, obwohl da endlich etwas ist, über das wir sprechen können – über etwas Bedeutsames – und nicht nur über Puppenstuben und Schwefelhölzer? Sie ist ja nicht ganz gescheit, nein, sie ist total ungescheit!

»Aha«, sage ich nur und merke, wie ich mich in mich selbst zurückziehe und eine Schlange werde. Eine sprachlose Schlange, die nie, nie mehr etwas sagen wird. Sie will mich im Stich lassen. Wieder sehe ich zur Uhr. Es sind wirklich erst knapp zwanzig Minuten vergangen. Nun denn, das wird eine lange Stunde werden. Eine Scheißstunde. Denn ich habe nicht vor, auch nur noch einmal den Mund aufzumachen. Jetzt ist sie an der Reihe.

Ich bin unterdessen auf dem Mond.

Oder in Trondheim. Trondheim steht auf meiner Liste der Orte, die man besuchen muss, bevor man stirbt.

Dort gibt es ein Konservenbüchsenmuseum, und dort wird die gesamte Geschichte der Konservenbüchse lebendig. Ein Norweger hat sie erfunden, deshalb liegt das Museum auch in Trondheim. Ich wünsche mich dorthin. Sehe vor mir, wie ich von einem Fjordkreuzer steige und eine Eintrittskarte für das Museum erstehe. Sehe Regal um Regal mit dicht verschlossenen

Büchsen, die bis zum Bersten mit Nahrung gefüllt sind, sehe Tausende traurige Büchsen, die zu öffnen nie irgendwen interessiert hat. Ein Leben lang stehen sie schon da und haben Staub angesammelt und niemand weiß, was sich einmal in ihnen befunden hat. Denn alles ist einfach sinnlos verrottet.

»Woran denkst du, Isa?«

Ich sehe zur Uhr, seit dem letzten Mal ist erst eine halbe Minute vergangen. Das ist eine furchtbar lange Zeit, wenn man beschlossen hat, nicht zu sprechen.

»Dass es nichts macht, dass wir aufhören, weil ich sowieso nach Trondheim fahren muss«, sage ich schließlich doch.

»Wir müssen nicht sofort aufhören«, sagt sie, »wir haben noch zehn Mal, um die Therapie abzuschließen. Das sind noch viele Male. Und *wir* werden auch nicht aufhören, sondern unsere Arbeit – eine Therapie ist Arbeit. Wir können uns – falls du möchtest – trotzdem noch ab und zu treffen und besprechen.«

Ich schweige. Ich hatte angenommen, dass ich in Sicherheit sei, hatte damit gerechnet. Sie ist doch noch nicht einmal fünfzig, es sind noch fünfzehn Jahre, bis sie in Rente geht, irgendetwas stimmt da doch nicht. Wenn sie jetzt sagt, dass sie forschen will, bringe ich sie um.

Ich schiele zu ihr hinüber, vielleicht sieht sie mich auch an, aber das *registriere* ich nicht. Sie macht immer noch einen fröhlichen Eindruck. Sie hat braune Haare und eine blaue Brille, ich habe noch nie darüber nachgedacht, dass ihre Brille blau ist.

Ich hole tief Luft. Es ist unangenehm, stumm zu sein, wenn man so viel zu sagen hat. Es ist sinnlos, Zeit darauf zu verschwenden, sich unbehaglich zu fühlen. Klein Isa hat so etwas getan, die alte Isa, das kommt mir jetzt nicht mehr so schlau vor. Diese Zeit hier bei ihr gehört mir, das weiß ich schließlich.

Darüber haben wir häufig gesprochen. Meine Zeit – das lässt sich mit »mein Leben« übersetzen. Wenn ich mir selbst leidtun und schweigen will, ist das meine Entscheidung. Wenn ich sinnloses Zeug reden will, ist auch das meine Entscheidung. Ich entscheide, wie ich die Zeit nutzen will. Das ist, kurz gesagt, *Existenzialismus*. Heute aber, gerade heute, ist das einfach zu viel für mich. Denn es erinnert mich an all diejenigen, die nicht in der Lage sind, eigene Entscheidungen zu treffen, die es nur allen anderen nachmachen, weil das am sichersten ist. Was wieder einmal beweist, dass mit denen, die nur eine Unmenge verfluchter kleiner roter Hotels an sich raffen wollen, etwas nicht stimmt.

»Wir haben noch zehn Sitzungen«, wiederholt Psychodoc. »Was willst du denn in Trondheim?«

»Konservenbüchsen öffnen.«

Da lacht sie. Ob ich das so *adäquat* finde, weiß ich allerdings nicht.

Ich denke an das Spiel, das bald fertig ist. Mir fehlt nur noch eine Zielkarte, auf der nichts Ironisches steht. Ich muss sie danach fragen – nach dem Ziel. Ohne Umschweife. Aber weil das *Große Therapiespiel* eine Überraschung für sie sein soll, kann ich schlecht *explizit* danach fragen.

Stattdessen hole ich weit aus. Ich sage in etwa Folgendes:

Wenn ich immer noch ein kleiner Nihilist wäre, der Puppen ermordet, und mich fragen würde, was der Sinn des Lebens sei … – oder, besser gesagt, wenn du weltberühmt wärst und ich eine Journalistin, die von dir wissen möchte, was der Sinn des Lebens ist – was würdest du dann antworten – in aller Kürze?

»In aller Kürze«, sagt sie und überlegt.

»Ja, oder wenn man es auf einer Karte festhalten müsste, auf einer Zielkarte.«

Im Zimmer herrscht knisternde Stille. Beinahe hätte ich mich verplappert. Sie atmet noch. Ich atme kaum noch.

»Zielkarten hat man nicht mal eben so griffbereit«, sagt sie.

»Wenn ein Ziel in Form einer Wahrheit auftaucht, lässt man alle anderen Entdeckungen schleifen.«

»Cordelia schreibt, dass man die Welt heilen könne«, werfe ich ein.

Ja, doch, Psychodoc denkt wieder nach. »Vieles kann man heilen. Aber nicht alles – bei weitem nicht alles. Alles zusammenzufügen gelingt einem nur im Himmel. Auf der Erde muss man sich damit begnügen, sich von seiner Sehnsucht leiten zu lassen.«

BERLIN 2005

Ingrid ertappte sich immer häufiger bei langen Selbstgesprächen. Anfangs waren sie nach außen gerichtet. Es waren an die Kinder adressierte Plädoyers, an imaginäre Freundinnen gerichtete Erklärungen, in Gedanken suchte sie sogar ihren ehemaligen Tutor auf, stellte sich vor, wie sie in seinem Zimmer saß und ihm erzählte, was passiert war, was schiefgelaufen war, wie es ihr dabei erging, was sie nicht ertragen konnte.

Stundenlang ging sie im Tiergarten spazieren und stellte sich vor, was er gesagt hätte. Auf welche theoretischen Überlegungen sie sich gemeinsam stützen könnten. Was, wer, welche ihr etwas Frieden schenken könnten. Nicht Frieden. Friede.

In Gedanken malte sie sich aus, wie sie bei einem psychodramatischen Rollenspiel Stühle aufstellte, auf die sie mal diese, mal jene Personen setzte, vor denen sie sich erklärte und verteidigte. Malte sich aus, wie sie Hanna in die Ecke trieb (sah ihre braunen, von Kautabak fleckigen Zähne vor sich). Wie Karl Erik und sie Bücher und Porzellanservice aufteilten, sie ihr Begräbnis plante. Sie ging sogar so weit, sich vorzustellen, sie wäre eine Onetime-Lesbe (oder wie auch immer man das nennen könnte). Falls mit einer Frau – warum dann nicht mit Hanna?

Dieser Zustand dauerte an. War besorgniserregend. Sie drehte sich im Kreis. Ohne neue Antworten zu finden. Neue Blickwinkel. Sie brauchte jemanden, mit dem sie reden konnte. Brauchte einen Freund. Einen allerbesten Freund.

Sie brauchte Karl Erik.

Und kam endlich zur Ruhe, als sie das dachte.

Beschwor ein Gedankenkonstrukt herauf, in dem alles nur ein einziges kolossales Missverständnis war. Er hatte gar kein Handy unter der Bettdecke versteckt. Er hatte keine plötzlichen nächtlichen Gefühlsausbrüche gehabt: *Ich glaube, ich liebe zwei Frauen.* Stattdessen schaukelte eine paradiesische Insel flimmernd auf dem Meer. Eine neue Sonne strahlte herab. Ein Dasein, in dem ihm keine Krankheit diagnostiziert worden war, in dem er nicht kleckerte und herumferkelte, sondern in ihrem Ehebett auf sie wartete, mit ihr schlief, sie befriedigte, auf der Veranda stand, mit breiten Schultern und dünnen Beinen, und seine Pfeife rauchte, in dem er doofe Witze erzählte und predigte. Morgens, mittags, abends. Und sie nur die Schultern zuckte. Seine Stirn küsste. Nach dem Frühstück das Haus verließ und sich darauf freute, mit ihm auf dem Sofa zu sitzen, sobald die Kinder eingeschlafen waren, und sie ihre Gespräche fortsetzten. *Wie war dein Tag? Was beschäftigt dich? Komm, rück näher und hilf mir zu verstehen.*

Und wenn alles gesagt war, las er ihr laut vor, während sie seine Hose aufknöpfte. Und die Kinder schliefen.

Schließlich hörte Ingrid auf, mit der ganzen Welt in Dialoge zu treten, räumte alle imaginären Stühle beiseite und wendete sich nur noch an Karl Erik. Und spürte Wärme, genauso wie Wankelmut. Was machte sie eigentlich hier? Man wurde Mensch in einer Beziehung. Erst mit ihm zusammen war sie sie selbst geworden. Sie wollte zumindest, dass er das erfuhr. Wollte ihm einen Brief schreiben, die Worte sortieren. Sie musste ihnen beiden etwas geben, das alles in eine neue Perspektive rückte, musste ihnen Abstand, Grammatik geben. Ja, sie würde ihm einen Brief schreiben!

Und plötzlich erschien ihr alles nicht mehr so düster, sie hatten so viel miteinander geteilt! Ihre Berufe hatten sich ergänzt. Stundenlang hatten sie sich über den Unterschied zwischen dem magischen Denken, mit dem ihre Patienten rangen, und der Bildsprache, die er gebrauchte, ausgetauscht. Wie weit können uns Metaphern dabei helfen, den anderen zu verstehen – die Tiefen des anderen auszuloten? Wie soll man den anderen verstehen, wenn Symbole in den Wahnsinn abgleiten und zu einem Kontrollinstrument werden? Was erweitert den Menschen und verleiht ihm Tiefe? Und was hemmt ihn und sperrt ihn ein? Wer hält das Abendmahl für einen magischen Ritus, und wer will es als eine metaphorische Gedenkfeier verstehen? Und weshalb macht der Gebrauch von Metaphern sämtliche religiösen Mächte nervös?

Vielleicht waren Menschen, die alles wörtlich nahmen, krank? Waren ihre Patienten nur die Vorboten eines neuen Zeitgeistes – einer Ära, in der die Menschen nicht mehr den Unterschied zwischen magischem Denken und Bildsprache kannten? Ja, statt die Bildsprache Verknüpfungen zwischen den verschiedenen Facetten des Daseins herstellen und sie sich gegenseitig Aufschluss übereinander geben zu lassen, verlieh man zusehends den Symbolen mehr Macht – wann erwuchs aus Bildungsmangel eine gesellschaftliche Bedrohung? Das hatten sie unzählige Male diskutiert. Sie hatten sich geliebt und es geliebt, darüber zu reden. Die Sprache, die Sprache, die Sprache. (Selbstverständlich würde sie einen Brief schreiben!)

Sie hatte sich bemüht, Lacan zu verstehen, und Artikel geschrieben. Karl Erik wiederum hatte schwermütige, aber mutige Theologen ausfindig gemacht und darüber ausgesucht schöne Predigten gehalten.

Sie hatten sich gegenseitig befruchtet.

Sie hatte ihm drei Kinder geboren.

Davon lief man nicht so einfach weg.

Plötzlich fühlte sie sich erbärmlich, wie sie so im Café saß und mit den Füßen wippte.

Und Ingrid vergaß – weil die Lüge und die Hoffnung so unverkennbar miteinander verwandt waren –, dass er dem Arzt die Zunge rausgestreckt hatte.

Sie wollte ihm einen Brief schreiben, als hätte er nie Pfannkuchen gemacht und allen Ernstes geglaubt, ihre dreißig Jahre alte Tochter würde sich unter der Treppe verstecken. Sie wollte an ihn schreiben, als gäbe es Hanna nicht. Denn im Grunde gab es sie nicht.

Hanna war eine Eintagsfliege, eine Parenthese, und Ingrid war bereit, zu vergeben, sich auszusöhnen und loszulassen. Endlich hatte sie zu ihrem eigenen Selbst zurückgefunden, zu der Position, wo sie nicht nur wollte, sondern immer noch glaubte, dass Worte heilen konnten. Das war ein Glück, das es zu wahren galt. Endlich verspürte sie wieder etwas Friede.

Liebster Karl Erik, alles, was man zu Papier bringt, handelt von Vertrauen, mit diesen Worten beschritt sie den Weg zu ihrem Herzen, den sie zunächst für so beschwerlich gehalten hatte – nur um festzustellen, dass es gar nicht so weit dorthin war. Sie liebte ihn immer noch. Und das wollte sie auch gesagt haben. Dass sie noch da war. Zugleich wollte sie ihm etwas darüber sagen, wer sie war, was sie nicht gesagt hatte, und obwohl der Weg zu der offenen Wunde nicht weit war, tat es weh, zu schreiben.

Sie saß am offenen Fenster in ihrem Hotelzimmer vor dem Laptop. Genauso ängstlich wie ungeduldig. Als könnten die Worte sich plötzlich nicht mehr einfinden, als müsse sie sich beeilen. Flüchtig erwog sie, ihm einen richtigen Brief zu schicken, aber das würde zu lange dauern, sie wollte, dass er ihn sofort las. Wenn sie ihm ihren Brief heute Nacht per Mail schickte, hätte er ihn beim Aufwachen.

Sie wollte nicht weit ausholen, wollte jedoch, dass er es erfuhr, und wie formulierte man das, ohne sentimental und bemitleidenswert zu klingen? Doch dann erinnerte sie sich wieder daran, dass er es war, der zu Sentimentalitäten neigte. Ingrid war (war sie so geworden, eben weil er so war, wie er war?) bodenständiger, womöglich gar nüchterner als er.

Sie schrieb und weinte und lief in dem kleinen Zimmer auf und ab. Las das, was sie geschrieben hatte, bestimmt hundert Mal durch. Was könnte missverständlich sein? Was war ungenau formuliert, was konnte sie streichen, was war einfach läppisch, sodass sie es lieber für einen späteren Zeitpunkt aufsparen sollte? Nachts um zwei war sie fertig. Da stand er da. Auf dem Bildschirm. Ein Text, sorgfältig aneinandergereihte Buchstaben, mit Liebe hervorgerufene. Ein Text, mit dem sie sich so entblößte wie auf einer Nacktaufnahme.

Und sie drückte auf ›senden‹. Bereute es nicht. Nicht, als sie zu Bett ging. Nicht, als sie aufwachte. Nicht am nächsten Tag.

Bis die Antwort kam.

Ihre Koffer waren gepackt, sie hatte aus dem Hotel ausgecheckt und ein Ticket nach Stockholm gebucht, diesmal würde sie nicht den Zug nehmen, sondern fliegen, es würde eine Stunde und fünfzehn Minuten bis Arlanda dauern. Und schon bald würde sie wieder zu Hause sein – auf Blidholmen.

Karl Erik hatte sie angerufen und gesagt, dass er nicht wisse, wie er auf ihr Schreiben antworten solle, aber auf sie warten würde.

»Bald schläfst du wieder in meinen Armen«, mit diesen Worten hatte er ihr Telefongespräch beendet. Und Ingrid hatte nicht das Gefühl gehabt, dass sie protestieren müsste. Ihr war nie ein schönerer Brief gelungen, und es war der schönste Brief, den er jemals bekommen hatte. Er hatte ihn aufnehmen können. Er hatte sie erkennen können. Ja, er besaß nach wie vor die Innere Sammlung. Die Parkinson-Krankheit hatte ihm nicht jede Würde geraubt. Seine Persönlichkeit hatte sich nicht verändert. Er war nicht verloren. Das war ein nahezu feierlicher Moment. Dass es möglich war, so sehr Mensch zu sein, dass man verzieh, noch einmal von vorne anfing, es wagte, einander in die Augen zu sehen. Hoffnungen zu hegen und offen zu sprechen, selbst wenn das an der Selbstachtung knabberte und es ein großes Risiko war, nicht mehr der- oder diejenige zu sein, die man einmal gewesen war, wenn man mit diesem Prozess fertig war. Sie hatte nicht vierzig Jahre lang ein schlechtes Urteilsvermögen bewiesen. Sein Ich konnte ein Du ertragen. (Wie hatte sie nur so dumm sein können, ihm eine Sekundärdiagnose anzuhängen, ihre berufliche Sachkenntnis dazu zu verwenden, um Druck auf ihn auszuüben, ihn in die Enge zu treiben?) Es gab noch so viel mehr zu sagen. Und das machte ihr nicht länger Angst.

Kurz bevor sie in ein Taxi nach Tegel steigen wollte, schaltete sie noch einmal den Laptop ein und öffnete ihren Posteingang. Darin war eine Mail. Von ihm.

Sie musste sie jetzt nicht lesen. In ein paar Stunden würden sie sich sehen, aber nun ja, vielleicht doch. Schließlich hatte er sich die Mühe gemacht, ihr zu antworten. Die Buchstaben so zusammengesetzt, dass sie sich willkommen fühlen sollte. Natürlich würde sie seine Mail lesen.

Sie ließ sich auf den Stuhl fallen. Ihre Koffer standen schon neben der Tür des Hotelzimmers, das Fenster war schon geschlossen. Sie öffnete die Mail.

Karl Erik hatte an sie geschrieben. Es war eine Antwort. Aber sie war nicht an sie gerichtet.

Dort stand: *Ingrid ist auf dem Weg hierher. Ich verstehe gar nichts mehr. Bin ich es, oder ist sie es, mit der etwas nicht stimmt? Siehe untenstehende Mail. KE*

Und im Anschluss an diese lieblosen pragmatischen Zeilen, die hinter einer Art Demut versteckt waren *(Bin ich es, oder ist sie es, mit der etwas nicht stimmt?)*, befand sich ihr Brief!

Er hatte ihn an jemanden weitergeleitet!

Hatte er sie wirklich entblößt, ihren Brief an jemanden geschickt, der beurteilen sollte, *mit wem etwas nicht stimmte*?

Das war nicht wahr. Das konnte nicht wahr sein. Das durfte nicht wahr sein, dass er zu so etwas imstande war!

Dass er sie öffentlich bloßstellte. Sie verdinglichte. Ihre Wahrheit und ihre Träume und Enttäuschungen an jemand anderes schickte. Jemand anderes las nun von ihrer Sehnsucht und ihren Schuldgefühlen.

Wer? Warum?

Ingrid las seine Mail wieder und wieder. Überflog ihre eigenen Zeilen zuunterst und ließ ihren Blick dann zu dem Anfang seiner Mail schweifen: *Ingrid ist auf dem Weg hierher. Ich verstehe gar nichts mehr. Siehe untenstehende Mail. KE*

Sie hatte Patienten gehabt, die gesagt hatten, dass ihre Welt zusammengebrochen sei, dass die Erde sich zu drehen aufgehört habe, dass ihnen der Boden unter den Füßen weggezogen worden sei. Das konnte sie so gut nachvollziehen. Als sie die Nachricht vom Tod ihrer Mutter erhalten hatte, vom Dahinscheiden von Freunden, als sie diese oder jene Lehrerinnen und Lehrer angerufen und ihr mitgeteilt hatten, dass eines ihrer Kinder sich in der Ambulanz befände (Tomas zum Beispiel hatte Fahrrad-*Stunts* gemacht und eine Gehirnerschütterung davongetragen, Birgitta hatte sich beim Basketball den Arm gebrochen oder sich mitten in der Nacht in einer Ausnüchterungszelle der Notaufnahme des Mariahospitals erbrochen, Markus viele Kinderjahre unter Krupp gelitten). Sie konnte es so gut nachvollziehen, wenn jemand sagte, dass einem der Atem stockte, dass einem das Herz stehenbliebe. Sie konnte sich mit den Worten identifizieren, die sie wählten, wenn sie versuchten, den Schock, den sie erlitten hatten, in Worte zu fassen. Ja, das konnte sie.

Sie hatte auch viele sehr kranke Patienten gehabt, die seelisch so gebrochen gewesen waren, so frühzeitig entstandene Verletzungen besessen hatten, dass sie nicht die Wirklichkeit sahen, nicht mehr das erfassen konnten, was andere sahen; Patienten, die allen Ernstes glaubten, dass ihr eigenes Weltbild das einzig gültige war, und ihr Leben damit verbrachten, ihr Umfeld zu manipulieren und in ihre eigene leere Höhle zu zwingen. Menschen, die nicht abstrahieren konnten, sich nicht auf Symbole verstanden oder sich nicht aus ihrer eigenen selbstzerstörerischen, hoffnungslosen Einsamkeit befreien konnten.

Jetzt war sie selbst in ebendieser Situation, stand in einem Hotelzimmer am Ku'damm, und das, was sie hatte, war kein Schock – es war, als hätte sie keine Sprache mehr, sie sah keinen Ausweg mehr, noch nicht einmal in dem allbekannten guten Rat: Leg dich einen Augenblick hin, um dich wieder zu sammeln. Schlaf! *Tue nichts.*

Plötzlich verstand sie die Menschen, die sagten: *Ich gehe kaputt.*

Sie antwortete Karl Erik.

Dass du meinen Brief im Bekanntenkreis kursieren lässt, tut weh. Ich hätte nie gedacht, dass du zu so einem Verrat fähig bist.

Seine Antwort kam postwendend.

Bevor diese Sache völlig aus dem Ruder läuft – du musst doch wissen, Ingrid, Liebste, dass ich dir niemals etwas Böses antun könnte. Ich habe die falsche Taste erwischt. Niemand hat deinen Brief gelesen. Gottes Finger hat dafür gesorgt, dass niemand ihn gelesen hat.

ANASTASIENDORF 1945

»Man wünscht sich tausend Hände, tausend Köpfe, die wiederaufbauen, die vorwärts denken, jetzt, wo die Waffen endlich schweigen«, hatte Katarina bei einer der wenigen Gelegenheiten gesagt, als sie unter sich gewesen waren und tatsächlich ein paar Worte miteinander gewechselt hatten. Jetzt beugte sie sich stumm über den Abwasch und spülte Teller, die Hedwig abtrocknete und auf dem Tisch aufeinanderstapelte.

»Wir reden so wenig wie möglich miteinander, wenn wir unserer Arbeit nachgehen«, erklärte Katarina, »wir versuchen, uns auf unsere Aufgabe zu konzentrieren, unsere Aufmerksamkeit ständig auf Gott zu richten. Wenn ich spreche, stehe ich nicht mehr in Verbindung mit meinem innersten Selbst«, sie lachte, »und kann nicht den inneren Frieden wahren, der bewahrt werden muss, damit ich mir selbst treu sein kann.«

»Aber musst du deine Gedanken nicht auch mal mit jemandem teilen?«

»Durchaus, aber dafür haben wir feste Zeiten. Dann tauschen wir uns über Wichtiges aus.«

Hedwig wollte nicht zugeben, dass sie gekränkt war. Aber sie hörte, dass ihre Stimme beleidigt klang, als sie erwiderte: »Und wer entscheidet, was *wichtig* ist?«

»Wenn du wüsstest, wie viele Worte überflüssig sind«, sagte

Katarina, »wie viel einfach nur vorbeiplätschert, die Stille vertreibt, wie viel wir plappern, weil wir es nicht wagen, still in unserem Gedanken zu verharren. Versuch es selbst«, fuhr sie fort. »Versuch, eine Woche lang stillzuschweigen. Und dir danach die Worte einzuteilen. Wenn du nur zwanzig Wörter am Tag zur Verfügung hättest, welche würdest du wählen? Oder hundert. Fang mit hundert an und horche tief in dich hinein, was wirklich wahrhaftig ist.«

Gereizt nickte Hedwig. Über die Stille brauchte sie keine Belehrung, als Schriftstellerin war sie still, stundenlang, brachte sorgfältig ein Wort nach dem anderen zu Papier, wog ab, was unverfälscht und unerlässlich war und was nur vom Wesentlichen ablenkte. Aber sie hatte den weiten Weg hierher nicht auf sich genommen, um zu schweigen. Sie musste erzählen. Worte würden sie einander nahebringen. Sie wollte erklären, sich versöhnen, verstehen.

Sie musterte Katarina, sah, wie schmal sie unter ihrem Gewand war. Sah ihre dunklen Augenringe und dass ihre Hände, die flink die Teller spülten, von Ekzemen gerötet waren, hin und wieder fasste sie sich in den Rücken, als benötigte sie eine stützende Hand im Kreuz, und die Leidenschaft, die früher in ihrem Blick gelodert hatte, wenn sie sich angesehen hatten – wo war sie geblieben? Unter dem weißen Schleier musste Katarina doch wohl trotz aller Entbehrungen noch immer dieselbe wie vor zehn Jahren sein?

Sie hatte einen neuen Namen angenommen. »Schwester Demetria« wurde sie von ihren Ordensschwestern im Konvent genannt. Hatte sie ihn selbst gewählt? Was bedeutete er? Hedwig wollte sie so vieles fragen. Doch Katarina blieb stumm. War geduldig und stumm. Es war ein merkwürdiges Gefühl, so dicht nebeneinanderzustehen und so viele Teller abzuwaschen, ohne zu wissen, was in ihr vorging. Hedwig hatte nur erfahren, dass sie sich darauf freute, das Ewige Klostergelübde abzulegen. Die Feierlichkeiten waren erst wegen des Krieges aufgeschoben worden und nun, wie es schien, wegen des Friedens. Aber sobald alles wieder seine Ordnung hätte, sobald die Welt wieder ihren geregelten Gang ginge, würde es geschehen.

Nur wenn man auf seine innere Stimme hört, kann man frei sein, hatte sie gesagt. »Das ist die einzige Art zu leben, Hedwig – zu hören!«

Und abzuwaschen. Hedwig hatte schon über hundert Teller gezählt, neben ihr selbst und den Schwestern beherbergten sie achtzig Gäste. Überall, wo Platz war, lagen verletzte Soldaten. Sie hatte ein Bett in einer der Baracken bekommen, die sie mit drei anderen Frauen teilte. Jede von ihnen lag auf einer eigenen Strohmatratze. Es war eng, aber sauber. Draußen war es immer noch Spätsommer, die ersten bitteren, unreifen Äpfel an den Bäumen färbten sich rot. Die Frauen, mit denen sie die Kammer teilte, sprachen auch nur das Nötigste. Bevor sie abends einschliefen, flüsterten sie, ansonsten grüßten sie Hedwig höflich, wenn sie sich im Garten oder in der Kapelle begegneten; wie die Nonnen verrichteten sie ihre Arbeit schweigend. Als würde etwas zerbrechen, wenn sie redeten, dachte Hedwig. Als könnte ihnen dann etwas entschlüpfen, das nicht von dieser Welt wäre.

Wenn die Frauen den Nonnen draußen auf dem Feld zur Hand gingen, war Hedwig allein und konnte schreiben. Oder vielmehr – da wollte sie schreiben, sie durfte sogar den Schreibtisch in der Bibliothek benutzen, aber die Stille dort machte ihr Angst, sie fürchtete, wahnsinnig zu werden. Sie war hierhergekommen, um einen Roman über Schuld und Sühne zu schreiben, hatte während des ganzen Sommers ihre Figuren zusammengetragen, *Lotte, die voller Hass war, Ewald, der Angst hatte, Sarah, die sich weigerte, der Wahrheit ins Auge zu sehen, Israel, der Sarah etwas vorlog, den Soldaten Friedrich, der sich im Irrsinn verlor, und Irene, die einer-*

seits existierte, andererseits nicht – sechs Figuren, nun fehlte ihr nur noch die siebte. Da war sie eigensinnig, es mussten sieben Helden sein, die Sieben war eine symbolische Zahl. Aber Hedwig tappte immer noch im Dunkeln. Die Buchstaben vor ihr kitzelten, kribbelten und kratzten.

Manchmal war ihr, als würde sie kaputtgehen.

Sie konnte nicht mehr schreiben. Sie hatte keine Schreibblockade, sondern vielmehr eine Art Kummer – gab es etwas, das sich *Schreibkummer* nannte?

Durch das kleine Fenster der Bibliothek konnte sie die Umgebung des Klosters überblicken. Sie sah, wie alle, die zu stehen oder zu gehen vermochten, allerlei Tätigkeiten nachgingen, die sie zu interpretieren begann. Und noch schlimmer – zu bewerten. War es womöglich wichtiger, mit ihnen dort draußen zu sein, als das zu tun, wozu sie bestimmt war? Denn auch sie war doch wohl berufen? Eine Berufung war etwas Ewiges. Nichts, das man aus einer Laune heraus entschied, wie ein Handelsreisender, der mal dieses, mal jenes Hotelzimmer bezog. Sie hatte sich das hier doch verdient? Sie war doch, buchstäblich, durch Blut gewatet, um hier sitzen und sich selbst ernst nehmen zu können. Es bekümmerte sie. Bekümmerte sie, ständig das Gefühl zu haben, sich rechtfertigen zu müssen. Nicht richtig zu zählen, weil das, was sie tat, nicht zu sehen war oder nicht in einem unmittelbaren Ergebnis resultierte. Sie war nicht von *Nutzen*.

Alle anderen arbeiteten draußen auf den Feldern, versorgten die Tiere, putzten, schleppten Eimer mit Wasser. Sie sah, dass die Schwestern nicht mehr würdevoll schritten – wie sie es sonst taten, wenn sie sich beobachtet fühlten –, sondern von einer ihrer unendlichen Aufgaben zur nächsten eilten: Schweinestall, Hühnerstall und Kapelle, Wurzeln und Rüben, die Wäsche – turmhohe Wäschestapel –, die Mangel, sie melkten die Kühe, kochten Essen und legten frische Verbände auf eitrige Wunden.

Zu hören, hatte Katarina gesagt. Hedwig hörte aus allen Winkeln ein Wehklagen aufsteigen. Heimweh, Delirium, Phantomschmerzen. Stimmen, die im Kloster umherschwirrten. Gebete, Beichten und Abbitten. Albträume. Das Sichtbare war vergänglich, das Unsichtbare währte ewig. In ihrem Kopf war ein Brausen. Das ganze Kloster schien zu schaukeln. Was war das hier für ein Ort? Weshalb hatte sie geglaubt, er könnte für sie bestimmt sein?

»Ich bin wie ein Wikingerschiff auf offener See«, klagte Hedwig, und Katarina hörte ihr schweigend zu, »die Ratio ist noch an Bord, aber es kommt mir vor, als würde ich in einem gewaltigen Dunkel umhertreiben, manchmal erhellt ein Blitz die Nacht, aber am nächsten Morgen habe ich vergessen, was in Flammen gestanden hat. Ich glaube, dass ich zu viel auf einmal sagen will, Gedanken und Assoziationen strömen auf mich ein, aber …«

Katarina nahm die Hände aus dem Spülwasser und wartete geduldig darauf, dass Hedwig die Teller fertig abtrocknete. Katarina war schon bereit für die nächste Aufgabe.

»Wie geht es normalerweise, wenn du schreibst?«, fragte sie.

»Normalerweise schreibe ich nicht aus Verzweiflung«, sagte Hedwig und räusperte sich. Das Spülwasser rann über ihr Handgelenk und tropfte auf den Boden. Ihre linke Hand zitterte leicht, und Hedwig hätte sie am liebsten hinter ihrem Rücken versteckt. Katarina hatte es schon bemerkt, als Hedwig gekommen war, aber geschwiegen. Hin und wieder sagte sie etwas Tröstendes. Oder stellte sie es vielleicht eher nüchtern fest? Zwischen »Ja, krank zu sein ist schlimm« und »Lass uns so tun, als wäre es nicht so schlimm« lag schließlich ein himmelweiter Unterschied.

Warum hörte Hedwig Feststellungen, wenn sie sich doch nach Trost sehnte?

Demut heißt, seine Beschränkung zu ertragen, hatte Katarina einmal gesagt.

»Vielleicht hätte ich nicht herkommen sollen?« Hedwig versuchte Katarinas Blick aufzufangen. Katarina senkte ihren.

»Jetzt bist du hier«, sagte sie. »Machen wir das Beste daraus. Morgen oder spätestens Freitag habe ich ein Weilchen Zeit, da setzen wir uns hin und unterhalten uns richtig.«

»Du hast dich nicht verändert«, sagte Hedwig und stellte den Teller ab. Es klang wie eine Beschwörung, trotzdem sagte sie es, »ich bin so dankbar dafür, dass ich herkommen durfte und dass du noch dieselbe bist«.

»Wenn man das denn sein kann«, sagte Katarina. »Wenn das, was der Krieg mit uns gemacht hat, nicht zählt, bin ich das wohl.«

Sie verstummte wieder, sah aus, als wollte sie gehen. Als wollte sie den Abwasch hinwerfen und Hals über Kopf die Flucht ergreifen. Hedwig sah, wie Katarina hin und her trippelte. Winzig kleine Schritte neben dem Spülbecken machte. Wie ein Pferd in einem zu kleinen Verschlag. Wer trat da auf der Stelle? Wer hielt die Situation nicht aus? Wo waren die Gefühle zu verorten? So miteinander verflochten sind wir, so umeinandergeschlungen wie Mutter und Kind, dachte Hedwig. Wir wissen kaum, wo wir anfangen oder aufhören. Falls man das überhaupt wissen muss, wenn man sich wirklich braucht?

Wortlos trocknete sie weiter das Geschirr ab, zuerst die Suppenschalen, dann die Kochtöpfe.

Wenn sie nicht so müde wäre, hätte sie genauer darüber nachgedacht.

Im Grunde waren die Tage im Kloster verblüffend gleichförmig, stellte Hedwig fest. Sie begannen mit einem Gebet um halb sechs Uhr in der Früh, dann wurde bis zum Hochamt ein paar Stunden gearbeitet, danach frühstückte man spartanisch und arbeitete weiter, bis die Sonne hoch am Himmel stand und wieder gebetet wurde. Nach dem Mittag wurde abermals gebetet, und dann folgte vor der Vesper eine lange Arbeitsschicht. Danach schließlich das Abendgebet, und dann legte man sich schlafen. Und spätnachts betete man die Vigilien. Selbst wenn Krieg vor den Pforten wütete, selbst wenn die ganze Welt in Flammen stand, taten die Schwestern das, was sie immer schon getan hatten. Sie hatten Beständigkeit gelobt, gelobt, niemals ihre Überzeugung noch den Ort, den sie zu dem ihren gemacht hatten, fahrenzulassen. Hier würden sie leben. Und sterben. Gemeinsam. Das konnte Hedwig nur bewundern, sie sogar darum beneiden.

Hedwig stand an der großen Eiche und wartete auf Katarina. Die Zeit für die versprochene Plauderstunde war gekommen. Hedwig war müde und ausgehungert, aber vor allem begierig auf mehr. Auch sie lebte nicht von Brot allein. Jetzt würde sie von ihrem Roman erzählen können. Jetzt würde ihr endlich jemand zuhören.

Die Flüchtlingsströme zogen noch immer am Kloster vorbei. Viele blieben stehen und baten um ein Stückchen Brot oder um Kartoffeln. Die Schwestern gaben ihnen immer etwas, und wenn es nur ein bisschen Suppe war, niemand sollte weitergehen müssen, ohne wenigstens eine Tasse warmen Tee bekommen zu haben. Hedwig befürchtete, dass niemand den Flüchtlingen gesagt hatte, dass in Berlin noch nicht einmal die Evakuierten wussten, wohin. Sie würden in unendlich langen Schlangen auf irgendeinem Amt ausharren müssen, stundenlang, womöglich tagelang, nur um wieder fortgejagt zu werden. Wer sollte sie über diese Tatsache aufklären – dass sie nirgends erwünscht waren, noch nicht einmal unter ihren eigenen Leuten? Ihnen würde nichts anderes übrigbleiben, als mit der Mütze in der Hand betteln zu gehen, als hätten sie Schlesien freiwillig verlassen, als wären sie schuldig.

Im Garten nebenan erntete eine Schwester gerade Bohnen und Tomaten, dort wuchsen auch Mohn und Tabakpflanzen, die besonderer Fürsorge bedurften. Aber der Ertrag war knapp. Zu viele Münder galt es zu stopfen. Begehrliche Blicke, die von der Straße aus in den Klostergarten spähten. Nachts mussten die Schwestern Wache schieben, damit die unreifen Früchte des Apfelbaums nicht geraubt wurden. Bedingungslose Kapitulation hieß auch, dass die Währung nichts mehr galt. Die bescheidenen Gewinne aus der Oblatenbäckerei des Klosters waren plötzlich wertlos geworden. Im Dorf und rings um das Kloster fand ein selten absurder Tauschhandel statt. Niemand fragte länger, woher etwas stammte oder wohin etwas ging. Alles wechselte den Besitzer – wer einen verwaisten Säugling vorzeigen konnte, bekam einen Zuschlag auf der Lebensmittelkarte.

Katarina kam spät. Aber sie kam schließlich, kam von irgendeinem mysteriösen Schwarzmarkthandel im Dorf zurück. Sie berichtete keine Einzelheiten, rang nur die Hände, als hätte sie sie am liebsten gewaschen. Hedwig hatte sich selbst und Gott geschworen, dass sie – wenn dieses Gespräch tatsächlich stattfinden würde – sich ans Schreiben machen würde. Ja, morgen würde sie sich zusammennehmen und endlich zu schreiben beginnen. Sie würde sich nicht mehr unwürdig fühlen, sie würde alles als *Material* für ihr Buch sehen. Alles würde nach und nach in ihr neues Buch einfließen. Material – Gott sei Dank steckte hinter diesem Wort doch sogar das Wort »Mater«.

Sie bogen um den Stall. Der Wind war lau. Das Wehklagen der Soldaten drang nicht bis hierher. Gänse formierten sich am Himmel zu einer Linie, dünne Wolken hingen vor der Sonne. Neben ein paar krummen Kirschbäumen stand eine Bank, sie setzten sich.

»Wir haben nicht viel Zeit«, sagte Katarina, und Hedwig zuckte zusammen, fühlte sich gleich abgewiesen. War enttäuscht wie ein Kind.

»Was ist geschehen?«

»Ich nehme Phosphor, um es zu ertragen«, antwortete Hedwig, und Katarina nickte.

»Wo ist das Mädchen?«

»Ich weiß es nicht.«

»Lebt sie?«

»Ich weiß es nicht.«

»Wann hast du zuletzt etwas von ihr gehört?«

Und Hedwig setzte an, nicht so, als hätte sie nur hundert Worte zur Verfügung und müsste sorgfältig entscheiden, welche von Bedeutung waren, sondern als wären es ihre letzten, als wäre das ihre einzige Gelegenheit, ihre Version der Dinge zu erzählen. Sie warf Katarina die für sie so teuren Worte wie schmutzige Wäsche vor die Füße.

Hedwig berichtete von den mit Planen bedeckten grauen Lastwagen, die nachts Menschen abgeholt hatten, wie das Mädchen mal bei diesen, mal bei jenen Leuten untergekommen war, denen befohlen worden war, diesen abscheulichen Papierstern an die Haustür zu kleben. Hedwig zählte es an den Fingern ab: drei, vier, vielleicht sogar fünf verschiedene Wohnungen, bevor auch sie fortgebracht worden war.

»Du hast sie also weggegeben, um nicht selbst den Stern an der Tür haben zu müssen?«

Verwirrt nickte Hedwig. Katarina schwieg. Hedwig verspürte Panik in der Brust. Die Zeit war knapp, es gab so vieles, was sie sagen wollte. Wenn sie nur erzählen dürfte, würde es ihr danach besser gehen. Katarina musste das Gesamtbild kennen, um zu verstehen.

»Was sollte ich zu ihr sagen, wie soll man einem Kind diesen Wahnsinn erklären, und auf alles wollen Kinder eine Antwort haben; was ist eine Phosphorbombe, wie setzen wir die Gasmaske auf, was bedeutet Erstickungstod, was heißt ein Volltreffer, was meinen sie mit Vergeltung, was ist ein Geltungsjude?

Es tut mir furchtbar leid, das zu sagen, Katarina, aber sie hat mich wahnsinnig gemacht. Ich wusste es ja kaum selbst! Ihre Fragen haben einfach kein Ende genommen.«

»Wusste sie, wer ihr Vater war?«

»Natürlich nicht. Das hätte die Sache nur noch mehr verkompliziert, sie hätte sich ja in der Schule verplappern können. Solange sie nichts wusste, konnte sie Mitglied des Katholischen Mädchenbunds bleiben. Sie liebte die anderen dort, besonders in die Leiterin war sie ganz vernarrt, vor jedem Treffen strahlte sie über das ganze Gesicht, warum hätte ich ihr die Freude verderben sollen, bevor es ihr klarwurde? Sollte man Kindern nicht so lange wie möglich ihre Unschuld lassen? Den Ernst des Lebens und das Böse lernen sie doch noch früh genug kennen.«

»Dort durfte sie also Mitglied sein?«

»Ja, das durfte sie, ich glaube beinahe, sie war dort so etwas wie der strahlende Mittelpunkt, bis man sie ausschließen musste. Man sagte, ihre bloße Gegenwart würde den anderen Kindern nicht nur schaden, sondern sie sogar in Gefahr bringen. Wie erklärt man das einem Mädchen, das neue Freunde gewonnen hat? Diese Tränen, Katarina, du kannst dir nicht vorstellen, wie sehr es eine Mutter schmerzt, wenn ihr Kind nicht dazugehören darf, was hätte ich sagen sollen, dein Vater ist Jude, was spielte das schon für eine Rolle? Sie war doch getauft.«

Katarina nickte, schwieg weiter. Hedwig fuhr fort.

»Sie war schwierig. Sie wurde von der Schule verwiesen. Der Anlass war ein Dummerjungenstreich, den sie ausgeheckt hatte, sie hatte so einen jungenhaften Rote-Zora-Charme, war stur und trotzig. In einem Sommer habe ich sie nach Bayern geschickt. Du kannst dir nicht vorstellen, was sie dort angerichtet hat, sie hat sich zu schmutzigen Spielchen mit einem Bauernjungen hinreißen lassen, hat Schande über uns gebracht. Sie schrieb nach Hause, dass sie es schön hätte, ich habe ihr natürlich geglaubt, man muss doch wohl seinem Kind glauben können? Aber dann erreichte mich die Nachricht, wie schlecht sie sich aufgeführt hatte.«

»Hast du sie in den Allgäu geschickt?«

»Ja.«

»Aber Hedwig, diese Leute waren doch glühende Nazis!«

»Sie wollten ihr nichts Böses, das verstehst du doch wohl, man muss zwischen Politik und Freundschaft unterscheiden können. Sie hat mir doch fröhliche kurze Briefe nach Hause geschickt und berichtet, wie hübsch und lustig alles sei. Glaub mir, Katarina, ich habe nichts unversucht gelassen. Habe versucht, sie von anderen Leuten adoptieren zu lassen, habe jeden einzelnen spanischen Soldaten auf der Straße gefragt. Ich habe alles getan. Ich habe sogar versucht, sie zu verheiraten, habe jeden Menschen gefragt, alle möglichen, Ausländer, die ihr zu einem neuen Pass verhelfen wollten. Ich habe versucht, einen Ort für sie zu finden, an dem sie leben konnte, einen besseren als bei mir. Ich war krank, ich war so müde, ich wusste nicht, dass man das Schübe nennt, ich wusste nicht, dass ich MS habe, dass das chronisch ist, dass es keinen Weg mehr zurück gibt, dass ich sterben werde …« Sie hörte ihre Stimme brechen.

Hedwig sah zu Boden. Katarinas Blick war nicht wiederzuerkennen, war weder liebevoll noch mütterlich. Er war leer, ausdruckslos. Zwar legte sie eine Hand auf Hedwigs, aber sie wärmte sie nicht.

»So wie damals, als sie klein war?«

»Was meinst du?«

»Als du schreiben musstest und sie einfach nicht aufhören wollte zu schreien, hast du sie in dieses Säuglingsheim gebracht.«

»Das war etwas ganz anderes, kleine Kinder haben doch noch keinen Schimmer davon, wo in der Welt oben und unten ist. Ich habe sie doch danach nach Hause geholt, ein Kind braucht eine starke, fröhliche Mutter. Damals war ich ja noch nicht krank. Sie war dort in sicheren Händen.«

»Und Sicherheit konntest du ihr nicht geben?«

»Niemand war sicher, es herrschte doch blutiger Krieg, ich habe alles versucht.«

»Und die Fenzens, hatten sie nicht angeboten, sie in die Schweiz zu bringen?«

»Darüber haben wir doch schon gesprochen, eine wahre Mutter gibt ihr Kind nicht fort, eine Mutter tut alles, um ihr Kind zu schützen, außerdem wussten wir da ja noch nicht, wie schlimm es stand.«

»Doch, Hedwig, das wussten wir. Bereits damals im November war völlig klar, dass es vier Rassen gab.«

Hedwig blieb nichts anderes übrig, als sich zu erinnern. Natürlich hatte sie das gewusst. Das hatte schließlich jeder gewusst. Deutsche, deren Großeltern sowohl väterlicher- als auch mütterlicherseits Deutsche waren, galten als Deutsche, Mischlinge zweiten Grades waren die, deren Großvater oder Großmutter einer Seite nicht arisch waren, und dann gab es noch die Mischlinge ersten Grades. Und die Geltungsjuden. Das Mädchen war Dreivierteljüdin.

»Du hast das schwarz auf weiß bekommen, als sie den Namen Sara in ihrem Pass vermerken lassen musste. Da war die Zeit mehr als reif.«

Hedwig blieb stumm, ihre Gedanken kreisten wie ein Waschautomat, Hitlers Geschenk an die deutsche Frau. Hedwig hatte nie einen besessen, aber sie hatte in einen hineingeblickt, gesehen, wie die Wäsche darin umherwirbelte, um sich selbst kreiste. Warum klang Katarina nur so böse?

»Gibst du mir die Schuld dafür?« Sie spürte Zorn in sich aufwallen.

»Nein, Hedwig, ich bemühe mich nur, zu verstehen. Als die Synagogen brannten, was ist dir da durch den Kopf gegangen?«

»Ich habe gedacht, dass wir alle Abrahams Kinder sind. Ich habe gedacht, dass das das Wesen der Welt ist – das Böse, Gräuel, Mord und Gier.« Hedwig spürte ihr Herz in der Brust hämmern. »Wie Augustinus, dachte ich. All diese unendlichen Beweise, die das Leben auf der Erde zu einer Hölle machen und von der nur Jesus Christus uns retten kann! Nicht mehr und nicht weniger habe ich gedacht. Scharfsinnig von mir, nicht wahr?«

Hedwig spürte ihre Wangen brennen. Sie sah Katarina beinahe trotzig an.

Katarina holte tief Luft, ihr Brustkorb dehnte sich, dann stieß sie den Atem wieder hinaus, stöhnte, sie klang, als sei sie betrunken, als sie drei tiefe Atemzüge tat. Dann sagte sie:

»Und wann habt ihr euch das letzte Mal gesehen?«

»Das letzte Mal sahen wir uns, als sie in diesen Wagen vor dem Jüdischen Krankenhaus stieg. Sie war für die kleinen Kinder verantwortlich, sie war bildschön mit ihrer Haube, so tapfer, sie sollte nach Theresienstadt. Als Pflegerin. Ich hatte ihr mein schönstes silbernes Kreuz geschenkt, sie hat es selbst in den Mantel eingenäht. Der Transport sollte nur nach Theresienstadt gehen, ich war so stolz auf sie.«

»Und das hast du geglaubt?«

»Ich war froh, dass es nicht Polen war. Wir wussten doch nichts, wir hatten doch keine Ahnung, wenn wir gewusst hätten …«

»Aber du warst froh, dass sie nicht nach Polen musste?«

»Selbstverständlich.«

»Aber du wusstest doch nichts.«

»Man wusste nichts, niemand wusste etwas.«

»Und die grauen Lastwagen?«

»Dieser Wagen hat sie doch nur von diesem schrecklichen Krankenhaus weggeholt.«

Hedwig fehlten die Worte. Alles, was ihr im Kopf herumgegangen war, war plötzlich wie weggeweht. Sie musste nach Luft schnappen. Sie hatten doch über ihren Roman sprechen wollen! Über ihre Figuren, über Katarina, über das Leben, die Religion, die Literatur und all das, was sie miteinander geteilt hatten. Damals, als sie in jenem Café gesessen hatten … vor … vor dem Krieg, vor diesem ganzen Wahnsinn.

»Sie lebt«, flüsterte Hedwig, »ich bin mir sicher, dass sie lebt.«

Katarina keuchte nicht mehr, sie stand auf und tätschelte Hedwigs Schulter.

»Ich verstehe«, sagte sie. »Komm, lass uns ein Stück gehen.«

Sie reichte Hedwig die Hand und half ihr von der Bank auf. »Ich verstehe«, sagte sie noch einmal, etwas leiser diesmal, als würde sie gleichzeitig über etwas nachdenken, und ging los.

Hedwig folgte ihr und fühlte sich ganz und gar nicht verstanden, sondern beschuldigt. Weder getröstet noch bestärkt. Nur missverstanden.

»Sie hat gesagt, sie fühle sich wie eine Aussätzige«, sagte Hedwig. »Sie hat mir immer ihre Handfläche gezeigt und behauptet, dass sie dort einen Fleck sehe. Seltsames Kind, irgendwo hatte sie etwas über Aussätzige gelesen und glaubte, angesteckt worden zu sein. Ist das nicht geradezu rührend?«

Katarina antwortete nicht. Sie zog Hedwig an sich und umarmte sie. Eine ganze Weile standen sie so auf dem Feld und hielten sich einfach in den Armen. Spürten, wie sich ihre Brustkörbe hoben und senkten, zuerst in ungleichem Rhythmus, dann, wenig später, als wären sie ein einziger Leib.

»Ich verstehe, dass du dich nicht getraut hast einzugreifen«, sagte Katarina, »aber ich verstehe nicht, warum du nicht sehen wolltest? Warum du noch immer nicht siehst?«

»Was?«

Hedwig wand sich aus Katarinas Umarmung. Jetzt, da es gerade so schön war, einfach nur dazustehen und im Einklang zu atmen, warum musste sie da bloß wieder etwas sagen? Was hatte sie nur?

»Was sehen?«

»Deinen Anteil daran.«

»Wozu, was spielt das für eine Rolle? Ob ich sehe oder gesehen habe oder nicht sehen kann?«

»Unser Dorfarzt wurde erschossen«, fuhr Katarina fort, »viele seiner Patienten, die überlebt haben, kamen zu uns, wir haben ihnen schwarzen Tee und zu essen gegeben. Wir haben einen Teil der Mauer des Refektoriums eingerissen und eine neue Vorratskammer gebaut, schließlich kam ständig der Russe und kontrollierte das Kloster, aber so hatten wir eine Speisekammer, wo wir die Lebensmittel versteckt haben. Wir fürchteten uns entsetzlich davor, uns mit Flecktyphus anzustecken. Aber wir haben ihnen Nahrung gegeben, so viel wie wir konnten, und haben ihnen Platz gegeben, wo Platz war. Ich habe einen Jungen gekannt, Johan, er war erst siebzehn Jahre alt, man hatte ihm ins Bein geschossen, die Wunde eiterte schlimm, sie stank, ich habe bei ihm gesessen, habe seine Hand gehalten. Als plötzlich die Russen dastanden und behaupteten, sie hätten ein paar Dörfer weiter ein Militärlazarett errichtet, wurden die armen Menschen wie Kraut und Rüben auf einen Wagen verfrachtet, kranke, blinde, viele konnten noch nicht einmal gehen. Wir konnten es nicht verhindern. Aber Johan machte sich davon, ich habe ihm über die Klostermauer geholfen. Was aus ihm geworden ist, weiß ich nicht, ich habe ihn nur in den Wald hinken sehen. Die anderen, die auf den Wagen geladen wurden, sind alle tot. Sie liegen auf dem Friedhof, sie starben alle am selben Tag, an Lungenentzündung. Wir wussten, dass man sie töten würde, wir wussten es. Aber wir haben nicht eingegriffen.

Haben nur zugesehen, wie man sie auf den Wagen verfrachtet hat.«

»Aber dann kannst du es doch verstehen«, versuchte es Hedwig. »Dann kannst du dich doch in meine Lage hineinversetzen. Ich bin doch unschuldig. So wie du …«

»Ich bin seinen Spuren gefolgt«, sprach Katarina weiter, »hatte gedacht, dass ich ihn womöglich finden würde, dass sein Körper irgendwo liegen würde, er sollte wenigstens ein anständiges Begräbnis bekommen. Aber ich habe ihn nicht gefunden. Ich habe mich nicht so tief in den Wald hineingewagt. Aber ich bete jeden Abend dafür, dass er es geschafft hat.«

»Aber dich trifft doch keine Schuld!« Hedwig erhob die Stimme.

»Ich betrachte mich nicht als unschuldig, ich bin schuldig, nicht nur deshalb, weil ich es nicht gewagt habe einzugreifen, sondern weil ich unvollkommen bin. Das ist alles. Und dafür bitte ich um Vergebung.«

»Wiegt die Schuld weniger schwer, wenn man sie bekennt?«

»Ja, Hedwig, das finde ich.«

»Was mir fehlt, ist also, dass ich nicht offen leide. Nicht laut jammere, heule und klage?«

»Ja, Hedwig, wenn du es so nennen willst, dann bin ich bedauerlicherweise dieser Ansicht.«

»Und was soll ich tun? Was hätte ich tun sollen?«

»Ich weiß es nicht, Hedwig. Ich kann nur beten. Ich kann nur beten und meine Hand so weit ausstrecken, wie sie reicht.«

»Ich habe getan, was ich konnte. Mehr kann ich wirklich nicht tun.«

»Doch«, sagte Katarina leise, sie räusperte sich, und dann sagte sie es noch einmal, »ich glaube, dass man immer mehr tun kann.«

Hedwig saß in der Bibliothek und sah auf ihre leeren Blätter. Sie brachte keine Zeile zustande. Nicht eine einzige, mickrige Zeile. Sie sah die anderen auf dem Feld arbeiten, ihre gebeugten Rücken, die Mistgabeln und Schubkarren, das Pferd und die hin- und hereilenden Nonnen. Hin und her, hin und her.

»Man kann immer mehr tun«, hatte Katarina gesagt.

Ob sie damit wohl meinte, dass Hedwig wieder schreiben könnte, wenn sie nur ihre Blätter zur Seite legte, hinausging und mithalf? Würde sie ihre Angst verlieren, wenn es ihr nur gelänge, ihre Lähmung zu überwinden und das Ihre beizutragen?

War das Schreiben nur etwas für gute Zeiten? Verachtete man sie dort draußen auf dem Feld, weil sie denkend inmitten von Büchern saß? Begriff man denn nicht, dass sie sich nicht bloß anstellte – sondern in einem Schweinestall zu nichts zu gebrauchen wäre?

Nein, so hatte Katarina das nicht gemeint. Katarina respektierte ihre Arbeit. Das war es nicht.

»Das schlimmste Gefängnis für einen Menschen ist es, in seiner eigenen Denkweise gefangen zu sein«, hatte Katarina gesagt. »Die schlimmste Strafe, sein Leben – noch einmal – in der Rückschau betrachten zu müssen, wenn alles zu spät ist. Den Vorhang zur Vergangenheit zu lüften und mit der Wahl und den Entscheidungen, die man getroffen hat, konfrontiert zu werden. Gott weiß darum. Er braucht nicht zu fragen.«

Mit seinen Entscheidungen konfrontiert zu werden?

Konnte man Schuld für etwas auf sich laden, das man nicht verstanden hatte?

Für etwas Buße tun, was nie eine Absicht gewesen war? Unwissenheit konnte doch wohl kein Verbrechen sein?

»Es interessiert mich nicht, was die Juristen dazu sagen«, hatte Katarina gesagt. »Doch nicht mehr zu hoffen, nicht mehr zu glauben – das ist nicht Gottes Wille.«

Dein Wille geschehe, dein Wille geschehe ... wenn ich Abstand von diesem Buch hätte ... wenn mir jemand helfen könnte, nach Berlin zurückzukehren ... wenn ich ... ich habe immer noch ein paar Verbindungen. Selbst über die Politik wird Gras wachsen. Das müsste gehen. Wenn ich meine Suche also damit beginnen würde, einen Aufruf zu verfassen ... eine Suchanzeige ... ja, das wird sie gemeint haben!

Hedwig stand auf. Raffte ihre Papiere zusammen und löschte das Licht.

Natürlich werde ich zurück nach Berlin fahren und nach ihr suchen! Das ist meine Buße. Ich werde eine Suchanzeige aufsetzen. Ich werde sie im Radio vorlesen. Ich werde all meine Kontakte bemühen. Jeden, den ich kenne, die ganze Welt werde ich fragen. Sie spürte das Blut wieder durch ihren Körper strömen, ihr wurde warm, ihre Wangen brannten. Ihr Herz pochte. Sie hatte ihre Inspiration wiedergefunden!

Ich werde nach ihr suchen, werde von ihr erzählen, darf nicht nur glauben, ich muss handeln, und falls ich sie finde ... falls sie überlebt hat ... wird Gott mir helfen, und ich werde wieder schreiben können.

Sie trat mit dem Manuskript unter dem Arm auf den Klosterhof. Spätsommerliche Wärme schlug ihr entgegen. Draußen war es wärmer als drinnen. Sie würde nach Katarina suchen und ihr von ihren Plänen erzählen. Ihrer Erkenntnis. Ja, sie würde nach Berlin zurückfahren und eine Suchanzeige verfassen. Man würde ihr erlauben, sie im Radio vorzutragen. Schließlich war sie Hedwig Lohmann!

Sie sah Katarina hinter der Eiche, wie sie einem Soldaten, der in der Sonne saß, eine Decke um die Schultern legte. Hedwig blieb auf dem Kiesweg stehen. Sah, wie Katarina sich neben ihn auf die Bank setzte, ein Buch hervorholte und ihm vorzulesen begann. Er lehnte sich zurück und schloss die Augen.

Und plötzlich wusste Hedwig, wer ihre siebte Figur sein würde.

Und mit welchen Worten sie ihre Suchanzeige beginnen würde.

Mit den Worten: *Ich blase drei Federn in den Wind*.

UPPSALA 1985

Ich suche nach einer Tüte für das Spiel. Ziehe Plastiktüten aus dem Putzschrank. Eigentlich sollte es keine Rolle spielen, in was für eine Tüte ich es tue, aber weil ich die ganze *Produktionsphase* hindurch so sorgfältig war, wäre es eine Schande, wenn ich auf der Zielgeraden stolpern – und eine gewöhnliche Supermarkttüte nehmen würde.

Nicht zu fassen, wie viele Tüten wir haben! Ja, ein Meer von Tüten liegt auf dem Küchenfußboden.

Ganz hinten im Schrank finde ich eine Tüte von Bredenbergs. Ich mustere sie einen Augenblick. Bredenbergs verkauft Frauenkleidung. Die Tüte muss schon jahrelang dort gelegen haben.

Obwohl man sagen könnte, dass sie einen gewissen *Affektionswert* besitzt, nehme ich sie.

Rühre mich dann aber erst einmal nicht vom Fleck. Heute ist ein Feiertag. Ich habe das Ganze über zwei Jahre geplant. In einem Schuhkarton liegen das Spielbrett und die Zielkarten, meine Träume und unsere Gespräche. In eine große Streichholzschachtel habe ich fünfzig Herzen (rosafarbene), fünfzig Ständer (braune) und fünfzig Kreuze (lilafarbene), einen Würfel und eine Schachtel Valium gelegt. Ich gehe raus zu meinem Fahrrad und muss plötzlich an meine Mutter denken. Unter dem Fliederbusch liegt eine Schneeschaufel; Mama hat sich immer schrecklich aufgeregt und fand, dass es Papas Aufgabe sei, sie wieder wegzuräumen. Jetzt kann die Schaufel bis zum nächsten Schnee da liegen bleiben, der Flieder ist verblüht. Dreißig Sekunden denke ich an meine Mutter. Wer ist sie eigentlich?, denke ich. Was hätte sie tun können, wenn sie hier gewesen wäre – abgesehen davon, dass sie die Schippe in die Garage zurückgestellt hätte?

Was kann ein Mensch eigentlich tun?

Ein Mensch kann so viel. Ein Mensch kann neue Menschen erschaffen, die Welt zusammenfügen und in Therapie gehen, kann andere verraten, forschen, vergeben. Das denke ich. Dann steige ich aufs Fahrrad. Ich werde nach Svartbäcken radeln. Da wohnt Psychodoc.

Ich war noch nie bei ihr zu Hause, ein oder vielleicht zwei Mal habe ich hinter ihrer Hecke gestanden und sie ausspioniert, aber das ist lange her. Der Nistkasten, in dem sie sonst sitzt, macht Sommerferien. Ich habe ihre Telefonnummer, aber ich habe nicht vor, sie anzurufen. Das ist nicht nötig, irgendwann später vielleicht einmal, wenn ich etwas loswerden muss.

Ich radle durch den Stadtwald. Aber nicht so schnell, dass meine Haare flattern. Der Kiesweg ist trocken, und ich habe einen Plan – ich werde das Spiel heimlich auf ihre Veranda stellen.

Einmal hat sie mich gefragt, ob ich auf ihre anderen Patienten eifersüchtig sei. Es war eine Stunde, in der ich furchtbar wütend auf sie war, weshalb ich gesagt habe, nein, dass ich das nicht sei, dass ich aber darüber nachdächte, eine Gewerkschaft zu gründen. Das war als Drohung gemeint. Keine besonders versteckte Drohung, muss ich im Nachhinein zugeben, schließlich hätte ich vor Eifersucht schwarz werden können. Das habe ich ihr aber nie gesagt. Ich glaube aber, dass sie das trotzdem gewusst hat. Eine Gewerkschaft habe ich nicht gegründet. Aber wir haben die Besteckschublade rausgezogen und die Eifersucht gemeinsam von nahem betrachtet. Es ist gut, ihr ins Auge gesehen zu haben.

Wir, Psychodoc und ich, haben so viel gemacht, aber was wir eigentlich gemacht haben, kann man nicht jedem erklären. Viele meinen, Phantasien seien unwichtig. Die können meinetwegen ruhig weiter Monopoly spielen! Ich habe eine Alternative dazu erfunden. Die vielleicht denen helfen könnte, die nicht den Mut haben, frei zu assoziieren. Ich höre Vogelgezwitscher. Der Himmel ist blau. Ich fliege vorwärts.

Als ich aus dem Stadtwald komme, liegt ein langer Abhang vor mir, der in die Stadt hinunterführt. Hinter mir liegt das Schloss, vor mir der Svandammen und auf der rechten Seite das Krankenhausgelände.

In der Stadt wimmelt es von Leuten, alle haben etwas zu erledigen. Vielleicht ist jemand unterwegs zu seiner Therapiestunde. Mir schwindelt – all das geschieht gleichzeitig, so viele Welten! Da gehst du. Und hier komme ich. Ich heiße Isa.

Psychodocs Straße liegt hinter dem Schwimmbad. Die Häuser hier sind ziemlich klein. Die Terrassentüren geöffnet. In den Gärten sind Leute. Ich bremse und stelle das Fahrrad ab. Dann schleiche ich mich zu ihrem Haus. Warte, bis die Luft rein ist. Und tue das, was ich tun muss.

Ich heiße Isa, und ich weiß, dass ich eine Puppe ermorden, Radio hören und nach denen suchen kann, die auch nicht vollkommen, glücklich und normal sind. Wir, die wir uns trauen zu versuchen, unter die Oberfläche zu blicken. Wir können etwas erklären, ohne es zu beschönigen. Wir wissen, dass es wehtut, zu verstehen, wenn auch nicht ständig.

Ich heiße Isa und habe das *Große Therapiespiel* erfunden.

Und jetzt steht es auf Psychodocs Treppe vor einem Einfamilienhaus in Svartbäcken.

Ich habe sie nur kurz durch die Hecke gesehen; sie hatte rote Shorts an und den Rasen gemäht, sie wirkte glücklich, sommerlich. Den Pfarrer habe ich nicht gesehen. Ein Mädchen und zwei kleine Jungen haben zwischen ein paar Himbeersträuchern gespielt. Ich habe keinen Ton von mir gegeben, bin nur zum Haus geschlichen und habe das Spiel neben einen Blumentopf in die Sonne gestellt. Wir haben uns schließlich schon zig Mal verabschiedet, deshalb habe ich mich einfach wieder auf mein Fahrrad geschwungen und bin zurückgesaust – ohne das Ganze unnötig in die Länge zu ziehen und zu verwässern.

Jetzt werde ich zum Museum nach Trondheim fahren. Aber zuerst schreibe ich einen Brief an Cordelia. Ich will sie fragen, warum sie immer nur »das Mädchen« genannt wurde. Was bedeutet es, keinen Namen zu haben?

ANASTASIENDORF 2005

Ingrid hockte auf dem Unkrautacker. Zog Wurzeln aus der Erde, verzweigte, meterlange Wurzeln. Unnachgiebige. Das Kloster stand auf Sandboden, war aber kein Sandschloss. Bis zu den Ellenbogen hatte sie sich ins Erdreich vorgegraben. Es tat gut. Es tat weh. Das Erdreich war so fruchtbar, dass sie es nahezu rufen hörte.

Denn ich bin in Schuld geboren, in Sünde hat mich meine Mutter empfangen.

So beteten sie jeden Morgen um halb sechs. Ingrid folgte ihnen auf Schritt und Tritt, wie ein Flaschenlamm. Stand mit dem ersten Hahnenschrei auf und schlüpfte in die Kleider. Es war Zeit für die Laudes, und die schwarzen Ordenstrachten versammelten sich zum Gebet. Zusammengenommen beteten sie dreieinhalb Stunden täglich. Die nächtlichen Gebete waren abgeschafft, die Komplet mit den Vigilien zusammengelegt worden, und wenn es dunkel wurde, saßen die Benediktinerinnen in der kleinen nüchternen Steinkirche und sangen einen Psalm nach dem anderen. Manchmal glich es einem Erwachen, manchmal schienen sie sich in den Schlaf zu wiegen.

Sie baten einander und die Welt um Vergebung für ihre Sünden in Gedanken, Worten und Werken. Jeden Abend beteten sie, dass sie unvollkommen seien, dass ihnen etwas fehle, dass sie fehlbar seien. Dass sie nur Menschen seien und Menschen in Beziehungen entstünden. *Mea culpa, mea culpa, mea maxima culpa.* Damit war der nächste Tag ein neuer Tag. Ein frischer Tag.

Ingrid schlief wie ein Stein. Vor dem Fenster reckten sich die Hälse der Sonnenblumen dem Licht entgegen, drehten ihre Köpfe, öffneten ihre Blätter gen Süden. Kraniche zogen schnurgerade am Himmel entlang, oder waren es Gänse?

Als Ingrid hier eingetroffen war, hatte sie gesagt, dass sie hier sei, um sich zu erholen. Aber als man sie ein paar Tage später fragte, ob sie ein Gespräch mit einer Ordensschwester wünsche, bejahte sie.

Zuerst wollte sie über den Psalm 51 sprechen.

Schwester Gloria sagte, dass die Auslegung schwierig sei und mehrere Interpretationen zuließe. In dem Psalm solle es heißen, dass wir alle in Schuld geboren seien. Wir würden in eine Welt hineingeboren, deren Wahrheit im Verborgenen liege. In der die Fäden unendlich seien. Die Verzweigung komplex. Sie reiche weit zurück. Tief hinab.

Die Äbtissin war so alt wie die Eiche, die an der Straße stand, gebeugt, und doch verwurzelt. Die jüngste Nonne war noch keine Nonne. Sie war Postulantin, würde aber bald Novizin werden, den weißen Schleier erhalten und ihn sieben Jahre lang tragen. Latein lernen und Toiletten schrubben, Hebräisch lernen und Unkraut rupfen, lernen, um Versöhnung und Gottes Hilfe zu bitten, sich bemühen, den Kranken Gesundheit zu schenken, den Bedürftigen Trost und den Gesunden ein mutiges Herz. Anschließend war sie womöglich reif, um das Ewige Gelübde abzulegen und sich ganz in Schwarz zu kleiden. Ora et labora.

Sie waren achtundzwanzig Schwestern. Sie waren so etwas wie eine Frauenkommune. Das Kloster war eine Freistätte, ein Gewächshaus, ein Zuhause.

An diesem Ort werden sie zusammen alt werden.

Vielleicht war mein größter Selbstbetrug, dass ich meinen Beruf aufgegeben habe, dachte Ingrid. Als ich mir selbst Gewalt angetan habe, mein Licht unter den Scheffel gestellt habe, aufgehört habe, meine Talente zu entfalten. Als ich seinetwegen meine Weiterentwicklung geopfert habe.

Im Himmel gibt es keine Ehen.

Das Weihwasserbecken baumelte am Nagel.

Eine Hand nach der anderen wurde in die Messingschale getaucht, die an der Pforte der Klosterkirche hing. Die Kirchenbänke füllten sich. Die Kerzen waren bereits entzündet.

Es war Allerheiligen. Der Tag der Namenlosen. Aller gewöhnlichen Heiligen. Aber es war auch der Tag, an dem die Postulantin in Ordensgewand und Schleier eingekleidet werden sollte. Beides lag schon auf einem Tisch aus dunklem Holz im Altargang. Und hinter der Wand war der Gesang zu hören, so zerbrechlich wie die Eisschicht auf einer Wasserpfütze, so kräftig wie Blutgeschmack im Mund.

Dann ging die Tür auf, und eine Schwester setzte sich an die Orgel. In der letzten Reihe saß ein Pfarrer und knetete sein Taschentuch. Ingrid saß neben dem Mittelgang, hingerissen und mit trockenem Mund, befürchtete, dass ihr auf die Stirn geschrieben stand, wie gebannt sie war. Sie hatte schon viele Hochzeiten besucht. Aber noch nie das klare ›Ich will‹ einer Braut Christi vernommen.

Dann setzte die Nonne ihren Fuß auf das Pedal der Orgel, und die schwarzen Gewänder zogen in die Kirche ein. In Zweiergruppen verneigten sie sich vor dem Altar und gingen an ihren Platz. Dieser würdevolle Gruß, jeden Tag – sich vor seinem Nächsten zu verbeugen. Einander in die Augen zu sehen.

Einige Schwestern waren alt, stützten sich auf einen Stock, also ging es manchmal etwas langsamer voran, und die Prozession verharrte im Gang.

Die Postulantin kam zufällig direkt neben der Bankreihe zum Stehen, in der ihre Mutter saß. Sie hielt den Kopf gesenkt, musste aber ihren Geruch verspürt haben, weil sie den Blick von ihren gefalteten Händen hob und ihrer Mutter ins Gesicht sah. Diese wortlose Begegnung dauerte nur einen flüchtigen Moment, genügte aber, dass Ingrid in sich gehen und denken konnte: Wie kann ich zugleich an zwei Orten sein? Wer bin ich? Welchen Namen trage ich?

Dann setzte sich der Zug wieder in Bewegung, die Prozession ging sich verneigend weiter, und die Postulantin sah wieder auf ihre Hände hinab. Ihre hellrosa Wangen flammten plötzlich rot auf, und das nicht nur, weil die Äbtissin soeben ihre Füße gewaschen hatte.

Auf die ersten Lobgesänge der Vesper folgte eine Lesung.

»Heiligkeit ist etwas, wozu wir alle berufen sind«, sagte die Äbtissin. »Jeder muss seinen Weg finden und auf diesem Weg Treue und Liebe in seinem Leben verwirklichen. Das Ordenskleid zu bekommen ist genauso ein Geschenk, wie berufen zu sein. Wir suchen in der Vergangenheit das Feuer, bleiben aber mit der Asche zurück. Nicht jeder bringt die Kraft dafür auf oder ist dazu in der Lage. Man muss sich wappnen – für die Abhängigkeit.

Verachte nicht die Asche, denn sie kann das Diadem deines Herzens werden.«

Da fiel die Postulantin auf die Knie.

Und Mutter Demetria strich ihr die Haare aus der Stirn, wo sie den Schleier befestigen würde. Sie strich sie ihr lange, viel zu lange aus der Stirn. Denn beide wussten – alle wussten –, dass dies das letzte Mal war, dass jemand der Postulantin das Haar streichelte. Und so selten wie sich eine neue Postulantin dafür entschied, ins Kloster einzutreten, musste die Äbtissin geahnt haben, dass es vermutlich auch für sie das letzte Mal wäre.

Vielleicht versagte ihr deshalb für einen Augenblick die Stimme.

Mein Dank gilt Ulla Arnell, Birgitta Birkenfalk und
den Benediktinerschwestern des Klosters »Anastasiendorf«.